HEYNE <

D1935171

Das Buch
Es ist das bestgehütete Geheimnis der NASA: Seit Jahrzehnten driftet ein außerirdisches Raumschiff im Asteroidengürtel. Es sendet kein Signal, ist einfach nur da. Nun endlich ist es möglich, ein Team von Militärs und Experten zusammenzustellen und hinzufliegen. An Bord ist auch die Sprachforscherin Dr. Jane Holloway. Als das Team das Schiff erreicht, erlebt es zwei Überraschungen: Erstens ist das Schiff nicht so unbewohnt, wie man dachte – und zweitens wird ihnen von dem letzten überlebenden Alien an Bord auch noch der Rückweg zur Erde abgeschnitten. Jetzt ist es allein Jane, die die Sprache des Aliens versteht … Doch was will es von ihr? Und von der Erde?

Die Autorin
Jennifer Foehner Wells landete mit ihrem Debütroman *Die Frequenz* in nur kurzer Zeit einen großen Erfolg in den USA. Sie studierte Biologie und begeistert sich seitdem für Wissenschaft und Technologie. Ihre Leidenschaft für die Science-Fiction wurde schon früh geweckt. Jennifer Foehner Wells lebt mit ihrem Ehemann, ihren gemeinsamen zwei Söhnen und einem leicht verstörten Labrador in Indiana auf dem Land.

diezukunft.de

Jennifer Foehner Wells

DIE FREQUENZ

Roman

Deutsche Erstausgabe

WILHELM HEYNE VERLAG
MÜNCHEN

Titel der amerikanischen Originalausgabe
FLUENCY
Deutsche Übersetzung von Alfons Winkelmann

MIX
Papier aus verantwortungsvollen Quellen
FSC® C014496

Verlagsgruppe Random House FSC® N001967
Das für dieses Buch verwendete
FSC®-zertifizierte Papier *Holmen Book Cream*
liefert Holmen Paper, Hallstavik, Schweden.

Deutsche Erstausgabe 12/2015
Redaktion: Werner Bauer
Copyright © 2014 by Dave Bara
Copyright © 2015 der deutschsprachigen Ausgabe by
Wilhelm Heyne Verlag, München,
in der Verlagsgruppe Random House GmbH
Printed in Germany
Umschlaggestaltung: Nele Schütz Design, München,
unter Verwendung von shutterstock/Tsuneo MP
Satz: Buch-Werkstatt GmbH, Bad Aibling
Druck und Bindung: GGP Media GmbH, Pößneck

ISBN: 978-3-453-31692-8

www.diezukunft.de

Für Harry, Charlie und Mitch.
Ihr habt an mich geglaubt und mir
die nötige Zeit gelassen.

Und für Ray Bradbury – meine erste Einführung
in die unendlichen Welten der Science-Fiction

»Meiner Meinung nach ist es viel besser,
das Universum so zu begreifen, wie es wirklich ist,
als weiterhin einem Irrglauben anzuhängen,
so befriedigend und beruhigend er
auch immer sein mag.«

Carl Sagan

1

Die Kapsel bebte. Jane zerrte an den Sitzgurten und reckte den Hals, um das Schiff besser in den Blick zu bekommen, auf das sie zustürzten. Das *Ziel.*

»Gewaltig«, flüsterte Tom Compton, der Pilot.

Jane hörte, wie er sowie der Kommandant überdimensionale Schalter betätigten, auf Konsolen tippten und sich in knappem NASA-Jargon austauschten. Die Augen sämtlicher Besatzungsmitglieder waren auf den Schirm gerichtet, der ihr Ziel zeigte, das rasend schnell vor ihnen anschwoll. Allerdings steckte Jane in der Sitzreihe unter dem Cockpit, daher war ihr Sichtfeld durch die Fußstützen der vier Leute auf der Ebene höher eingeschränkt. In diesem Stadium des Flugs war sie die unwichtigste Person an Bord.

»Verdammt will ich sein … sie haben gerade das Verandalicht für uns eingeschaltet, Leute!«, schrie Walsh. »Macht einen Kanal frei für Houston«, ordnete er an.

»Was ist?«, wollte Bergen im Sitz neben Jane wissen. Dann brummelte er: »Verfluchte Scheiße!«

Jane verrenkte sich ungeachtet dessen, dass ihr die Gurte fast ins Fleisch schnitten. Sie wusste, wie das Ziel aussah. Wie auch nicht? Es war die Kulisse sämtlicher Vorträge in Houston gewesen. Die stark vergrößerten

Fotos, die Hubble und verschiedene Marsmissionen während der letzten sechzig, nahezu siebzig Jahre von dem stadtgroßen Schiff aufgenommen hatten, pflasterten die Wände vieler der nicht-öffentlichen Räumlichkeiten im Johnson Space Center in Houston. Obwohl, es jetzt zu sehen … nun ja, kein Foto hätte sie darauf vorbereiten können. Es war tatsächlich so, wie Pilot Compton gesagt hatte: gewaltig.

Aus der Entfernung erinnerte es an einen Hammerhai, der im Raum hing – ein stumpfes Kopfende mit einem großen konischen Rumpf, der in einer angedeuteten T-Form endete. Seine matte bronzefarbene Hülle war von einem komplizierten Muster aus herausstehenden Formen überzogen, deren Schatten einander überlappten, wobei einige Abschnitte heller glänzten als andere. Insgesamt gesehen war es eine wunderschöne Bewegungsstudie in Maserung, Dunkelheit und Licht.

Ziemlich weit entfernt hatte sie einen einzelnen Asteroiden in ihrem Blickfeld. Kleine Flecken aus kosmischem Staub fingen das Licht zwischen sich ein, während sie sich weiter annäherten, während das massige Schiff den Schirm immer mehr füllte, die Triebwerke brannten und sie auf das Portal im Unterbauch des Tieres zuschoben.

Und es gab Lichter, die sie ganz offensichtlich ansteuern sollten. Wären diese Lichter früher schon gesehen worden, dann wären sie in Johnson zur Sprache gekommen, da war sie sich sicher.

Ein Willkommensgruß? Jane versuchte zu schlucken,

aber ihr Mund war wie ausgedörrt. Man hatte ihr gesagt, sämtliche Indizien würden darauf hindeuten, dass das Ziel verlassen war.

Sie richtete sich innerlich neu auf diese Entwicklung ein. Dann würde sie also die Rolle der Übersetzerin einnehmen und wahrscheinlich eine gesprochene Sprache lernen und nicht bloß hinterlassene Symbole und Texte interpretieren. Auf so etwas hatte sie gehofft. Eine kalte Woge der Erregung wälzte sich durch sie hindurch.

»Sie wollen sagen, die sind gerade angegangen?«, fragte Bergen. Er hatte die Stirn gefurcht und funkelte den Bildschirm an.

»Allerdings«, erwiderte Compton.

Bergen wandte sich zu ihr um. »Sieht so aus, als wären sie zu einem Treffen mit Ihnen bereit, Doc.«

Sie brachte ein angespanntes, gezwungenes Lächeln zustande. Mehr nicht. Völlig unsinnig, dass er sie mit »Doc« anredete, weil sie alle promoviert hatten. Aber es war vermutlich besser als »Indiana Jane«, wie er sie anfangs genannt hatte.

»Nur zu, Commander. Kanal ist offen«, sagte Compton.

Walshs Stimme war ruhig und cool. »Houston, hier ist *Providence.* Wir haben Sicht auf das Ziel, und sie haben das Licht an unserem vorgesehenen Andockplatz eingeschaltet, um uns zu empfangen. Andockprozedur beginnt in T minus vier Minuten. *Providence* Ende.«

Die Bodenkontrolle würde diesen Funkspruch in 26 Minuten empfangen. Es war tröstlich zu wissen, dass Houston selbst aus dieser Entfernung mithörte, obwohl es fast eine Stunde dauern würde, bis von dort eine Antwort käme.

Wiederum bebte die Kapsel unter dem Donnern der Schubtriebwerke, die Walsh an- und abschaltete, während er sie in eine Position manövrierte, dass sie am anderen Schiff andocken konnten. Die größten Köpfe terranischer Ingenieurskunst hatten die Kapsel absolut exakt auf das Dock der Aliens angepasst. Irgendwie hatten sie die genauen Ausmaße aus den Fotos von dem Ding extrapoliert. Es war unvorstellbar, und Jane hegte große Zweifel. *Wie hätten sie das hinbekommen können? Was ist, wenn es überhaupt kein Dock ist? Was ist, wenn sie dabei waren, an einen Abfallschacht anzudocken?*

Ihr Herz galoppierte förmlich in ihrer Brust. In ein paar Minuten würde sie hinaustreten, um ihre Aufgabe zu erfüllen, und zwar ohne eine genaue Vorstellung davon zu haben, was oder wem sie sich gegenübersehen würde. Dr. Jane Holloway wäre die Botschafterin der Erde. Warum sie? Weil irgendein Umstand bei der Geburt, irgendein seltsames mutiertes Gen, irgendein Dreh in ihrer Gehirnchemie ihr die Fähigkeit verliehen hatte, neue Sprachen so leicht zu erlernen, wie sie atmete. Hatte das wirklich etwas zu bedeuten, sobald sie die sichere Umgebung des Planeten Erde verlassen hatte? Das würde sie wohl jetzt herausfinden.

Sie bemerkte, dass die Finger einer Hand zitterten, und umfasste wild entschlossen die Armlehnen. Bis hierher hatte sie ihre Würde wahren können – sie würde sie jetzt nicht verlieren.

Der endlose, erdrückende Flug war vorüber. Der Albtraum der Eintönigkeit, der Enge, die einen wahnsinnig machte, der verzweifelten Einsamkeit und des gnadenlosen, erzwungenen Beisammenseins – erledigt. Sie würden schließlich diese fragile Sardinenbüchse aus einer Aluminium-Lithium-Legierung verlassen, die sie zehn Monate vor dem Vakuum des Raums geschützt hatte. Sie waren tatsächlich lebend angekommen.

Die Kapsel bebte erneut heftig. Jane warf Bergen einen Blick zu, um sich zu vergewissern, dass alles in Ordnung war. Seine Hand schwebte über der Schnalle, die seine Gurte lösen würde, und er grinste anzüglich durch seinen dunklen Bart. Er war auf diesem Flug derjenige geworden, den sie schließlich am ehesten einen Freund genannt hätte – und selbst dieses Etikett schien noch etwas übertrieben.

Die fest im Zaum gehaltene Aufregung surrte unter der Besatzung wie eine straff gespannte Saite. Es war eine weitaus gesündere Anspannung als diejenige, die während der letzten zehn Monate oft geherrscht hatte. Es hatte hitzige Debatten über völlig bedeutungslose Dinge gegeben wie zum Beispiel, wer übermäßig viel von der Schokolade aß, bevor sie ganz plötzlich verschwunden war.

Bergens Stimme dröhnte Jane ins Ohr und riss sie aus ihren müßigen Gedanken, und seine scharfen Züge verzerrten sich. »Walsh! Sie kommen zu schnell rein – etwas weniger Schub! Wir werden abprallen und uns einen klaffenden Riss einfangen!«

Compton, das älteste und erfahrenste Besatzungsmitglied, sagte leise: »Sachte, Berg.« Seine Stimme klang ziemlich überzeugend, aber auch in ihr lag eine gewisse Anspannung, die für Janes geschärfte Sinne Bände sprach. Er wollte Bergen beruhigen, wollte aber auch, dass Walsh die Geschwindigkeit drosselte, das spürte sie genau.

»Ruhig, Bergen«, brummelte Walsh. »Ich hab das Tausende von Malen gemacht. Das könnte ich sogar im Schlaf.«

»Konzentrieren wir uns doch«, mahnte Ajaya Varma, die Ärztin, leise von oben.

Bergen warf sich in seine Gurte. »Ja, in Simulationen, Sie Schafskopf! Was ist, wenn die sich geirrt haben? Langsamer, verdammt noch mal! Wir sind nicht die ganze Strecke hergeflogen, damit wir bei der Annäherung umkommen!«

Er wirkte etwas durchgedreht; alle wirkten so. Alle rochen auch entsetzlich. Die Mikrogravitation stellte sowohl etwas mit dem Geruchssinn als auch mit dem Körpergeruch an, das nicht angenehm war. Ihr fiel es schon längst nicht mehr auf, es sei denn, sie kam einem von ihnen zu nahe. Sie gab sich alle Mühe, das zu vermeiden, obwohl es schwierig war.

Es war schon schlimm genug, dass sie ihre Lippen mit Wasser benetzen mussten, von dem der Löwenanteil wiederaufbereiteter Urin war. Für mehr als eine Katzenwäsche reichte das Wasser ohnehin nicht, und selbst die fiel gezwungenermaßen sehr sparsam aus. Die Männer konnten sich, wenn sie wollten, Bärte und Kopfhaare mit einem eingebauten elektrischen Rasierer entfernen, aber sie hatten schon vor Monaten aufgegeben, so zu tun, als könnten sie eine zivilisierte Körperpflege betreiben. Sie sahen nicht so aus, als würden sie in dieses moderne Schiff des einundzwanzigsten Jahrhunderts auf dessen Jungfernfahrt gehören. Sie wirkten eher wie irgendwelche Neandertaler, die es gekapert hatten.

Jane leckte sich die trockenen Lippen und schoss Bergen einen Blick zu. »Dr. Bergen, wir haben wirklich keine Technologie, die uns sagen kann, wie viele an Bord dieses Fahrzeugs sind, oder?«

Er riss den Blick von den Kontrollen los, die er überwachte, und sah sie mitleidig und verächtlich an. »Nein, Doc. Wir sind hier nicht Raumschiff Enterprise. Wir haben keine Detektoren für Anzeichen von Leben.«

Sie nickte, verärgert, dass sie tatsächlich die Frage ausgesprochen hatte, aber vielleicht hatte sie ihn für den Augenblick von Walsh abgelenkt. »Ja. Das hatte ich mir schon gedacht.«

Er schnaufte, brummelte etwas in sich hinein und warf ihr einen kurzen, traurigen Blick zu. Es hätte vielleicht eine Entschuldigung sein können. Oder noch mehr Verachtung. Sie konnte es nicht sagen und war zu beschäftigt, um sich zu viele Gedanken um diese Frage zu machen.

Die Kapsel schwankte. Von der äußeren Hülle ertönte ein metallisches Scharren. Sollte sie solche Geräusche von sich geben?

»Verdammt, Walsh. Probieren Sie's doch mal mit etwas Vorsicht!«, knurrte Bergen gepresst.

Wiederum wurden sie durchgerüttelt. Walsh verkündete, die Andockprozedur liefe ab. Es folgte ein knirschendes Klickgeräusch, gefolgt von lauten metallischen Donnerschlägen. Diese Geräusche wiederholten sich.

Bergen nickte, der Gesichtsausdruck angespannt.

Das Klicken ertönte erneut, und noch einmal, gefolgt von einem dumpferen, hohleren Schlaggeräusch. Das Schiff bewegte sich leicht, die Triebwerke feuerten in sekundenlangen Schüben, begleitet von einem Kratzen und metallischem Quietschen, bei dem Bergen finster dreinschaute. Nochmals ein Klicken und ein weiterer dumpfer Schlag.

Walsh stieß einen Schwall blumiger Flüche aus. Bergen löste seine Gurte und schob sich auf die Ebene über ihm. Er war Leiter der Abteilung für die Andockprozedur gewesen und kannte das System besser als alle anderen an Bord.

Anscheinend funktionierte nicht alles so, wie es sollte. Jane begriff, dass eine der vier Andockklammern verdreht war und nicht vollständig schließen würde.

»Drei von vier sind ausreichend!«, rief Bergen. »Das System war auf Redundanz ausgelegt.«

Walsh spuckte weiterhin Gift und Galle, obwohl er wissen musste, dass Bergen recht hatte – davon war Jane überzeugt. Bei diesem Austausch ging es nicht darum, das Schiff sicher anzudocken. Es ging darum, Salz in die Wunde zu streuen, die Fehler im Entwurf herauszustreichen.

Bergen wandte sich ab, verdrehte die Augen und bemerkte: »Ich weiß nicht, was ich euch sonst sagen soll. Es ist einfach eine Sache der Geometrie. Drei Kontaktpunkte sind ausreichend, um eine Schleuse festzuhalten. Überzeugt euch. Wir sind weit entfernt vom schlimmstmöglichen Szenario. Es ist Zeit, an Bord dieses verdammten Dings zu gehen.«

Sie überzeugten sich. Offensichtlich hatte Bergen recht.

Und das war's. Zeit, die Anzüge anzulegen.

Janes Gliedmaßen kribbelten. Sie hatte sich fast zwei Jahre lang auf diesen Augenblick vorbereitet – die anderen weitaus länger. Jetzt war er schließlich gekommen, und er fühlte sich weit entfernt von der Wirklichkeit an wie ein Traum.

Sie löste die Gurte und machte sich daran, den königsblauen Fliegeranzug und den Schwerkraft simulierenden *Skin-Suit* abzustreifen. Schließlich stand sie nur noch im Höschen da. BHs trug sie schon längst nicht mehr – sie sollten schließlich etwas gegen die Schwerkraft tun, und das war im Raum völlig sinnlos.

Der Anstand war auch schon längst abhandengekommen. Sie waren sechs Menschen, die in einem Behälter steckten, der kaum größer als ein kleines Wohnmobil war. Selbst die Vakuumtoilette war bloß ein Kämmerchen mit einem kleinen Vorhang davor, der an beiden Enden des Zugangs befestigt war.

Ajaya öffnete den Spind mit Janes Raumanzug. »Ich helfe Ihnen bei Ihrem, wenn Sie mir bei meinem helfen«, bot sie mit ihrer trillernden, leicht akzentuierten Stimme an.

Der Raumanzug war im Wesentlichen ein Einteiler mit einem Netzwerk von wassergefüllten PVC-Röhren außen und wurde zum gegenteiligen Zweck getragen. Er bewahrte einen Astronauten davor, sich im Raumanzug zu Tode zu schwitzen – buchstäblich.

Sie setzte einen Fuß in das Bein des Anzugs.

»Jane, vergessen Sie die Windel nicht«, erinnerte Ajaya sie geduldig und stieß Jane eine zu.

Jane fing sie aus der Luft und erstarrte. »Ach du meine Güte, wirklich? Ich habe gedacht, die sind bloß für den Start und den Wiedereintritt.«

»Wir haben keine Ahnung, wie lange wir da drin sind. Die Anzüge können uns 150 Stunden lang versorgen, Jane. Wie lange halten Sie durch?«

Jane starrte Ajaya an. Die scherzte nicht. Natürlich nicht.

Janes Blick wanderte umher und fiel auf Bergen, der außer einer Windel nichts trug und gerade ein Bein in seinen Anzug schob. Seine Kleidung schwebte um ihn herum. Er begegnete ihrem Blick und wirkte amüsiert. Natürlich hatte er das Gespräch mitgehört.

Dann glitt sein Blick nach unten, und sein Gesicht färbte sich rot. Eindeutig gefiel ihm, was er sah. Schuldbewusst schreckte er auf, kam wieder zu sich, wandte sich ab und beschäftigte sich mit der Ausrüstung.

Janes Lippen zuckten. Sie tarnte das Fast-Lächeln mit einem Seufzer, zog sich den Slip aus und streifte die Windel über. Das kühlende Kleidungsstück rutschte glatt an ihr herauf, Zeugnis dafür, wie viel Gewicht sie unterwegs verloren hatte. Als Nächstes kam der bauschige Anzug. Sie schob sich vom Rückenteil aus hinein und steckte die Arme in die Ärmel. Ajaya zog den Reißverschluss hoch, positionierte das tragbare Lebenserhaltungssystem auf Janes Rücken und verband den Nabel mit dem Anzug selbst.

Jane löste ihren Pferdeschwanz und zog die weiße Kappe über den Kopf, wobei ihre Arme geschmeidig mit den scheibenförmigen Schultergelenken des Anzugs herumfuhrwerkten. Sie spürte jedes Augenpaar auf sich gerichtet, als sie zu Walsh und Bergen an der Luke hinübertrat. Sie überprüften gründlich die Lebenserhaltungsmodule jedes Anzugs und ließen den Druck aus der Kapsel.

Sie ging voraus. Es war Zeit, dass sie ihre Rolle in der Show spielte.

Janes Atem hallte durch die Helmkuppel. Er kam rascher, flacher – das Geräusch ihrer eigenen Furcht, das sie verfolgte. Sie dachte daran, dass Menschen irgendwelcher Art, also vermutlich hominide Wesen in dem Schiff gewesen waren, das 1947 in Roswell abgestürzt war – keine Ungeheuer, keine angsterregenden Fänge und Klauen. Alle gingen davon aus, dass das kleine Schiff seinen Ursprung in diesem größeren hatte. Sie hoffte dringend, dass sie recht hatten.

Unbeholfen drückte Jane auf ihren Sender, um ihn einzuschalten. Doch dann zögerte sie. Sie konnte sich nicht gerader aufrichten, weil sie nicht stand – nicht dass jemand ihre Haltung durch den bauschigen Anzug hätte erkennen können. Das spielte jedoch kaum eine Rolle, wo sie sich doch selbst überzeugen musste. Stattdessen straffte sie die Schultern und sagte: »Seht mal, ich weiß, das ist jedem eingebläut worden. Wir sind jedes nur vorstellbare Szenario durchgegangen, zahllose Male …«

Die Worte kamen zaghafter heraus, als sie gehofft hatte. Der Klang ihrer eigenen Stimme über den Sender hatte sie verwirrt. Walsh sah sie kühl an, Bergen eindringlich wie üblich, mit der Andeutung eines schalkhaften Lächelns.

Sie hob das Kinn und zwang sich, Entschlusskraft in ihre Stimme zu legen. Diese Dinge mussten noch einmal durchgesprochen werden. »Sobald die Luke offen ist, folgt ihr meiner Führung. Sie können sehr fremdartig aussehen oder handeln, und wir müssen uns damit abfinden. Denkt an euer Training. Keine jähen Bewegungen, keine lauten Geräusche – was auch passiert. Hände offen neben euch. Reagiert nicht. Ich übernehme das Reden.«

Walsh nickte einmal. »Compton, schicken wir noch einen Funkspruch nach Houston.«

Comptons gleichmütige Stimme tönte über die Lautsprecher an ihren Ohren. »Kanal nach Houston ist offen, Commander.«

»Houston. *Providence.* Wir haben erfolgreich am Ziel angedockt. Drei unserer vier ZTS-Klammern funktionieren und halten uns fest. Die vierte konnte nicht schließen. Wir öffnen jetzt die Luke.« Walsh hielt inne und schien einen Moment lang mit sich zu kämpfen.

Auf einmal verspürte Jane Mitleid mit ihm. Sie wusste genau, dass er den Druck empfand, etwas Tiefschürfendes zu äußern. Er hatte Monate gehabt, um sich etwas auszudenken, aber vielleicht erschien ihm jetzt nichts davon angemessen, wo der Augenblick tatsächlich gekommen war.

»Compton, schalten Sie die Vid-Übertragung von der Luke ein!«

»Vid-Übertragung läuft, Commander.«

Walsh packte einen Haltegriff, drehte sich um die eigene Achse und blickte in die Kamera hinter sich. »Wir geben unser Bestes, damit die Menschheit stolz sein kann«, sagte er fest, dann drehte er sich zurück und öffnete geschmeidig die Außentür. Er stemmte sich gegen die Fußhalterungen und Handgriffe, die zu diesem Zweck strategisch günstig angebracht waren, und schwang mit Bergens Hilfe die Luke auf. Daraufhin wichen er und Bergen zurück und bezogen mit Ajaya und Gibbs hinter Jane Position. Allein Compton verblieb im Cockpit.

Das Ziel war bloß noch Zentimeter entfernt. Seine metallische Oberfläche war zernarbt und jede Delle getrübt durch den rauchigen Schimmer von Sternenstaub. War sie absichtlich so geformt oder das Ergebnis der Reise oder eines Kampfs?

Das Blut rauschte in Janes Ohren. Sie bemerkte ein Surren oder Summen im Kopf, anfangs kaum wahrnehmbar. Es begann als leises, tiefes Dröhnen, stieg langsam höher und wurde dann zu einem schrillen, wilden Krach, der sie umgeworfen hätte, hätte sie sich gegen die Schwerkraft aufrecht halten müssen. So jedoch trieb sie einfach nur verwirrt dahin.

War das Panik, Furcht oder … *was?* Sie schoss einen Blick zurück. Bergen lächelte nicht mehr. Walsh sah starr geradeaus und mied ihren Blick.

Die Minuten vergingen. Nichts geschah. Waren sie den ganzen Weg für nichts und wieder nichts hergekommen? Wurde ihnen die Tür vor der Nase zugeschlagen? Immer noch warteten sie. Niemand sagte ein Wort.

Sie fühlte sich schläfrig. Gedanken stiegen langsam in ihrem Kopf auf und erreichten nicht so ganz ihre logischen Schlüsse. Wie lange hatten sie gewartet? Jane fielen die Augen zu, und sie fuhr ruckartig hoch, so dass sie umherwirbelte. Sie gab sich alle Mühe, so zu tun, als wäre das Absicht gewesen.

Bergen streckte ihr mit gerunzelter Stirn einen Arm entgegen. »Ruhig, Doc.«

Sie schlang ihre Finger um seinen Arm und drückte ihn – überzeugt, dass er es eigentlich nicht spüren konnte, aber das spielte offenbar keine Rolle.

Plötzlich vernahm sie ein polterndes metallisches Quietschen und richtete sich rasch auf. Was scheinbar eine feste Wand war, teilte sich in sieben oder acht herumwirbelnde Abschnitte, die sich zurückgezogen hatten, bevor sie sie zählen konnte. Tiefe Schwärze erstreckte sich vor ihr, ohne jedes Anzeichen von etwas Sichtbarem, ohne Geräusch.

»Sie haben einen Sinn für Dramatik, das muss man ihnen lassen«, brummte Bergen.

Jane hätte ihn zum Schweigen bringen, ihn an seine Ausbildung erinnern sollen, aber sie war wie gefangen, wartete atemlos darauf, dass etwas geschähe.

Über ihr flammte ein winziges Licht flackernd auf, knapp hinter der Schwelle, und warf einen blassgrünen Schein. Fasziniert sah sie, wie gleich dahinter ein weiteres anging, dann noch eins und noch eins, so dass es langsam hell wurde, und eines nach dem anderen lud dazu ein, einen langen, breiten Gang zu betreten.

Unwillkürlich keuchte sie auf. Raum. Sie wollte durch diesen Raum rennen, wie sie als Kind über Strände, Felder und durch Wälder gerannt war. Das war ihr erster Gedanke. Fast unmittelbar darauf kam der nächste.

Es war niemand da.

2

Bergen traf ein, als die Seminarteilnehmer gerade aufbrachen. Er nestelte unbehaglich an der Krawatte, die zu schlampig gebunden war, und rollte die Schultern in dem Jackett, das nicht richtig passte. Sie hatten ihn nach Stanford geschickt, wo er sich mit einer Linguistin namens Jane Holloway treffen und sie dazu überreden sollte, zu einem Gespräch nach Texas zu kommen.

Er hatte ihnen gesagt, sie sollten jemand anders schicken, aber sie überprüften acht Linguisten gleichzeitig, und die Schreibtischhengste hatten zu tun. Er hatte sein Vordiplom in Stanford abgelegt, gaben sie als Grund an. Sie hatten etwas gemeinsam. Basierend auf ihrem Profil, bestanden sie darauf, dass sie die vielversprechendste Kandidatin sei, der man am leichtesten die Mission verkaufen könne. Na ja, da irrten sie sich.

Zwei Frauen standen hinter dem Pult in dem kleinen Hörsaal und waren in ein leises, wenn auch hitziges Gespräch verstrickt. Die eine, eine gut gepolsterte Blondine, hatte eine perfekte Frisur und war wie eine sittsame Bibliothekarin gekleidet, mit einem langen, schmalen marineblauen Rock und passender taillierter Jacke. Sie trug eine Perlenkette um den Hals und Pumps an den Füßen und strahlte etwas Zickiges aus wie eine Jurastudentin. Sie legte gerade etwas dar, obwohl er nicht sagen konnte, worüber die beiden debattierten. Er überlegte, ob es um eine Benotung ging. Wahrscheinlich fürchtete sie sich davor, ihrem Daddy keine Eins vorzeigen zu können. Es war wirklich zu blöd, dass sie nicht mehr Bein zeigte.

Die andere Frau schien ihren Standpunkt zu verteidigen, wirkte jedoch überrascht, unsicher. Eher der Müslifresser-Typ. Obwohl sie, laut ihrer Akte, irgendwo etwas Grips im Kopf haben musste. Sie war schlank, athletisch und sah gut aus in ihren engen Jeans und den Wanderstiefeln, so viel stand fest.

Das könnte ein interessanter Nachmittag werden.

Es war ein altmodischer Name, Jane. Er erweckte alle möglichen interessanten Assoziationen. Während der Fahrt von Pasadena herauf hatte er sich mehrmals gefragt, als welche Jane sie sich erweisen würde. Jane des Dschungels – das bestimmt. Er hätte nichts dagegen, für diese Jane der Tarzan zu sein, aber das wäre ziemlich unprofessionell und könnte seine Chancen zunichtemachen, an dieser Mission teilzunehmen. War die Sache nicht wert.

Er räusperte sich, um sie auf sich aufmerksam zu machen.

Jane Goodall. Hm. Vielleicht. Sie hatte überall in der Welt gelebt, an vielen abgelegenen Orten.

Jane Fonda? Nö. Bestimmt nicht.

Die andere Frau wäre eher auf der üppigen Seite, so vom Typ Jayne Mansfield. Wenn sie etwas lockerer wäre.

Das Räuspern bewirkte nichts, also trat er heran und streckte der größeren, dunkelhaarigen Frau die Hand hin. Er könnte ebenso gut ihr Retter sein. »Dr. Holloway. Wir haben am Telefon miteinander gesprochen. Dr. Alan Bergen.«

Sie wirkte verblüfft und schüttelte schlaff die Hand.

»Gewöhnlich nennen mich die Leute Berg«, sagte er locker.

Etwas unschlüssig schüttelte sie den Kopf und wandte sich der anderen Frau zu, als wolle sie diese um Anweisungen bitten.

»Sie erinnern sich an unseren Termin?« Sein Blick flackerte zu der Blondine hinüber.

Mit einem strahlenden, freundlichen Lächeln sah sie ihn an. Ihre Lippen zeigten einen dunklen Himbeerton, der gut zu ihrer rosigen Haut und den großen grünen Augen passte. Sie streckte ihrerseits die Hand aus und sagte fröhlich: »Erfreut, Sie kennenzulernen, Dr. Bergen. Ich bin Jane Holloway. Ich bin gleich für Sie da.« Sie schob die junge Frau zur nächsten Tür. »Amy, sprechen wir am Freitag nach der Vorlesung noch mal darüber, nachdem Sie etwas Zeit hatten, über meine Worte nachzudenken, okay?«

Er trat unbehaglich von einem Fuß auf den anderen und kam sich blöd vor, weil er einen derartigen Patzer begangen hatte. Sie war Professorin – natürlich kleidete sie sich entsprechend. Warum hatte er erwartet, dass sie so aussähe, als würde sie sich demnächst auf eine Expedition begeben?

Es war ihm gar nicht recht, dass er gleich von vornherein wie ein Idiot aussah, wo dieses Gespräch doch so wichtig war, aber ihr Gesichtsausdruck zeigte keine Spur von Vorwurf, und sie war anscheinend auch nicht übermäßig belustigt über seinen Patzer, und das war eine Erleichterung. Er machte sich in Gedanken eine Notiz, ein Wörtchen mit dem Betreffenden zu reden, der ihrer Akte kein Foto beigefügt hatte.

Holloway drehte sich abrupt um, und das strahlende Lächeln kehrte zurück. »Okay, Dr. Alan Bergen, worum geht's? Vermutlich sind Sie hier, um mich dazu zu überreden, wieder Feldforschung zu betreiben«, sagte sie brüsk, sammelte ein paar Sachen rund ums Pult auf und begab sich zur Tür. Er mühte sich, ihr zu folgen, während sie über die Schulter zurückrief: »Sind Sie vom OTP, ELP oder einer der religiösen Organisationen?«

»OTP?«

»Oral Traditions Project, ›Projekt orale Tradition‹.« Sie blieb jäh stehen. Sein Schwung hielt ihn noch einen Moment in Bewegung, völlig asynchron zu ihr. Sie musterte ihn skeptisch. »Sie wissen nicht, was OTP ist? Wer sind Sie? Kein Linguist, oder?«

Er schnaubte. »Nein, ich bin Ingenieur.«

Sie zeigte jetzt einen Ausdruck der Besorgnis und sah ihn an, als wäre ihm gerade ein Horn mitten aus der Stirn gewachsen. »Ingenieur?«

»Ja. Luftfahrt. Tatsächlich habe ich hier mein Vordiplom gemacht. Vor dem heutigen Tag nur einmal den Fuß in dieses Gebäude gesetzt, glaube ich.«

»Was wollen Sie von mir?« Sie erschien verwirrt, schritt jetzt jedoch wieder eilig weiter. Er folgte ihr ein paar Treppen hinab, und sie blieb endlich stehen, sobald sie ein klaustrophobisch enges Büro erreicht hatten. Der Raum war vollgepfropft mit einem Schreibtisch, einem Sideboard und drei Regalen, die vom Fußboden bis unter die Decke reichten und auf denen dicht an dicht Bücher standen. Eine gewaltige, jedoch halb abgestorbene tropische Pflanze war gegen die Tür gelehnt und hielt sie auf. Der einzige nicht belegte Stuhl im Raum sah nicht so aus, als würde er ihm die nötige Beinfreiheit ermöglichen.

Die Situation machte ihn ganz kribbelig. Er war völlig außerhalb seines Elements. Sein Verdacht, dass die NASA diese kleine Nebenmission inszeniert hatte, um ihn auf clevere Weise zu testen, stieg in schwindelerregende Höhen. »Na ja, es geht offensichtlich nicht um mich. Es ist die Regierung.«

Sie nahm einen Bücherstapel von einem Stuhl, legte ihn auf die Kante ihres Schreibtischs und winkte ihm, sich zu setzen. »Unsere Regierung hat kein Interesse an nahezu ausgestorbenen Sprachen. Sie verstehen ja kaum diejenige, die sie benutzen.«

Er brach in lautes Gelächter aus. Versuchte sie etwa, witzig zu sein? Ihre zusammengekniffenen Augen sprachen gegen diese Hypothese. »Nein, wahrscheinlich nicht. Das wäre eine einzigartige Gelegenheit – etwas, das noch nie zuvor jemand getan hat.«

Sie ließ sich hinter ihrem Schreibtisch nieder und richtete endlich ihre gesamte Aufmerksamkeit auf ihn. »Okay. Dann lassen Sie mal hören!«

Er verspürte nicht den Wunsch, in diesem winzig

kleinen Raum eingeschlossen zu sein, und sah sowieso nicht, wie es ihm gelingen sollte, die Tür zu schließen, wo doch diese verdammte Pflanze so im Weg stand. Auf dem Flur draußen wimmelte es von eiligen Studenten, die etwas mitbekommen könnten. Das war der Teil, der ihm Unbehagen bereitete – wie er Holloway nach Houston bringen sollte, ohne allzu viele Karten aufzudecken. Raffinesse war noch nie so recht sein Ding gewesen.

Er zeigte mit dem Daumen hinter sich. »Warum gehen wir nicht einen Kaffee trinken? Reden darüber, wo wir etwas mehr unter uns sind. Am Telefon haben Sie gesagt, dass Sie ein paar Stunden frei hätten.«

Sie richtete sich auf, die Handflächen auf die Schreibtischplatte gedrückt, einen fragenden Ausdruck auf dem Gesicht. »Ich möchte eines gleich klarstellen. Sie sind ein Luftfahrtingenieur, der mit mir allein sprechen will, und zwar über eine einzigartige Gelegenheit, für die US-Regierung zu arbeiten?«

Er verschränkte die Arme, lehnte sich zurück gegen den Türrahmen und zuckte mit den Achseln. »Ja.«

»Ihren Ausweis, bitte?«

Er zögerte.

Sie wirkte erwartungsvoll, cooler, geschäftsmäßiger. »Sie müssen einen Regierungsausweis haben.«

Er holte seine Brieftasche hervor und reichte den Ausweis hinüber.

»JPL? NASA?« Sie war beeindruckt.

»Jet Propulsion Lab.« Begeistert nickend fügte er hinzu: »Es wird immer seltsamer.«

Diese Worte brachten sie zu einem Entschluss. Sie tippte mehrmals mit seinem Ausweis auf die Kante ihres Schreibtischs, wobei sie ihn nachdenklich betrachtete. Dann schnappte sie sich eine Handtasche, zog geschickt einen Schlüsselbund hervor und schob sich an ihm vorbei, wobei sie seinen Ausweis gerade außer Reichweite hielt.

Sie überquerte den Flur und steckte den Kopf in ein anderes Büro. »Sam? Ich gehe mit einem rätselhaften Ingenieur einen Kaffee trinken. Wenn ich bis vier nicht zurück bin, um seinen Ausweis wieder abzuholen, verfolge hiermit meinen Mörder.«

Sie verschwand im Innern. Gedämpftes Gelächter und Geflüster drangen aus dem Raum. Er hielt sich zurück, völlig aus dem Gleichgewicht geraten.

Mit einem strahlenden, warmen Lächeln tauchte sie wieder auf, ohne seinen Ausweis. »Ich fahre.«

In puncto Kaffee hatte sie einen guten Geschmack. Das Café war voll, also nahmen sie ihr Getränk mit zurück in ihren Wagen und machten sich davon. Sie verließen den Campus und fuhren hinüber zum Eingang des Stanford Arboretum. Sie hatte einen guten Riecher. Es waren keine anderen Autos da.

»Wie viele Sprachen sprechen Sie?«, fragte er im Versuch, Smalltalk zu machen, während sie einen vernachlässigten, überwucherten Pfad hinabschlenderten.

»Viel mehr als die meisten Menschen. Wie viele sprechen Sie?« Sie hatte die Brauen gehoben, und ihr Tonfall war neckisch.

»Einige Leute könnten argumentieren, dass die Terminologie der Ingenieure eine eigene Sprache ist«, gab er im Versuch zurück, einen Witz zu machen. Er ging daneben.

Sie verzog belustigt die Lippen. »Zu denen würde ich nicht gehören.«

»Dann nur eine.«

Sie nickte, setzte sich auf die Stufen vor einem antiken Mausoleum und trank einen Schluck ihres Kaffees. »Ich habe das Gefühl, ich sollte mich dafür entschuldigen, Ihre Ankunft nicht eher bemerkt zu haben. Da hat mich bloß etwas wie aus heiterem Himmel getroffen. Meine vielversprechendste Studentin hat gerade verkündet, dass sie auf der anderen Seite des Landes heiraten und Kinder bekommen will, bevor sie ihr Examen beendet hat.«

»Oh«, sagte er stirnrunzelnd.

Die Sorge vertiefte die Furchen um ihre Augen. »Das hätte der Durchbruch bei ihrer Karriere sein können.«

»Vielleicht fehlt ihr die Motivation.«

Sie schüttelte den Kopf. »Was ihr fehlt, ist Zutrauen zu den eigenen Fähigkeiten – ein Problem, mit dem sich viele amerikanische Frauen herumschlagen, leider. Da fällt es ihnen allzu leicht, sich für etwas zu entscheiden, das sie später bereuen. Wie viele Frauen arbeiten bei Ihnen am JPL? Genau die Hälfte?«

Unter ihrem fragenden Blick furchte er die Stirn. Er hatte Kollegen über die Schwierigkeiten sprechen hören, Leute zu bekommen, hatte jedoch nie viel über das Thema nachgedacht.

»Und die Frauen, mit denen Sie zusammenarbeiten – sind sie weniger fähig?«

Er warf ihr einen Blick zu und begriff, dass sie keine Antwort erwartete.

»Okay, Dr. Bergen. Hier ist kilometerweit niemand zu sehen, soweit ich das sagen kann. Ich glaube, wir können die Maske fallen lassen und Klartext reden. Sagen Sie mir, weswegen Sie heute mit mir sprechen wollten!«

Er stand verlegen da, weil er nicht wusste, wo er anfangen sollte. »Na ja, Sie verstehen, viel von dem Zeug ist geheim, also muss ich Sie bitten, vor meinem Weggang eine Geheimhaltungserklärung zu unterschreiben.«

Sie nickte. »Na gut.«

Außerhalb des JPL-Baus musste er nie über die Arbeit sprechen, außer so ganz im Allgemeinen, also wäre das hier etwas Seltenes. Er entschied sich, die Sache direkt anzugehen. »Im Jahr 1964 hat das erste Marslandegerät, Mariner 4, etwas Unerwartetes auf einer Handvoll Fotos aufgefangen. Im äußeren Asteroidengürtel gab es ein unbekanntes Objekt. Dieses Objekt erwies sich als ein außerirdisches Raumschiff.«

Er hielt inne, um zu sehen, wie sie auf diese Worte reagieren würde. Für einen ganz kurzen Augenblick wirkte sie verblüfft, riss sich dann aber wieder zusammen.

Reflexhaft fuhr er sich mit der Hand über den Nacken. Das Jackett spannte um seine Schultern und an den Armen. Ihm wurde zu warm, also zog er es aus und nahm einen Schluck Kaffee. »Sie waren von dem Fund nicht allzu überrascht gewesen, wirklich. Sie hatten zuvor schon ein außerirdisches Fahrzeug gesehen. Das ist eigentlich mein Job. Ich leite ein Team, das die Überreste eines Schiffs analysiert, das 1947 in der Wüste abgestürzt ist – in Roswell.«

Das hätte er ihr wahrscheinlich nicht sagen sollen. »Seit damals besteht der wahre Zweck jeder Marsmission darin, weitere Bilder dieses Schiffs zu erhalten. Teufel, deswegen haben sie Hubble gebaut, bloß, um es im Auge zu behalten. Wir nennen es *das Ziel.* Oh, sie haben Bodenproben auf dem Mars analysiert, atmosphärische Studien durchgeführt und so weiter, aber jeder Bohrer, jeder Rover und jeder Satellit ist zu Überwachungszwecken vollgestopft mit der aktuell hochwertigsten Fotoausrüstung.«

Sie nickte langsam, als würde sie diese Information verarbeiten, und nahm einen großen Schluck von ihrem Kaffee.

Er rieb sich die Hände. »Es gibt nicht allzu viele Leute, die davon wissen, aber Sie können sich bestimmt vorstellen – alle, die davon wissen, haben eine Theorie hinsichtlich dieses Schiffs und warum es dort ist. Einige sehen darin eine Relaisstation für eine Art Kommunikationsnetzwerk. Andere glauben, es beobachtet die Erde aus sicherer Entfernung – diese Spekulationen befeuern jedermanns Paranoia aufs Äußerste. Ein paar, darunter auch ich, halten es für verlassen. Hier also das, was wir wissen: In über 60 Jahren nahezu konstanter Beobachtung hat sich das Ziel nie aus eigener Kraft bewegt. Es hat einen stabilen Orbit beibehalten, ohne offensichtlichen äußeren Einfluss. Wir haben keinerlei Versorgung mit Nachschub bemerkt.«

Sie wirkte erwartungsvoll, neugierig, also redete er weiter. Er war sich ziemlich sicher, dass er mehr an Informationen preisgab, als er sollte. »Es bestehen langfristige Pläne, eine Mission zum *Ziel* zu schicken. 1964 konnten sie niemanden schicken. Damals sind wir noch nicht mal auf dem Mond herumspaziert – aber lassen Sie mich Ihnen sagen, das hat die Dinge erst so richtig in Gang gesetzt. Vergessen Sie den Kalten Krieg und die Russen. Es war immer um dieses *Ziel* gegangen.

Sie haben sich kleine Ziele gesetzt, um die nötige Technologie zu entwickeln und zu beherrschen. Jede Katastrophe war ein gewaltiger Rückschlag – Apollo 1, Challenger, Columbia. Das *Ziel* würde nirgendwohin gehen, also haben sie die Dinge wieder angeschoben. Nur um Ihnen die Größenordnung zu zeigen, von der wir hier reden, Dr. Holloway – die Entfernung zum Mars beträgt irgendetwas zwischen 55 und 100 Kilometern, je nachdem, wie er zur Erde steht. An einem guten Tag ist das *Ziel* mindestens 350 Millionen Kilometer entfernt.«

Ihre Brauen fuhren in die Höhe.

»Ja. Also, während jedes Raumfahrtunternehmen von Natur aus gefährlich ist, so wollten sie nicht, dass diese Tour zu einem garantierten Himmelfahrtskommando wird. Daher haben sie abgewartet. Aber wir können es nicht mehr weiter hinausschieben. Wir müssen jetzt los.«

»Warum jetzt?«

Seufzend ließ er sich auf der Stufe neben ihr nieder. »Ein Astronom der NASA hat vor Kurzem einen Asteroiden entdeckt, der sich auf Kollisionskurs mit dem Schiff befindet. Der Asteroid hat einen ungewöhnlichen Orbit. Er wurde von Jupiters Anziehungskraft aus der Bahn geworfen. Der Orbit der Erde und der des *Ziels* stehen nur alle 28 Monate in Opposition, also haben wir zwei Möglichkeiten, bloß zwei Startfenster, bevor sie vorüber sind. Die NASA möchte Sie bei der ersten Mission dabei haben, der Alpha-Mission, um festzustellen, was dort ist. Falls nötig, schicken sie eine zweite Mission hinterher, um das *Ziel* für weitere Untersuchungen in einen Lagrange-Punkt zu schleppen.«

»Warum warten Sie nicht ab, dass der Asteroid diejenigen zum Handeln zwingt, die vielleicht an Bord sind? Beseitigt das nicht die Bedrohung?«

»Die Bedrohung ist nur ein kleiner Teil des Ganzen. Das Ding ist der verdammte heilige Gral der Technologie und des Wissens darüber, was es sonst noch dort draußen im Universum gibt. Wir müssen es nach Hause bringen und mehrere Lebensspannen mit seinem Studium verbringen. Reverse-Engineering, verstehen Sie?« Er zuckte mit den Achseln. Seine Begeisterung blitzte auf.

Sie lächelte ansatzweise und musterte ihn mit einem forschenden Blick. »Nun ja, das ist schon eine unglaubliche Geschichte. Sagen Sie mir, was das genau für mich bedeutet! Warum sucht die NASA einen Linguisten? Warum gerade mich?«

»Eigentlich sollte der Bedarf an einem Linguisten doch offensichtlich sein. Wir benötigen jemanden, der den Versuch unternehmen kann, mit dem in Verbindung zu treten, was sich dort auch immer befindet – wenn sich denn überhaupt jemand dort befindet. Und wenn nicht … nun ja, es besteht Bedarf dafür, eine neue Sprache zu entziffern und zu dokumentieren. Der Fokus hat auf der Suche nach einem Linguisten gelegen, der tatsächlich über die entsprechende Erfahrung verfügt, Sprachen sozusagen aus dem Nichts zu erlernen.«

»Das wird monolinguale Feldsituation genannt, also ein Szenario, bei dem man auf keiner gemeinsamen Sprache aufbauen kann. Kommt ziemlich selten vor. Auf der Erde zumindest.« Sie schüttelte blinzelnd den Kopf und ließ zum ersten Mal Unglauben durchblicken.

»Sie sind eine der wenigen, die so etwas schon mal gemacht haben. Unter ziemlich schwierigen Umständen.«

Sie holte tief Luft und stieß sie langsam wieder aus. »Ja. Allerdings.« Sie stand auf und ging wieder los.

Er folgte ihr. Etwas hatte sich verändert. Ihre Stimmung war anders. Der Hauch von neckischer Neugier hatte sich verflüchtigt. Jetzt wirkte sie ernst, fast melancholisch. Sie blieb vor einem unheimlichen Marmordenkmal stehen, das von einem verrosteten schmiedeeisernen Zaun und einem Meer aus umgeknickten schwarz-weißen Lilien umgeben war. Es überragte sie beide. Wahrscheinlich über zwei Meter hoch, stellte es einen Engel dar, der auf einem Traueraltar kniete, eingehüllt in seine Flügel, den Kopf in den Armen vergraben, weinend. Bei seinem Anblick prickelte etwas unter seiner Schädeldecke, und er wollte dem Denkmal nicht den Rücken zukehren, als Holloway weiterging.

»Was soll ich ihnen sagen – wann sollen sie Ihren Flug buchen?«, rief er ihr nach.

Sie blieb stehen und drehte sich um, einen ungläubigen Ausdruck im Gesicht. »Was?«

»Nach Houston – zum Johnson Space Center – für die Bewerbungsgespräche. Sie sind die Spitzenkandidatin. Es wird nicht viele Mitstreiter geben. Hört sich so an, als hätten Sie bereits den Job, wirklich.« Er schob die Hände in die Taschen. Das hätte er nicht sagen sollen – aber es stimmte! Also, was soll's, zum Teufel!

»Ich würde mich freuen, Sie von hier aus zu beraten, aber ich bin nicht die richtige Person für diesen Job. Ich kann Ihnen ein paar Leute empfehlen, die besser geeignet wären.«

Das war nicht die Reaktion, die er erwartet hatte. »Sie irren sich. Ich hatte Gelegenheit, mir die anderen Bewerbungsmappen anzusehen. Sie sind die einzige Person für diesen Job. Sie sind die Einzige mit dem Durchhaltevermögen, Talent und schierem Mumm, der dazu nötig ist.«

Ihr Gesicht zeigte Skepsis. »Bestimmt sieht das auf dem Papier so aus …«

Er ließ seine Enttäuschung durchscheinen. »Sehen Sie, wir haben Monate damit verbracht, Linguisten unter die Lupe zu nehmen – wir haben bereits mit einer beträchtlichen Anzahl von Linguisten gearbeitet, an einem anderen, ähnlichen Projekt –, und keiner von denen kann Ihnen hinsichtlich angeborener Fähigkeiten und Erfahrung das Wasser reichen. Kommen Sie schon! Sie sind auf Ihrem Gebiet eine gottverdammte

Legende – und Sie sind, was? 35? Wissen Sie, wie wir Sie bei der NASA genannt haben? Wir nennen Sie Indiana Jane.«

Das Lächeln kehrte zurück, wenn auch nur eine Sekunde lang.

»Na gut – nur ich nenne Sie so. Aber es ist die verdammte Wahrheit!«

Sie schnaubte leise und sah weg.

Er verdrehte die Augen. Sie hatten ihn gewarnt, nicht zu fluchen. »Entschuldigung. Sie hatten recht mit Ihrer Annahme, dass ich nicht viel Zeit mit Frauen verbringe.« Er musterte sie und ließ die Verzweiflung fallen. Aber die Verwirrung konnte er aus seiner Stimme nicht heraushalten. »Das verstehe ich nicht – warum sollten Sie kein Interesse daran haben? Sie haben bereits den größten Teil dieses Planeten gesehen. Warum wollen Sie sich nicht einen Teil des Sonnensystems anschauen und dazu noch ein Alien-Schiff? Ich meine, ich hätte erwartet, dass Sie geradezu danach gelechzt hätten, in diese Rakete zu steigen.«

»Wie Sie.« Das war eine nüchterne Feststellung, eine Beobachtung.

»Ja!«

»Fliegen Sie?«

Er rieb sich nachdenklich den Nacken. »Hängt davon ab.«

Sie schoss ihm einen gerissenen, abschätzenden Blick zu. »Wovon?«

»Es gibt fünf freie Plätze, dazu einen für einen Linguisten. Wir sind inzwischen auf zwölf eingedampft.

Aus einer Anzahl von ursprünglich 108 möglichen Astronauten. Sie testen uns nach wie vor, quetschen uns aus, entscheiden. Jetzt hängt es von der Psyche ab. Die letzte Entscheidung wird bald fallen. Dann beginnt das Training. Wir haben etwas über ein Jahr Zeit, uns bereit zu machen.«

Er beobachtete ihr für den Augenblick ungeschütztes Gesicht, über das eine Vielzahl von Gefühlen flackerte. Einige blieben ihm ein Rätsel. Einige erkannte er. Unentschlossenheit zum Beispiel. Auch Verlangen. Sie verbarg es rasch, aber er hatte es gesehen. Sie wollte den Job. Sie wollte fliegen.

Er lächelte sie an, ein bedächtiges, aber auch keckes Lächeln, weil er einen verwandten Geist wiedererkannt hatte.

Ihr Gesicht wurde ausdruckslos, und sie schritt an ihm vorbei. »Tut mir leid, dass Sie sich die Mühe gemacht haben, den ganzen Weg herzukommen, Dr. Bergen. Ich werde Ihre Zeit nicht mehr weiter verschwenden. Deshalb werde ich Sie jetzt zu Ihrem Wagen zurückfahren und Sie wieder an Ihre Arbeit gehen lassen. Sie hört sich wichtig an.«

»Was?« Verdammt – er jagte wieder hinter ihr her und war völlig ratlos, was denn eigentlich hier vor sich ging.

Sie gab keine Antwort, sondern marschierte rasch zum Parkplatz zurück.

»Warten Sie einen Moment!«

Hochhackige Schuhe und ein dünnes Röckchen waren nicht für eine solche Flucht gedacht, die sie auf dem

Kiesweg unternehmen wollte. Als sie leicht stolperte, fing er sie an einem Arm auf. Sie zog sich hoch und wich seinem Blick aus.

»Was hält Sie zurück? Sie sind für diese Mission geboren worden!«

Sie lachte humorlos. Aus ihrer ordentlichen Frisur lösten sich allmählich goldblonde Strähnen.

Er hielt immer noch ihren Arm, drückte ihn. »Dieser kleine Ausflug nach Südamerika, dazu haben Sie Mumm gebraucht.«

Antwort: eine hochgezogene Augenbraue.

Er zuckte hilflos mit den Achseln.

Sie schüttelte den Kopf, und weitere Strähnen lösten sich. »Der war eigentlich nicht für mich gedacht.«

Offenbar stand sie jetzt wieder sicher auf den Beinen, also ließ er ihre Hand los. »Was? Darüber steht nichts in Ihrer Akte.«

»Ich studiere gefährdete Sprachen, ja, aber größtenteils bei den Resten der einheimischen Stämme Kanadas. Ich war nicht diejenige, die vor drei Jahren für die Reise nach Brasilien vorgeschlagen worden war. Es war eine meiner Studentinnen. Sie war die perfekte Kandidatin – ausgezeichnete Sprachkenntnisse, furchtlos, stets bereit, sich einer Herausforderung zu stellen. Aber zwei Wochen vor ihrer Abreise kam heraus, dass sie schwanger war. Das Projekt wurde gesponsert; es war eine wichtige Arbeit. Es ist so selten, einen Stamm zu finden, der so unberührt von der modernen Welt lebt. Wir haben gewusst, dass das, was wir dort lernen konnten, vielleicht die Fundamente dessen erschüttern konnte, was wir über die Ausbildung der Sprache im menschlichen Gehirn zu wissen glaubten. Wir haben gehofft, es würde eingefahrene Vorstellungen von Rekursion über den Haufen werfen, und es war auch so …« Sie bremste sich, weil ihr wahrscheinlich klar wurde, dass er keine Ahnung hatte, wovon sie überhaupt sprach.

Schmallippig sprach sie weiter. »Sie wollte auf jeden Fall hingehen. Sie wollte … das konnte ich nicht zulassen! Die einzige Möglichkeit, sie hierzubehalten, damit ihr nichts geschah, bestand darin, selbst zu gehen. Deswegen bin ich gegangen. Ich war dazu gezwungen. Also bin ich gegangen. Ich …«

»Sie haben bewiesen, was Sie beweisen wollten.«

Sie schauderte. »Ja, aber um welchen Preis? War es die Leben wert, die wir verloren haben, nur um einen uralten, pedantischen Akademiker zu widerlegen?«

»Das war schlicht Pech.«

Ihr Gesicht zeigte Freudlosigkeit, Qual. »Pech? Menschen sind zu Tode gekommen. Sie haben Familien hinterlassen – Menschen, die sie brauchten, sich auf sie verlassen haben. Ich konnte es nicht verhindern. Ich konnte sie nicht beschützen. Ich konnte sie nicht retten.«

Er runzelte die Stirn. »Sie waren erwachsene Menschen. Sie kannten die Risiken, als sie sich gemeldet haben – ebenso wie Sie.«

Sie schüttelte langsam den Kopf, die Lippen zu einem dünnen weißen Strich zusammengekniffen. »Sehen Sie, ich bin nicht irgendein wilder Abenteurer. Ich bin nicht die Person, für die Sie mich halten.«

»Ihre Kindheit meint da aber etwas anderes«, sagte er sarkastisch.

»Das waren meine Eltern. Das war nicht ich.« Sie ging mit brüsken Schritten zu ihrem Wagen zurück.

Er blieb hinter ihr, verwirrt. Er würde schwer eine aufs Dach kriegen, wenn er zurückkehrte. Sie würden annehmen, er habe eine unanständige Bemerkung gemacht und sie dadurch abgeschreckt. Sie würden davon ausgehen, dass er die ganze Sache vermurkst hatte. Er hatte ihren Test nicht bestanden.

Als er den Parkplatz erreichte, saß sie im Wagen, und der Motor lief. Er stieg ein, und sie fuhr los, und ihre Fahrweise war nicht mehr bedächtig und beherrscht. Sie fuhr etwas schneller und nahm ein paar mehr Risiken in Kauf.

»Ist es Angst?«, fragte er ruhig. »Weil wir alle … ich meine, es ist normal …«

»Nein.«

Es war eine kraftvolle Antwort. Weiter sagte sie nichts mehr. Er musste diese Tatsache kritiklos hinnehmen. Sie parkte auf dem Campus und saß dann da und starrte gerade vor sich hin.

»Sie werden mich nach dem Grund fragen. Was soll ich ihnen sagen?«

»Wenn Leute Risiken in Kauf nehmen, tun sie es aus selbstsüchtigen Gründen, um persönlich darin zu schwelgen. Sie überlegen nicht, wie ihre Handlungen andere beeinflussen werden.«

»Wen wollen Sie beeinflussen, Doktor? Wir haben unsere Nachforschungen angestellt. An Ihnen ist nichts, was wir nicht berücksichtigt haben. Sie können jedes Kästchen ankreuzen. Sie sind geschieden, haben keine Kinder. Ihr einziges noch lebendes Elternteil ist anscheinend vom Netz abgekoppelt, und die Großeltern, bei denen Sie Ihre Jugend verbracht haben, sind beide gestorben.«

Ihr Blick wanderte zu ihrem Schoß.

Er suchte in seiner Brieftasche nach einer Geschäftskarte. Sie nahm sie schweigend entgegen, und er stieg aus. Im Wagen wurde es bereits heiß von der Sonne, und er wusste nicht, was er sonst noch hätte zu ihr sagen können. Er wollte gerade die Tür zuknallen, da fiel ihm noch ein Letztes ein. »Werden Sie wie dieses Mädchen, diese Studentin, sein und es im Nachhinein bereuen? Oder werden Sie Ihr Potenzial ausschöpfen und etwas absolut Erstaunliches tun, von dem die ganze Menschheit profitieren wird?«

Sie gab keine Antwort, sondern schloss bloß die Augen.

Er holte seinen Ausweis im Gebäude ab und erinnerte sich daran, dass sie noch die Vertraulichkeitserklärung unterzeichnen musste. Auf dem Weg zu seinem eigenen Wagen bemerkte er, dass ihrer verschwunden war. Also hatte er das auch noch vermurkst.

Auf halbem Weg zurück nach Pasadena klingelte sein Handy. Holloway.

Die Stimme klang kalt, formell, die Worte wie eingeübt. »Dr. Bergen? Dr. Holloway hier.«

Er blickte in die Spiegel und entschloss sich, gerade jetzt die Spur nicht zu wechseln. »Ja, Bergen dran.«

Sie räusperte sich. »Ihre Leute sollen mich wegen der Buchung kontaktieren.«

Er setzte sich etwas gerader im Sitz auf. »Oh, Sie haben es sich anders überlegt?«

»Ich gehe nach Houston. Das ist alles, womit ich einverstanden bin. Im Augenblick. Und das nur, um meine Neugier zu befriedigen.«

3

Bergen fluchte.

»Tut mir leid, Doktor Holloway – aber es scheint, dass Sie arbeitslos geworden sind«, sagte Walsh nüchtern.

Jane stieß die Luft aus, die sie angehalten hatte. Sie sagte sich, dass sie erleichtert sein sollte. »Keine voreiligen Annahmen«, hörte sie sich laut überlegen. »Das könnte ein gesellschaftlicher Brauch sein, den wir nicht verstehen. Von Besuchern wird vielleicht erwartet, dass sie den Lichtern zu einem bestimmten Ort folgen sollen. Es könnte ein Willkommensgruß sein.«

»Wie der Gang über einen roten Teppich oder so«, schlug Gibbs vor.

»Gibt's hier irgendwelche Paparazzi?«, bemerkte Bergen.

Walsh schüttelte den Kopf. »Die Andockbeleuchtung, das Öffnen der Luftschleuse, die Innenbeleuchtung – das alles ist wahrscheinlich automatisch angesprungen, ausgelöst durch die Nähe. Ich glaube, wir haben hier das Szenario ›verlassen‹ vor uns.«

Ein komisches Gefühl im Magen beharrte darauf, dass er sich irrte. Hier drin war etwas. Jane schob sich vor und streckte die Hand aus, um sich durch die Öffnung zu ziehen.

Bergen schnitt ein Gesicht. »Also, wo stehen wir dann auf dem Ablaufdiagramm zum Verhängnis?«

Walsh packte Jane von hinten, bevor sie weiterkonnte. »Warten Sie. Compton – bekommen Sie irgendwelche Funksignale herein?«

»Negativ, Commander. Kein Glück«, erwiderte Compton gleichmütig aus dem Cockpit.

Jane ergriff das Wort. »Sie haben uns begrüßt. Sie wissen, dass wir hier sind. Ich glaube, vielleicht erwarten sie von uns, dass wir …«

»Wie Ratten durch ein Labyrinth laufen?«, warf Bergen mit einer gehobenen Augenbraue ein.

Jane fuhr mit finsterem Gesicht zu ihm herum. »Kein vorschnelles Urteil über sie, Dr. Bergen. Wir wissen nichts von ihnen. Mit solchen Bemerkungen gefährden Sie die Mission. Sie könnten uns überwachen, sogar jetzt …«

»Sie glauben, die sprechen Englisch, Doc?«, fragte Bergen trocken.

Hatten sie das ganze Training schon vergessen? Jane legte etwas Schärfe in ihre Stimme. »Das haben wir doch alles schon durchgekaut. Es ist ein Fehler, irgendetwas vorauszusetzen. Wir dürfen nicht vergessen, dass ihre Kultur völlig außerirdisch ist. Sie denken nicht wie wir. Vielleicht fürchten sie, dass ihr Erscheinungsbild uns abschreckt. Sie sind vielleicht schüchtern – eifrig bedacht, unser Verhalten erst zu beobachten, bevor sie sich zeigen. Es könnte Hunderte von Gründen geben, die ich mir nicht einmal vorstellen kann.«

Walsh wandte sich zur Basis der Kapsel um. »Ich glaube nicht, dass wir uns um irgendwelche ›sie‹ Gedanken machen müssen, Holloway. Es ist unser Job, herauszufinden, warum das so ist.«

Jane biss die Zähne zusammen.

Walsh stieß sich Richtung Cockpit ab. »Wir warten eine Weile.«

Bergen fummelte an einem Instrument herum. »Sie steht unter Druck. Wir sind zurzeit etwa bei 0,8 atm. Ich sollte da reingehen und wenigstens einige Luftproben nehmen.«

»Nein«, sagte Walsh. »Halten Sie sich für den Augenblick zurück.«

»Aber …«, wollte Jane einwenden, obwohl sie wusste, dass sie die Sache forcierte.

Walsh drehte sich um, eine vielsagende Pirouette. »Laut Protokoll für dieses Szenario arbeiten Sie für mich, Dr. Holloway. Wir gehen auf meine Weise vor.« Er machte sich daran, eine weitere Sendung nach Houston vorzubereiten und im Detail zu erläutern, was bislang geschehen war.

Ein ausgeklügeltes Ablaufdiagramm für »falls dieses, dann jenes« war in Houston ausgearbeitet worden. Je nach den Umständen, denen sie am Ziel begegnen würden, hätte entweder sie oder Walsh zu jeder beliebigen Zeit das Sagen. Walsh würde den Stab nicht ohne einen Beweis dafür übergeben, dass jemand da drin war, was auch in Ordnung war. Jane hatte das Kommando nie haben wollen, aber ihr war es wichtig, diese Sache richtig zu handhaben. Der Erstkontakt war eine heikle Angelegenheit, sogar daheim, unter Menschen. Und das hier war weitaus prekärer.

Walsh folgte den Protokollen, die sie in Houston erarbeitet hatten. An einem Punkt waren ihr jedoch Zweifel gekommen, ob menschliche Logik hier draußen überhaupt etwas bedeutete.

Jane lungerte mit Bergen an der Spitze der Kapsel herum. Bergen spähte ins Schiff, näherte sich so weit, wie er sich traute, ohne Walshs Zorn zu erregen. Es juckte ihn in den Fingern, er überprüfte seine Instrumente und ordnete sie an seinem Anzug um. Durch ihren Helm hörte sie das gedämpfte Scharren, mit dem sich Klettverschlüsse mehrfach lösten.

»Wo ist oben?«, fragte sie Bergen.

Er klopfte mit dem Handschuh gegen ihren Helm. »Schalten Sie Ihren Sprechfunk ein, Doc.«

Verdammt! Sie hatte gehofft, er könne ihre leisen Worte verstehen. Musste denn jedes Wort, jede Bewegung öffentlich sein? Wenigstens gehörten ihr noch ihre Gedanken allein. Sie schaltete den Sprechfunk wieder ein. »Wo ist oben?«

»Hm.« Er sah sie nachdenklich an. »Dasselbe habe ich mich gerade auch gefragt. Bei Mikrogravitation spielt das keine Rolle. Trotzdem denken wir nach wie vor in den Kategorien von ›oben‹ und ›unten‹. Die da vielleicht auch.«

Sie nickte, soweit es der steife Anzug erlauben wollte. »Na gut. Sie sind der Ingenieur. Was meinen Sie? Haben Sie die Beleuchtung in den Boden oder in die Decke eingelassen? Es gibt keine anderen Hinweise, oder?«

»Schwer zu sagen, da die Leuchtkörper nicht hervorstehen. Es könnte wirklich beides zutreffen.«

»Obwohl, Gibbs' Bemerkungen über den roten Teppich – und die Art und Weise, wie sie angegangen sind – haben mich dazu veranlasst, darin den Boden zu sehen. Sie?«

»Mm. Ich würde gern da reingehen und ein paar Messungen vornehmen, aber …« Er warf einen enttäuschten Blick zurück auf Walsh.

Walsh überhörte geflissentlich ihr Gespräch.

»Erinnert das nicht auf jeden Fall an das Fahrzeug von Area 51?«

»Das ist winzig im Vergleich hierzu. Bislang habe ich nichts Vergleichbares gesehen.«

Jane musterte das glatte Material, mit dem das Alien-Raumschiff ausgekleidet war. Es war von einer düsteren Farbe, nicht ganz Beige, nicht ganz Grün und dunkler, als sie aus rein psychologischer Sicht von einem Fahrzeug im Weltraum erwartet hätte – es reflektierte kein Licht. Aber der Durchgang selbst war geräumig.

»Von den Dimensionen her erscheint es so im Großen und Ganzen menschlich, nicht wahr? Wenn wir ein Fahrzeug dieser Größe bauen sollten, würde es dann nicht halbwegs dem hier in Größe und Form ähneln?«

Bergens Augenbrauen schossen in die Höhe, während er überlegte. »Nicht so richtig … Sie vergleichen es mit Bauten auf der Erde, wo Schwerkraft herrscht – wo die Leute aufrecht stehen. Ich würde bei uns etwas erwarten, das ein wenig kleiner ist, um Platz und Luft zu sparen. Das hier sind wohl an die zweieinhalb bis drei

Meter vom Fußboden zur Decke. Ich würde etwas entwerfen, das näher an zwei Metern liegt oder für einen Gang sogar noch niedriger.«

Jayne blieb auf der Hut, immer in der Hoffnung, jemand würde vielleicht vortreten. Wenn das Fahrzeug mit einer Rumpfbesatzung bemannt war und die Kontrollknöpfe zum Öffnen der Luke weit entfernt waren, könnten sie jede Minute eintreffen.

»Woran denken Sie, Doc?«, fragte er leise.

»Ich … na ja, ich habe daran gedacht, als wir die Luke geöffnet haben, da habe ich mich ein paar Minuten lang sehr … merkwürdig gefühlt. Haben Sie …«

Das Zischen eines statischen Rauschens kam über den Sprechfunk, und sie drehte sich zu den anderen um. Es war eine Sendung von Houston, die Stimme des NASA-Einsatzleiters, Gordon Bonham. »*Providence*, Houston. Bestätigung. Audioübertragung erhalten. Erwarten in diesem Moment Vid-Übertragung. Unsere Empfehlung: Weiterhin unter äußerster Vorsicht vorgehen. Operation: Delta Targo Uniform. Houston Ende.«

Jane schüttelte den Kopf. Die Botschaft war verschlüsselt und sagte ihnen, sie sollten das Schiff mit gezogenen Waffen erkunden – und Feindseligkeiten erwarten. Walsh würde diesen Befehl bis aufs i-Tüpfelchen befolgen, ganz bestimmt.

Jane und Bergen beäugten einander. Beide zeigten ganz offen ihre Skepsis, als sie sich aufstellten. Sie würden alle hineingehen, bis auf Compton, der als Wache auf der *Providence* zurückbleiben würde.

Walsh reichte Jane mit übertriebener Geste eine Beretta M9 aus Militärbeständen. Sie wollte sie nicht annehmen, wie er genau gewusst hatte. Stets hatte sie sich gegen jede Eventualität ausgesprochen, die einen Einsatz von Waffen verlangte.

Sie blinzelte heftig. Das Summen war zurückgekehrt, obwohl es dieses Mal leiser war – ein wenig leichter zu überhören. Etwas daran machte ihr zu schaffen. Sie hatte noch nie zuvor etwas Ähnliches empfunden. Nicht, als sie sich bemühte, ihre Kollegen in die Sicherheit des Kanus tief im Amazonasbecken zu ziehen, vom Fieber geschüttelt und halb verhungert und dazu gezwungen weiterzufahren trotz des Todes ihres Führers. Nicht, als sie auf Riesenschlangen getroffen war oder fleischfressende Insekten, die über den Körper einer schlafenden Person ausgeschwärmt waren, auch nicht, als sie auf feindliche Stammesleute gestoßen war, die schnell einen Giftpfeil als Willkommensgruß abschießen mochten. Selbst in jenen schreckenerregenden, verzweifelten, erschöpften Augenblicken hatte sie nie eine Furcht wie diese jetzt verspürt, die ihre Fähigkeit zu vernünftigem Denken ins Wanken brachte.

Walsh und Gibbs schwebten dicht bei dem meterbreiten Portal zwischen den beiden Fahrzeugen.

»Wie würden Sie diese Farbe nennen, Jane? Schälerbsengrün? Vergilbtes Grün? Rotbraun? Hässlich wie die Hölle«, bemerkte Gibbs mit einem Zwinkern, wobei er auf *das Ziel* deutete.

Jane nickte zerstreut. Sie konnte auf Gibbs' Versuch,

die Sache locker anzugehen, keine Antwort geben. Und er war zu aufgeregt, um Enttäuschung zu zeigen.

Walsh stieß sich ab, und eine halbe Sekunde später folgte ihm Gibbs. Sie zog sich näher heran.

Ein erstickter Aufschrei und ein Jaulen tönten ihr in den Ohren. Walsh und Gibbs stürzten auf die Oberfläche hinab, die die grünliche Beleuchtung barg.

Also doch der Fußboden.

»Scheiße«, brummelte Bergen, und seine blauen Augen leuchteten auf. »Künstliche Schwerkraft. Das hab ich nicht erwartet.«

»Wirklich?«, fragte Jane. »Ich hätte gedacht …«

Compton schob sich herein, wobei er Ajaya zu der Öffnung hinzog und wiederholt sagte: »Walsh, Gibbs – Bericht!«

Ajayas feine Gesichtszüge zeigten einen Ausdruck von Sorge. »Sie sind ohnmächtig geworden, eindeutig. Sie sollten aber nicht lange weggetreten bleiben. Ich hoffe nur sehr, dass sie sich nicht die Knochen gebrochen haben.«

Bergen pustete Luft durch die fast geschlossenen Lippen. »Wir haben keine Ahnung, wie viele *g* das sind. Selbst wenn es nur eines ist – sie tragen über hundert Kilo schwere Anzüge. Also werden Sie sich verteufelt anstrengen müssen, um wieder hochzukommen. Wenn das mehr als ein *g* ist, könnte das ein ernsthaftes Problem werden. Wir wissen nach wie vor nicht, ob die Luft da drin atembar ist.«

Sie spähten in das Ziel hinein, wobei die Helme leise aneinanderstießen.

»Sie sind so nahe. Sollten wir nicht versuchen, sie rauszuziehen?«, fragte Jane die anderen.

Ajaya runzelte die Stirn. »Wir können's versuchen – aber ich habe den Verdacht, dass wir die Besinnung verlieren, bevor wir sie zu packen bekämen. Warten wir noch etwas.«

Walsh bewegte den Arm.

»Walsh, Bericht!«, brüllte Compton.

»Pfffft«, war alles, was Walsh hervorbrachte. Dann ächzte er: »Verdammich, Gibbs, runter von mir!«

Gibbs reagierte nicht.

Ajaya beugte sich vor. »Sind Sie verletzt, Commander?«

»Nur mein Stolz. Bergen, haben Sie das als Ihr besonderes kleines Geheimnis für mich gehütet, oder was?«, schnaubte Walsh.

Bergen gab sich verschnupft.

»Er war ebenso überrascht wie Sie, Dr. Walsh«, warf Jane ein.

»Hätte es Sie umgebracht, wenn Sie etwas hier reingeworfen hätten, nur so als Test?«, knurrte Walsh.

»Was hätte ich denn reinwerfen sollen?«, gab Bergen zurück. »Dieses millionenteure Gerät oder das …«

Jane legte ihm den Handschuh an die Seite seines Visiers, und er verstummte, kochte aber sichtlich.

»Oh, Mann – das war ein bisschen plötzlich!« Auf einmal sprang Gibbs hoch, und sein überraschtes, dunkelhäutiges Gesicht erschien knapp vor der Öffnung, bevor er wieder zu Boden fiel und sich rüttelte und schüttelte, völlig außer Kontrolle geraten – wobei er einmal direkt auf Walshs Unterleib landete.

Walsh stieß ein »Uff« aus und krabbelte rückwärts. »Sie alter ... jemand spielt mit den Einstellungen dieses Gravi-Dingsbums herum, und das ist nicht komisch.«

Bergen kam näher, eindeutig hingerissen. »Was geht da drin vor sich?«

»Da fällt mir doch die Hüpfburg ein«, erwiderte Gibbs grinsend. Er richtete sich auf und machte ungleichmäßige, sprunghafte Schritte auf die Luke zu, wobei sein lächelndes Gesicht vor der Öffnung auf- und niedertanzte. Er zeigte auf Compton. »Ha! Kommen Sie rein, Pops. Erzählen Sie uns, wie das im Vergleich zum Mond ist.«

Compton, immer der Gutmütige, schnaubte. Er war nie auf einer Mondmission gewesen, war jedoch gegen Ende dieser Ära für das Astronautenprogramm ausgewählt worden.

»Alles in Ordnung, Ronald?«, fragte Ajaya.

»Klar, klar.« Gibbs kicherte leise und warf einen Blick zurück auf Walsh, der allmählich auf die Füße kam. »Walsh hat meinen Sturz abgefedert. Als wir gefallen sind, fühlte es sich wie wesentlich mehr als nur ein *g* an. Jetzt wie wesentlich weniger. Es hat sich blitzschnell verändert.« Gibbs verstand etwas von Gravitationsveränderungen. Er war im Laufe seiner Karriere dreimal auf der Internationalen Raumstation gewesen.

»Huch!«, stieß Bergen aus, und seine Augen fuhren hin und her, und Jane ging davon aus, dass er analysierte, was das über die Technologie aussagte.

»Sie müssen uns beobachten«, flüsterte Jane und wandte sich dann an Bergen. »Die wissen nicht mehr darüber, was sie von uns zu erwarten haben, als wir, was wir von ihnen zu erwarten haben. Sie haben die Schwerkraft entsprechend eingerichtet, als sie sahen, dass sie uns quälte – es war eine freundschaftliche Geste.«

Bergen wirkte entmutigt. »Entweder das, oder es macht ihnen Spaß, mit uns herumzuspielen.«

Gibbs' Lächeln erlosch. »Mir gefällt Janes Überlegung besser.«

»Mir auch«, sagte Ajaya. Sie hockte auf der Einfassung der Luke, bereit, hineinzugleiten und ihres Amtes zu walten. »Kommandant, gehen wir jetzt weiter, oder formieren wir uns neu?«

Walshs Ausdruck war grimmig. Er wandte sich von der Kapsel ab und hob seine Pistole. »Vorwärts!«

Einer nach dem anderen glitten sie hinein und sprangen unsicher, vorsichtig wie Kinder auf ihrem ersten Trampolin, den Gang hinab. Jane genoss das Gefühl von Schwere, die wieder an ihr zerrte, auch wenn der Effekt nicht groß war. Sie spürte, wie sich die langen Muskeln ihrer Beine auf eine Weise spannten, wie es nur die Schwerkraft nachmachen konnte, und wünschte sich, den Anzug verlassen und es völlig genießen zu können.

Sie war etwas unruhig, leicht benommen, hatte einige Probleme, in gerader Linie zu gehen, aber das war zu erwarten, nachdem sie so lange der Mikrogravitation ausgesetzt gewesen war. Es hätte schlimmer kommen können. Man hatte erzählt, einige Astronauten hätten

Schwierigkeiten beim Gehen und Drehen und könnten nur unter großer Anstrengung den Blick auf etwas fokussieren.

Gibbs blieb vor ihr stehen, machte eine Kehrtwende und deutete Compton gegenüber einen Salut an. »*Halte den Motor am Laufen, das Feuer am Brennen im Herd* und dieser ganze Scheiß, Pops. Sie kennen ja diese Art von Liedern.«

Compton hob feierlich die linke Hand; in der rechten hatte er die Waffe.

Sie erreichten das Ende dieses Teils des Ganges, und er knickte jetzt um 45 Grad zur Seite hin ab. Als Walsh diesen Punkt erreichte, schalteten sich die Lampen in dem neuen Abschnitt ein, individuell, eine nach der anderen, und zeigten einen Flur mit etlichen Türen. Jane zählte über die nächsten 30 Meter fünf Türen. Jede Tür war höher und breiter als nach menschlichem Maßstab und durch dicke, waagerechte Balken unterteilt.

»Fühlt sich noch wer wie Hänsel und Gretel?«, witzelte Gibbs.

Bergen verdrehte die Augen. »Die Vögel haben die Brotkrumen gefressen, die sie zurückgelassen haben.«

»Hat nicht eine Hexe Hänsel und Gretel fressen wollen?«, fragte Ajaya. Anscheinend bemerkte sie ihren Ausrutscher und warf Jane einen flehenden Blick zu. »Ich bin nicht mit diesen Märchen aufgewachsen, wissen Sie.«

Walsh ignorierte das Gerede über die Märchen und winkte Jane zu sich, wobei er auf die Wand deutete. »Dr. Holloway, jetzt sind Sie dran.«

Gleich neben der Tür, die er gerade erreicht hatte, waren zwei komplizierte geometrische Symbole in Augenhöhe zu erkennen. Sie trat dicht heran, um sie genau zu untersuchen, und machte eine Aufnahme mit ihrer Digitalkamera. Diese Symbole waren stark stilisiert und auf die glatte Oberfläche der Wand geprägt. Etwas sagte ihr, dass es sich bei ihnen um mehr als bloße Beschriftungen handelte.

»Die sind nicht unter den Symbolen, die man mir aus dem zerschellten Schiff in New Mexico gezeigt hat. Basierend auf ihrer Position kann ich wohl schließen …« Sie drückte leicht auf das obere Symbol, und die Tür glitt praktisch lautlos in die Decke.

Walsh trat an ihr vorbei, die 9-mm-Waffe im Anschlag, ganz der Militär. Als er die Schwelle des höhlenhaften Raums überschritt, gingen die Lichter an und erleuchteten Reihen sich dahinschlängelnder großer Kunststoffkisten, die vom Fußboden bis zur Decke gestapelt waren. War wohl irgendeine Art Lagerraum.

Gibbs pfiff leise, und der Laut hallte unheimlich über den Sprechfunk. »Verdammt! Da bekommt das Wort ›Nutzlast‹ doch gleich eine neue Bedeutung, was?« Keiner wusste, was er meinte.

Mit langen, federnden Schritten ging Walsh einen Gang hinab; die anderen folgten. Er nahm ein Symbol, das auf der Seite einer Kiste aufgestempelt war, genau in Augenschein und bat Jane zu sich. Sie machte ein Foto davon.

Bergen ließ ein kleines, lärmendes Instrument um eine Kiste laufen. »Ist nicht radioaktiv.«

»Die Außenseite der Container ist nicht radioaktiv«, verbesserte Walsh.

Bergen verdrehte die Augen.

Gibbs schlenderte einen Gang in der Nähe hinab und untersuchte genau die Symbole auf den Kisten. »Jane? Sehe ich das richtig? Sind die Symbole auf sämtlichen Containern dieselben?«

Jane sprang in wenigen kurzen Sätzen zu Gibbs hinüber. Sie tanzte eine Weile mit ihm den Gang hinunter und untersuchte dabei die Symbole. »Ja«, bestätigte sie. »Die Symbole auf diesen Containern sind alle gleich. Ich habe natürlich keine Ahnung, was sie bedeuten«, fügte sie für den Fall hinzu, dass die anderen eine wundersame Einsicht von ihr erwartet hatten. »Noch nicht.«

Sie kehrten zu den anderen zurück. Walsh war tiefer in den Raum hineingegangen. Bergen und Ajaya lungerten am Eingang herum.

»Sehen Sie sich das hier mal an«, murmelte Bergen. Sie wandte sich weiter zu ihm um und sah, wie er die Finger in eine Einbuchtung auf der Kiste unmittelbar neben der Tür bohrte und sie anhob. Der obere Teil des Containers löste sich.

»Dr. Bergen!«, rief Ajaya aus.

Gibbs verzog sarkastisch das Gesicht. »Berg, Sie Blödmann – das wird Walsh aber gar nicht gefallen.«

Bergen überhörte ihn und leuchtete mit seiner Taschenlampe in den Behälter hinein. Dann schwenkte er den Geigerzähler hindurch.

»*Was* wird Walsh nicht gefallen?« Walshs Stimme

dröhnte über den Sprechfunk. Jane drehte sich um und sah Walsh eilig durch den Gang zurückkommen.

Jane musste ihm beipflichten. Diese Dinge gehörten ihnen nicht. Sie waren nicht dazu eingeladen worden, sie zu untersuchen. Und dennoch teilte sie Bergens Neugier und ging hin, um den Inhalt selbst in Augenschein zu nehmen.

Bergen hob versuchsweise eine Ecke der Kiste an. Matte, sandfarbene Kristalle rutschten zu einer Seite.

Jane zog verwirrt die Nase kraus. Katzenstreu kam ihr in den Sinn.

»Eine Art Mineralerz? Ein Bergbauunternehmen?«, murmelte Bergen. Er ließ bereits eine Probe in ein kleines Fläschchen rieseln und verstaute es.

Walsh stürmte heran. »Bergen, verdammt noch mal!«

Bergen sah nicht einmal auf. »Beruhigen Sie sich! Das Siegel hier war bereits erbrochen. Wir sind nichts ausgesetzt gewesen. Wir tragen alle Anzüge. Es ist nicht radioaktiv.«

»Wir haben aus einem bestimmten Grund ein Protokoll. Missachten Sie es, und Sie werden den Rest der Mission als Wache auf der Kapsel verbringen.«

Bergen presste die Lippen aufeinander und sah Walsh funkelnd an. »Zur Kenntnis genommen.«

Auf Walshs Wink hin gingen sie schweigend hinaus.

Jane kehrte wieder in den Gang zurück und nahm erneut die Symbole neben der Tür in Augenschein. Sie drückte auf das obere, um zu sehen, ob sich die Tür auf eine zweite Berührung hin schließen würde. Nichts geschah. Sie drückte auf das untere Symbol. Die Tür schloss sich flüsternd und mit einem kaum wahrnehmbaren dumpfen Schlag.

Einen Augenblick lang ließ sie die Finger neben den Symbolen liegen, wobei sie im Geist eine Verbindung zwischen den Abbildungen und den Konzepten von »offen« und »geschlossen« zog und zugleich innerlich nach versteckten Verbindungen zu anderen Sprachen sondierte, eine routinierte mentale Übung.

Abrupt erkannte sie eine Bedeutung innerhalb des Musters. Ein Begreifen durchwehte ihren Geist – »offen« und »geschlossen«, irgendwo aus ihrem Innern herausgelöst.

Stolpernd wich sie zurück. Ihr Stiefel verhakte sich, und sie fiel hin, Gibbs direkt vor die Füße.

»Jane?«

Gibbs zog sie am Arm hoch. Sie schwankte in seinem Griff und sah mit offenem Mund die Symbole an, die jetzt weitaus mehr bedeuteten.

Sie sah in sie hinein, wie bei einem Hologramm.

Offen … gähnende Leere … frisch und exponiert, locker, hochheben und hinaus, entrollen … expandieren, Sterne und Licht … kommunizieren … auf immer und ewig …

Ihr stockte der Atem.

Ihr Blick wanderte nach unten. Eine neue Erfahrung.

Schließen … Barriere, blockieren … fest bedecken, verbergen, versiegeln und verschließen … ersticken … dunkel … unzugänglich … stockend … mörderisch, Zaun, Falle, Ende … Ende?

Sie schauderte und sah unwillkürlich in eine andere Richtung.

»Jane, was ist?« Bergens Helm rutschte über ihren.

Sie schloss die Augen, zitterte am ganzen Leib. Sahen sie es denn nicht auch?

Das Summen war wieder da, und es war stärker. Sie hatte ein unverkennbares Gefühl von Vibration und Bewegung. Waren tatsächlich Bienen in ihrem Kopf?

Ihre eigenen Gedanken waren wie in einem Sumpf eingesunken, während etwas anders – etwas, das nicht sie war – vor Freude surrte, bohrte, suchte ... Ihr Gehirn pulsierte als Reaktion darauf.

Ihre Gliedmaßen wurden schwer, und ihr war danach, sich einfach hinzulegen.

Sie kam sich vor wie betrunken.

Dann erinnerte sie sich an das erste Mal, als sie angeheitert gewesen war und eine jähe Klarheit erfahren hatte. Die Bienen hakten sich darin ein, schoben sie auf die Erinnerung zu.

Wirbelnd entglitt ihr die Beherrschung. Sie war jetzt nur Beobachterin.

Sie war neun gewesen. Damals lebten sie in Belize. An diesem Tag polterten keine Touristen in rostigen Bussen herbei, um über die Pfade zu wandern. Es war einer der seltenen freien Tage.

Jane schlug ein langsam fliegendes Insekt beiseite und blickte von dem zerlesenen gelben Taschenbuch auf, das eine große deutsche Frau tags zuvor achtlos hatte liegen lassen. Es war ein Buch von einem Typen namens Sagan, und es ging um ein Mädchen, das schlau und neugierig war genau wie sie.

Sie langweilte sich. Bald würden die täglichen Regenschauer einsetzen, und sie wäre den restlichen Nachmittag im Casita eingesperrt, würde lesen oder Schach spielen.

Wo waren ihre Eltern hin? Wahrscheinlich lagen sie kichernd irgendwo unter einem Baum. Sie seufzte schwer, denn sie mochte es nicht, allein gelassen zu werden; allerdings würden sie kommen, falls sie riefe. Aber dann erhielte sie eine Lektion, warum man keinen falschen Alarm schlug!

Unschlüssig setzte sie sich auf die staubigen, abgenutzten Dielenbretter im Eingang und betastete die breiten Spalten, geglättet im Lauf der Zeit. Sie glaubte, das leise »Kiau« zu hören, den verräterischen Laut eines Quetzals in der Nachbarschaft, hob ihr Fernglas und durchsuchte das Blätterdach nach dem Vogel, dessen roter Brust und dem langen, zuckenden grünen Schwanz, dann das Unterholz nach Anzeichen für ihre launischen Eltern. Sie entdeckte eine Bewegung, aber das war die Kuh.

Hatten sie nicht gesagt, sie würden versuchen, einen kleinen Bruder oder eine kleine Schwester für sie zu machen, damit sie Gesellschaft hätte? Aber das sagten sie ja schon seit langer Zeit, und es war noch nichts passiert. Sie sah den großen Nutzen des Ganzen nicht. Warum mussten sie dazu allein sein? Es war ja nicht so, dass sie ihnen nicht schon früher dabei zugesehen hatte, wenn sie geglaubt hatten, sie würde schlafen. Sie hatte ihre Eltern geneckt, dass sie ziemlich lustige Geräusche von sich gegeben hätten, vergleichbar mit den Affen, die sie beobachtet hatte.

Sie beäugte die Flasche mit klarem Guaro, die sie auf dem hohen Regal aufbewahrten. Erwachsenengetränke, Erwachsenensex, Erwachsenenzeug war bloß blödes Zeug, das sie nicht teilen wollten. Sie zog einen Stuhl zu dem Schränkchen an der Wand und holte die fast volle Flasche herunter. Sie würde es ihnen zeigen. Sie goss ihre kleine Plastiktasse voll und probierte.

Bäh. Schreckliches Zeug. Aber es rann ihr warm den Leib hinab, und das war angenehm. Ein sehr interessantes Gefühl. Sie hustete ein wenig und nahm vorsichtig einen weiteren Schluck und dann noch einen. Es war ein bisschen süß, und es war scharf. Nicht so anders als einige würzige Speisen, und die mochte sie sehr.

Sie entschied, dass sie reif genug war, um das Zeug runterzubringen, und drehte das Radio an. Mama tanzte gern zur Mariachi-Musik, wenn sie dieses Zeug trank. Als ihre Eltern zurückkamen, Arm in Arm und lächelnd, lächelte sie ebenfalls und summte vor sich hin.

Summen. Brummen. Vibrieren.

Es möchte etwas.

Stimmen drangen fast gewaltsam an ihre Ohren, rissen sie zurück, und sie sah wieder Ajaya, Bergen, Walsh und Gibbs, die sich um sie geschart hatten.

»Seht ihr die Symbole auch?«, fragte sie. »Hört ihr die Bienen? Spürt ihr ihre Bewegungen? Was wollen sie?«

»Sie hat wahnhafte Störungen«, murmelte Ajaya. »Der Stress …«

»Sie hat zwei Männern im gottverdammten Amazonasgebiet das Leben gerettet, als sie Malaria hatte – das ist kein Stress.« Bergen brüllte fast.

»Wir alle kennen ihre Akte, Berg«, sagte Walsh barsch wie üblich.

»Sie hat lange Zeit nicht gut geschlafen.« Das war Gibbs.

»Das hat keiner von uns – hören Sie auf!«, raunzte ihn Bergen an.

»Das bin ich nicht. Es ist etwas im Schiff. Ich kämpfe …«

»Kämpfe wogegen, Jane?«

Sie stieß ein seltsames Gelächter aus. »Bienen? Ich weiß es nicht. Ich bin …«

Nein. Das würde sie nicht aussprechen.

Was wäre, wenn sie ihnen gäbe, was sie haben wollten? Konnte sie sie beschwichtigen? Unsicher blickte sie in die konsternierten Gesichter ihrer Kollegen.

Das ist völliger Wahnsinn. Träume ich?

Es gab keine andere Möglichkeit. Sie schloss die Augen, und da war sie wieder, betrachtete ihr eigenes Kinderbewusstsein mit den Augen einer Erwachsenen.

Beide Eltern wirkten plötzlich und gleichzeitig sehr enttäuscht.

Ihre Mutter nahm sie hoch. »Janey – was tust du da?«

Sie lachte schnaubend, und das Gelächter wurde rasch zu einem Gelächter tief aus dem Bauch heraus. Sie sprang in Mamas Griff umher und packte ihre Hände. Ihr war schwindlig, als hätte sie sich zu lange im Kreis gedreht, und sie war absolut und völlig glücklich. Sahen sie es nicht? »Ich tanze. Tanzen wir!«

»Kevin, mach das Radio aus.«

Oh ha! Ernste Stimmen. Sie wurde still und starrte sie an. »Warum bist du böse auf Papa?«

»Bin ich nicht. Jane, hast du das getrunken?« Mama zeigte auf ihren Becher und die Flasche Guaro daneben. Papa sah aus, als wäre ihm übel. Er nahm die Flasche und ließ sich schwer auf einen Stuhl fallen.

»Haha – du bist einfach nur böse, weil ich dein Erwachsenenzeug probiert habe! Ich mag es. Es schmeckt gut. Wenn wir das nächste Mal in die Stadt fahren, möchte ich etwas Saft haben. Ich wette, das schmeckt gut, wenn man beides mischt.«

Ihre Mutter wirkte angeschlagen. »Jane, das ist nicht gut für Kinder. Dir wird bald ziemlich schlecht sein.«

Aber das war nicht so. Sie fühlte sich weiterhin gut, bis sie warm und schläfrig wurde, eingerollt auf Papas Schoß. Sie sagten ihr immer wieder, dass es schlecht war, aber sie glaubte ihnen nicht. Sie döste ein und erwachte später, als sie die beiden reden hörte, aber sie hielt sich still und lauschte schläfrig.

»Gieß es weg, Hailey«, sagte Papa leise.

»Kev, ist okay«, beschwichtigte Mama.

»Sie mag es«, würgte er hervor.

»Sie ist neun. Es gefällt ihr, etwas Neues auszuprobieren. Sie wird es vergessen.«

»Was, wenn nicht? Was, wenn …?« Er drückte sie fester.

Mamas Stimme wurde sehr leise, kaum lauter als ein Flüstern, aber drängend. »Sie wird nicht wie deine Mutter werden, Kev. Das werden wir nicht zulassen.«

»Nein. Gieß es aus. Nicht … nein …«

Es folgte das Geräusch, wie Flüssigkeit in den Staub spritzte, gleich draußen vor der Tür. Dann ergriff Mama wieder das Wort. »Du weißt, ich habe nachgedacht. Wir sollten umziehen, einen Ort suchen, wo es eine Schule gibt, Kinder in ihrem Alter zum Spielen. Diese Schweden letzte Woche haben vom Schnorcheln in den Korallenriffen Australiens gesprochen. Wir haben etwas Geld gespart. Wir waren beide Rettungsschwimmer – wir könnten es tun. Es ist ein tropisches Paradies, haben sie gesagt. Die Lebenshaltungskosten sind nicht arg hoch, haben sie gesagt.«

»Jane würde dort keine weitere Sprache lernen.«

»Nicht von den Einheimischen. Obwohl sich Touristen gern mit ihr unterhalten.«

Er küsste sie auf den Scheitel. »Ja. Allerdings.«

Sie fühlte sich warm und geborgen in seiner Umarmung. Es sollte niemals aufhören.

Sie hatte sich zuvor nie an diesen Teil erinnert, und an nichts davon in so vielen Details. Es war ein Geschenk. Aber sie wollte ihn zurückhalten, wollte ihm Dinge sagen, die sie als Kind nicht hatte ausdrücken können, wollte ihn warnen, dass Australien nicht die richtige Wahl sei.

Sie wollte es ändern. Es verlangte sie schmerzlich danach, ihn zu retten.

Ihre Eltern waren still geworden, und sie war eingedöst.

Die Erinnerung verblasste.

War jedoch nach wie vor da.

Was hatte das gebracht? In dem Schweigen lag keine Ruhe, nur Schmerz und herzzerreißende Einsamkeit.

In der tosenden Stille der winzigen Ein-Raum-Hütte rief Jane: »Willst du das? Willst du mir wehtun?«

»*Nein*«, summte eine tiefe Stimme leise.

Sie kam nicht aus dem Raum um sie herum, sie kam aus dem Innern ihres Kopfs!

Entsetzt fuhr sie hoch. Ihre Mutter und ihr Vater waren verschwunden. Sie könnte sie nie mehr so zurückhaben. Dieser Gedanke schmerzte ihr in der Brust.

Sie schritt zur Mitte des Raums in dem orangefarbenen Raumanzug, dessen Nabelschnur durch die einzige Tür hinaus in den Regenwald führte. Sie hörte, wie das raue Geschnatter der Brüllaffen draußen einen Höhepunkt erreichte. Etwas, das ihnen nicht gefiel, durchquerte ihr Territorium.

Jane fühlte ähnlich.

Sie blickte sich um. Es waren dieselben Wände in einem verblassten Türkis, die aus dicken Brettern bestanden, derselbe rohe Holztisch, dieselben nicht zueinander passenden wackeligen, durchhängenden Stühle, dieselbe Strohmatte und dasselbe Ausziehbett. Sogar Rainbow Brite erwiderte ihr Lächeln von dem kleinen Plastikbecher.

Tränen standen ihr in den Augen. Sie wollte sie nicht vergießen und blinzelte sie zurück. »Zeige dich!«

»Ich bedaure, dass ich das nicht kann, Dr. Jane Holloway.«

Sie erzitterte. Es kennt meinen Namen?

Die Stimme war volltönend – sie erweckte den Eindruck des männlichen Geschlechts, obwohl sie wusste, dass solche Annahmen ein Fehler sein konnten. Sie erzeugte beim Sprechen Vibrationen in ihrem Kopf, und das erschien merkwürdig.

Weil sie das auch mochte!

»Warum?« In ihrer Stimme lag Qual. Verdammt. Sie stählte sich und zog verärgert die Luft ein. Bleib nüchtern, Jane.

»Das ist ganz einfach. Meine Gestalt wäre in Ihrer wahrgenommenen Umgebung fehl am Platz.«

Hä? Was sollte *das* denn heißen?

Sie richtete sich kerzengerade auf und verlangte zu wissen: »Was willst du von mir?«

»Wir beide wollen etwas. Sie wollen etwas von mir.«

»Ich … wir mö…«

Die sonore Stimme ging dazwischen, erfüllte ihren Kopf, übertönte sämtliche anderen Gedanken. *»Es wird ein Austausch auf Augenhöhe, Dr. Jane Holloway. Sie haben nichts zu befürchten. Sie können sich umsehen, wie Sie möchten. Die Zusammensetzung des Gases sowie die Schwerkraft sind jetzt auf Ihre Art eingestellt worden. Diese Dinge berühren mich nicht. Es gibt reichlich Nahrung, wie Sie bereits entdeckt haben. Es gibt horizontale Plattformen wie diese, auf denen Sie ruhen können. Ihre Reise war lang, mühsam, primitiv. Sie ist jetzt vorüber. Sie sind zu Hause.«*

»Aber wo ist die Besatzung? Ein Schiff dieser Größe muss doch eine Besatzung haben.«

»Sie hat es … vor langer Zeit verlassen. Es gibt nur mich. Und jetzt Sie.«

Sie spürte, wie es davonglitt. Das Summen zog sich zurück. Sie konzentrierte sich, wollte es mit dem Willen festhalten. »Was ist los? Warum bist du so rätselhaft?«

»Ich lasse Sie jetzt ruhen. Sie sind erschöpft.«

Verzweiflung trieb sie einen Schritt nach vorn. »Warte einen Moment!«

»Ja? Sie verlangen noch etwas mehr, Dr. Jane Holloway?«

Sie blinzelte und mäßigte ihren Tonfall. »Was bist du? Wo bist du? Wer bist du?«

»Dieses Gespräch wird besser wieder aufgenommen, wenn die erforderliche mentale Verbindung optimiert worden ist. Im Lauf der Zeit und nach vielen Wiederholungen wird es leichter werden und Ihnen kein Unbehagen und keine Qualen mehr zufügen. Das ist vernünftig, Dr. Jane Holloway. Ich hatte nur den Wunsch, Ihnen Ihre Angst zu nehmen, Sie wissen zu lassen, dass Sie in Sicherheit sind. Das reicht aus. Ich verlasse Sie jetzt.«

»Nein. Bitte! Geh nicht. Ich … ich habe immer noch Fragen …«

Sie schwieg.

Es … er? … war verschwunden. Das Summen war verschwunden. Sie war wieder allein.

Sie ging zu dem Schränkchen hinüber und öffnete es. Es war alles so, wie sie es im Gedächtnis hatte, obwohl sie es ohne den Stuhl erreichen konnte. Dort waren die große Tüte Bohnenkaffee, Teig, Reis, Bohnen, Speck, eine kleine Papiertüte mit Wurzelgemüse und mehrere gelblich-braune Kochbananen. Sie wich langsam zurück und legte sich aufs Bett, die Finger auf dem weichen, abgeschabten Quilt, den ihre Mutter aus Minnesota mitgebracht hatte.

War sie wieder klein? Der Anzug war verschwunden. Sie trieb träumend dahin.

Abrupt setzte sie sich auf, entsetzt über ihre Manieren.

Sie hatte ihn nicht einmal nach seinem Namen gefragt.

4

»Wogegen kämpfen Sie, Jane?«, fragte Bergen drängend und rüttelte Jane an der Schulter, aber sie plumpste einfach zu Boden. Bewusstlos.

»Ronald, ihre Füße hoch!«, ordnete Ajaya an.

Gibbs kauerte sich hin, beugte Janes Knie und legte sich ihre Beine auf eine Schulter.

Bergen überprüfte die Anzeige vorn an ihrem Raumanzug; anscheinend funktionierte er einwandfrei. »Ich muss eine Diagnose ihrer Hardware erstellen. Sie könnte hypoxisch sein. Reichen Sie mir den Laptop!«

Gibbs reichte ihn rüber, und Bergen schloss ihn rasch am PLSS-Modul von Janes Raumanzug an.

»Sie ist nicht zyanotisch, Alan«, sagte Ajaya, drehte Janes Helm ein wenig und leuchtete mit einer Lampe hinein. »Atemfrequenz ist jetzt normal. Lassen Sie ihr eine Minute. Ich glaube, es ist bloß ein Panikanfall.«

Er kämpfte darum, seine Bewegungen unter Kontrolle zu halten, geduldig mit den dicken Handschuhen auf der Tastatur zu bleiben, während ein glühend heißer Ärger in ihm aufflammte. »Ein Panikanfall? Warum jetzt? Warum nicht beim Start? Warum nicht bei der Annäherung oder als wir die verdammte Luke geöffnet haben? Warum sollte sie diese Tür wählen und dann plötzlich, aus heiterem Himmel, den ersten Panikanfall ihres Lebens haben?«

Ajaya sah stirnrunzelnd zu Walsh hinüber. »Das können wir nicht wissen.«

»Was – Sie meinen, sie hat in Johnson gelogen oder sie irgendwie ausgetrickst? Sie hat nicht mal dorthin gehen wollen. Ich ... wir ... haben sie hierzu überredet. Sie könnte nicht mal ansatzweise lügen, Ajaya. Sie sollten das inzwischen wissen.«

Er blickte auf. Walsh und Ajaya warfen einander wissende Blicke zu.

»Was? Sie sind auch von diesem Mist überzeugt?«

Walsh runzelte die Stirn. »Für den Augenblick wissen wir bloß, dass sie ohnmächtig geworden ist. Ajaya soll sich um sie kümmern.«

»Ich muss ein Diagnoseprogramm über die Kontrollen ihres Anzugs laufen lassen«, brummte er.

Walsh schickte Gibbs los, um auszukundschaften, was vor ihnen lag, um sicherzustellen, dass sie immer noch allein waren. Dann kniete er sich anstelle von Gibbs hin und beobachtete leidenschaftslos Bergen und Ajaya bei ihrer Arbeit.

»Bergen.«

Bergen ignorierte ihn und überprüfte eine weitere Subroutine, wobei er in Gedanken die nutzlosen Handschuhe verfluchte, da sie ihm das Tippen erschwerten. Würde er sie nicht tragen oder wären sie besser designed, wäre er inzwischen fertig – wenn er derjenige gewesen wäre, der sie hätte entwerfen können. Aber er konnte sich nicht um alles kümmern.

»Berg.«

»Was ist?«, fragte er verzweifelt und blickte Walsh schließlich in die Augen.

Die Maske des Soldaten war verschwunden, ersetzt von einem Ausdruck tiefsten Verständnisses, obwohl nur ganz kurz. »Überprüfen Sie sich selbst«, sagte er knapp und blickte betont auf Jane, Ajaya und dann den Gang hinunter, wo Gibbs verschwunden war.

Bergen verkniff sich eine schneidende Erwiderung und konzentrierte sich auf den Bildschirm, wobei er sich bemühte, seine Züge zu beherrschen. Also wusste es Walsh. Er war durchschaubarer gewesen als beabsichtigt. In der ganzen Panik hatte er sein Pokerface vergessen. Walsh wusste, dass er nicht so reagiert hätte, wenn Compton, Gibbs oder Ajaya auf dem Boden gelegen hätten. Verflucht!

Na gut, was zählte das jetzt noch? Er hatte es geschafft – er hatte sämtliche ihrer Tests bestanden, hatte bewiesen, dass er ein Aktivposten und keine Bürde war. Er hatte es hierher geschafft, und daran würde sich in nächster Zeit kaum etwas ändern.

Aber wenn Walsh es wusste … dann die anderen vielleicht auch. Gibbs war ein Plappermaul. Und Ajaya könnte einen auf »von Frau zu Frau« machen, wenn die anderen Typen nicht da waren. Sie würden alles versauen. Sie würden es ihr sagen.

Verdammt und verflucht! Er wollte nicht, dass sich etwas änderte. Noch nicht. Er war nicht bereit. Erst mussten sie das hier beenden und heimkehren. Das lag noch Jahre in der Zukunft, und sie mussten tatsächlich überleben. Bis dahin … sie … er … vielleicht funktionierte es.

»Wenn das ein einfacher Ohnmachtsanfall wäre, müsste sie inzwischen wieder erwacht sein«, sagte Ajaya nüchtern. »Vielleicht ist sie unterzuckert oder ernsthaft dehydriert, oder vielleicht ist ihr elektrolytisches Gleichgewicht aus den Fugen wegen der Umverteilung der Flüssigkeiten in der Schwerkraft. Ich kann nichts entdecken. Ich kann nichts für sie tun, außer wir holen sie aus dem Anzug.«

»Haben Sie genügend Luftproben zur Analyse genommen?«, fragte ihn Walsh.

»Ja.«

Walsh schlüpfte mit einer Hand unter Janes Rücken und zog sie mit einem Ächzen hoch. »Bleiben Sie hinter uns.«

In der wenigen Zeit, die er während des Auswahlverfahrens in Houston für sich selbst hatte, ertappte er sich dabei, dass er Holloways Akte immer wieder las, bis er sie praktisch auswendig kannte. Er behielt sie aus der Ferne ständig im Auge, hatte jedoch keinen Zugang zu ihr, bis sie nach Johnson kam. Sie waren davon überzeugt, dass er es fast vermasselt hätte, also würden sie ihn sowieso nicht in ihre Nähe lassen.

Über den Flurfunk hörte er, dass die großen Jungs ihr einen nach dem anderen ausgaben und dass sie ein schwerer Brocken war. Sie machte es ihnen wirklich nicht leicht.

Er bekam sie einfach nicht aus dem Kopf; den Grund

dafür kannte er allerdings nicht. Sie war nicht besonders schön oder so, obwohl sie ein großartiges Lächeln hatte. Sie hatte etwas von »Plain Jane« an sich, versuchte er sich stirnrunzelnd zu überzeugen. Sie war überhaupt nicht sein Typ. Sie war zickig und rundlich – schlau, gerissen.

Ja, er mochte lebhafte, sportliche Mädchen, die bei seinen frühmorgendlichen Laufrunden mithalten konnten, die etwas für eine spontane Wanderung oder einen Tag Surfen übrighatten, wenn es plötzlich einen freien Tag gab. Natürlich, unter denen gab es keine Raketenspezialistin, aber er hatte die Hoffnung aufgegeben, ein Mädchen mit einem Verstand zu finden, den er wirklich bewundern konnte – nicht dass er allzu sehr danach gesucht hätte. Vielleicht wurde er zu alt, um in Studentenbars herumzuhängen und mit Mädchen anzubandeln, die sich bloß eine nette Zeit machen wollten.

Als er sich gerade mitten in einer Sitzung des Think-Tanks befand, wurde er herausgeholt. Zunächst glaubte er an schlechte Nachrichten. Es gab Gerüchte, wonach sie die letzten Fünf bekanntgeben würden, und er war nervös. Er hatte alles getan, was er konnte, um allen Qualifikationen zu entsprechen, jeden Test zu bestehen, fürchtete jedoch, dass es nicht gereicht hatte. Er hatte versucht, möglichst wenig von seinen eher negativen Seiten durchscheinen zu lassen. Die waren ein Problem, das wusste er, aber er hatte sich bereits einen Ruf in der Organisation erworben, und er konnte jetzt nichts mehr tun, was daran etwas ändern würde.

Die psychologischen Tests waren kaum zu ertragen

und lagen manchmal an der Grenze zur Lächerlichkeit. Sie wollten sicherstellen, dass sie nicht jemanden auswählten, der unter dem Druck der Langeweile und des engen Raums zusammenbrechen würde. Das verstand er und war entschlossen, bei dem Prozess die Geduld zu bewahren.

Er war nicht einmal überrascht, als sie ihn in einen Kernspintomografen schoben und mit eindeutigen und verstörenden Bildern bombardierten, wahrscheinlich eine Methode zur Bestimmung seiner Libido und des sexuellen Verlangens. Sie konnten nicht das Risiko eingehen, einen lüsternen Vergewaltiger auf eine zweijährige Mission mit fünf anderen Leuten in einem kleinen, beschränkten Raum loszuschicken.

Das war vor drei Tagen gewesen. Jetzt schickten sie ihn plötzlich, ohne Vorwarnung oder Erklärung, allein in einen kleinen Konferenzraum. Er kam zu dem Schluss, dass sie wahrscheinlich den Schlag abmildern wollten, indem sie den Verlierern vor der großen Ankündigung Bescheid gaben. Er wappnete sich für diese Möglichkeit, entschlossen, keinem seine Enttäuschung zu zeigen.

Aber es war Jane Holloway, die mit einem schüchternen Lächeln durch die Tür kam. »Hallo, Dr. Bergen«, sagte sie und wedelte mit der Hand. Diesmal war sie salopper gekleidet, jedoch nach wie vor ordentlich und sauber. Ihr modisch geschnittenes Haar trug sie offen. »Ich habe gehört, Sie haben eine Sitzung unterbrochen. Hoffentlich war sie nicht allzu wichtig. Ich werde die Kapsel jetzt zum ersten Mal zu sehen bekommen, und ich habe darum gebeten, dass Sie sie mir zeigen.«

Er lächelte erleichtert. »Also stimmen die Gerüchte? Sie haben den Papierkram unterschrieben?«

»Gerade eben. Ja.« Sie klang resolut, wirkte jedoch auch unsicher, als wäre ihr nicht ganz wohl.

»Was war das entscheidende Argument? Was hat Sie schließlich zur Unterschrift bewogen?«

Ein perlendes Gelächter. »Sie haben mir gesagt, wer ihre zweite Wahl war, und ich dachte: ›Oh, nein – das wäre eine Katastrophe!‹ Also habe ich unterschrieben.«

Er kicherte zusammen mit ihr. »Also war das der geheime Schalter beim Wettbewerb. Wenn ich das bloß in Stanford gewusst hätte!«

Sie schüttelte wehmütig den Kopf. »Nein, kein Wettbewerb. Eher Besorgnis. Er hätte vermutlich gut hier in die Altherrenriege gepasst, war jedoch für eine Mission mit Ziel Erstkontakt nicht geeignet. Eigentlich hat er sogar Glück, überhaupt am Leben zu sein, nach den Schwindeleien, die er abgezogen hat. Ich konnte sie nicht davon überzeugen, dass sie sich in ihm irrten, also bin ich zum Schluss gekommen, besser dranzubleiben.«

Er begriff, dass er dort stand und ihr wie ein Idiot zunickte, und machte sich zur Tür auf. »Also, warum haben Sie die Kapsel noch nicht gesehen?«

Sie hob die Brauen und holte tief Luft. »Sie sollte kein Faktor bei meinem Entscheidungsfindungsprozess sein. Sie haben mich in den vergangenen Wochen allen möglichen Tests unterzogen, wie Sie vermutlich auch. Ich muss bestanden haben. Anscheinend meinen sie, dass ich es hinbekommen kann, also bin ich jetzt bereit, sie mir anzusehen.«

Erwartungsvoll rieb er sich die Hände. »Na, dann ist ja gut. Das kann interessant werden.«

Sämtliche hohen Tiere warteten im Flur. Er grüßte sie herzlich, und sie gingen zusammen in die Fertigungsbereiche. Die anderen stellten sich an die Seite und gratulierten einander, während er auf die Kapsel zeigte und Jane ein paar technische Einzelheiten erklärte.

Zunächst erschien ihm alles in Ordnung. Sie folgte ihm einfach um die Kapsel herum, und er zeigte ihr die vier Hüllen für die Triebwerke, die gerade anmontiert werden sollten. Dann öffnete er die Luke, und sie stieg die kurze Einstiegshilfe hinauf und spähte hinein. Plötzlich ließ sie sich auf den Sprossen nieder.

Er zog die Brauen zusammen. »Möchten Sie hineingehen?«

»Ich …« Sie zupfte einen unsichtbaren Fussel von ihren Khakihosen. »Dr. Bergen …« Sie konnte nicht weitersprechen.

Voller Unbehagen trat er von einem Fuß auf den anderen, während er sie bei ihrem inneren Kampf beobachtete, dann ging er einen Schritt weg und stellte sich zwischen sie und die plaudernden Männer, sich ihrer jetzt kaum bewusst.

Sie verlor völlig die Fassung, warf einen Blick über seine Schulter, die Augen groß vor Unglauben.

Ihre Worte gingen über ein ersticktes Flüstern kaum hinaus. »Sie haben mir gesagt, das sei die fortschrittlichste … sie haben gesagt, man hätte weder Kosten noch Mühen gescheut … die beste und glänzendste – o mein Gott, das ist kein maßstabsgetreues Modell, nicht wahr?

Das ist sie? Sie ist … so klein? Größer als so wird sie nicht für sechs Leute, für zehn Monate, Einbahnstraße! Wir werden alle … da drin sein?«

Da traf es ihn – wie seltsam musste sie für jemanden außerhalb des Raumfahrtprogramms erscheinen. Jeder Kandidat für diese Mission würde freudig ein Bein hingeben, um einer der fünf zu sein, die in dieser Kapsel aufsteigen – aber alle verstanden sie die Logistik, den Mechanismus, weshalb alles so sein musste. Für sie wäre es ein Schock. Natürlich wäre es einer. Er konnte ihr kaum einen Vorwurf machen, oder?

Keine Sekunde ließ sie sein Gesicht aus den Augen, während er sich seine Worte zurechtlegte.

»Ja, Doktor. Das ist sie«, sagte er sanft.

Sie hob und senkte einmal den Kopf, und eine Träne rann ihr die Wange herab. Sie fegte sie beiseite, murmelte so leise etwas in sich hinein, dass er es kaum verstand, und erhob sich. Sie lachte. Es war ein gezwungenes Lachen, aber sie arbeitete aktiv daran, die Beherrschung wiederzufinden. »Ich habe ein Bad, das ist größer als dieses Ding«, sagte sie mit belegter, angespannter Stimme.

Er grinste sie an. »Natürlich. Aber kann Ihr Bad dreißigtausend Kilometer pro Stunde zurücklegen?«

Da musste sie dann schon lächeln. Langsam trat sie herunter und streckte die Hand aus. Entsprechend gefühlvoll erwiderte er die Geste.

Sie drückte ihm die Hand und bedeckte sie mit ihrer anderen. Es war eine schlichte Geste, aber ein so bedeutsamer Augenblick. »Ich glaube, ich kann stets damit rechnen, dass Sie mir unverblümt alles sagen, Dr. Bergen.«

Sie durchschaute ihn. Sie hatte ihn umgarnt.

Das war's. Das war's, als alles wirklich anfing. Wenn er ihr nicht bereits verfallen gewesen wäre, dann wäre es jetzt geschehen.

Blitzlichter zuckten, aber er nahm sie kaum wahr, während er dort stand und dieses erstaunliche Lächeln in sich aufnahm. Warum die Aufnahmen gemacht wurden, begriff er erst, als er am nächsten Tag die Neuigkeit erfuhr.

Der gewöhnliche Steuerzahler würde keines dieser Fotos je zu Gesicht bekommen. Hinsichtlich der Öffentlichkeit wäre dies die erste Fünf-Mann-Mission zum Mars. Dr. Jane befände sich auf einem ausgedehnten Studienurlaub im fernen Tibet.

Trotzdem war es ein historischer Augenblick, der für die geheimen NASA-Archive dokumentiert werden würde. Einer der Ingenieure, der die Kapsel zum Ziel mit entworfen hatte, der ebenfalls für das Team ausgewählt worden war, zeigte sie gerade der für die Mission frisch angeheuerten Linguistin-Astronautin.

Der Abzug eines dieser Fotos war eines der wenigen persönlichen Dinge, die er mitnehmen durfte. Es steckte in einem technischen Handbuch auf der Rückseite der Spindtür. Niemand hatte es gesehen außer dem Wissenschaftler, der für die Atemluft zuständig war und die persönlichen Dinge durchsah und genehmigte. Das Foto erzeugte keinerlei Ausdünstungen, also ging es durch.

Sie kehrten in die *Providence* zurück, schlossen und verriegelten die Luke. Walsh und Compton machten sich daran, den Druck in der Kapsel wiederherzustellen.

Ajaya ließ sich von Bergen helfen, Janes schlaffe Gestalt zur medizinischen Station zu ziehen, um sich das EEG anzusehen. Die Elektroden wurden traditionell bei Raumspaziergängen angelegt, wenn der Körper derart unter Stress stand, dass die lebenswichtigen Funktionen des Astronauten ständig überwacht werden mussten. Ajaya verriet nichts, während sie die Daten durchsah.

Bergen starrte auf Janes Gesicht hinunter und bemühte sich um einen neutralen Ausdruck. Sie schien einfach bloß zu schlafen. »Ajaya – ihre Augen bewegen sich. Sie hat keinen epileptischen Anfall, oder?«

»Nein. Für mich sieht es eher nach einer REM-Phase aus. Ihr Herzschlag hat vor ein paar Minuten einige Spitzen aufgewiesen, liegt jetzt jedoch wieder im normalen Bereich. Hier besteht keinerlei Grund zur Sorge.«

»Wir haben Atmosphäre«, verkündete Walsh, nahm den Helm ab und zog die Handschuhe aus. Alle folgten seinem Beispiel.

Bergen löste die Schließe an Janes Helm und machte sich daran, ihr den Anzug abzustreifen. Sobald Janes Rumpf freigelegt war, überprüfte Ajaya die lebenswichtigen Organe.

Es war entnervend, sie wie eine Puppe auszuziehen. Er hatte sich schon viele Male vorstellt, sie auszuziehen, aber niemals so. Er hielt seine Hände ruhig und die Gedanken auf die zu erledigende Aufgabe gerichtet. Es würde nichts bringen, jetzt irgendetwas anderes preiszugeben.

Er schälte ihr gerade den Kühlanzug von der Taille, als Walsh Befehle erteilte.

»Bergen, machen Sie sich an diese Luftproben. Gibbs, Varma könnte wahrscheinlich Hilfe gebrauchen.«

Bergen biss sich auf die Zunge. Compton war am Gas-Chromatografen und am Massenspektroskopiegerät ausgebildet und konnte die Luftproben selbst untersuchen. Gibbs ebenfalls.

Bergen hasste den Gedanken, dass Gibbs sie anrührte. Gibbs, der stets mit ihr scherzte. *Der macht jetzt besser keine Witze,* dachte er düster und schob sich zum Wissenschaftsbereich hinüber.

Er hatte gerade die erste Probe eingegeben und bereitete die zweite vor, als es hinter ihm einen Tumult gab. Er drehte sich um und sah Jane wild um sich schlagen. Sie war bei Bewusstsein, fast nackt. Es sah aus, als hätten Gibbs und Ajaya gerade versucht, ihr einen Fliegeranzug überzustreifen, als sie erwachte.

Gibbs segelte in die eine Richtung, Jane in die andere. Sie drückte sich das blaue Kleidungsstück an die Brust, der Blick wild und erschrocken.

»Jane«, beschwichtigte Ajaya in kühlem, klinischem Ton und streckte beschwichtigend eine Hand aus. »Alles ist okay mit Ihnen. Sie sind in Sicherheit. Wir mussten Sie aus dem Raumanzug holen, damit ich Sie untersuchen konnte.«

»Ich … ich erinnere mich nicht, hierhergekommen zu

sein. Ich fühle mich schrecklich. Ich habe Kopfschmerzen.«

Ajaya näherte sich langsam. Jane fuhr zusammen, stieß sie jedoch nicht weg. Bergen schlug das Herz bis zum Hals. Er konnte den Blick nicht losreißen, während Ajaya Jane den Anzug überstreifte, Fragen murmelte und beruhigend auf sie einredete. Janes Antworten waren einsilbig und ihre Bewegungen ruckartig, obwohl er nicht genau wusste, was sie miteinander beredeten.

Hinter ihm fiepte das Gerät. Walsh und Compton sprachen leise miteinander, und Gibbs wirkte verdächtig verlegen. Schließlich kam Gibbs herüber, weil es aussah, als müsse er etwas tun, und Bergen wandte sich widerstrebend der Maschine zu. Die Resultate ihrer ersten Probe waren gerade fertig.

»He, die sind … die sind gut!«, rief Gibbs.

Bergen schielte stirnrunzelnd auf die Ergebnisse. Er war sich nicht sicher gewesen, was er von ihnen zu erwarten hatte, fand sie jedoch entnervend, und das aus einer Reihe von Gründen. Gibbs' Bemerkung verführte Walsh und Compton dazu, näher zu kommen.

»Die erste Probe wurde analysiert. Ich brauche mehr Zeit, um die übrigen durchlaufen zu lassen«, sagte Bergen.

»Das ist nicht bloß atembar – das ist echt, echt dicht an der irdischen Atmosphäre dran«, sagte Gibbs begeistert zu Walsh.

Walsh beäugte Bergen. »Warum sind Sie davon nicht so begeistert?«

»Weil es so verdammt nah dran ist. Das hätte ich nicht

erwartet. Sauerstoff in nahezu perfektem Anteil. Stickstoff. Bei dem wäre zu erwarten gewesen, dass er den größten Teil vom Rest ausmacht, wenn nicht sogar alles. Spuren von Kohlendioxid und Methan, Hinweise auf lebende Dinge an Bord. Und da ist noch etwas – Xenon. Vier Prozent Xenon erscheint seltsam. Scheint mir zu hoch.«

Compton wirkte nachdenklich. »Wir verwenden es für den Ionenantrieb. Vielleicht verwenden sie es für etwas Entsprechendes. Vielleicht ist irgendwo ein Leck.«

»In unserer Atmosphäre gibt es nur Spuren von Xenon«, sagte Gibbs. »Aber auf Jupiter ist es ein viel höherer Prozentsatz. Für ihre Atmosphäre ist das vielleicht normal.«

Walsh klopfte auf das Instrument. »Wie hoch war der Druck in der Atmosphäre? Sobald wir mal ein paar Hundert Meter drin waren?«

Bergen schüttelte den Kopf. »Das ist auch merkwürdig. Er bewegte sich so um die 1 Bar. Weniger hier in der Nähe der Kapsel, weil wir dekomprimiert haben, um die Luke zu öffnen. Aber je weiter wir vorgedrungen sind, desto näher kam er an den idealen Druck – irdische Meereshöhe.«

Walsh kniff die Augen zusammen. »Das gefällt mir nicht. Jemand ist da drin. Sie wissen, woher wir kommen. Sie schalten die Lampen ein, verändern die Schwerkraft. Was wollen sie damit bezwecken? Warum zeigen sie sich nicht?«

»Jane hat gesagt, sie könnten schüchtern sein«, warf Gibbs ein. »Vielleicht beobachten sie uns.«

»Na ja, dann haben wir denen aber eine verteufelte Realityshow geliefert«, brummte Walsh mit einem Blick zurück auf Jane und Ajaya.

Ajaya zog gerade den Reißverschluss von Janes Schlafsack hoch, der an ihrem Sitz befestigt war. Janes Augen waren geschlossen.

Ajayas Lippen waren eine gerade Linie, als sie an die Gruppe herantrat. »Ich habe ihr etwas gegen die Kopfschmerzen gegeben. Die sind schrecklich – vielleicht eine Migräne, obwohl sie in der Vergangenheit nie eine hatte, nicht einmal Spannungskopfschmerzen. Mehr kann ich nicht entdecken. Ich finde nichts Anomales.«

»Was sagt sie jetzt?«, drängte Walsh.

»Nicht viel. Ich habe sie gefragt, was geschehen ist. Sie hat geantwortet, sie versuche, das herauszubekommen. Es widerstrebt ihr anscheinend, mehr zu sagen. Sie braucht Schlaf. Tatsächlich sind wir alle längst reif für einen Schlafzyklus, Commander.«

»Einverstanden. Werden wir mal diese Anzüge los, essen wir etwas und ruhen uns ein wenig aus. In neun Stunden machen wir uns wieder dran.« Walsh rieb sich mit einer Hand übers Gesicht. »Haltet eure 9-mm dicht neben euch.«

Bergen schob sich in seinen Sitz und zog den Reißverschluss seines Schlafsacks hoch. Er wandte den Kopf zu Jane, um sie beim Schlafen zu beobachten. Jetzt, als sich alle anderen zur Ruhe begaben, hatte er einen unbeobachteten Augenblick, da die anderen ihn nicht mehr sehen konnten.

Etwas war ihr zugestoßen, aber es war ihm ein Rätsel, was das gewesen sein mochte. Sie war völlig gebannt von den Symbolen an der Wand gewesen und dann einfach ausgeflippt. Das sah ihr ganz und gar nicht ähnlich. Während der gesamten Fahrt war sie ein Fels in der Brandung gewesen – umgänglich, ausgeglichen, freundlich. Sie hatte schwer daran gearbeitet, den Frieden unter unglaublich schwierigen Umständen aufrechtzuerhalten – und zwar erfolgreich.

Nur einmal hatte sie Anzeichen dafür gezeigt, dass der Stress ihr zu schaffen machte. Es war vor einem Monat gewesen, kurz nachdem sie einen Datenstrom von Houston empfangen hatten, voller persönlicher E-Mails, die als moralischer Auftrieb gedacht waren. Wenige Minuten nach dem Herunterladen hatte sie schweigend geweint, aber versucht, es zu verbergen. Das geschah immer wieder. Regelmäßig. Tagelang. Niemand sonst fiel das anscheinend auf. Einmal hatte er sie und Ajaya im Gespräch gesehen, aber es hatte nicht geholfen. Er wurde wütend, dass allen ihr Leid so gleichgültig war oder dass sie es nicht erkannten – was scheinbar noch schlimmer war.

Eines Tages hatte sie sich in einen kleinen Winkel verkrochen, den sie regelmäßig aufsuchte, ein elektronisches Lesegerät in der Hand. Er saß in der Nähe über einer Mahlzeit, als ihm etwas ins Gesicht spritzte. Er wusste genau, dass es kein Essen war, weil er noch nichts Nasses geöffnet hatte. Er blickte auf und begriff, dass es eine Träne war, die ihr trotz ihres Bemühens, sie zu verbergen, entwischt war.

Drei jüngere Schwestern hatte er. Als sie alle noch klein gewesen waren, hatte er beobachtet, dass seine Eltern Wunder mit Umarmungen bewirkt hatten. Er hatte sich sogar selbst dazu herabgelassen, wenn er verzweifelt war. Obwohl er es eigentlich besser wissen sollte, konnte er ihrem verzweifelten Bemühen nicht mehr einfach so zusehen.

Er sagte nichts. Er wollte keine ungewollte Aufmerksamkeit erregen. Er rückte bloß näher heran und schlang die Arme um sie.

Zunächst versteifte sie sich, dann zerschmolz sie in seinen Armen, barg ihr Gesicht an seiner Brust und schluchzte lautlos. Er wartete, bis sie sich zurückzog, Entschuldigungen murmelnd, aber er erwiderte nichts und sah ihr nicht einmal in die Augen. Er wollte sie nicht in Verlegenheit bringen, sondern rückte bloß weg. Anscheinend hatte sie das gebraucht, weil sie danach nicht mehr weinte.

5

Jane erwachte fix und fertig. Sie zuckte unwillkürlich zusammen, als ihr einfiel, dass dies nicht nur ein weiterer künstlich erzeugter Tag unter den endlosen, monotonen Stunden des Treibens durch den Raum war. Etwas war schließlich geschehen: Alles hatte sich verändert.

Die anderen würden Antworten von ihr erwarten, aber sie wusste nicht, was sie sagen sollte. Von Zeit zu Zeit spürte sie ihre Blicke auf sich. Sie gab vor zu schlafen und hörte ihnen beim Pläneschmieden zu.

Sie sprachen darüber, wie sie auf der Grundlage der bisher gesammelten Informationen weiter vorgehen sollten. Die Besatzung war dazu ermutigt worden, unter den meisten Umständen Entscheidungen auf demokratischem Weg zu treffen, obwohl die letzte Entscheidung stets in Händen des Teamleiters liegen würde – in diesem Fall Walsh.

Dieser argumentierte zugunsten einer Rückkehr ins *Ziel* mit Raumanzügen. Was so ziemlich eine Garantie dafür war, dass Bergen genau die gegenteilige Position einnahm. Er brachte vor, dass das eine Verschwendung von Ressourcen sei und ihre Mobilität begrenzen würde. Als Ajaya, Tom und Ron sich mit Bergen einverstanden erklärten, gab Walsh nach, und sie waren einstimmig dafür, ohne Anzug hineinzugehen und Vorsichtsmaßnahmen zu treffen.

Der Nebel aus Schmerz hatte sich während ihres Schlafs fast verflüchtigt und einen dumpfen Schmerz sowie eine ziemlich deutliche Erinnerung an einen geradezu surrealen Austausch hinterlassen. Konnte das tatsächlich telepathische Kommunikation gewesen sein? Oder war es eine Halluzination? Hatte der enge Raum sie schließlich doch über den Rand des Wahnsinns geschubst? Sie hatten ihnen in Houston beigebracht, dass sie sich auf alles vorbereiten sollten, aber nichts konnte jemanden auf so etwas vorbereiten.

Sie katalogisierte, was sie wusste. Die Stimme hatte analytisch geklungen, kalt. War sie in so etwas wie eine computergenerierte virtuelle Umgebung hineingezogen worden? Etwas, das in die Gedächtniszentren des Gehirns eingebracht worden war, um den Benutzer zufriedenzustellen und an Informationen zu gelangen?

Jane brütete über der von der Stimme heraufbeschworenen Erinnerung. Sie war stets vorhanden, zupfte am Rand ihres Bewusstseins, erinnerte sie leise flüsternd daran, wie das Leben wahrhaft sein sollte. Jetzt wieder frisch im Gedächtnis und auf eine Weise manifestiert, die sie sich nie hätte vorstellen können – sie drei, wie sie vor Australien einmal gewesen waren, warm und liebevoll, an einem glücklichen Ort. Es war ihr nie mehr gelungen, dieses Gefühl erneut vollständig wiederherzustellen.

Eine Weile lang hatte sie etwas Ähnliches mit Brian gehabt, aber Karriere und Arbeit hatten sich zwischen sie geschoben und es vertrieben. Es hatte eine Zeit gegeben, da hatte Brian gemeint, ein Baby würde sie einander näherbringen, ihnen ein gemeinsames Ziel geben. Es wäre keine gesunde Lösung für ihre Beziehung gewesen, aber ein Teil ihrer selbst hatte nach einer derartigen tieferen Bindung verlangt. Brian hatte ihre Sorgen um den Einfluss auf ihre Karriere abgetan und versprochen, dass sie die Last gemeinsam tragen würden, aber er war immer allzu sehr im Stress wegen der Belastung durch seine Fälle oder des Konkurrenzkampfs mit einem Partner, um irgendwann ernsthaft die Gründung einer Familie in Betracht zu ziehen, und irgendwann wurde ihr klar, dass es nie geschähe. Wahrscheinlich war das für alle am besten so, aber sie blieb deswegen haltlos, abgeschnitten von der Wärme, nach der es sie verlangte.

Warum wollte die Stimme sie daran erinnern, an ihr persönliches Versagen? Brodelte die Erinnerung so dicht unter der Oberfläche, dass sie sie selbst ausgewählt hatte? War sie zufällig gekommen, oder hatte die Stimme diese Erinnerung ausgesucht, hatte sie irgendwie gewusst, was das bei ihr auslösen würde?

Auf diesen ganzen Fragen lag eine Schicht von Unbehagen. Es hatte ihr ein beunruhigendes Vergnügen bereitet, eine Stimme zu vernehmen, die Schuldgefühle in ihr auslöste, als wäre sie ein Kind, das mit einem Trick dahin gebracht worden war, Süßigkeiten von einem Fremden anzunehmen. Es löste ein Gefühl der Bedrohung aus – sie spürte, dass die Stimme sich stark zurückgehalten hatte, dass sie aber eine schreckliche Macht besaß.

Sie hatte so viele Fragen und keine Antworten. Jane blickte durch die Wimpern zu den anderen hinüber. War einer von ihnen von dieser körperlosen Stimme auf dieselbe Weise berührt worden? In diesem Fall würde er es nicht eingestehen. Das erschien tatsächlich wie eine gesunde Strategie. Wenn sie echt war, würde sie es erneut versuchen. So viel hatte die Stimme gesagt.

Mit dieser Überlegung biss sie die Zähne zusammen, löste die Riemen und zog den Reißverschluss des Schlafsacks auf. Die Bewegung lenkte aller Augen auf sie, wie sie wusste. Alle sammelten bereits die Ausrüstung zusammen. Sie würde sich beeilen müssen, sie bei ihren Vorbereitungen einzuholen.

»Guten Morgen«, sagte sie feierlich.

Ajaya schob sich näher heran. »Wie fühlen Sie sich jetzt, Jane?«

»Besser«, wich sie aus. »Was haben wir heute vor?« Sie begegnete direkt Walshs Blick.

»Erkundung. Wir dringen weiter vor.« Er beobachtete sie wachsam.

Sie nickte. »Ich bin gleich so weit. Ihr hättet mich wecken können.« Sie stieß sich ab und wollte zum Spind mit den Essensvorräten.

Bei Walshs nächster Bemerkung hielt sie inne. »Sie und Varma bleiben hier.«

Sie packte den nächsten Haltegriff und drehte sich herum. »Was? Ihr braucht mich. Ich bin …«

»Varma hat ihre Anweisungen. Das sind Ihre: Sagen Sie ihr, was gestern da drin passiert ist.«

Sie starrte ihn ungläubig an. »Mir geht's gut!«

Er hielt eine Hand hoch. »Ersparen Sie sich das. Gibbs wird Fotos von jeder Sprache oder jedem Symbol machen, dem wir begegnen. Sie werden automatisch auf Ihren Laptop geladen, und Sie werden uns über Funk hören können. Bringen Sie bei sich alles wieder in Ordnung, und Sie können uns morgen begleiten.« Er wandte sich ab und überprüfte seine Ausrüstung. Sie trugen Sauerstoffüberwachungsgeräte und hatten eine Notversorgung an Luft umgeschnallt, ebenso Packen mit einer Tagesration an Fertignahrung, dazu Werkzeuge und Instrumente.

Walsh und die drei anderen Männer glitten kurz hintereinander hinaus. Sie konnte ihre Überraschung hören, als sie in den Gang darunter fielen und dabei die Tatsache diskutierten, dass die Schwerkraft jetzt der irdischen entsprach. War das eine Bestätigung, dass der Alien nach wie vor daran arbeitete, die Umweltbedingungen für sie zu optimieren?

Jane nagte unschlüssig an ihrer Lippe. Sollte sie die anderen aufhalten? Ajaya schloss die Luke, und die Gelegenheit zum Sprechen war vorüber.

Ajaya hielt ihr ein Sprechfunkgerät hin. Jane nahm es entgegen und machte sich aus alter Gewohnheit an die Zubereitung des Frühstücks. Sie hatte nicht erwartet, zurückgelassen zu werden. Bei lauwarmem Kaffee aus einem Beutel wartete sie darauf, dass das Rührei rehydrierte. Wenn sie sie da draußen nicht brauchten, warum schleppten sie sie dann durchs halbe Sonnensystem mit? Sie öffnete ihren Laptop und unterdrückte den Drang, ihn heftiger auf sein Haftkissen zu knallen als nötig. Bilder auf einem Laptop hätte sie in der Gemütlichkeit ihres Zuhauses studieren können.

Ajaya lungerte in der Nähe herum und wartete ganz klar auf eine Gelegenheit, sie zu untersuchen und viele, viele Fragen zu stellen. Schließlich wagte sie sich aus der Deckung. »Jane? Wir sollten über das reden, was gestern passiert ist.«

In diesem Augenblick tauchte das erste Bild vom vorherigen Tag auf dem Schirm auf. Jane zog scharf die Luft ein. Okay – das hatte sie sich nicht vorgestellt. Sie sah das Symbol für »offen«, das sogar hier, in diesem Format, Tiefe und Bedeutung hatte, obwohl ihre Reaktion diesmal nicht instinktiv kam, sondern schlichtes Begreifen war. Sie schluckte rasch. Vielleicht war sie doch nicht durchgeknallt.

Ajaya rückte näher heran und blickte auf den Schirm. »Was ist mit diesen Symbolen, Jane? Sie berühren Sie anscheinend.«

»Ich … Sie sehen es nicht?«

»Sehe was?«

»Wenn ich dieses Symbol betrachte, erweitert es sich wie ein Hologramm. Es überträgt Informationen.«

»Ein Hologramm?« Nachsichtig blickte Ajaya erneut hin, dann schüttelte sie den Kopf. »Also haben Sie sie zuerst so gesehen, wie ich es tue, und dann haben sie sich verändert?« Ihre Stimme klang etwas zu mitfühlend für Janes Geschmack.

»Ich weiß, dass meine Reaktion extrem wirken muss.«

»Sie stehen gewaltig unter Stress.«

Jane biss die Zähne zusammen. »Mir geht's gut.«

Ajaya zog die Brauen hoch. »Jane, Sie müssen wissen, dass Ihre wachsame Haltung beunruhigend ist. Ich würde gern eine körperliche Untersuchung vornehmen. Werden Sie mitarbeiten?«

Widerstrebend schloss Jane den Laptop. »Natürlich.«

Sie wartete schweigend, während Ajaya ihren Pulsschlag fühlte, ihre Reflexe und andere neurologische Zeichen überprüfte, dann eine Reihe von Fragen stellte, die dazu gedacht waren, den geistigen Zustand zu bestimmen. Sie hatte diese Untersuchung schon zuvor durchgemacht, mehrfach. Wie alle anderen auch.

Als sie fertig war, wandte Ajaya sich an Jane und klopfte mit den Fingern auf die Seite ihres Laptops. »Ihr Zustand ist genauso wie während der letzten sechs Monate oder noch länger. Sie sind leicht depressiv, zeigen jedoch kein anderes klinisches Anzeichen für eine geistige Krankheit. Körperlich erscheinen Sie in gutem Zustand. Ich kann nicht erklären, was gestern passiert ist, bevor Sie mehr preisgeben.«

»Hat denn sonst keiner etwas Außerordentliches erlebt?«, platzte Jane heraus. »Ein Summen im Kopf?«

Ajaya war verblüfft. »Summen? Sie haben gestern von Bienen gesprochen. Warum haben Sie nichts gesagt?«

Jane überlegte genau, was sie erwiderte. »Zuerst dachte ich, es seien bloß die Nerven. Aber dann wurde es stärker, baute sich im Lauf der Zeit auf. Als ich die Symbole entzifferte, wurde es plötzlich unerträglich.«

Ajaya wirkte nachdenklich. »Und da haben Sie das Bewusstsein verloren. Haben Sie schon mal an Tinnitus gelitten?«

»Tinnitus? Nein.«

Ajaya nahm ihr Otoskop zur Hand, untersuchte ausführlich Janes Ohren und setzte sich dann zurück. »Es könnte die Menière-Krankheit sein. Das ist eine Störung des Innenohrs. Sie kann plötzlich auftreten und zu schweren Gleichgewichtsstörungen führen. Kopfschmerzen gehen mit ihr einher. Sie ist gut behandelbar. Hören Sie das Summen jetzt? Fühlen Sie sich benebelt oder haben Sie einen wahrnehmbaren Hörverlust?«

»Nein. Mir geht's gut.«

»Sie kann sehr sprunghaft auftreten. Ein Jahr kann zwischen einzelnen Anfällen verstreichen, oder sie können jeden Tag auftreten. Spüren Sie einen Druck in einem Ohr – jetzt oder gestern?«

»Nichts.«

»Ich wünschte, ich könnte einen audiometrischen Test bei Ihnen durchführen, aber ich habe die entsprechende Ausrüstung nicht. Es ist bekannt, dass Stress Tinnitus verstärkt, obwohl er nicht Ursache dafür ist.« Sie wirkte beunruhigt und verstaute ihre Ausrüstung, während sie fortfuhr: »Ihr Ohnmachtsanfall genau in diesem Moment kann simple orthostatische Hypotension sein. Über 80 Prozent der länger fliegenden Astronauten erleben das. Ich weiß nicht, Jane. Das passt nicht gut zu einer Diagnose, und das behagt mir nicht. Beobachten wir die Sache vorsichtig weiter. Sie sagen mir, wenn Sie eines dieser neuen Symptome zeigen, ja?«

Jane verschwamm alles vor den Augen. »Natürlich. Natürlich sag ich's Ihnen.« Vielleicht könnte Ajaya verstehen, wenn sie ihr den Rest erzählte. Sie schluckte und blinzelte und sagte dann schließlich: »Tut mir leid. In Zukunft bin ich etwas entgegenkommender, das verspreche ich.«

Aus einem Beutel schöpfte Jane kaltes Rührei, probierte es jedoch nicht. Sie wollte unbedingt zurück in dieses Schiff. Sie wollte nicht für weitere vierundzwanzig Stunden in der Kapsel eingesperrt sein, wo sie nichts mit eigenen Augen sehen konnte.

Sie machte sich wieder an die Untersuchung der Symbole, konzentrierte sich auf das Bild, das sie außen an den Vorratskisten mit dem Granulat aufgenommen hatte. Das Zeichen war unglaublich. Sie konnte fast ein Hologramm erkennen, aber es schwebte gerade außer Reichweite. Es half nicht, dass ihre Gedanken umherschweiften und zu all jenen Dingen zurückkehrten, die ihr die Stimme tags zuvor gesagt hatte.

»Da ist reichlich Nahrung, wie Sie bereits entdeckt haben.«

Sie blinzelte und unterdrückte ein Keuchen, als das Hologramm lebendig wurde.

»Nahrung, Ernährung … schmackhaft, appetitanregend … sättigend … gesund, bekömmlich … zusammengesetzt, kombiniert, gemischt.«

Sie rümpfte die Nase. Die Kisten waren mit einer Art nahrhaftem Grundstoff gefüllt, einem Rohmaterial, das zur Herstellung von Nahrungsmitteln Verwendung fand. Das Konzept, das sich in ihrem Kopf formte, war ihr völlig fremd. Sie versuchte, es zusammenzubasteln, während sie die Reste vom Frühstück wegräumte. Da blökte der Sprechfunk: »*Providence,* Gibbs. Over.«

Ajaya hob ihren Sprechfunk auf. »Hier *Providence.* Over.«

»Wollte bloß nachfragen. Habt ihr die Bilder bekommen? Over.«

Jane nahm ihren eigenen Sprechfunk. »Ja, Ron. Acht neue Bilder. Ich benötige etwas mehr Kontext, um sie entziffern zu können. Ich würde gern zu euch rüberkommen. Dr. Varma ist zum Schluss gekommen, dass mir nichts Ernsthaftes fehlt. Over.«

Gibbs' fröhliche Stimme gab Antwort. »Verstanden, Jane. Wir melden uns wieder. Over.«

Augenblicke später wurde der Sprechfunk wieder lebendig. »*Providence,* Walsh hier. Wir teilen uns in zwei Teams auf. Gibbs und Compton kehren zurück, um ein paar zusätzliche Schnappschüsse zu machen, für mehr Kontext, und Bergen und ich gehen weiter. Walsh Ende.«

»Ich könnte Sie …«

»Bleiben Sie, wo Sie sind, Holloway. Walsh Ende.«

Jane biss die Zähne zusammen. Sich in der Kapsel verstecken konnte sie mit Sicherheit nicht vor dem schützen, was tags zuvor geschehen war. Natürlich wussten sie das nicht.

Während sie wartete, bereitete sie einen Packen mit Sachen vor, die sie benötigen würde, wenn sie dorthin zurückkehrte, wobei sie die ganze Zeit über Ajayas missbilligenden Blick ignorierte. Als sie einen Luftkanister aus seinem Fach zog, überkam sie eine wunderbare träumerische Schläfrigkeit. Sie blinzelte langsam, und ihre Gliedmaßen trieben angenehm träge und schwer um sie her.

Ihr Herz schlug plötzlich sehr heftig.

Mühsam kämpfte sie die Panik nieder und bedachte ihre Möglichkeiten. Sie konnte versuchen, sich zu widersetzen. Das war tags zuvor schon keine effektive Strategie gewesen. Es hatte sie bloß mürbe gemacht und erschöpft. Sie hatte so gut wie nichts aus jener Wechselwirkung herausgeholt – gewiss nichts, was irgendwer glauben würde.

Das Summen hatte bereits eingesetzt. Es geschah erneut!

Sie ermahnte sich selbst, dass dies eine Gelegenheit wäre, Antworten zu erhalten. Also schloss sie die Augen und konzentrierte sich darauf, tief zu atmen. Das pochende Summen wurde stärker. Ihre Gedanken verlangsamten sich. Sie schulte sich darin, keinen Widerstand zu leisten, im Augenblick zu verharren …

Sie verspürte eine Woge der Freude, als das Bewusstsein einer Präsenz ihre Sinne erfüllte.

Träge öffnete sie die Augen im Casita. *»Hallo?«*

»Dr. Jane Holloway – Sie haben den anderen nichts von unserem Arrangement erklärt.«

Ruckartig wurde Jane wachsam. Die Stimme klang … verärgert. Konnte ein Computer verärgert sein? Langsam drehte sie sich im Kreis und zwang sich zu einem nichtssagenden Ausdruck, der sich jedoch hölzern und unbehaglich anfühlte. *»Hallo? Du hast mir deinen Namen nicht gesagt …«*

Er ging ungeduldig dazwischen: *»Das verstehe ich nicht. Dies ist eine lebensnotwendige Information. Sie müssen sie darauf aufmerksam machen.«*

Sie schüttelte den Kopf. »*Die würden mir nicht glauben. Sie … ich habe keinen Beweis.*«

Sie dachte daran, was sie da gerade tat – virtuelle Worte mit einem virtuellen Mund hervorbringen –, weil ihr Körper sich in Wirklichkeit in der *Providence* befand, unbewusst herumtrieb, vielleicht sogar gegen Sachen stieß. Sie sank aufs Bett, plötzlich voller Unsicherheit. »*Vielleicht bin ich verrückt.*«

»Dr. Jane Holloway, Sie müssen sich dringend um eine bestimmte Sache kümmern. Es ist keine Zeit, in irreführenden Fantasien zu schwelgen.«

Misstrauisch erhob sie sich. Dieser bizarre Austausch hatte schon etwas Entwaffnendes. Sie war dabei zu vergessen, wie kritisch ihre Situation war, sie vergaß ihre übliche Vorsicht, vergaß sämtliche Fragen, die sie stellen musste. »*Wie bitte?*«

»Ich kann sie nicht vor der Gefahr schützen. Ich habe es mit Begrenzung und Ausschluss versucht, aber die Kontrollen reagieren nicht so, wie sie sollten. Die Natur der Verseuchung zerstört alle entsprechenden neural-elektrischen Pfade. Ich bin fixiert, unbeweglich. Sie sind die einzig mögliche Verbindung. Die anderen stehen mir nicht offen. Ich kann sie nicht beeinflussen. Sie, und Sie allein, müssen handeln.« In der Stimme schwang eine gewisse Hysterie mit.

Jane spannte sich an, plötzlich von einem Gefühl der Bedrohung erfüllt. »*Wovon redest du?*«

»Ich war davon ausgegangen, dass Sie persönlich jedes Forschungsunternehmen begleiten würden. Ich könnte Sie führen, Sie von etwas abbringen, falls nö-

tig. Im Augenblick jedoch besetzen vier Individuen zwei verschiedene Kammern, und zwei der Individuen sind gefährlich nahe daran, ihre Existenz zu gefährden. Ich wünsche ihre Auslöschung nicht.« Er klang arrogant, selbstgerecht.

Reflexhaft umklammerte sie mit der Hand eine Stuhllehne. *»Auslöschung? Willst du sagen, dass die anderen Astronauten in Lebensgefahr sind?«*

»Dr. Jane Holloway, ich erwarte von Ihnen, die bevorstehende Katastrophe zu verhindern.«

»Wie? Sag mir wie! Sag mir, was zu tun ist. Wer ist in Gefahr?«

»Bleiben Sie dran. Schicke jetzt Daten.«

Jane geriet ins Stolpern. Das Summen in ihrem Kopf verstärkte sich exponentiell. Ihr Bewusstsein wandte sich mit neuer, entnervender Schärfe nach innen. Sie spürte die Vibration in einem bisher nicht gekannten Ausmaß – den Fortschritt, mit dem jede der winzigen Bienen die Verbindungen herstellte, und individuelle Neuronen feuerten schneller, als sie eigentlich sollten. Sie fühlte sich losgelöst von sich selbst, bloße Beobachterin, als würde sich der Raum zwischen ihren Ohren ausweiten, um …

Sie keuchte. Dreidimensionale Karten vom Inneren des *Ziels* überschwemmten ihr Bewusstsein, vollgestopft mit etwas, das aufgeschlüsselte Listen der Funktion und des Inhalts jedes Sektors zu sein schien. Sie fiel auf Hände und Knie und kämpfte schwer darum, die Flut zu begreifen. »*O mein Gott!*«, brachte sie heraus.

»Wenn Sie wünschen, wäre ich erfreut, die Existenz

göttlicher Lebensformen zu debattieren, aber wir sollten uns vielleicht um das Nächstliegende kümmern. Es wäre vorzuziehen gewesen, etwas länger mit dem Aufdruck des Engramm-Sets zu warten. Es ist jedoch in diesem Augenblick vonnöten. Sind Sie bereit zu beginnen?«

»*Nein! Hör einfach … auf!*« Sie wand sich auf dem rauen, verstaubten Fußboden des Casita und umklammerte den Kopf mit den Händen. Winzige, blitzende Bienen summten darin, stellten Verbindungen her, überschrieben, hinterließen sengende Pfade, als sie Daten übersetzten. »*Die Bienen sollen aufhören! Bitte – es ist zu viel!*«

»Dr. Jane Holloway, Sie sind überwältigt. Ich will Ihnen beistehen.«

Sie spürte, wie sich der Schmerz hob, wie er nachließ, wie er abgeschüttelt wurde. Sie öffnete die Augen in Dunkelheit, spürte jedoch keine Furcht angesichts der Veränderung, bloß schlichte Neugier. Sie fühlte sich umarmt, warm und willkommen. Es war wunderbar, aber auch besorgniserregend. »*Was hast du mit mir gemacht?*«

»Ich habe bloß die kognitiven Schichten abgetrennt. Sie sind immer noch da, und da, aber auch hier. Ich wage es nicht, Sie für längere Zeit abzuschirmen. Das könnte kognitive Dissonanzen hervorrufen. Ich habe keine Ahnung, wie Ihre Art auf einen solchen Eingriff reagiert.«

Sie hatte das Gefühl, als würde sie immer weiter aus der Realität wegdriften. »*Wo ist hier?*«

»Bei mir.«

»Wo bist du? Physikalisch?«

»Ich bin hier.«

Dieses Individuum war nicht so recht der geradlinige Typ. Wenn die Situation nicht so schrecklich gewesen wäre, hätte sie laut herausgelacht. *»Was ist das für eine Form der Kommunikation? Wie tun wir das?«*

»Ich habe mich an einen schlafenden Bereich Ihres Gehirns angeschlossen. Die Stimulation dieses Bereichs aktiviert zuvor unangesprochenes genetisches Material, das seinerseits laufende strukturelle Verbesserungen auslöst, die diese Methode der Kommunikation ermöglichen. Kurz gesagt, dank meines fachkundigen Eingriffs erleben Sie beschleunigte evolutionäre Veränderungen.«

Sie vernahm die Worte. Sie verstand ihre Bedeutung. Sie konnte sie nicht fassen.

Ohne lange innezuhalten, fuhr er fort: *»Es ist eine Neugier. Sie sind sich auf Ihrer Welt im Prinzip einiger Individuen mit dieser Fähigkeit bewusst, dennoch sieht es so aus, als würde Ihre Kultur die Möglichkeit ihrer Existenz strikt ablehnen. Ein Fehler der Wissenschaft, wenn nicht gar der Vorstellungskraft. Dennoch sind Sie sechs in den üblichen Methoden der wissenschaftlichen Fragestellung ausgebildet. Ihre Art ist irritierend, Dr. Jane Holloway.«*

Sie schluckte. *»Du kommunizierst mit den anderen ebenfalls auf diese Weise?«*

»Nein. Das ist nicht möglich.«

»Warum nicht?«

»Ich kann die Gedanken und Erinnerungen der anderen abschöpfen, von ihnen auf eingeschränkte Weise lernen, aber ich kann nicht mit ihnen kommunizieren. Es ist vielleicht irgendwann einmal möglich. Sie beherrschen Mensententia nicht fließend. Das verhindert eine Kommunikation.«

Sie hatte Probleme, seinem Gedankengang zu folgen. *»Mensententia?«*

»Die gemeinsame Sprache.«

»Was? Das musst du mir bitte erklären. Ich verstehe nicht, wovon du redest.«

»Ich würde Ihnen zu einer Haltung der Geduld raten, Dr. Jane Holloway. Ich bin kein Lehrer. Ich habe nicht die dazu erforderlichen Anweisungen erhalten.«

Jane holte tief Luft, um ihrer zunehmenden Enttäuschung Herr zu werden, und fuhr dann fort: *»Sag mir bitte, was du von Mensententia weißt!«*

»Ich werde mich kurz fassen. Der Download ist fast fertig. Sie müssen zurückkehren. Die gemeinsame Sprache war latent in Ihnen vorhanden, eine Komponente des genetischen Gedächtnisses, die von den Cunabula stammt.«

»Genetisches Gedächtnis?«

Die Stimme gab so etwas wie einen Seufzer von sich und fuhr fort: *»Bei den meisten Arten während der Pubertät demaskiert, kennzeichnet es die Bereitschaft, in einen Diskurs mit jenen außerhalb der eigenen Art zu treten. Ihre Konversation erfolgte nahezu spontan – ziemlich einzigartig und wahrscheinlich Ergebnis Ihrer außerordentlichen linguistischen Erfahrung. Als ich* *dieses Erwachen bemerkte, habe ich meine Kommunikationsversuche verstärkt, was schließlich zum Erfolg führte. Ich muss sagen, die Sectilius waren äußerst enttäuscht zu erfahren, dass Mensententia in Ihrer Welt unterdrückt wurde, und zu entdecken, dass Sie dort keine guten Interessenwahrer gewesen sind, dass Ihre Welt in einem derartigen Zustand der Unordnung und am Rand der Umweltzerstörung stand ...«*

Cunabula? Sectilius? Ihr schwirrte der Kopf vom Zustrom an Informationen. »*Warte mal*«, unterbrach ihn Jane. »*Du sagst, dass die Symbole ... wir kommunizieren jetzt in Mensententia?*«

»Es ist Zeit, Dr. Jane Holloway. Sie werden mit voll integriertem Verständnis dieses Fahrzeugs erwachen, und Sie müssen sogleich handeln. Es sollte Ihnen sehr klar sein, was zu tun ist. Wir können noch nicht miteinander reden, während Sie bei Bewusstsein sind, aber wenn Sie genau hinhören, bekommen Sie meine Verlautbarungen mit. Ich werde wann immer möglich Hilfe anbieten. Los jetzt!«

»Warte! Sag mir deinen Namen!«

»Ich bin der Gubernaviti. Ei'Brai.«

»*Aiyee-Brai?*« Sie wiederholte es automatisch, um sich zu vergewissern, dass sie jede Nuance des Namens richtig verstanden hatte, dass sie sich daran erinnern und ihn richtig aussprechen würde, aber es erfolgte keine Antwort. Nur quälender Schmerz.

6

Bergen trat als Erster ein und löste dadurch die Lampen aus. Ein Schwall Luft begrüßte ihn. Es war ein gewaltiger Vorratsraum voller zylindrischer Tanks, die vom Boden bis zur Decke reichten – alle von der gleichen Farbe wie alles andere im Schiff.

»Irgendwie hätte ich erwartet, dass das Innere eines Alien-Raumschiffs etwas aufregender wäre«, bemerkte Walsh lahm.

»Ja.« Bergen warf ihm einen Blick zu, während sie den gewundenen Gang hinabgingen und allmählich ein Gefühl dafür bekamen, wie weit nach hinten er reichte. Die Gänge führten nicht, wie bei ihnen üblich, einfach geradeaus. »Was halten Sie von dem, was Jane gesagt hat?«

»Ich warte ab, was Varma zu dem Thema zu sagen hat.« Walshs Tonfall ließ ihn wissen, dass damit diese Diskussion beendet war. »Irgendeine Vorstellung, was in diesen Tanks ist?«

Bergen gähnte, dann zuckte er mit den Achseln. »Wahrscheinlich irgendwelches Zeug, das auch wir in unseren Tanks haben. Wasser, komprimiertes Gas, Treibstoff. Man braucht verteufelt viel Gas, um ein Schiff dieser Größe mit Luft zu füllen. Jane wird das bestimmt alles rauskriegen. Sie ist echt erstaunlich.« Wiederum zuckte er mit den Achseln und unterdrückte mit einem Stirnrunzeln den Drang zu kichern.

Er warf Walsh einen Blick zu, ob der seinen Gesichtsausdruck oder die Bemerkung über Jane zur Kenntnis genommen hatte. Offenbar nicht. Er war damit beschäftigt, das zu studieren, was anscheinend ein Ventil an einem der Tanks war. Seinen Packen und die Riemen hatte er abgelegt und sich in einer übertriebenen, geradezu komischen Pose darüber gebeugt. Ihm fehlte bloß noch eine echt große Lupe, um das Bild zu vervollständigen. Bergen schnaubte bei der Vorstellung.

»Apropos Luft – hier drin bläst es wirklich mächtig, finden Sie nicht?« Walsh schwankte leicht und grinste. Das war merkwürdig, denn Walsh lächelte niemals. »Fühlt sich gut nach zehn Monaten schaler Luft an, eingepfercht in diesem verdammten Teekessel.«

Bergen lachte spontan auf. »Ja. Es ist, als wäre das Lüftungssystem übergeschnappt.«

Walsh schlug ihm auf die Schulter, eine uncharakteristisch freundschaftliche Geste, und zog seinen Packen und die Notfall-Atemausrüstung hinter sich. »Wir sagen den kleinen grünen Männchen, sie sollen es reparieren, wenn wir sie je finden.«

»Ja. Nein, nein. Jane wird's ihnen sagen.«

Walsh nickte ernst. Er benahm sich wie betrunken. Was nicht normal zu sein schien. »Genau. Was war das mit gestern, was meinen Sie?«

Bergen schüttelte den Kopf beim Versuch, ihn dadurch klarzubekommen. Alles wurde leicht verschwommen. »Das habe ich Sie gerade gefragt, und Sie haben gesagt, Sie würden abwarten, was Ajaya sagt.«

»Genau. Das habe ich gesagt. Sie sind ein absolutes Arschloch, wissen Sie das, Berg?«

Alan versetzte Walsh spielerisch einen Stoß, und Walsh wirbelte durch den Raum, wobei er sich einen Ast ablachte.

»He, he, he – Vorsicht! Ich glaube, ich habe mir ein paar Rippen angeknackst, als Gibbs gestern auf mich drauf gefallen ist.« Walsh kam stolpernd auf die Beine und tastete verwirrt seinen Rumpf mit beiden Händen ab. »Das ist komisch – sie tun wirklich nicht mehr so richtig weh.«

Bergen ging langsam auf Walsh zu. »Haben Sie Ajaya etwas davon gesagt?«

Walsh stieß einen übertriebenen Seufzer aus. »Es ist nichts. Holloway war zu der Zeit wichtiger.« Er sah sich um. Sie waren durch einen schmalen Gang zwischen den Tanks hinabgewandert, nachdem er Bergen geschubst hatte. »Eine Tür«, bemerkte Walsh unvermittelt. »Machen wir sie mal auf und sehen nach, was da nebenan zu finden ist. Noch mehr von dem hier, wette ich. Jede Menge von demselben Zeugs. Gibbs hatte recht – das ist wirklich eine seltsame Färbung. Warum sollte jedes verdammte Ding hier dieselbe Farbe haben? Haben wir eine andere Farbe gesehen, seitdem wir reingekommen sind?« Walsh drückte den Knopf, die Tür öffnete sich, er schritt hindurch, stand dann da – und starrte verdutzt ins Dunkel. Das war seltsam. Zuvor hatte sich die Beleuchtung stets automatisch eingeschaltet, wenn sie einen neuen Raum betreten hatten. Er hatte das Gefühl, sie sollten vielleicht nicht hier sein.

Walsh schnitt ein komisches Gesicht und schmatzte mit den Lippen wie ein Grimassen schneidender Komödiant. »Meine Lippen sind taub.« Walshs Stimme hatte ein tieferes Timbre angenommen.

Etwas stimmte nicht.

Bergen sah sich nach einem Bewegungssensor um und wich zurück. »Oh, Scheiße.« Seine eigene Stimme klang ebenfalls seltsam tief, aber sie hatten größere Probleme. Er packte Walsh am Rücken seines Fliegeranzugs und drehte ihn herum. »Sehen Sie mal!«

»Heilige Muttergottes!«, sagte Walsh langsam. Seine Stimme klang noch tiefer, fast dämonisch. »Was ist das, zum Teufel?«

Das einzige Licht kam aus der Türöffnung zum anderen Raum. Die Wand um die Tür herum war, soweit sie sehen konnten, mit einer Art von Tieren gespickt, deren Größe von einer Gurke bis hin zu einem großen Hund reichte. In dem schwachen Licht vor der dunklen Wand war es schwer zu sagen, welche Farbe sie hatten – vielleicht Grau, vielleicht Purpur. Sie glänzten feucht, sie schillerten, sie waren schleimig, und sie bewegten sich. Einige der größeren bewegten sich erschreckend schnell, wirkten aber nicht allzu bedrohlich. Dennoch beschloss Bergen, Abstand zu halten.

»Riesenschnecken«, entgegnete er in bleischwerem Bass, schüttelte den Kopf und lächelte ungläubig.

Er und Walsh wechselten besorgte Blicke. Walsh kicherte kurz, aber es hörte sich tief und verzerrt an. Er versteifte sich und wirkte beunruhigt. »Okay, kehren wir um.«

»Commander Walsh, *Providence* hier. Bitte melden. Over.« Beide Männer machten einen Satz, als Ajayas Stimme über den Sprechfunk blökte.

Walsh richtete sich auf. »Walsh hier. Varma, Bericht. Over.«

»Jane ist wieder bewusstlos. Ich kann sie nicht aufwecken. Over.«

»Was ist passiert? Over.«

»Sie ist ins Träumen geraten, und mir wurde klar, dass sie bewusstlos war. Lebenszeichen stehen allerdings auf normal. Ihre Stimme klingt ungewöhnlich, Commander. Alles in Ordnung? Over.«

Walsh drückte fest die Augen zusammen und konzentrierte sich aufs Zuhören. Warum fiel das Denken so schwer? Bergen war, als würde er im Stehen einschlafen, und er fühlte sich benommen und losgelöst. Sie mussten hier raus.

Er packte Walsh am Arm und zog ihn zur Tür. Walsh ruckte hoch, wie aus dem Schlaf erwacht, folgte dann jedoch gehorsam. Bergen dachte an nichts anderes mehr als daran, zurück zur Tür und hindurch zu gelangen.

Es ertönte ein lautes, schrilles Geräusch, und beide Männer blieben wie angewurzelt stehen. Bergen benötigte fast eine Minute, um dieses Geräusch zu identifizieren. Es war Walshs Sauerstoffüberwachung. Sobald er diese Verbindung gezogen hatte, ging bei seiner eigenen ebenfalls der Alarm los. Die Anzeigen auf der Skala fuhren wild auf und ab. Kein Wunder, dass er sich wie betrunken vorgekommen war.

Er ließ erst den Packen von der Schulter gleiten und dann die Atemausrüstung, fummelte am Ventil herum, aber seine Finger funktionierten nicht richtig. Sie fühlten sich eher wie Holzklötze an und kooperierten nicht mit seinem Gehirn.

Bergen sah zu Walsh hinüber und erwartete, ihn dasselbe tun zu sehen. Nichts. Er beobachtete die Schnecken. Bergen erkannte den Grund dafür. Sie bewegten sich jetzt wesentlich schneller. Der Alarm musste sie beunruhigen.

Walsh wirkte wie hypnotisiert von ihnen. Er ging langsam, mit ausgestreckter Hand, auf eine der größeren zu. Verdammt – das war die entgegengesetzte Richtung zur Tür. Bergen schüttelte heftig den Kopf, um ihn klarzubekommen, sprang Walsh nach und zog ihn zurück. »Seien Sie kein verdammter Redshirt, Walsh!« Walsh erwiderte nichts. Vielleicht hatte er mit StarTrek nichts am Hut …

Die Sauerstoffüberwachung schrillte nach wie vor, und das half Bergen, sich daran zu erinnern, was er zu tun hatte. Er machte sich wieder daran, an der Druckluftflasche herumzufummeln. Endlich schloss sich seine Hand über dem Ventil, und er zog die Maske zum Gesicht. Da erloschen die Lichter.

Walsh stolperte in ihn hinein, und sie gingen im Dunkeln zu Boden. Es war keine sanfte Landung, und beide schlugen fluchend um sich. Bergen ließ sowohl seinen Packen als auch den Kanister fallen. Er krabbelte ziellos umher und suchte danach.

Walsh griff nach ihm, wobei er abwechselnd dummes Zeug redete und wie wahnsinnig lachte. Bergen kämpfte seine Panik nieder, erstarrte einen Augenblick lang und konzentrierte sich. Seine Gedanken waren unzusammenhängend … die tiefe Stimme. Da war etwas … gestern …

Warum konnte er nicht nachdenken?

»Commander Walsh? Bergen? Berichtet! Over.« Wiederum Ajayas Stimme, und die Monitore fiepten immer noch.

Walshs Greifbewegungen wurden langsam, und er erschlaffte, ein totes Gewicht, an Bergens Seite zusammengebrochen. Er erstickte oder so etwas. Bergen wusste, dass er als Nächster dran war, wenn er nicht diese Flasche finden würde. Er schob Walshs unbeweglichen Körper zur Seite, verdoppelte seine Bemühungen und tastete blind umher auf der Suche nach dem Kanister, dem Packen, irgendetwas.

Walsh. Walsh hat auch einen Kanister.

Bergen strengte sich an, Walsh herumzudrehen, wobei das Adrenalin in ihm kreiste. Verdammt! Walsh musste irgendwann die Riemen abgelegt haben; sie waren nicht auf seinem Rücken.

Bergen sackte in sich zusammen. Er und Walsh würden hier in der Dunkelheit sterben, auf einem Alien-Raumschiff – umgeben von riesigen, wahnsinnigen Alien-Raumschnecken.

Er schloss die Augen und gab sich der Schläfrigkeit hin. Bei dem ganzen Gefiepe fiel das Einschlafen jedoch schwer. Jemand sollte es wirklich abstellen.

Sein Dösen wurde unterbrochen von Janes Stimme, und er richtete sich halbherzig auf, um ihr zuzuhören. Ihre Stimme klang drängend. »Walsh, Bergen – Jane hier. Hört ihr mich?«

»Jane?« Oh. Sie ist am Sprechfunk. Er griff nach dem Gerät, die Finger schwer und reaktionsträge. Das kleine rote Licht ging an. Er konnte jetzt sprechen. »Jane? Berg hier.«

»Dr. Bergen! Alles in Ordnung?«

Er bemühte sich verzweifelt, die Augen offen zu halten. »Verloren. Alle beide. Dunkel, Jane.«

»Was – was ist passiert? Was habt ihr verloren?«

»Weiß nicht. Luft, glaube ich. So schläfrig, Jane.«

Fiepen. Viel Fiepen.

»Alan, hören Sie mir zu! Bleiben Sie wach. Sie – es – ich glaube, es ist ein Gas. Der Raum, in dem ihr seid, ist überflutet von einem Gas. Sie müssen aus diesem Raum raus.«

Na ja, das war ihm auch bereits eingefallen. »Kann nicht. Seh nicht die Hand vor Augen. Kann die Schnecken nicht sehen.« Seine Stimme hörte sich an wie betrunken. War er betrunken? Wie sollte das geschehen sein?

»Okay. Gut. Das ist das Problem, nicht?«

»Ja.«

Da wurde Jane wieder still.

Der Alarm fiepte nach wie vor schrill in seinen Ohren. Er war wieder dabei wegzunicken.

»Alan? In der Nähe sind sehr hohe Vorratstanks mit Leitern, nicht? Steigen Sie eine davon rauf. Da ist weniger von dem Gas, wenn Sie höher hinauf können. Ich komme Ihnen zu Hilfe, aber Sie müssen noch einiges tun.«

Was war das für ein Fiepen?

»Jane! Was ist da los?« Comptons Stimme. Jetzt sprachen sie.

Bergen blendete sie aus und klammerte sich an das, was sie gerade gesagt hatte. Ein Gas. *Hu!* Er zog sich hoch und beugte sich vor, um Walsh am Arm zu packen. Er streckte beide Arme vor und suchte nach einem der Tanks, tat einen Schritt und zog Walsh unbeholfen mit.

Es waren Schnecken darauf. Eklige, glibberige Schnecken.

Er stolperte, zog Walsh nach. Etwas klapperte, rutschte über den Boden in der Nähe. Was war das? Es erschien wichtig. Er konzentrierte sich auf die Richtung, aus der das Geräusch gekommen war, fiel auf Hände und Knie und tastete umher. Schließlich streiften seine Finger etwas Hartes und Kaltes und schlossen sich darum.

Luft. Oh, verdammte Scheiße, es war die Luft.

Es dauerte anscheinend ewig, seine Finger um die Maske zu schließen und sie ans Gesicht zu heben, während er den Behälter an seine Brust drückte und das Ventil mit der anderen Hand aufdrehte. Er konzentrierte sich darauf, tief zu inhalieren. Nach nur wenigen Augenblicken formte sich ein verständliches Bild.

Xenon. Er hatte tags zuvor ungewöhnliche Mengen dieses Gases in der Luft entdeckt. Die Vorratstanks mussten Xenon enthalten, und es gab offensichtlich ein

Leck. Xenon war ein geruch- und geschmackloses Gas. Wer wusste, welche Konzentration hier drin herrschte? Sie hatten Glück gehabt, dass sie nicht erstickt waren.

Die tiefe Stimme, das bizarre Verhalten, die unzusammenhängenden Gedanken. Die Effekte des Xenons glichen denen des Stickoxids – Lachgas. Er musste die Luft mit Walsh teilen, und er musste sie beide hier hinausbringen. Aber der Raum war gewaltig groß, und er konnte unmöglich wissen, wo sich eine weitere Tür befand.

Bergen nahm die Maske ab und drückte sie Walsh aufs Gesicht, wobei er das Band Walsh um den Kopf streifte. Er legte die Hand auf Walshs Brustkasten. Anscheinend hob und senkte er sich.

So lange er konnte, hielt Bergen die Luft an und atmete dann flach, während er systematisch erneut nach dem anderen Kanister oder einem Packen suchte. Er fühlte sich schon wieder benommen, als er einen der Packen entdeckte. Unbeholfen tastete er so lange darin herum, bis sich seine Hand über dem Korpus einer Taschenlampe schloss, zog sie hervor, schaltete sie ein und ließ den Strahl über Walsh wandern, der gerade zu sich kam.

»Tief Luft holen, Walsh!«, schrie er. Dann kicherte er los. Was war denn schon wieder so komisch? Oh, ja. Die Sauerstoffüberwachung gab nach wie vor Alarm, was ihm half, sich zu erinnern.

Walsh richtete sich auf.

»Es ist Xenon!«, rief Bergen und kicherte dann hilflos, während er mit der Lampe herumfuhrwerkte und nach dem anderen Kanister suchte. Er konnte ihn nirgendwo entdecken.

Walsh stand auf. Gute Idee. Xenon war das schwerste nicht-radioaktive gasförmige Element. Sie mussten weiter vom Boden weg. Bergen erhob sich ebenfalls schwankend und blinzelte eulenhaft zu Walsh hinüber.

»Wo ist der andere Kanister?«, wollte Walsh wissen, nahm die Maske ab und hielt sie Bergen vors Gesicht. Bergen nahm tiefe Züge und spülte das dichte Gas dadurch rasch aus.

»Ich weiß es nicht.« Er leuchtete die Umgebung sorgfältig ab, aber der zweite Kanister war nach wie vor nirgendwo zu entdecken. Der Strahl erhellte lediglich die zahlreichen Schnecken in unmittelbarer Umgebung, viel zu viele für Bergens Geschmack.

Sie waren nicht bloß an den Wänden, nein, sie bedeckten die Tanks rings umher. Tatsächlich lag eine der größeren zurzeit auf den Knöpfen der Tür, die zurück in den anderen Raum führte. Deswegen also war das Licht erloschen. Ihre Fluchtroute war gerade von einem angeschwollenen purpurroten Klecks vergewaltigt worden.

Im Funk ertönte knisternd Janes Stimme. »Alan! Seid ihr noch wach?«

Jane. Ihm fiel ein, was sie ihn angewiesen hatte zu tun.

Er reichte den Sauerstoff an Walsh zurück und ging auf die nächste Leiter zu. »Immer noch nicht tot, Jane. Bin dabei, eine Leiter zu besteigen. Wir teilen uns eine Flasche Luft.« Er winkte zu Walsh hinüber. »Kommen Sie, wir müssen höher. Dort ist die Luft besser, und wir können vielleicht von da oben eine andere Tür entdecken.«

Wiederum ertönte Janes Stimme über Funk. »Alan, rührt die Schnecken nicht an – sie sondern eine Substanz ab, die euch chemische Verbrennungen zufügen kann.«

Bergen schnaubte und zog sich eine weitere Sprosse hoch. Er konnte keine Hand erübrigen, um ihr zu antworten. Die Sprossen standen lächerlich weit auseinander. Er musste regelmäßig eine Pause einlegen, um wieder zu Atem zu kommen.

Durch die Anstrengung des Aufstiegs nahmen beide zu viel Gas zu sich. Walsh machte sich nicht so gut. Er sprach kein Wort und musste regelmäßig daran erinnert werden, was sie zu tun hatten. Teufel, er hatte Probleme dabei, sich zu erinnern, was sie taten.

Die Taschenlampe hatte Bergen an seinem Anzug eingehakt, was die Sicht nicht gerade erleichterte, aber er brauchte beide Hände zum Aufstieg und um die Maske hin und her zu reichen.

Sie waren von Schnecken umgeben. Er sah sie im schwachen Licht glitzern.

Wo war Jane? Gottverdammt, das musste bald vorbei sein. Wie würde sie sie finden? Woher wusste sie überhaupt, was los war?

Das Leben bestand in der Besteigung einer endlosen Leiter und dem Versuch, Walsh am Leben zu halten. Etwas anderes gab es nicht. Sprosse für Sprosse in fast völliger Dunkelheit. Atmen. Die Maske weiterreichen.

Walsh reagierte immer weniger.

Die Sprossen standen weit auseinander. Bergen hakte

den Ellbogen um eine Sprosse und glitt zur Seite, wobei er sich sorgfältig vom Tank und dessen schleimigen Bewohnern fernhielt. Er winkte Walsh, zu ihm heraufzukommen, und hielt den Atem an, um den Sauerstoff so lange wie möglich in sich zu behalten.

Sie würden hierbleiben müssen, genau so, bis Jane sie fand. Daher tastete er umher, bis er seinen Körper um den von Walsh geschlungen und einen Fuß schmerzhaft um die Stange und über eine Sprosse gehakt hatte, damit er nicht wegrutschte. Nach all den Anstrengungen wollte er den Mistkerl nicht fallen lassen.

Ein langer Zug an der Luft, dann ging er wiederholt das Risiko mit dem Sprechfunk ein. »Jane. Okay, das ist nicht mehr komisch. Warum brauchen Sie so verdammt lang?« Seine Stimme klang nicht mehr ganz so anders als normal – ein gutes Zeichen.

»Seid ihr jetzt in Sicherheit?«, fragte Jane.

»Eigentlich nicht. Walsh ist in einem schlimmen Zustand. Ich habe keine Ahnung, warum. Die Druckluft hilft ihm nicht viel.«

»Ich habe Compton und Gibbs an der Tür zurückgelassen, durch die ihr gegangen seid. Die Türknöpfe reagieren nicht. Wir bekommen diese Tür nicht auf.«

»Weil die Schnecken giftigen Saft absondern – deswegen. Da sitzt eine Schnecke von der Größe eines Ponys auf dem Türknopf auf dieser Seite.«

»Ich habe fast eine andere Tür erreicht, die in denselben Raum führt. Von dort aus werde ich noch etwas länger brauchen, euch zu finden. Haben Sie eine Taschenlampe mit Stroboskop?«

Bevor er Antwort gab, nahm er erst Walsh die Maske ab und inhalierte mehrmals. »Ich habe nach wie vor einen Packen. Ich klammere mich an eine Leiter und versuche, diesen verdammten Mistkerl festzuhalten, damit er nicht runterfällt. Ich kann ein Stroboskop einschalten. Sagen Sie mir nur, wann.«

Er hielt sich zurück, das zu sagen, was er wirklich sagen wollte: Beeilung, Jane! Ich kann mich nicht viel länger mehr halten. Walsh ist ein totes Gewicht, und er wird uns beide runterziehen.

7

Jane fürchtete sich davor, Ei'Brai zu glauben, fürchtete sich davor, ihm zu vertrauen – und sie fürchtete sich davor, es nicht zu tun. Ihr tat alles weh. In ihrem Kopf entfaltete sich eine absurde Menge an Informationen. Sie war in Panik und unsicher, aber sie durfte nichts davon zeigen.

Walsh und Bergen brauchten dringend Hilfe – Ei'Brai hatte in dieser Hinsicht anscheinend völlig recht –, und es war angesichts der Natur ihres Dilemmas extrem unwahrscheinlich, dass sie sich selbst retten konnten.

Was viele ungemütliche Gedanken und Erinnerungen hochholte. Sie wollte sie unterdrücken, aber die Bilder stiegen unermüdlich an die Oberfläche.

Es war an einem Wochenende gewesen, mit einem strahlend blauen Himmel und schnell dahinziehenden Wolken. Sie plauderte mit den Touristen und genoss die Sonne auf dem kleinen Boot, während Papa die genau richtige Stelle suchte. Dann sah sie die Augen der Touristen hell vor Verwunderung aufleuchten, als sie ihnen bunt gefärbte Fische und faszinierende Unterwasserlebewesen zeigte. Der Sturm kam unerwartet und wurde rasch immer stärker. Das jäh aufgewühlte Meer warf sie heftig gegen das Korallenriff. Die Reisenden an diesem

Tag waren schlechte Schwimmer und trieben zu weit weg. Sie versuchte zu helfen. Sie hatte geholfen. Aber es hatte nicht gereicht.

Nein. Konzentrier dich!

Wenigstens hatte Ajaya genug Verstand, Jane zu beobachten, statt sie zurückzuhalten oder zu sedieren. Zum Glück! Ajaya war anscheinend ausreichend von Janes Selbstbeherrschung und Selbstsicherheit überzeugt, ebenso kam ihr Walshs und Bergens Verhalten merkwürdig genug vor, um ihren knappen Anweisungen zu folgen. Was sie nicht von vielen, vielen Fragen abhielt, aber Jane konnte die Zeit für Erklärungen nicht erübrigen. Der beste Beweis, sowohl für sich als auch die anderen, wäre eine Demonstration dieser … Zusammenarbeit – mit einem guten Ausgang. Eine andere Möglichkeit gab es nicht.

»Jane? Was ist mit diesen Schnecken?« Ajaya keuchte hinter ihr auf.

Jane jagte auf den nächsten Eingang zu dem Raum zu, in dem Bergen und Walsh gefangen waren. Sie hatte sich einen großen grünen Kanister mit Druckluft auf den Rücken geschnallt, und die Schläuche, die ihn mit der Gesichtsmaske verbanden, schlugen ihr bei jedem Schritt gegen Hals und Brust.

Sie musste rechtzeitig hineingelangen. In einer gefährlichen Situation konnte selbst ein Augenblick der Unentschiedenheit jemanden das Leben kosten. Sogar einen starken Schwimmer, hatten sie gesagt.

Zu viele Minuten hatten sie mit dem Versuch verloren, die andere Tür aufzubekommen. Sie hätte Gibbs und Compton gern losgeschickt, um noch eine weitere Tür auszuprobieren, aber es hätte zu lange gedauert, ihnen zu erklären, wie sie dorthin gelangten.

Sie überhörte Ajayas Frage, zog stattdessen ihre Maske kurz herab und stellte selbst eine lebensnotwendige Frage. »Ajaya, für wie viele Minuten ist Luft in den kleinen Kanistern, die sie mitgenommen haben?«

»Normalerweise für 40 Minuten …«

»Gilt das auch, wenn sie teilen?« Ängstliche Blicke. Sie hatten beide keine Ahnung, wie lange sie diesen Kanister teilten. Es mochte nicht mehr viel Zeit übrig sein.

»Die Ausflussrate sollte dieselbe sein …« Ajayas Stimme erstarb. Selbst sie wusste es nicht so genau.

Eine, zwei, drei weitere Reihen dem Layout zufolge, das sich in ihrem Kopf entfaltete. Sie wurde nicht viel langsamer, prallte bloß gegen die Wand, die Hand zum Symbol ausgestreckt. Die Tür öffnete sich, und sie schoss hindurch. Es war dunkel. Sie fummelte in ihrem Packen nach einer Taschenlampe. Hatte sie zu lange gebraucht? Würde sie die beiden finden, blass und blau angelaufen, wie sie ihren Vater gefunden hatten, gefangen im Riff?

Sie zog die Maske herunter und griff nach ihrem Sprechfunk. »Bergen, ich bin hier. Schalten Sie das Stroboskoplicht an, damit ich sehen kann, wo Sie sind.«

Sie setzte die Maske wieder auf und strengte ihre Augen und Ohren an, um ein Zeichen von ihm zu entdecken. Er gab keine Antwort. Schwach hörte sie das Fiepen der Sauerstoffmonitore, aber das Geräusch wurde in dem höhlenartigen Raum vielfach zurückgeworfen und war schwer zu lokalisieren.

»O mein Gott. Er hat keine Witze gemacht. Tatsächlich Schnecken«, keuchte Ajaya.

Jane ertappte sich dabei zu sagen: »Sie sind eine Pest. Wie Ratten auf den Segelschiffen des 18. Jahrhunderts. Man findet sie überall auf Interstellarschiffen.« Sie schloss den Mund. Das stammte nicht hundertprozentig von ihr. Die Informationen, die Ei'Brai ihr in den Kopf gelegt hatte, vermengten sich mit eigenen Gedanken und Erinnerungen.

Ajaya sah sie bloß völlig verwirrt an. Jane verspürte ein leichtes Summen, als sie den Raum erneut durchsuchte. Nichts wollte sie lieber, als gleich loszulegen. Sie hatte ein vages Gefühl, wo die beiden sein mussten, aber wild durch die Gänge zu laufen wäre absolut ineffizient. Ei'Brai hatte versprochen zu helfen, und sie musste sich konzentrieren, um sein Flüstern zu verstehen.

»Jane …«, setzte Ajaya an.

Jane schüttelte den Kopf, um sie zum Schweigen zu bringen, und schloss die Augen.

»Von dieser Stelle 17 Einheiten links, 43 geradeaus. Das bringt Sie zu ihnen …«

Sie sprintete los, wahrte dabei aber die geistige Disziplin und zählte jeden Tank im Vorüberlaufen. Das Fiepen von Sauerstoffmonitoren wurde lauter. Als sie näher kam, zog sie die unförmige Maske herab und rief: »Bergen? Alan? Hört ihr mich?«

»Jane? Jane! Wir sind hier drüben!« Aus seiner Stimme klang Verzweiflung. Schließlich sah sie ihn, wahrscheinlich gut zehn Meter weit oben, und er wiegte Walsh in den Armen. »Jane, tut mir leid. Ich habe das Stroboskop nicht einschalten können. Mir ist die Taschenlampe runtergefallen, als ich sie einschalten wollte. Wo sind Compton und Gibbs? Wir brauchen Hilfe, um Walsh runterzukriegen.«

Jane hakte die Taschenlampe an ihrem Fliegeranzug fest, schlang sich die beiden Ersatzkanister über die Schulter und machte sich an den Aufstieg. Sie zog die Maske herunter, als sie ihren Körper die nächste Sprosse hochzog, und Kanister und Masken knallten zusammen und rutschten ihr den Arm hinab. Jeder Behälter bestand aus einem leichten Fiberglasmaterial und wog keine fünf Kilo, aber drei davon ließen sich halt nur schwer handhaben. Sie kämpfte regelrecht, damit sie sich nicht bei jedem Schritt in der Leiter verhedderten. »Ist er bewusstlos?«

»Ja! Ich kann ihn nicht viel länger halten – der Packen reißt. Tut mir leid, Jane. Wunderschöne Jane.«

»Haben Sie noch etwas Luft übrig?«

»Nicht viel. Setzen Sie die Maske wieder auf, Sie Wahnsinnige!«

Sie tat, wie ihr geheißen. Ihr war bereits benommen zumute. Es war ihr ein Rätsel, wie er so lange bei klarem Verstand hatte bleiben können.

Als sie ihn erreichte, sprudelte alles aus ihm hervor, was er bisher durchgemacht hatte. Sie reichte ihm einen der Kanister und half, während er sich mühsam die Gurte über die Schulter legte und an der Taille festclipte. Dann befestigten sie gemeinsam die anderen an Walsh.

Sobald er die Maske einmal auf dem Gesicht hatte, wurde Bergen still, und Jane sah sich die Situation genauer an. Er hatte Walsh einen Packen über die Schulter geschlungen und mit einem Karabinerhaken an einer Sprosse befestigt. Das trug den größten Teil von Walshs Gewicht, und Bergen hielt ihn an Ort und Stelle fest. Einer der Schulterriemen riss sich jedoch vom Packen los. Sogleich ging sie daran, ihn zu stützen.

Walsh war bewusstlos geworden, aber sie sah, dass er nach wie vor atmete, und als sie nach dem Puls fühlte, konnte sie feststellen, dass er durchaus kräftig war. Sie gab diese Information an Ajaya weiter.

Wie würden sie Walsh hinunterbringen? Sie zog ein paar verschiedene Möglichkeiten in Erwägung, aber alle hörten sich gefährlich an.

Da kam ihr eine Idee. Sie schloss die Augen und konzentrierte sich auf einen Gedanken: Bitte schalte, falls möglich, die Schwerkraft in diesem Raum ab.

Nichts geschah. Anscheinend funktionierte das so nicht. Entweder konnte er ihre Gedanken nicht hören, oder er konnte – oder wollte – ihrer Bitte aus irgendeinem Grund nicht nachkommen. Sie fluchte laut und gab die Idee auf.

Sie öffnete die Augen und entdeckte, dass Alan Bergen sie mit zusammengekniffenen Augen beobachtete.

Wie beiläufig zog sie die Maske herab und tat so, als hätte sie nicht gerade versucht, telepathisch mit einem Alien zu kommunizieren. »Alan? Fühlen Sie sich etwas besser?«

Er nickte.

»Wie bringen wir ihn runter? Ich habe ein Seil in meinem Packen. Können wir eine Schlinge machen und ihn runterlassen?«

Seine Augen leuchteten auf, und er durchdachte anscheinend die Möglichkeiten.

Von unten leuchtete Ajaya mit der Taschenlampe zu ihnen hoch und rief: »Jane? Soll ich auch raufkommen? Brauchen Sie ein weiteres Paar Hände?«

»Kein Platz. Gehen Sie ans Funkgerät und geben Sie Compton und Gibbs Anweisungen, wie sie hierherkommen können, okay?« Jane verkeilte sorgfältig ihren Packen zwischen sich und Walsh. Wenn es in Mikrogravitation eine wahnsinnig lange Zeit benötigte, etwas zu tun, so benötigte es noch länger, etwas zu erreichen, wenn man sich an eine Leiter klammerte und eine bewusstlose Person daran zu hindern versuchte, in die Dunkelheit zu fallen. Sie zog ein aufgerolltes Nylonseil heraus und reichte es Bergen. »Haben Sie eine Ahnung, wie man eine Schlinge hinkriegt?«

Er zog die Maske zur Seite und grinste schelmisch. »Da weiß ich was Besseres. Ich habe einige Erfahrung im Klettern, also fertige ich einen improvisierten Komplettgurt an, und dann verwenden wir den Karabinerhaken als simple, bewegliche Seilrolle. Das wird den Aufwand an Kraft nahezu halbieren, den wir benötigen, um ihn hinunterzulassen.«

Jane lächelte angesichts seiner Begeisterung und streckte die Hand aus, um ihm die Maske wieder zurückzuschieben, weil er sich bereits mit dem Nylonseil beschäftigte. Methodisch wickelte er das Seil um Walshs

Schultern und Beine und legte es im Zickzack über Rücken und Schritt.

Wie sie ihn bei der Arbeit beobachtete und half, wo sie konnte, bemerkte sie, dass seine Hand verfärbt war. Sie nahm sie in eine der ihren, richtete den Strahl der Taschenlampe darauf und keuchte entsetzt auf. »Alan – was ist mit Ihrer Hand passiert?« Sie war rot und fleckig, angeschwollen, und einige Stellen warfen Blasen.

Er zog seine Hand zurück und arbeitete weiter. »Ich spüre es jetzt, aber meine Hände arbeiten wenigstens mit.« Er ruckte mit dem Kopf zum Vorratstank hinüber. Er musste eine der Kreaturen oder eine Schleimspur berührt haben, die sie alle hinterlassen hatten.

»Wie haben Sie sie behandelt? Überhaupt irgendwie?«

»Ich habe meinen Wasserbeutel aufgeschnitten und die Hand für gut fünf Minuten hineingesteckt. Ist schon gut. Ajaya wird eine Creme draufschmieren, und ich bin so gut wie neu.«

Sie wusste, dass es nicht gut war. Er musste unglaubliche Schmerzen verspüren.

Er verband den Karabinerhaken mit dem neu hergestellten Komplettgurt und schnitt das Nylonseil mit einem Vielzweckmesser ab, das er aus einer Tasche herausgefischt hatte. Dann knotete er das eine Ende des verbliebenen Seils an die Leiter, schob das andere Ende durch den Karabinerhaken und machte einen weiteren Knoten, um Walsh vorübergehend festzuzurren.

Dann nahm er die Maske ab. »Ich schätze Walshs Gewicht auf etwa 85 bis 90 Kilo. Durch die Verwendung einer beweglichen Rolle wird es sich wie 40 bis 50 Kilo anfühlen, so ungefähr, okay? Mit uns beiden sollte das ein Klacks sein. Halten wir ihn fest, damit ich ihn losmachen kann.« Er schob die Maske wieder zurück und arbeitete daran, Walsh in Position zu bringen.

Alan löste den Karabinerhaken aus dem zerrissenen Packen. Walsh fiel ihnen ruckartig in die Arme. Jane schrie unwillkürlich auf, als sie gegen die Leiter gedrückt wurde. Bergen murmelte etwas, das ihrer Vermutung nach ein paar gewisse Worte waren, gedämpft durch die Maske. Er schlang den Schlupf um einen Arm und löste Walsh langsam von der Leiter.

Jane stabilisierte sich dadurch, dass sie sich von Walshs Gewicht nach vorn in die Sprosse ziehen ließ, die quer vor ihrer Brust lag, und streckte die rechte Hand aus, um von Bergen das Seil entgegenzunehmen.

Er zog die Brauen zusammen. Seine Worte waren von der Maske gedämpft, aber sie bekam das Wesentliche mit.

»Alan – Ihre Hand ist schwer verletzt. Ich kann das tun. Sie … Sie müssen mich einfach nur stützen, okay? Ich kann das tun.« Sie gab sich Mühe, fester zu klingen, als sie sich fühlte. Sie sollte imstande sein, es zu tun. Sie musste es tun. Mit seiner rechten Hand in einem solchen Zustand musste sie die Hauptlast tragen, oder er würde sich weiter verletzen – und dann mochte Walsh ihnen buchstäblich durch die Finger gleiten.

Widerstrebend nickte er zum Einverständnis.

Sie ließ Walshs improvisierten Komplettgurt los und packte fest das Seil, das ihn hinablassen würde, indem sie es um beide Fäuste schlang. »Okay. Sie lassen ihn los und nehmen das Ende des Seils. Bereithalten, Ajaya! Wir lassen Walsh jetzt runter!«

Bergens Blick ruhte auf ihr, nicht auf Walsh, als er langsam nachgab. Das Seil spannte sich, und sie biss die Zähne zusammen. Es war nicht allzu schlimm. Sie hielt ihn aus eigener Kraft, spürte, wie ihr Schweißperlen über die Kopfhaut und die Oberlippe rannen, als sie schmerzhaft in die Sprossen der Leiter gedrückt wurde.

Sie hatte sich gerade mit der Idee angefreundet, da brüllte Bergen sie an: »Jane – Sie müssen ihn Hand über Hand herablassen.«

»Okay, okay. Ich weiß.« Sie ließ eine Hand los. Das Seil widersetzte sich, und Walsh knallte in die Leiter. Sie zuckte zusammen. »Entschuldige, entschuldige, entschuldige, Walsh«, murmelte sie, als sie den Schlupf packte und den Vorgang wiederholte in der Hoffnung, diesmal etwas sanfter vorzugehen.

»Sie machen das großartig, Jane«, sagte ihr Bergen ins Ohr. Er war dicht hinter ihr, bereit, falls nötig das Seil zu packen, vermutete sie.

Ihr Bizeps brannte. Dieses ganze Training in der Kapsel zahlte sich tatsächlich aus. In Gedanken hatte sie jede Einheit verflucht, aber jetzt sprach sie ein Dankgebet. Stück für Stück ließ sie ihn herab. Sie wollte nicht über einen Sturz nachdenken, aber ihre Arme zitterten, und das Seil schnitt ihr in die Hände.

»Ruhig, Jane«, tönte ihr Bergens gedämpfte Stimme ins Ohr.

Walsh rutschte ein Stück abwärts und baumelte herum. Jane jaulte vor Entsetzen und Schmerz auf. Es war nur noch eine kurze Strecke übrig, bevor er Ajayas, Comptons und Gibbs' ausgestreckte Arme erreichte. Sie konnte ihn jetzt nicht fallen lassen. Bergen packte das Seil zwischen ihren beiden Händen, so dass der Abstieg langsamer erfolgte.

Schließlich griff Ajaya hoch und übernahm das Gewicht. Das Seil erschlaffte. Jane drückte erleichtert die Stirn an die Leiter. Ihre Arme waren wie aus Gummi, und sie wollte bloß noch erschlaffen. Sie spürte eine Hand auf der Schulter.

Bergen lächelte sie an. »Wette, Sie sehen von nun an diese Resistance-Bänder mit völlig anderen Augen an, stimmt's?«

Sie streckte die Hand aus und bedeckte dieses selbstgefällige Grinsen mit seiner Maske. »Behalten Sie Ihre Maske an! Gehen wir. Wir müssen Walsh hier rausbringen. Sie zuerst.«

Er schnaubte amüsiert, widersprach jedoch nicht. Als sie unten angekommen waren, verfrachteten Gibbs und Compton Walsh gerade auf eine Trage. Viele Blicke wurden gewechselt, aber es herrschte offenbar ein unausgesprochener Konsens, dass die vorrangige Aufgabe darin bestand, Walsh in Sicherheit zu bringen. Sie übernahm die Spitze und führte sie hinaus in den Gang und zurück zur Kapsel.

Die Gruppe war noch nicht weit gekommen, da überkam Jane erneut dieses unmissverständliche Gefühl des Summens. Sie stolperte und spürte die Augen der anderen auf sich. Mühsam schleppte sie sich ein paar Schritte weiter, da sie nicht unter ihrem unmittelbaren kritischen Blick das Bewusstsein verlieren wollte. Sie wusste nicht, ob es eine weitere kurze Nachricht war, oder ob er sie wieder abrufen würde, und sie wusste nicht so genau, ob sie eins von beiden geschehen lassen wollte. Es setzte sich fort, wurde stärker, bis sie einen schweren Seufzer ausstieß, stehen blieb und konzentriert die Augen schloss – sich instinktiv auf das Gefühl einließ, um ihm leichter Zugang zu ihren Gedanken zu ermöglichen. Sogleich ließ das Poltern nach, und sie spürte, wie sich ganz leichte Ranken von Gedanken in ihr Bewusstsein schlängelten.

»*Die Sensoren für die Luftqualität deuten an, dass die Atmosphäre im Gang sicher für Sie ist, Dr. Jane Holloway. Wenn die Verletzungen, die Ihre Gesellschaft erlitten hat, schwerer sind, als Sie mit Ihren Bordmitteln bewältigen können, hat die* Speroancora *eine medizinische Abteilung, die Ihnen ganz zur Verfügung steht. Auf keinem der gewöhnlichen Wege oder in keiner dieser Kammern ist die Luftqualität ein Thema.*«

Das Summen ließ nach, und Jane richtete sich auf und zog sich die Maske über den Kopf. Es war Zeit, sich ihnen zu stellen, wenn auch vielleicht noch nicht an der Zeit für Erklärungen. »Wir können unsere Masken jetzt gefahrlos abnehmen«, sagte sie, clipte den Gurt los, ließ den Apparat von den Schultern gleiten und stellte die Luftzufuhr ab. »Wie geht es Walsh, Ajaya?«

Ajaya hielt ein misstrauisches Auge auf Jane gerichtet, als sie ihr Stethoskop und eine kleine Taschenlampe aus ihrem Packen holte und sich dann der Untersuchung Walshs widmete. Compton und Gibbs hatten die Arme zu einer Stütze für Walsh ineinander verschränkt. Walshs Kopf und Rumpf sackten gegen Gibbs' Schulter.

Gibbs schob seine Maske zur Seite. »Jane, was geht hier vor? Woher haben Sie gewusst, dass jetzt keine Gefahr mehr droht? Woher haben Sie gewusst, was da alles passiert ist?« Er wandte sich an Bergen. »Ist das Sprechfunksignal nicht durchgekommen, bevor wir uns getrennt haben?«

Bergen erweckte den Eindruck, als wüsste er überhaupt nichts mehr, und zog langsam die eigene Maske herunter.

Ajaya wandte ihm jetzt ihre Aufmerksamkeit zu. »So sehr ich ja auch gern die Antworten auf diese Fragen wüsste, so sind meine eigenen Fragen jedoch im Augenblick dringlicher. Wie lange ist Walsh bewusstlos, und was habt ihr beide da drin geatmet? Wissen Sie das?«

Bergen überlegte. »Er ist gut zwanzig Minuten bewusstlos, vielleicht auch länger. Er hat wesentlich länger gebraucht, das Gas loszuwerden, sogar mit dem Sauerstoff. Ich glaube, es ist Xenon.«

Ajaya furchte die Stirn. »Mir sind die Eigenschaften von Xenon bekannt. Es wird gelegentlich in der Lungenheilkunde verwendet. Das erklärt eure Symptome.«

Bergen nickte einmal stirnrunzelnd.

Ajaya wandte sich wieder Walsh zu. »Aber warum wird er das Gas nicht los?«

Nachdenklich rieb Bergen sich den Nacken. »Er hat

etwas davon gesagt, dass er von Gibbs' Sturz auf ihn gestern ein paar angeknackste Rippen hat. Vorhin glaubte ich, er würde Witze machen.«

Das schreckte Ajaya offenbar auf. »Ach du liebe Güte! Das ist ein Problem. Er hat vielleicht eine Entzündung der Zwischenrippenmuskeln entwickelt und ist außerstande, tief Luft zu holen, ausgerechnet jetzt. Das Gas hat sich vielleicht einfach in seinen Lungen festgesetzt. Das kann alle möglichen Komplikationen nach sich ziehen. Es besteht vielleicht sogar das Risiko einer Lungenentzündung.«

Bergen packte Walshs herabbaumelnde Beine und schob sie sich über die Schulter. »Stellen wir ihn auf den Kopf. Wenn wir seine Position verändern, sollten wir dadurch das Gas herausholen.«

Ajaya nickte. »Ja – gute Idee. Das sollte funktionieren.«

Gibbs und Compton senkten Walshs Kopf langsam zu Boden. Sie hielten ihn fest, bis Walsh hustete und zu sich kam. Dann richteten sie ihn wieder auf, und Ajaya untersuchte ihn ein weiteres Mal. »Commander, wir haben sehr strikte Richtlinien hinsichtlich von Verletzungen«, sagte sie zaghaft.

Walsh wirkte verwirrt. »Was zum …?«

»Willkommen zurück, Commander! Holen Sie ein paarmal tief Luft, bitte.« Ajaya verströmte jetzt wieder ihre geduldige, klinische Aura, als sie ganz unzeremoniell den Reißverschluss vorn an Walshs Fliegeranzug öffnete und ihm das T-Shirt hochzog, um seine Rippen abzutasten.

Walsh schüttelte die Arme der Männer ab, die ihn hielten, und kam auf die Füße. Er folgte Ajayas Anweisungen, war jedoch außerstande, das schmerzhafte Zucken bei jedem tiefem Atemzug zu verbergen.

»Woran erinnern Sie sich als Letztes, Commander?«

Eindeutig verunsichert funkelte er Bergen an. »Wie ich eine Leiter hochgestiegen bin. Warum tragt ihr alle keine Masken?«

»Jane sagt, hier draußen brauchen wir keine«, erwiderte Gibbs.

»Seit wann ist Holloway eine Expertin für Luftqualität? Was zum Teufel geht hier vor? Warum ist keiner in der Kapsel stationiert?«

Alle sahen zu Jane hinüber. Sie öffnete den Mund, aber es kam nichts heraus. Sie spürte, wie sie rot wurde. »Ich … wir wissen, dass wir hier nicht allein sind. An Bord ist eine … nun ja … Person. Dieses Schiff heißt *Speroancora* und hat ein einziges Mannschaftsmitglied, abgesehen von uns. Sein Name ist Ei'Brai.«

Compton berührte sie leicht am Ellbogen. »Woher wissen Sie das, Jane?«

Sie hob das Kinn. »Ich war in Kontakt mit ihm. Er hat mir gesagt, was vor sich ging, hat mir geholfen, Walsh und Bergen zu finden. Ohne seine Hilfe hätten wir sie erst gefunden, nachdem sie erstickt wären.«

Walsh entrang sich ein einziges Wort, gefärbt von Unglauben und Geringschätzung: »Wie?«

Jane schüttelte den Kopf. »Ich weiß nicht recht, aber er gelangt irgendwie in meinen Kopf. Er sagt, er sei in allen unseren Köpfen gewesen, er sei imstande, unsere

Gedanken und Erinnerungen zu sehen, aber ich sei die Einzige, mit der er tatsächlich sprechen kann …«

Die anderen starrten sie groß an – als wäre sie das Alien.

Sie ballte die Hände zu Fäusten. »Ich weiß, das klingt wahnsinnig. Die ganze Zeit habe ich geglaubt, ich würde die erste Aliensprache dokumentieren – aber selbst wenn diese Mission öffentlich wird, wer wird mir glauben, wenn ich behaupte, ich kommuniziere mit einem Alien telepathisch? Verdammte Scheiße!« Tränen traten ihr in die Augen. Sie wandte sich rasch von ihren Kollegen ab, legte den Kopf in den Nacken und blinzelte die Tränen weg, damit sie nicht herausquollen.

Compton trat heran, sah ihr ins Gesicht und wirkte ernstlich besorgt. »Wann hat das angefangen?«

Ihre Kehle war schmerzlich zugeschnürt. »Gestern«, brachte sie mühsam heraus. »Als ich ohnmächtig geworden bin. Da hat er zum ersten Mal mit mir Kontakt aufgenommen. Gleich nachdem ich die Symbole im Gang entziffert habe.«

Compton drückte ihr den Arm und ging weg. Sie hörte Walsh reden, und seine Stimme hatte gewisse Untertöne. Gibbs und Bergen schwiegen weiterhin, aber Compton murmelte Worte zu Janes Unterstützung und forderte Walsh auf, sie erst einmal ausreden zu lassen.

Sie warf einen Blick zurück zu ihnen, als Ajaya das Wort ergriff, nüchtern, einen ungläubigen Ausdruck im Gesicht. »Was es auch bringen mag, ich bin geneigt, ihr zu glauben, Commander. Vergessen Sie nicht, ich war den ganzen Morgen mit ihr zusammen. Sie hat mit einer unmöglichen Menge an Wissen über Ihre Situation, über Ihren Aufenthaltsort und über die Anlage des Schiffs operiert. Ich konnte kaum mit ihr mithalten. Es gab mehrere Augenblicke, wo ich mich ehrlich gefragt habe, ob sie schweigend mit jemandem sprach, weil ich mir ihre Handlungen anders nicht erklären konnte.«

»Ist das Ihre professionelle Meinung, Varma?«, fragte Walsh sarkastisch.

»Mit allem schuldigen Respekt, Commander, Sie waren nicht dabei«, entgegnete Ajaya.

»Dann lassen Sie doch mal die Details hören, Holloway. Fangen Sie von ganz vorn an.«

Ajaya legte Protest ein. »Wir müssen Prioritäten setzen. Ich muss Ihre Verletzungen behandeln, Commander.«

Er winkte sie beiseite und zeigte zu Jane hinüber. »Das kann warten. Die Details. Sofort, Holloway.«

Jane trat feierlich vor und beschrieb sorgfältig die ungewöhnlichen Gefühle, die tags zuvor jedes Mal dann in ihrem Kopf zu spüren gewesen waren, wenn Ei'Brai versucht hatte, mit ihr in Kontakt zu treten. Sie erklärte, wie die Symbole im Gang sich ihr geöffnet hatten und wie Ei'Brai gesagt hatte, er habe in diesem Augenblick gewusst, dass er mit ihr würde kommunizieren können. Sie fasste ihr Gespräch zusammen. Dann machte sie gleich bei diesem Morgen weiter, wie es erneut geschehen war und wie sich die Ereignisse entwickelt hatten. Ajaya ergänzte Janes Erzählung mit Beobachtungen und der Zeitabfolge von ihrem Standpunkt aus. Als sie fertig war, betrachtete Walsh sie mit grimmigem Gesichtsausdruck, sagte jedoch nicht sogleich etwas.

Ajaya sah von Walsh zu Jane und wieder zurück. »Wir müssen Ihre Verletzungen endlich behandeln, Commander. Ihr Zustand könnte rasch ernst werden. Die erste Regel bei einer Verletzung im Brustkorb lautet, den Schmerz zu lindern, damit der Patient richtig atmen kann, sonst können sich Folgeprobleme entwickeln. Glauben Sie mir, das wollen Sie bestimmt nicht.«

Jane verspürte Unbehagen unter Walshs eindringlich forschendem Blick. Sie winkte zu Berg hinüber. »Dr. Bergens Hand ist verletzt. Eine chemische Verbrennung.«

Jane warf verstohlen einen Blick auf ihre eigenen Hände. Das Seil hatte ihre Handflächen aufgeschürft, aber die anderen Verletzungen waren schlimmer. Sie würde warten, bis sie behandelt waren, bevor sie Ajaya beiseiteziehen würde.

Ajaya untersuchte bereits Bergens Hand. »Sie haben eine hässliche Verbrennung zweiten Grades, Alan. Ich empfehle dringend, diese Hand zwanzig Minuten lang unter fließendes Wasser zu halten, damit Sie auch ganz bestimmt die Chemikalie loswerden können, die das verursacht hat.«

Da wurde Jane aufmerksam. Sie stocherte unbeholfen in den frisch implantierten Daten in ihrem Kopf herum und suchte nach Einzelheiten über die medizinische Abteilung, die Ei'Brai erwähnt hatte. »Können Sie sie behandeln, Ajaya? Haben Sie alles Nötige in der Kapsel, um Bergen und Walsh zu behandeln?«

»Wird schon gehen. Ich habe natürlich nicht alle Hilfen wie daheim. Ich würde gern etwas Eis auf Walshs Verletzung legen, aber das ist natürlich nicht möglich.«

Ajaya warf Jane einen faszinierten Blick zu. »Warum?«

»Dieses Schiff verfügt über eine medizinische Abteilung ganz in der Nähe. Dort gibt es vielleicht fließendes Wasser. Ich könnte auch vielleicht etwas Eis finden. Medizinische Diagnosegeräte sind ebenfalls vorhanden. Unser Gastgeber hat uns eingeladen, alles zu benutzen, was wir benötigen.«

Walsh beäugte sie skeptisch. »Sie sagen, Sie können uns dorthin bringen? Wo ist sie, von hier aus gesehen?«

»Sie liegt drei Decks weiter oben, zu erreichen über den Transportlift, und 100 bis 150 Meter einen Gang hinab.« Jane warf Bergen verstohlen einen Blick zu. Er rieb sich den Nacken mit seiner unverletzten Hand und beobachtete Walsh mit einem ernsten Ausdruck im Gesicht.

»Nein. Wir kehren zur Kapsel zurück. Das ist eine Position, die sich verteidigen lässt«, sagte Walsh kurz angebunden.

Ajaya schüttelte den Kopf. »Mit allem schuldigen Respekt, Commander, jetzt in die Mikrogravitation zurückzukehren wäre ein Fehler – die Flüssigkeitsverschiebung könnte gefährlich für Sie werden. Tatsächlich halte ich es für keinen von uns klug, für längere Perioden zurückzugehen und wieder herzukommen. Allein die Effekte auf das Elektrolysegleichgewicht und den Blutdruck, nun ja, es lässt sich nicht voraussehen, welchen langfristigen Effekt so schnelle Wechsel durch extreme Umgebungen haben werden. Wir sind zur Erkundung des Schiffs hier. Das Schiff hat Schwerkraft. Wir müssen irgendwo innerhalb des Schiffs ein Lager aufschlagen. Eine medizinische Abteilung ist ebenso gut wie jeder andere Ort.«

Walsh sah sie funkelnd an. »Dann schlagen wir eines im Gang draußen vor der Kapsel auf. Bleibt nahe bei unseren Vorräten.«

»Angesichts der Ressourcen, die wir hier vorfinden«, warf Gibbs schüchtern ein, »müssen die Wasservorräte dieses Schiffs gewaltig sein, für Hunderte von Menschen gedacht, vielleicht für Tausende. Meinen Sie, die haben hier Duschen, Jane? Ich könnte wirklich eine Dusche brauchen.«

Jane lächelte ihn wehmütig an. »Ja, Ron. Ich glaube, es gibt eine Dusche in der medizinischen Abteilung. Daran habe ich auch schon gedacht.«

Walsh schoss Gibbs einen abfälligen Blick zu und wandte sich dann an Compton und Bergen. »Nun?«

Bergen reagierte sofort. »Ich halte es für eine gute Idee, etwas anderes als Fracht zu sehen. Wenn Jane liefern kann, sollten wir nachsehen.«

Jane nahm Bergen scharf in den Blick, aber sein Ausdruck war nicht zu deuten.

»Keine große Überraschung. Compton?«

»Mir macht Jane Sorgen. Ich möchte mehr darüber erfahren, was ihr zugestoßen ist.«

Walsh seufzte schwer und verzog dann wieder das Gesicht bei dem Schmerz, den die Geste ihm bereitet haben musste. »Zur Kenntnis genommen. Einverstanden. Ihre Meinung?«

»Ich bin mit Ajaya einer Meinung. Wenn wir hier aus medizinischen Gründen ein Lager aufschlagen müssen, klingt das wie eine verdammt gute Lösung. Ich habe so meine Zweifel, ob wir ihre Ausrüstung sofort nutzen können, aber einen Blick ist es wert.«

Walshs Blick streifte die Gruppe, als ob sie alle völlig den Verstand verloren hätten. »Schön. Nehmen Sie Varma und Gibbs mit und holen Sie Vorräte für vierundzwanzig Stunden. Nachdem Sie dann abgeschlossen haben, sehen wir mal, was das alles wird.«

8

Jane rutschte an der Wand runter und durchwühlte ihren Packen nach einer Schachtel Ibuprofen. Sie hatte Kopfschmerzen, und sie fühlte sich völlig ausgelaugt. Sie schloss die Augen. Noch immer wurden Informationen in ihrem Kopf abgespeichert. Hin und wieder erhaschte sie einen Blick darauf, wie sie in ihr Bewusstsein drangen, wenn sie nicht abgelenkt war.

So viel davon fiel in den Bereich von Technologie. Es war das Zeug, das die NASA haben wollte – Details der Struktur, Anatomie der Antriebstechnik, Regulation der Lüftung, Sternenkarten und noch viel mehr. All das hätte an Bergen, Compton oder Gibbs gehen sollen, denn sie waren Ingenieure auf verschiedenen Gebieten. Sie könnten damit etwas anfangen, könnten Gebrauch davon machen. In deren Händen wäre es ein Vorteil. In ihren war es nicht weit davon entfernt, ihre Sinne zu betäuben. Wie konnte sie je darauf hoffen, das alles angemessen zu vermitteln? Es war für sie unverständlich.

Sie wollte nichts davon, sie hatte bloß die Sprache erlernen wollen. Jetzt hatte sie das getan und noch so viel mehr erhalten. Wie war sie bloß in diese Position geraten?

Während ihre Gedanken wanderten, begriff sie, dass

das Äußere des Schiffs, die Art und Weise, wie es gebaut war – nämlich wie eine städtische Skyline aus aufragenden geometrischen Formen –, dem Zweck der Stabilisierung der Schiffshülle ebenso diente wie der optimalen Sammlung von Sonnenenergie für seine grundlegenden Funktionen. Die vielen Winkel stellten sicher, dass ein Teil des Schiffs stets eine gewisse Menge an Energie sammelte. Und wegen seiner Orientierung im Orbit war der Effekt maximal.

Warum aber erhielt sie das alles? Warum nicht bloß die sachdienlichen Anteile, um damit später Bergen und Walsh zu erreichen? Am Rand ihres Bewusstseins spürte sie, dass da weitaus mehr war, was sie nur noch nicht ganz hatte fassen können. Es war ein Bewusstsein von etwas Unangreifbarem, das jedoch stetig wuchs. War das Ei'Brai?

Walsh blieb beständig in Kontakt mit Compton und kümmerte sich um jede noch so kleine seiner Bewegungen in der Kapsel, eindeutig eine Kompensation für sein Unbehagen über das Geschehen. Compton richtete eine Fernverbindung ein, so dass Walsh eine Übertragung nach Houston senden konnte. Er fasste die Details des Morgens zusammen und unterließ es zu erwähnen, dass Jane Kontakt mit dem Alien aufgenommen hatte.

Bergen schritt im Gang auf und ab. Hin und wieder blieb er stehen und untersuchte den Verband, den Ajaya um seine verletzte Hand gelegt hatte, oder beäugte heimlich Jane und Walsh. Dann schritt er weiter. Er sah so erschöpft aus, wie sie sich fühlte.

Sie winkte ihm schlapp zu. »Dr. Bergen, es ist ein anstrengender Morgen gewesen. Warum setzen Sie sich nicht eine Minute lang hin und ruhen sich aus?«

Er lehnte sich gegen die Wand etwa einen Meter von ihr entfernt und wandte sich ihr zu, als ob er etwas sagen wollte, tat es dann doch nicht und schüttelte den Kopf.

»Was ist?«, fragte sie erschöpft.

»Na ja, Sie … warum sind wir wieder bei Dr. Bergen? Vor dreißig Minuten haben Sie mich Alan genannt.«

Sie sah ihm neugierig ins Gesicht. »Ich habe versucht, Sie zu erreichen.«

Seine Lippen zuckten, und er wandte den Blick ab.

»Das verstehe ich nicht. Ich versuche bloß, eine professionelle Atmosphäre aufrechtzuerhalten.«

»Sie nennen Ajaya, Ron und Tom beim Vornamen. Warum nicht mich? Es ist zwar schon mal vorgekommen, aber ich meine … so ganz generell …«

Er schien ernsthaft verletzt. Sie runzelte die Stirn. »Warum nennen Sie mich ›Doc‹?«

Er grinste – das wirkte natürlicher. »Weil es Sie ärgert.«

Sie erwiderte das Lächeln. »Ich nenne Sie Alan, wenn Sie mich Jane nennen.«

Sein Kopf ging auf und nieder, und er beugte sich zu ihr hinüber und streckte ihr seine gesunde Hand entgegen, die linke. »Abgemacht, Doc.«

Sie nahm seine Hand und drückte sie. »Klugscheißer.« Sie zog die Beine an den Leib und legte den Kopf auf die Knie. »Haben Sie heute schon mal was gegessen? Ich habe etwas in meinem Packen.«

»Ich könnte was gebrauchen.«

»Walsh? Hungrig?«

Walsh hatte einigen Abstand zu ihnen gewahrt. Er kam herüber und ließ sich langsam nieder, wobei er ein Ächzen unterdrückte.

»Hat Ajaya Ihnen nichts gegen den Schmerz gegeben?«, fragte Jane, während sie ihren Packen nach etwas Essbarem durchsuchte.

Er überhörte ihre Frage und sagte knurrig: »Wie haben Sie mich von der Leiter herunterbekommen?«

Bergen spähte in seinen eigenen Packen. »Hab einen Gurt aus dem Nylonseil gefertigt. Wahrscheinlich hat es Ihnen in Ihrer Lage nicht viel geholfen, aber gute Alternativen gab es nicht. Ich habe die Schlinge hergestellt. Jane hat Sie dann runtergelassen.«

Jane schüttelte den Kopf. »Ich habe Sie *mit seiner Hilfe* runtergelassen.« Sie ertrug es nicht, sämtliche Lorbeeren einzuheimsen, wo Walsh doch eine ernsthafte Kopfverletzung hätte davontragen können, wenn sie es völlig allein hätte tun müssen.

Walsh nickte langsam und sah Jane durch die zusammengekniffenen Augen an. Er war eindeutig nicht sonderlich glücklich darüber, nichts von diesen ganzen Einzelheiten zu wissen. Sie reichte ihm etwas Dörrfleisch und gemischte Nüsse. Walsh mochte die Energieriegel nicht. Sie öffnete einen davon für Bergen und einen für sich, dann stellte sie einen großen Plastikbeutel mit Wasser für sie drei zwischen sich. Eine Weile lang kauten sie schweigend.

»Warum haben Sie nicht gleich geredet, Holloway?«, fragte Walsh mit einem Blick zur Seite.

»Nun ja, ich habe geglaubt, ich würde vielleicht verrückt werden.«

Er schnitt ein Gesicht und hob die Brauen. »Sie sind sich sicher, dass Sie es nicht sind?«

Sie begegnete seinem Blick, ohne zusammenzuzucken. »Einhundertprozentig? Nein. Obwohl ich euch beiden den Arsch gerettet habe. Das ist also schon mal was.«

Bergen grinste.

Walsh war unbeeindruckt. »Warum versteckt er sich? Warum trifft er sich nicht von Angesicht zu Angesicht mit uns?«

»Ich weiß es nicht. Ich glaube, er kann es nicht. Ich weiß nicht, wie er aussieht. Ich bin mir nicht einmal sicher, dass er ein ›Er‹ ist. Ich habe dieses Pronomen bloß gewählt, weil es zu seiner Stimme passt.«

Bergen beobachtete sie eindringlich. Walshs Gesicht war grimmig.

Sie blickte auf den süßen Riegel in der Hand und verband ihre Gedankenfetzen, während sie sie artikulierte. »Die Struktur dieser neuen Sprache ähnelt Sprachen mit proto-indoeuropäischen Wurzeln – wie Griechisch, Latein und Sanskrit. Wir wissen, dass es Worte gibt, die in vielen unserer Sprachen sehr ähnlich sind – ›Mama‹, ›Nacht‹, ›Stern‹ und ›nein‹. Da muss ich mich einfach fragen, ob diese uralte Sprache, in unseren Genen aufbewahrt, jedoch nie bewusst untersucht, auf diese wunderschöne, wundervolle Art und Weise aus uns herauskommt. Die meisten Linguisten im Laufe der letzten 50, 60 Jahre haben die Idee der Monogenesis einer proto-menschlichen Sprache verworfen. Tatsächlich würde sogar meine eigene Arbeit solche Theorien verwerfen. Die momentan vorherrschende Theorie ist linguistische Polygenesis, aber …« Sie verstummte, und ihre Begeisterung brach in sich zusammen, als sie sich bewusst wurde, dass diese Enthüllung ihnen wahrscheinlich nicht viel bedeutete.

Walsh beugte sich langsam und mit einem schmerzlich verzogenen Gesicht vor und trank einen Schluck Wasser. »Wie ist er so?«

Jane lehnte sich zurück und hatte das Gefühl, einen Dämpfer versetzt bekommen zu haben, was wahrscheinlich auch so beabsichtigt gewesen war, und wischte sich die klebrigen Finger an ihrer Kleidung ab. Da bemerkte sie die kleinen Löcher, die sich an den Beinen ihres Fliegeranzugs bildeten. Sie begegnete Bergens Blick, und er zupfte an seinem eigenen Anzug herum und enthüllte auch dort Löcher.

Die anderen hatten Anweisung erhalten, Wechselkleidung für alle mitzubringen. Wenn sie nicht unerträgliche Schmerzen spürte, oder zumindest bis dahin, würde sie den Fliegeranzug nicht ausziehen. Lieber sollte er sie verbrennen, als dass sie sich jetzt vor Bergen und Walsh bis auf die Unterwäsche entkleidete. Sie fühlte sich sowieso schon ausreichend verletzlich.

Feierlicher fuhr sie fort: »Die meiste Zeit über ist er ziemlich zwiespältig. Er beantwortet nicht gern direkte Fragen. Eine Weile lang hielt ich ihn tatsächlich für den Schiffscomputer, aber da bin ich jetzt anderer Ansicht.

Er wollte euch beide nicht sterben lassen. Ein Computer hätte nicht so reagiert, oder?«

Bergen hob die Brauen. »Hängt von der Programmierung ab. Könnte eine KI sein.«

Jane runzelte die Stirn. »Oh. Künstliche Intelligenz? Er hörte sich emotional an. Ich … wirklich?«

Bergen streckte die Hand nach dem Wasserbeutel aus. »Also ist es nur er, hm? Keine anderen in einem Schiff dieser Größe?«

»Das hat er gesagt. Ich hatte das Gefühl, dass sie vor langer Zeit gestorben sind. Beim nächsten Mal habe ich vor, eine Menge Fragen zu stellen.«

»Tun Sie das!« Walsh drückte sehr viel mit diesen drei Worten aus. Er glaubte ihr kein Wort. Sie war überrascht davon, wie sehr das schmerzte, obwohl sie eigentlich diese Reaktion von ihm erwartet hatte.

Mit ausdrucksloser Miene ließ sie die Hände in den Schoß fallen. Sie widerstand dem Drang, sich kleiner machen zu wollen, weniger verräterisch, oder die Augen zu schließen, um seinem wachsamen, funkelnden Blick zu entgehen. Walsh war effizient, kritisch, skeptisch, aber er war auch fair. Sie würde ihn schließlich überzeugen, fragte sich jedoch, was das kosten würde.

Sie wusste nicht genau, was Bergen dachte. Bei seiner Persönlichkeit war die Tatsache, dass er nicht offen mit Geringschätzung reagierte, ermutigend. Aber sie hatte den Verdacht, dass er sie aufmuntern wollte, weil er sich ihretwegen Sorgen machte. Sie wusste nicht recht, ob ihr das gefiel. Auch hatte sie den Verdacht, dass seine Nachsicht ihr gegenüber bis zu ihrer Zeit in Houston zurückreichte. Entweder hatte ihm bei der NASA jemand die zweifelhafte Ehre zuteilwerden lassen, auf sie achtzugeben, oder es war seine Art und Weise, Freundschaft auszudrücken.

Das Schweigen war drückend und schmerzhaft.

Walsh verständigte sich wieder über Sprechfunk mit Compton. Es hörte sich so an, als würden die anderen bald zurückkehren. Sie brachten noch einige Details in trockene Tücher.

Bergen räusperte sich. Er griff nach ihrer Hand. »Jane, Sie sind auch verletzt«, sagte er leise und drehte ihre Handflächen nach oben.

»Tut nicht sehr weh«, erwiderte sie.

Er hielt ihre Hand weiter fest. Sein Griff war stark und warm. Sie ließ sie dort und sah ihm neugierig ins Gesicht. Sie mochte diese Seite an ihm und wünschte sich, er würde sie häufiger zeigen.

»So sollte das eigentlich nicht funktionieren, wissen Sie«, sagte er mit einem schüchternen Lächeln.

Sie weigerte sich, das Lächeln zu erwidern. »Wie bitte?«

»Sie sollten die Dame in Nöten sein. Wir sollten Sie retten.«

Sie schnaubte und entzog ihm ihre Hand. »Die Zeiten ändern sich.«

»Aber was macht das aus uns? Zwei Dummköpfe in Nöten? Erbärmlich.«

»Zwei Kollegen in Nöten. Geschlecht spielt keine Rolle«, erwiderte sie und ließ zu, dass ihr ein ganz schwaches, trauriges Lächeln übers Gesicht glitt.

»Mhm.« Er nickte und grub in seinem Packen. »Hier ist etwas für Sie. Ich habe es für eine besondere Gelegenheit aufgehoben. Nicht erstickt zu sein, das erscheint da so gut wie alles andere auch.« Er zog eine geschlossene Faust hervor und streckte sie ihr hin.

Sie streckte ihrerseits eine offene Hand aus, und er ließ einen kleinen Plastikbeutel hineinfallen. Sie zog überrascht die Luft ein und schloss rasch die Hand, um zu verbergen, was es war. »Schokolade? Alan Bergen. Das werde ich aber Ihrer Mama erzählen!«, zischte sie ihn an.

Er kicherte. »Sie wäre nicht überrascht. Geben Sie was ab?«

Sie warf wiederum einen Blick auf Walsh. »Sollte ich nicht. Aber ich werd's tun.« Sie riss die Plastikumhüllung auf. Es war die Art von Schokolade, die gewöhnlich in herzförmiger Verpackung erhältlich war. Die Sorte mit aromatisierter Creme in der Mitte. Sie reichte Bergen ein Stück, steckte sich dann selbst eines in den Mund, ließ das dritte im Beutel und verbarg es in einer unbeschädigten Tasche ihres Anzugs. Sie schüttelte den Kopf und bedachte ihn mit einem drohenden Blick. »Sie sind schrecklich«, flüsterte sie. »Mir und Ron zu unterstellen, wir hätten sämtliche Schokolade aufgegessen, wo Sie sie irgendwo versteckt hatten. Ich werde diese Kapsel auseinandernehmen, bis ich Ihren Vorrat finde!«

»Viel Glück. Ich habe meine eigenen Verstecke eingebaut.« Er nickte selbstgefällig und steckte sich das Stück in den Mund.

Kopfschüttelnd strahlte sie ihn an. Sie zweifelte nicht daran, dass es stimmte. »Jetzt bin ich mitschuldig. Sie werden mir Blut-Schokolade für mein Schweigen zahlen müssen.«

Er lachte laut heraus, ein brüllendes Gelächter. Sie konnte nichts dagegen tun, dass sie sich anstecken ließ und mit ihm kicherte. Manchmal hatte er so seine Art, genau das herauszufinden, was sie gerade brauchte. Immer wenn sie glaubte, ihn durchschaut zu haben, überraschte er sie erneut.

Walsh schoss ihnen einen missbilligenden Blick zu.

Bergen rutschte näher heran und boxte sie spielerisch gegen die Schulter. »Ich will ja kein Urteil abgeben, aber ihr beide habt euch das Zeug schrecklich schnell einverleibt. Hätte es euch umgebracht, wenn ihr hin und wieder Pfirsichauflauf genommen hättet?«

Sie verdrehte die Augen und genoss dabei die Schokolade, die immer noch in ihrem Mund schmolz. Der Pfirsichauflauf war ein Witz. Sie wusste nicht, wie er der ausgedehnten Qualitätskontrolle hatte entgehen können, die die NASA jeder Einzelheit bis hinab zu ihrer Unterwäsche hatte angedeihen lassen. Manchmal rehydrierte er als eklige, klitschige Masse, manchmal schmeckte er, als ob jemand reichlich ein exotisches Gewürz darübergestreut hätte, und manchmal war er perfekt – na ja, so perfekt, wie rehydrierte Nahrung nun mal sein konnte.

Es war komisch, aber irgendwie auch seltsam, denn sie aßen ihn trotzdem immer wieder, weil ihre Auswahl so beschränkt war. Es wurde bald eine Scherzfrage: Welcher Pfirsichauflauf wäre es diesmal? Sie beschwerten sich in Houston darüber, auf eine kesse, neckische Art und Weise. Die Chefs in Houston veranlassten den Direktor des Space Food Systems Laboratory, eine Antwort zu schicken, in der er zugab, dass sie am Tag der Zubereitung des Pfirsichauflaufs einen Praktikanten im Labor gehabt hatten. Er schwor, dass an dem Essen, das in der Kapsel auf dem Mars für die Rückkehr auf sie wartete, nichts fehlen würde. Der Gedanke an die Rückkehrkapsel machte sie traurig, und sie seufzte.

»He.« Bergens Arm glitt hinter sie und rieb ihr das Kreuz. Er beugte sich zu ihr und fragte leise: »Alles okay?«

»Alles bestens«, gab sie automatisch zur Antwort und versteifte sich angesichts seiner jähen Besorgnis.

»Ganz bestimmt?«

Er war ihr so nah, wirkte so besorgt, dass sie fast glauben wollte … aber nein, das war lächerlich. Er war bei der NASA so etwas wie eine Legende. Spacegeeks waren überraschend klatschsüchtig. Er war der erfolgreiche junge Mann von nebenan, der es zu etwas gebracht hatte, und zwar regelmäßig, prahlten zumindest seine Mitläufer. Sie war eindeutig nicht sein Typ. Er war einfach nur nett, und das war ihr peinlich, weil er wahrscheinlich nicht viel Übung bei Freundschaften mit Frauen hatte.

»Ja.« Sie stand auf und löste ihren Pferdeschwanz, um ihre Nervosität zu verbergen, die seine plötzliche Aufmerksamkeit in ihr hervorgerufen hatte. Zusammen mit dem Haarband hielt sie eine dicke Strähne feuchtes Haar in der Hand. Sie starrte sie verständnislos an und ließ sie dann mit einem Aufschrei fallen. Ihre Hand glänzte vor Schleim.

Sofort waren Walsh und Bergen über ihr. Bevor sie auch nur reagieren konnte, tränkte Bergen ihre Hand mit Wasser aus dem Beutel, bis dieser leer war, aber ihre Hand rötete sich bereits schmerzhaft. Sie fiel auf die Knie und zog eine Packung Feuchttücher aus ihrer Tasche. Eines nach dem anderen verwendete sie dazu, an ihren Händen zu reiben, ihrem Gesicht, falls sie sich bespritzt hatte; und sie war entschlossen, die Tränen nicht rinnen zu lassen, die so dicht an der Oberfläche warteten.

Walsh stand dabei und sah stoisch zu.

Bergen kniete neben ihr, berührte sie an der Schulter und sagte: »Schon okay, Jane. Sind nur ein paar Zentimeter.«

Sie zuckte zusammen. »Hören Sie auf! Rühren Sie mich nicht an. Hören Sie auf, mich so anzusehen. Ist bloß Haar!«

Er wich zurück.

Sie drehte das Gesicht nach oben, um die Tränen in Schach zu halten. Der zähe Nomexanzug hielt. Sie würde ihn bald ausziehen und sich unter fließendes Wasser stellen.

Im Hinterkopf spürte sie ein leises Summen, fast zaghaft, wie eine Frage. Sie spannte sich noch mehr an. Beobachtete er sie durch verborgene Kameras im ganzen Schiff? Oder tauchte er in ihre Gedanken ein und belauschte sie wie ein telepathischer Schnüffler?

»Sie müssen ein solches Unbehagen nicht erdulden. Das ätzende Exsudat des Ungeziefers ist ein gewöhnliches Leiden und leicht zu behandeln. Begeben Sie sich bitte rasch zur medizinischen Abteilung, wo Sie eine Behandlung ohne organischen Beistand erhalten können – die Sectilius gehen mit Medizin völlig anders um.«

Immer noch schwer atmend stand Jane auf. Sie wandte sich um und sah Tom, Ajaya und Ron auf sie zuschreiten, beladen mit Packen, Taschen und Ausrüstung. Jane hob ihren Packen auf und machte sich wortlos auf den Weg den Gang hinunter.

9

Bergen und die übrige Besatzung folgten Jane. Er bildete die Nachhut, weil er nicht an dem Austausch unbehaglicher Blicke zwischen den anderen teilhaben wollte. Jane sollte nicht glauben, er hätte etwas anderes als das äußerste Zutrauen zu ihr.

Sie wusste anscheinend genau, wohin sie ging, denn sie zögerte an keiner Kreuzung im Gang, sondern schritt zielstrebig auf eine Tür zu und tippte den Code zum Öffnen ein. Eine kleine Kammer zeigte sich, sie trat ein und winkte ihnen, ihr zu folgen.

Schlurfend kam Bergen zum Stehen, als die anderen vor ihm innehielten.

Ihm missfiel der Ausdruck auf Janes Gesicht. Offenbar kämpfte sie darum, nicht zu zeigen, was in ihr vorging.

»Es ist ein Transportlift von Deck zu Deck. Wie ein Aufzug«, brachte sie heraus.

Dennoch zögerten sie. Walsh starrte Jane mit einem stinksauren Ausdruck auf dem Gesicht an. Er machte es ihr wesentlich schwerer als unbedingt nötig.

Bergen schob sich grob zwischen Walsh und Gibbs hindurch und stellte sich an die Rückwand des Transportlifts. Ajaya nickte und trat zu ihm, Gibbs dicht dahinter. Compton und Walsh zögerten noch einen Augenblick länger, dann folgten auch sie.

Jane musterte kurz die Kontrollknöpfe, die auf Augenhöhe angebracht waren, und wählte dann entschlossen ein Symbol. Sogleich schloss sich die Tür und öffnete sich einen Augenblick später wieder.

Völlig reglos stand Jane da. Wenn sie Bedenken hatte, konnte er das auf ihrem Gesicht nicht erkennen. Hinter ihrem Rücken wurden verstohlene Blicke gewechselt. Wahrscheinlich dachten sie alle dasselbe wie er: Dieser Gang sah genauso aus wie derjenige, den sie gerade verlassen hatten. Es hatte sich nicht so angefühlt, als wären sie überhaupt irgendwo anders hingekommen.

Dann war sie durch die Tür und eilte wiederum den Gang hinab.

Bergen hörte Walsh mit unterdrückter Stimme etwas zu Gibbs sagen. Gibbs holte ein Stück Kreide aus seinem Packen und markierte die Wand mit einem Symbol zur Orientierung. Daraufhin schnaubte Bergen und dachte bei sich: Der Blödmann hätte daran denken sollen, bevor sie in den Aufzug eingestiegen sind.

Jane blieb vor einer Tür stehen und wartete darauf, dass die anderen sie einholten. »Hier ist es«, sagte sie. »Ich weiß nicht genau, was uns erwartet. Der Raum da drin wird Diagnoseraum genannt. Soweit ich es verstehe, werden die meisten ihrer medizinischen Eingriffe automatisch durchgeführt. Beim größten Teil des medizinischen Personals, das hier gearbeitet hat, hat es sich um Hilfskräfte gehandelt, nicht um Ärzte in unserem Sinn.«

»Interessant«, murmelte Ajaya.

Walsh war unzufrieden. Er bedeutete Jane zurückzutreten, zog seine 9-mm und winkte Gibbs und Compton, dasselbe zu tun. Dann drückte er den Knopf und trat ein.

Es war ein leerer Raum mit lediglich einer großen, scheibenförmigen Plattform in der Mitte. Die Wand auf der Rückseite krümmte sich parallel zur Plattform und war durchsetzt von zahllosen Türen.

Eine Stimme durchbrach die Stille. Alle, auch Jane, schreckten auf. Es war eine ruhige, gleichmütige Stimme, nicht bedrohlich, ein wenig weiblich. Sie sprach in einer fremden Sprache. Wenn Walsh hätte raten sollen, dann hätte er auf Italienisch getippt.

»Ist das die Stimme, die Sie hören?«, fragte Compton sie.

»Nein«, erwiderte sie, offensichtlich verwirrt.

Walsh wirkte skeptisch. »Was hat sie gesagt, Holloway?«

Sie trat weiter in den Raum. Sie sprach langsam – selbstsicher, aber voller Verwunderung. »Sie hat gesagt: ›Willkommen, undokumentierte Einwohner‹.«

Wiederum sprach die Stimme. Jane übersetzte sogleich: »Bitte tretet auf die Diagnoseplattform.«

Bergen schoss Walsh einen betont aufmerksamen Blick zu. Wenn Jane sich das alles ausdachte, wurde es allmählich verdammt detailliert.

Mit bereitgehaltener Waffe ging Walsh zum Rand der Plattform, gefolgt von Gibbs und Compton.

Ajaya trat nahe an die Plattform heran und untersuchte sie. Es gab nicht viel zu sehen. Die Plattform selbst bestand aus demselben Material und war von derselben Farbe wie alle anderen Oberflächen im Schiff, die sie gesehen hatten. Sie erhob sich einen guten halben Meter über den Boden, und die Decke darüber wich etwa im selben Ausmaß zurück. Walsh trat näher heran, blickte in die Wölbung hinauf und sah, dass ein dunkler Glasschirm darin eingesetzt war.

Bergen seufzte. »Okay, wer ist der Erste?«

Ajaya richtete sich auf. »Walshs Verletzungen sind die schwersten.«

Walsh schüttelte streng den Kopf. »Nein.«

»Meine Güte! Dann gehe ich als Erster.« Bergen setzte einen Fuß auf die Plattform.

Walsh hielt eine Hand hoch. »Wartet! Forschen wir erst weiter, bevor wir uns in etwas hineinstürzen. Wir wissen nicht, was dieses Zeug anstellt.«

Aber noch während Walsh gesprochen hatte, war Jane bereits auf die Plattform getreten. Walsh presste die Lippen aufeinander. »Holloway, verdammt!«

Ein bläulich-grünes Licht kam aus dem zurückspringenden Bereich oben und umhüllte die Plattform vom Boden bis zur Decke mit einer Röhre aus Licht, so dass Janes Haar und Haut geisterhaft, unirdisch glänzten. Sie wirkte erschrocken, verharrte jedoch am Platz.

Walsh trat einen Schritt auf sie zu. »Holloway, runter von der …«

Die Stimme, gewiss ein automatischer Computer irgendwelcher Art, ergriff wiederum das Wort. Jane übersetzte mit zittriger Stimme. »Unidentifizierte hominide

Spezies. Zugriff auf Files. Standby.« Das Licht lief wellenförmig an ihrem Körper rauf und runter. Die Stimme, dann Jane: »Scanne.«

Ajaya sah ehrfürchtig zu. »Spüren Sie etwas, Jane?«

Jane schüttelte den Kopf.

Wiederum sprach die Stimme: »*Genusis Terrano. Homo sapiens. Afirmeu opu neu.*«

Jane übersetzte. »Terranische Spezies. Homo sapiens. Bestätigen oder nicht bestätigen.«

Compton trat zu den anderen an der Plattform. »Terra?«

»Das ist Latein für Erde, nicht wahr, Jane?«, fragte Ajaya.

Jane nickte und sagte dann: »Afirme«, und wappnete sich offenbar.

Bergen schluckte vernehmlich, und das Herz schlug ihm heftig in der Brust.

Ein körpergroßes dreidimensionales durchsichtiges Hologramm tauchte vor Jane auf, ein Spiegelbild in jeder Hinsicht, bis hinab zu den kleinsten Bewegungen. Die Stimme sprach, dann sagte Jane: »Nennen Sie bitte Ihren vollen Namen für die Datenbanken.« Sie hob das Kinn und sagte deutlich: »Jane Augusta Holloway.«

Sämtliche Farbe wich aus dem Hologramm. Übrig blieb ein durchscheinender Umriss von Janes Körper. Dann leuchteten mehrere Bereiche des Hologramms hellrot auf – ihre Hände, der Bereich zwischen ihren Schulterblättern, wo ihr Haar sie berührt hatte, und das rechte Bein an ein paar Stellen. Wiederum sprach die Stimme, dieses Mal etwas länger. Jane folgte jedem Wort.

Als sie geendet hatte, drängte Ajaya: »Was hat sie gesagt, Jane?«

»Sie weiß, dass ich Verbrennungen habe, sowohl chemischer Art als auch durch Reibung. Sie kennt die Chemikalie, der ich ausgesetzt war, und die Spezies, von der sie stammt. Der richtige Name für diese Kreaturen lautet *Coelusha limax* – wörtlich ›Raumschnecke‹. Sie sagt, wenn ich hier fertig bin, wird sie eine Tür zu einer Kammer öffnen, wo ich eine medizinische Dusche nehmen kann, um die alkalische Substanz zu neutralisieren, und dann erhalte ich eine auf polarisiertem Licht basierende Therapie und eine Salbe mit Arzneistoffen zur Wiederherstellung meiner Haut.«

Ajaya nickte langsam mit gefurchter Stirn.

Das Hologramm veränderte sich. Janes Skelett glühte rot, ebenso wie ein paar ihrer inneren Organe. Als die Stimme geendet hatte, übersetzte Jane wieder: »Sie sagt, ich habe vielfache leichte Mangelerscheinungen, die sich entweder mit einer vorgeschriebenen Diät oder einer Infusion beheben lassen.«

»Interessant«, murmelte Ajaya.

Wiederum veränderte sich das Hologramm und erhellte ein kleines, T-förmiges Ding in Janes Unterleib. Jane wurde still und übersetzte nichts. Das Licht erlosch, und sie trat von der Plattform. Eine der Türen öffnete sich, und es zeigte sich eine weitere Kammer. »Wer ist der Nächste?«, fragte sie.

»Worum ging es zuletzt?«, fragte Walsh barsch und winkte dann Compton und Gibbs, sich den Raum anzusehen, der sich gerade geöffnet hatte.

Ajaya trat zwischen sie. »Ich weiß genau, was es war. Jane und ich werden später unter vier Augen darüber sprechen.«

Walsh gefiel diese Antwort nicht, und er bewegte sich keinen Schritt auf die Plattform zu, also sprang Bergen als Nächster hinauf. Es war offensichtlich, dass Jane diesem Ding vertraute. Wenn sie ihm vertrauen konnte, dann er auch, weil er ihr vertraute.

Sogleich umgab ihn das bläulich-grüne Licht. Die Stimme stellte eine Frage. Er glaubte, das Wesentliche verstanden zu haben, und grinste zu Jane hinüber. »Sie fragt, ob ich menschlich bin, stimmt's?«

Sie nickte.

»*Afirme*«, gab er zur Antwort, sie nachahmend. Wiederum nickte sie und brachte ein kurzes, zittriges Lächeln zustande.

Erneut sprach die Stimme, und er verzog das Gesicht. Würde er seinen ganzen Namen nennen oder etwas unterschlagen? Ach, Scheiß drauf, Jane hat's auch getan. »Bartholomew Alan Bergen«, sagte er laut und deutlich. Janes Lächeln wurde etwas breiter. Er richtete den Blick fest auf sie.

Dann tauchte sein Hologramm auf. Von da an ging es so ziemlich genau wie bei Janes Aufenthalt auf der Plattform weiter. Seine Verletzungen und seine Mangelerscheinungen leuchteten auf, verursacht mutmaßlich vom langen Flug in nahezu vollständiger Schwerelosigkeit. Er trat herunter.

Bisher war nichts weiter überraschend. Jane führte sie in den Raum, der so ausgestattet war wie angekündigt. Alle wandten sich Walsh zu und warteten ab, ob er auch hinauftreten würde. Es war ziemlich offensichtlich, dass ihm nicht gefiel, wie sich die Dinge entwickelten.

Walsh wandte sich an Ajaya. »Varma, Empfehlungen. Meinen Sie, diese Behandlungen sind ungefährlich? Wie stehen sie im Vergleich zu dem, was Sie täten?«

»Ich empfehle, dass sie vorläufig nur die Brandwunden behandeln lassen. Sie hören sich harmlos und minimalinvasiv an. Alan hat eine große Verbrennung zweiten Grades auf seiner bevorzugten Hand, deren Heilung Wochen benötigen wird – und, ehrlich, Commander, Handverbrennungen sind eine sehr knifflige Sache. Ich kann lediglich eine Salbe drauf schmieren, seine Schmerzen unterdrücken und das Beste hoffen. Dieses Behandlungsprotokoll – nun ja, ich würde gern die Gelegenheit nutzen, seine Effekte zu beobachten. Dieses Schiff haben Leute mit größerer Technologie als unsere eigene gebaut – auf der Erde entwickeln sich medizinische Technologien auf einer Ebene mit anderen Technologien. Ich kann mir nicht helfen, aber ich glaube, dass Alan und Jane hier besser gedient ist als durch meine eigene Hand. Die Nährstoffinfusionen können warten, bis wir mehr wissen.«

»Sie wollen sie zu menschlichen Versuchskaninchen machen?«

»Mit Ihrer Zustimmung, Sir. Ich würde Jane gern bitten, dem Computer möglichst viele Fragen zu jeder Behandlung zu stellen, bevor sie in Angriff genommen wird.«

Walsh hatte die Lippen zu einer dünnen Linie zusammengepresst. Er warf harte, abschätzende Blicke zu Bergen und Jane hinüber. »Seid ihr freiwillig hierzu bereit?«

Jane nickte fest und warf Bergen einen Blick zu. Er nickte ebenfalls. Er war jetzt an einem Punkt angelangt, wo er alles tun wollte, nur um aus dem Fliegeranzug zu kommen.

Walsh wandte sich wieder Ajaya zu. »Schön. Gehen Sie mit. Stellen Sie sicher, dass sie nichts Dummes tun. Wir werden das Gebiet sichern.«

»Commander …«

»Das ist ein Befehl, Varma.« Walsh wartete eine Antwort nicht ab. Er schritt zur nächsten Tür, öffnete sie und trat ein, wobei er Compton und Gibbs winkte, ihm zu folgen. Sie verschwanden und ließen Bergen, Jane und Ajaya zurück, die einander ansahen. Jane drehte sich um und schritt durch die Tür, die für ihre Behandlung geöffnet worden war.

Dieser zweite Raum war größer, jedoch ebenfalls äußerst karg eingerichtet. Sämtliche Wände und sämtliche Einrichtung waren von derselben grässlichen grünen Farbe wie auch alles andere auf dem Schiff. Es gab mehrere Nischen, und die Wände wiesen geometrische Vorsprünge in verschiedenen Größen auf. Er fragte sich, ob das aus ästhetischen Gründen so war, oder ob das eine Art Vorratssystem darstellte.

Jane ging langsam im Raum umher.

»Was ist die erste Behandlung?«, fragte Ajaya.

Nach einem kurzen Wortwechsel mit dem Computer

erwiderte Jane: »Eine Dusche. Oder, genauer übersetzt, ein Wasserfall, in dieser Nische.« Sie winkte schwach hinüber. »Er sagt, es ist eine leicht saure Lipidemulsion mit einer Anzahl Salze, Mineraloxide und Tonerden, alles natürlich und nachhaltig gefördert und geerntet von naturreinen Welten.«

Ajaya nickte. »Hört sich nach einer Galmeilotion an. Mir scheint, die ist harmlos.«

Wiederum sprach die Stimme. Das Warten auf die Übersetzung wurde allmählich langweilig. Eines der ersten Dinge, die zu erledigen waren, war das Erlernen dieser Sprache. Jane und die Computerstimme führten einen ausgedehnten Wortwechsel. Bergen rollte die Schultern in seinen Kleidern. Er wollte weitermachen. Das Zeug fraß sich auf seine Haut durch und brannte jetzt an einigen neuen Stellen.

Jane war unbehaglich zumute. »Wir sollen zusammen duschen, um Ressourcen zu sparen.«

Ajaya hob die Brauen. »Wirklich, Jane? Sie können ihn nicht umstimmen?«

Wurde Jane rot? Wahrscheinlich sollte er nicht so hart aussehen, aber es war aus seiner Sicht eine ziemlich beeindruckende Zwickmühle. Außer natürlich, dass Varma hier herumhing.

»Nein. Er sagt nur immerzu, er wartet darauf, dass wir uns ausziehen.«

Ihr Ausdruck war völlig verzweifelt. O je! War es wirklich so schrecklich? Es war nicht so, als hätten sie einander nicht zuvor schon nackt gesehen. Natürlich wusste er, dass er nicht hinsehen sollte, aber sie war in dieser Hinsicht auch kein Unschuldslamm. Er hatte sie zuvor beim Hinschauen ertappt. Mehr als einmal.

Er versuchte, blasiert zu wirken. »Tut mir leid, Jane, aber dieses Zeug tut beschissen weh.«

Er wandte ihr den Rücken zu, damit ihr nicht so unwohl war, und trat seine Stiefel davon, während er den Reißverschluss seines Fliegeranzugs unbeholfen mit der linken Hand herabzog. Er schälte alles ab, auch die Verbände um seine Hand, stand da und bedeckte sein Gehänge mit den Händen, damit sie nicht völlig ausflippte. Allein den Fliegeranzug vom Leib zu bekommen war eine Erleichterung.

Er hörte ein Rascheln. Dann sagte Jane: »Paratisa.«

Aus einer Nische in der Nähe vernahmen sie das Rauschen einer Flüssigkeit.

Er wandte sich leicht um und sah Jane unter einen fließenden Vorhang aus einer milchig-weißen Flüssigkeit treten, die in einem Gitter am Boden direkt darunter verschwand. Er folgte, wobei er sich weiter von ihr abgewandt hielt. Die Flüssigkeit bedeckte seinen Körper mit einem kalkweißen Film, der sogleich erleichternd war.

»Wie geht's Ihnen, Alan?«, rief Ajaya.

»Prächtig. Fühlt sich prächtig an.« Verdammt, es fühlte sich gut an, unter einer Dusche zu stehen, selbst wenn es eine unheimliche Alien-Flüssigkeit war. Sie war warm. Und einfach fantastisch.

Der Fluss hörte auf. Er triefte von Kopf bis Fuß in etwas, das wie eine Milch aus Magnesia aussah. Was jetzt? Er warf einen Blick auf Jane. Sie hielt ihm den Rücken zugekehrt. Ihr Haar war getränkt mit dem Zeug, grau und strähnig. Sie … verdammt, sie hat einen hübschen Hintern.

Ajaya wanderte im Raum umher und probierte verschiedene Ausbuchtungen an den Wänden aus. Auf ihre Berührung hin glitt eine Schublade heraus. »Ich habe etwas gefunden, das an Handtücher erinnert«, prahlte sie.

Jane übersetzte die neuesten Anweisungen. »Wir sollen fünf Minuten hier stehen, und dann können wir uns abspülen und waschen, bevor wir die nächste Behandlung erhalten.« Sie warf ihm einen zaghaften Blick über die Schulter zu, die Arme um sich geschlungen.

»Jane, ich werde nicht über Sie herfallen.«

»Das weiß ich!«, gab sie zurück.

Besser das Thema wechseln. »Also, äh, wie können Sie so fließend ihre Sprache sprechen, Jane? Was geht da vor?«

»Ich weiß es nicht. Ich weiß nur, was er mir gesagt hat, und das ist nicht viel. Es fühlt sich an, als hätte ich sie immer schon gekannt, irgendwie …«

Sie wirkte verletzlich, wie sie so dastand, die Arme um sich gelegt und den Kopf gesenkt, mit triefendem Haar, das ihr Gesicht verbarg. Er wollte sie berühren, sie beruhigen, aber das wäre wahrscheinlich keine kluge Idee gewesen.

»Ist euch kalt?«, fragte Ajaya.

»Nein«, erwiderten beide, fast unisono. Die Fußböden waren beheizt oder so etwas. Er fühlte sich ziemlich behaglich, dafür, dass ihn eine nasse, kalkige Schmiere bedeckte.

Er machte eine fahrige Bewegung mit der Hand und meinte: »Vielleicht haben Sie … sie immer schon gekannt, meine ich. Auf irgendeiner Ebene. Wenn es wirklich eine genetische Sache ist. Meinen Sie, das haben wir alle? Oder bloß Sie?«

»Bei ihm hörte es sich so an, als hätten es alle Menschen, und es müsste bloß erweckt werden.«

Die Dusche ging wieder an. Diesmal war es eine dünne Schicht Wasser, das den größten Teil des anderen Zeugs wegwusch. Es hatte die perfekte Temperatur. Eine Minute lang vergaß er alles andere, kehrte das Gesicht zur Decke und ließ sich vom Wasser überfluten.

»Hier gibt's so etwas wie Seife, Alan. Obwohl sie nicht schäumt.«

Er drehte sich um. Sie zeigte auf ein schachtelähnliches Ding, das aus einer der Wände hervorragte. Er ging hinüber, neben sie, und versuchte, nicht zu ihr hinzusehen. »Wie funktioniert es?«

»Halten Sie die Hand drunter.«

Ajaya hinter ihnen sagte: »Ich mache mich mal auf die Suche nach Ronald. Er hat eure sauberen Fliegeranzüge. Fangt die nächste Behandlung nicht ohne mich an!«

Eine Schicht feiner Kristalle wurde auf seine Hand gedrückt. Als sie seine feuchte Haut berührten, schwollen sie zu einer Art dichter Matte an. Er rieb versuchsweise darüber. Es war wie ein glitschiger, seifiger Handschuh, der anscheinend die Reste dessen auflöste, was von der kalkigen Substanz verblieben war. Er wischte sich ab, streckte dann die verletzte Hand aus, bedeckte bloß die Fingerspitzen und konzentrierte sich dann auf seine Haare, die seit nahezu einem Jahr nicht mehr richtig gewaschen worden waren. Heimlich warf er einen Blick auf Jane. Sie knetete das Reinigungsmittel ebenfalls in ihr Haar. Ihr Rücken war immer noch von einem feinen Schimmer von der Kalkdusche bedeckt, und sie hatte anscheinend Mühe mit ihrem Haar, das während des letzten Jahres richtig lang geworden war, trotz der Tatsache, dass sie gerade einen Teil davon verloren hatte. Er trat unter den Wasserfall zurück, um es auszuspülen.

»Äh, Jane?

»Was ist?«

»Brauchen Sie Hilfe?«

»Bestimmt nicht.« Sie klang verzweifelt, vielleicht mit einem Hauch von Belustigung.

Er grinste. »Oh, schön. Mein Rücken ... leihen Sie mir eine Hand?« Er deutete mit dem Daumen auf den eigenen Rücken.

Er hörte sie unterdrückt brummeln, verstand jedoch über dem Rauschen des Wassers nicht, was sie sagte. Er verkniff sich jegliche Bemerkung.

»Eine Hand wäscht die andere, ja?«, fragte sie sarkastisch.

»Vielleicht«, bemerkte er unverbindlich.

Da berührte sie ihn, anfangs zaghaft, dann mit raschen, weiten Schwüngen. Sofort begriff er seinen anschwellenden Fehler – weit mehr, als er wollte oder hätte erwarten können. Er verfluchte sich im Geiste und trat einen Schritt vor. »Danke«, sagte er knapp und stellte sich wieder unter das Wasser. So peinlich war ihm seit Teenagerzeiten nicht mehr zumute gewesen. Er überlegte, ob er sie dazu bringen könnte, das Wasser kälter zu stellen, aber das wäre zu offensichtlich. Er verschwände besser wie der Teufel von hier. Gott sei Dank war Ajaya immer noch unterwegs. Sie hatte ein paar Dinger, die wie aus Stoff aussahen, in der Nähe liegen lassen, also trat er raus und nahm sich eines.

»He!«, rief Jane spielerisch. »Was ist mit mir?«

Er hielt sich so beiläufig wie möglich das weiche Tuch vor den Leib. »Oh, ich soll also …«

»Na ja. Mein Rücken sieht bestimmt genauso aus wie Ihrer.« Sie lächelte schüchtern über ihre Schulter hinweg. O Gott. Wenn sie bloß wüsste, wie verführerisch sie aussieht …

Sie widmete sich wieder ihrem Haar und steckte den Kopf erneut unter das Wasser. Anscheinend hatte sie sich verschätzt, als sie über den abschüssigen Boden unter das Wasser trat. Sie war jetzt im Profil zu sehen, und das war bei seinem Problem nicht die geringste Hilfe. Nach dem Konditionstraining in Houston und dem langen Flug hatte sie den größten Teil ihrer Rubensfigur eingebüßt, aber der Rest war immer noch an den richtigen Stellen. Er konnte nichts dagegen tun, also speicherte er das Bild im Geiste ab. Es war einfach nur noch weiteres Futter für die Fantasien, die seine ruhigen Augenblicke erfüllten.

Seine Gedanken gingen auf Wanderschaft, und er ertappte sich bei der Vorstellung einer Jane unter ihm, die ächzte und stöhnte. Jane über ihm, befriedigt. Jane gegen die Wand gepresst, die Beine um ihn geschlungen, ihn küssend, während er … Er riss sich zusammen und verfluchte sich innerlich, ein so geiler Bock zu sein. Sie erlebte gerade alle möglichen schrecklichen Dinge, und er hatte bloß Sex im Kopf.

Umständlich versuchte er, das Handtuch um sich selbst zu legen, aber im Grunde verbarg es gar nichts. Das Material war zu dünn. Es war bloß komisch. Er sah sich um, entdeckte jedoch keine andere Zuflucht. Verdammt! Eine weitere Minute lang stand er da, gab sich alle Mühe, sie nicht anzusehen, versuchte, komplizierte Gleichungen zu lösen, ging Baseballstatistiken durch, beschwor Bilder toter Schoßtierchen herauf, unternahm alles, um sein Problem zum Verschwinden zu bringen.

»Jetzt können Sie, Alan.«

Jetzt? Jetzt entschließt sie sich, mich beim Vornamen zu nennen? Sie hielt ihm den Rücken zugekehrt, also trat er vor, ließ das Handtuch fallen und belud seine unverletzte Hand mit den Kristallen. In gutem Abstand zu ihr rieb er ihr die Kristalle über den Rücken. Sie zog das Haar nach vorn, damit es nicht im Weg war, und senkte den Kopf. Ihre Haut war unglaublich weich, glatt. Er fuhr mit der Hand über ihre Schultern und konnte einfach nicht aufhören damit, gründlich zu sein und alles zu erwischen, bis hinab zu ihrem Hintern. Er war zu weit gegangen, gewiss, aber sie beschwerte sich nicht, rührte sich nicht, sondern wartete nur geduldig.

Mit erstickter Stimme sagte er: »Ihre Haare sind, äh, immer noch …«

Seufzend nahm sie die Haarenden von ihrer Schulter und untersuchte sie. »Ich weiß. Ich krieg's nicht sauber. Es war so schmutzig. Ich glaube, es hat das Zeug einfach aufgesaugt.«

Er sollte kehrtmachen und davongehen, bot jedoch stattdessen an: »Ich habe immer noch viel Seife in der Hand. Ich könnte …«

»Okay.« Sie warf das Haar zurück, und es landete mit einem feuchten Klatschen zwischen ihren Schulterblättern. Wie er, so war auch sie als Kind wahrscheinlich flachsblond gewesen und wollte das mit zunehmendem Alter nicht aufgeben. Ihre Haarspitzen waren immer noch von einem hellen Goldblond, von derselben Farbe, wie es bei ihrer ersten Begegnung gewesen war. Beim Wachsen während des Flugs war es jedoch um mehrere Schattierungen dunkler geworden.

Er fasste ihr Haar mit der Hand und kämmte es sanft mit den Fingern, um das Reinigungsmittel gleichmäßig zu verteilen.

Das … das ist eine echt bescheuerte Idee, dachte er bei sich.

»Seit ich ein kleines Mädchen war, habe ich nie mehr so lange Haare gehabt. Ich weiß nicht mal mehr, wie man sie richtig pflegt.«

»Wirklich?«, krächzte er und räusperte sich. »Manchmal habe ich meine kleinen Schwestern gebadet. Sie hassten das Haarewaschen.«

»Entzückend. Wie alt sind Sie da gewesen?«

»Weiß nicht. Vielleicht zehn oder elf.« Er strich mit der Hand über ihren Scheitel, kämmte nach wie vor die

Nester mit den Fingern heraus. Irgendwie war er näher an sie herangekommen und konnte die Spitzen ihrer Brüste über die Schulter hinweg erkennen. Er versuchte, nicht zu stöhnen. Wenn sie ihn jetzt auch nur streifte, würde er wahrscheinlich explodieren. Plötzlich schlug das ganze unterdrückte Verlangen des letzten Jahres über ihm zusammen. Es war nicht so, als hätte es niemals eine Gelegenheit gegeben, sich um sich selbst zu kümmern. Es waren bloß immer fünf paar Ohren nur ein paar Zentimeter entfernt.

O mein Gott, das ist Folter!

Was wäre, wenn ich sagen würde, dass ich sie wollte? Vielleicht braucht sie auch etwas Geschmuse ...

Nein. Sei kein Schwachkopf. Das würde alles ruinieren.

»Vielleicht sollte ich mir einfach einen Haufen von dem Zeug selbst über den Kopf schütten, und es reinigt sich von allein.«

Er registrierte kaum, dass sie etwas gesagt hatte. Plötzlich drehte sie sich um und streckte die Hand nach der Seife aus. Er hatte nicht die Zeit für eine präventive Reaktion. Sie sah es. Eindeutig sah sie ihn in all seiner Pracht. Sie hatte aber auch nicht aufgepasst, denn als sie sich umdrehte, zeigte sie sich ihm ebenfalls in ihrer ganzen Pracht.

Er wartete ab, in Nöten, was sie wohl täte.

Sie richtete sich auf und wandte sich sehr langsam ab. »Vielen Dank. Ich glaube, von jetzt an kann ich übernehmen.«

»Jane ...«

Ajaya platzte herein. »Wie geht's hier drin?«

Verdammt! Was nun?

Er trat unter das Wasser zurück. »Jane, das Wasser ist etwas zu warm, können Sie es regulieren?«, fragte er ruhig.

»Ich … natürlich.« Sie streckte zaghaft die Hand nach einem Symbol aus. »Wie ist das jetzt?«

Die Temperatur änderte sich sofort, aber nur ein wenig. »Mehr«, drängte er. »Viel mehr.«

»Okay.« Sie tippte mehrmals darauf und sah ihn mit einem leeren Ausdruck und verschleiertem Blick an.

»So ist's … gut.« Er schloss die Augen, stand steif da und ließ das Wasser sein Werk tun. Er versuchte, nicht daran zu denken, was gerade geschehen war, aber das war nicht sonderlich erfolgreich.

Er hatte immer geglaubt, sie würde insgeheim ähnlich empfinden, dass also die Anziehung gegenseitig war. Aber jetzt … ihre Reaktion … er war sich unsicher. Sie war eindeutig puritanisch eingestellt. Sie hielt sich an die Spielregeln. Das wäre stets ein Faktor. Deswegen wusste er, dass er warten müsste. Die Mission war vorrangig. Von der Logik her wusste er das, und dennoch hatte er immer gehofft, dass sie sich insgeheim an irgendeinem Punkt verwöhnen würden. Er war allzu sehr Hedonist, um diese Hoffnung aufzugeben, sogar jetzt, angesichts dieser Beinahe-Zurückweisung.

In Houston hatten sie ausführlichste Anweisungen erhalten, nicht dem nachzugeben, was sie »unausweichliche Impulse« genannt hatten. Sie hatten den möglichen Einfluss auf den Zusammenhalt der Besatzung angeführt, auf die Durchführung und den Erfolg der Mission. Dann hatte es die Sitzungen gegeben, in denen ein kognitiver Verhaltenspsychologe die Besatzung hinsichtlich der Strategien beraten hatte, wie sie mit der langfristigen Abstinenz zurechtkämen. Er versuchte jetzt, sich einige dieser Strategien ins Gedächtnis zurückzurufen, aber sie waren nicht sonderlich einprägsam gewesen, und er bezweifelte, dass sie überhaupt sehr hilfreich gewesen wären. Er hätte damals besser aufpassen sollen.

Es brauchte nicht lange, um sich abzukühlen. Er schlenderte zu dem weggeworfenen Handtuch zurück, trocknete sich ab und legte es sich um die Hüfte, dann beschäftigte er sich damit, im Raum herumzuschnüffeln, der wenig Interessantes barg.

»Ich habe diese kimonoähnlichen Kleidungsstücke gefunden, die es für den Augenblick tun könnten«, sagte Ajaya und hielt einen Streifen khakigrünen Stoffs hoch, der an ein Bettlaken erinnerte. »Das ist die kleinste Größe, die ich finden konnte. Diese Leute müssen ziemlich groß und stämmig gewesen sein.« Bergen schlüpfte hinein und schlang es um sich. Es war ein dünnes, duftiges Material. Der Saum hing unter seinen Knien, und die Ärmel reichten bis hinab zur Hüfte. Das Schnürband war recht lang und saß sehr weit unten. Ziemlich lächerlich, das Ganze. Er hatte die Sache jetzt völlig überwunden und war bereit, einen Schlussstrich zu ziehen.

Wiederum ertönte die Stimme des Computers, und Jane wies sie an, in den Hauptraum zurückzukehren und dann durch eine gerade geöffnete Tür weiterzugehen. Es war ein ziemlich kleiner Raum, dominiert von einer weiteren Plattform, diesmal rechteckig, hüfthoch und mit nur einer Stufe davor. Die Plattform selbst bestand offenbar aus Glas. Auf Ajayas Wunsch befragte Jane den Computer hinsichtlich der Lichttherapie und sagte, dass sie häufig für viele Typen von Hautproblemen angewandt wurde. Die benutzten Wellenlängen wurden je nach Diagnose verändert. Eine Schublade öffnete sich, und es zeigten sich kleine ovale Stücke grünlichen Plastiks, die Janes Worten zufolge zum Schutz der Augen gedacht waren.

»Ich warte einfach hier draußen«, sagte Bergen fest und mied beider Blicke.

»Er erwartet von uns …«

»Na ja, dann überspringe ich das. Du hast meine Kleidung, Ajaya?«

Ajaya kniff die Augen zusammen und trat vor ihn, hob seine Hand an und untersuchte sie mit einem Hauch von Kühle und Professionalität. »Ich halte es für eine verdammt gute Idee, die Therapie auszuprobieren, Alan. Diese Verbrennung ist ziemlich schwer. Sie könnten Narben ausbilden, die den Gebrauch der Hand behindern.«

»Wir wissen nicht, welche Methode sie verwenden. Soweit wir wissen, könnten wir davon Hautkrebs entwickeln«, gab er zurück.

Jane berührte ihn leicht am Arm. »Schon okay, Alan.«

Er seufzte schwer. »Na schön.«

»Gut. Ich warte hier draußen, und ich erwarte einen

vollständigen Bericht. Seht ihr, das ist ziemlich aufregend für mich. Meine Examensarbeit basierte auf Lichttherapie für Psoriasis-Patienten.«

Sie traten ein, und die Tür schloss sich hinter ihnen.

»Drehen Sie sich um«, sagte er knurriger, als er beabsichtigt hatte. Sie gehorchte kommentarlos, und er löste die Robe. »Sollen wir hier herumstehen oder was?«

»Wir sollen uns auf das Glas legen. Ein weiteres Paneel wird sich von der Decke herabsenken, so dass wir zwischen den Lampen liegen.«

»Klasse.« Er sprang auf die Plattform und streckte sich dort aus. Es gab viel Platz für Jane und wahrscheinlich drei weitere Leute. Er legte sich den Stoff der Robe über seinen Intimbereich, die Plastikscheiben über seine Augen, und sagte: »Ich bin bereit.«

Bald spürte er, dass sie neben ihm lag. Sie sagte: »Paratiso«, und der Schirm über ihnen senkte sich unter einem leisen Surren herab. Er klopfte sanft mit den Fingerknöcheln dagegen. Der Schirm schwebte vielleicht einen Zentimeter über seiner Nase.

Das Glas erwärmte sich. Trotz des Augenschutzes, selbst mit geschlossenen Augen, sah er einen schwachen magentafarbenen Glanz am Rand seines Sichtfelds. Er fragte sich, wie lange diese Behandlung wohl dauern würde, aber ihm war nicht danach, ihr Fragen zu stellen, also blieb er still und legte die Handfläche der verbrannten Hand direkt auf das Glas.

»Alan?«

Er seufzte. »Was ist?«

»Das braucht Ihnen nicht peinlich zu sein. Es ist eine

normale physiologische Reaktion.« Das klang forsch, wohlüberlegt.

»Ich weiß. Wir müssen nicht darüber sprechen.« Deswegen war er nie lange mit einem einzigen Mädchen zusammen. Er mochte es nicht, durch einen Stapel emotionalen Mülls gezogen zu werden.

Was sie nicht abschreckte. Weniger zuversichtlich fuhr sie fort: »Ich weiß, dass Sie das Intrauterinpessar gesehen haben. Ich habe nur … ich möchte nicht, dass Sie eine falsche Vorstellung bekommen. Ich fühle mich geschmeichelt, wirklich. Aber ich bin an flüchtigem Sex nicht interessiert. Sie … Ich habe mir nur gedacht, dass Sie das wissen sollten.«

Ein Intrauterinpessar? Er hatte es für eine Art Empfängnisverhütungsmittel gehalten, als er es gesehen hatte. Ihre Verlegenheit schien das zu bestätigen. Er überlegte kurz, ob das ihre Idee gewesen war oder die der NASA. Dann begriff er, dass es wirklich der wichtige Teil dessen war, was sie ihm sagen wollte.

Er musste ihr etwas sagen, was ein Gleichgewicht wahrte zwischen ihnen, sie beruhigen und nicht sämtliche Türen schließen. Die Minuten dehnten sich. Was würde so klingen, als wäre er daran interessiert, eine echte Beziehung mit ihr zu haben, ohne dass es sich nach den ganzen Ereignissen unheimlich anhörte?

Seine Worte kamen etwas härter, etwas defensiver heraus, als er beabsichtigt hatte. »Sie lesen viel zu viel in die Sache hinein. Ich weiß nichts von euren weiblichen Apparaten. Ich habe nie etwas von Ihnen angenommen. So sehe ich Sie nicht, Jane.«

»Oh … ich habe nicht … ich meine … Sie …«

Er mäßigte seinen Tonfall. »Jane, Sie sind ein wunderschönes Mäd…« Er fing sich gerade noch rechtzeitig. »Frau.« Er stieß die Luft zwischen den angespannten Lippen hervor. »Sehen Sie, nichts, was ich im Augenblick sage, klingt richtig. Das wissen Sie, oder? Können wir das Thema einfach fallen lassen, bitte?«

Sie schnaubte leise.

»Sie müssen sich Sorgen um sich selbst machen. Sie müssen nicht darüber nachdenken, dass …«

»Ich möchte auch nicht darüber nachdenken«, sagte sie ruhig.

»Mir würde es auch nicht gefallen, wenn ein Alien mich mental vergewaltigen würde.« Sogleich bereute er seine Worte. Er war völlig aufgewühlt, wusste nicht mehr, was er sagte. Mit der linken Hand fuhr er über das Glas, bis er sie berührte … am Arm. Wahrscheinlich bloß ihr Arm. Er klopfte vorsichtig mit den Fingerspitzen darauf und hoffte, sie würde begreifen, dass das eine Entschuldigung war.

»Aber er macht das mit Ihnen. Ich glaube, er macht das mit uns allen.« Sie sprach leise, kaum lauter als ein Flüstern, und ihre Hand schloss sich auf einmal um die seine, und ihr Griff war fast schmerzhaft.

Er schluckte heftig und erwiderte den Druck. »Nein, das würde ich wissen.«

»Tatsächlich? Wie konnte er alles wissen, was hier vor sich geht? Wie konnte er von den Schwierigkeiten wissen, in die Sie und Walsh geraten sind?«

»Es muss Sensoren geben, Kameras …«

»Anfangs habe ich das auch gedacht. Aber er wusste, dass ich, nachdem wir wieder in der Kapsel zurück waren, zu keinem von euch ein Wort von dem gesagt habe, was mir zugestoßen war.«

Ein kaltes Gefühl des Unbehagens machte sich in seiner Magengrube breit. »Ey, Shit.«

»Das dürfen Sie laut sagen.«

Wiederum drückte er ihr den Arm. »Na ja, bisher sieht er so aus wie der gute Junge. Er hilft uns, stimmt's? Er hat Ihnen geholfen, zu uns zu gelangen … rechtzeitig.«

Wahrscheinlich sollte er ihr sagen, dass es in Wirklichkeit gerade noch rechtzeitig gewesen war – dass er mehrmals vergessen hatte, wo er war und was er tat. Er hatte vergessen, die Luft zu teilen. Fast hätte er losgelassen. Aber wie konnte er ihr sagen, dass … dass der Anblick ihres Gesichts in diesem Augenblick eine solche Erleichterung gewesen war, dass er ihr sein Leben verdankte, dass er alles für sie täte? Er wusste nicht, wie er das sagen sollte.

Eine Weile lang schwiegen sie. Er ließ seine Hand erschlaffen, blieb jedoch in Kontakt mit ihrer. Er wusste nicht genau, was das für sie bedeutete. Irgendwann hatte sich das Lichtspektrum verändert, war weniger intensiv geworden, spielte eher ins Rötliche. Er wollte sie bitten, ihm alles zu sagen, jedes Detail dessen, was ihr von Anbeginn an zugestoßen war, aber darauf würde Walsh schließlich zurückkommen, und sie sollte nicht alles dreimal wiederholen müssen. »Nun ja, es ist ziemlicher Scheibenkleister, aber weitaus besser als das, was ich erwartet hatte, als wir die Luke öffneten.«

»Und was war das?«

»Ich war mir ziemlich sicher, dass da etwas Groteskes stehen und uns auffressen würde. Ich glaubte, sie würden eine Weile lang vielleicht mit uns spielen, bevor sie damit anfingen, uns nach und nach die Gliedmaßen auszureißen.«

»Das haben Sie wirklich geglaubt?«

»Ja.«

»Warum wollten Sie dann unbedingt rüber?«

»Lebenslanger Traum. Einzige Gelegenheit. Na ja, was soll's?«

Ihre Hand zuckte. Er stellte sich vor, dass sie wahrscheinlich den Kopf schüttelte, vielleicht sogar lautlos kicherte. »Sie sehen sich wohl viele Horrorfilme an.«

»Hab ich mal. Habe wahrscheinlich seit vier oder fünf Jahren keinen guten Streifen mehr gesehen. Zu viel gearbeitet. Welchen Film haben Sie zuletzt gesehen?«

Ihre Stimme klang immer noch ein wenig belustigt. »Hm. Kann mich nicht erinnern. Vielleicht irgendeinen Teeniestreifen mit meiner Freundin Sam. Bin nicht viel aus dem Haus gekommen.«

»Sie sind nicht mit irgendjemandem ausgegangen?«

»Seit meiner Scheidung? Nein. Seit der Highschool hatte ich kein Date mehr.«

Er zögerte, wollte es aber wirklich wissen. »Warum haben Sie sich getrennt?«

»Er ist Anwalt. Wahrscheinlich wissen Sie das.« Sie hielt inne.

Vielleicht war es zu persönlich. Er hätte nicht fragen sollen.

Aber sie redete weiter, und ihre Stimme klang jetzt etwas melancholischer. »Eines Tages habe ich einfach begriffen, dass er und ich nicht mehr dieselbe Zukunft vor Augen hatten. Ich bekam das Gefühl, dass die Zeit, die er mit mir verbrachte, bloß eine andere Form der Arbeit war. Es war ein Gefühl, als ob er im Kopf nachzählte, wie viele Stunden er mir auf die Rechnung setzen sollte, und so konnte ich nicht mehr weiterleben.«

»Er ist ein Arschloch.«

»Innerhalb von ein paar Wochen hatte er jemand anders. Zwischen uns war es schon lange vorüber gewesen, bevor ich zu diesem Schluss kam. Ich habe ihn zurückgehalten.«

»Jane – das stimmt nicht. Er war ein Idiot. Sie verdienen einen Besseren.«

»Wir waren noch Kinder, als wir zusammengekommen sind. Mit siebzehn kannst du nicht wissen, zu wem du werden wirst. Nein, Sie – Sie haben es richtig gemacht. Ewiges Junggesellentum. Sie haben es von allem am besten getroffen.«

»Na ja, ich weiß nicht so recht.«

»Oh, nun kommen Sie schon! Ihr Platz ist die … nun, nennen wir es *Mancave.* Sie sind ein ziemlicher Spieler. Es muss Spaß machen.«

Er erstarrte und umklammerte unwillkürlich ihre Hand. »Wie bitte? Wer hat Ihnen das gesagt?«

»Gene und Lisle, als sie vom JPL zu Besuch rübergekommen sind.«

Diese Säue! Er hatte sie gewarnt, sie sollten sich von

ihr fernhalten. Unbeherrscht fauchte er: »Die waren nicht für einen Höflichkeitsbesuch da. Die sind wegen einer Beratung gekommen, und ich hätte sie nie mit Ihnen allein gelassen!« Mist. Jetzt hatte er sich verplappert. Sie hatte schon so eine Art, das aus ihm herauszukitzeln.

Sie kicherte, dieses Mal laut. »Nein. Haben Sie nicht. Sie sind einmal mit mir zum Mittagessen gegangen, als Sie bei einer Besprechung waren, an der sie nicht teilnehmen mussten. Es war ein sehr erhellendes Essen.«

Jetzt hatte er einen neuen Grund, die Mission lebend zu überstehen. Er musste auf die Erde zurück, damit er ihnen die dämlichen Hälse umdrehen konnte.

»Sie – sie sind nicht die zuverlässigsten Zeugen«, sagte er säuerlich.

Ihre Stimme hatte wieder diesen neckischen Ton. Es hörte sich entzückend an! »Das habe ich auch gesehen. Sie halten Sie für einen Gott.«

»Tun sie nicht. Sie haben beide Freundinnen. Lisle ist wahrscheinlich inzwischen verheiratet. Die wissen gar nichts. Die wissen nicht, wie es wirklich ist.«

»Wie ist es denn wirklich, Alan?« Ihre Stimme war rauchig geworden. Sie streichelte langsam seinen Mittelfinger mit ihrem Daumen. Seine Brust war eng, und seine Haut kribbelte – und das nicht vom Licht. Warum sollte sie das tun? Verdammt! Sie war die Königin der widersprüchlichen Botschaften. Wie konnte eine so schlichte Berührung sein Gehirn zu Mus machen? Er konnte kaum denken.

»Es ist so … ich hatte mir überlegt, mir einen Hund

zuzulegen, aber ich arbeite zu viel.« Was war das, so etwas wie eine Beichte?

»Warum sich nicht einfach niederlassen?«

Er zog leicht an seinem Arm und änderte die Position seiner Hand, damit sie aufhören musste. »Ich weiß nicht, wie …«

»Man sich niederlässt? Einfach eine aussuchen und eine Weile dran kleben bleiben.«

»Das war nicht das Problem. Das Problem war, dass ich nicht wusste … dass ich nicht wusste, wo ich die Richtige dafür suchen sollte.«

»Oh. Das ist keine leichte Sache.«

»Nein. Ich hätte mir mehr Mühe geben sollen, schätze ich. Es war zu leicht, einfach so weiterzumachen wie bisher.«

»Vielleicht wird es einfacher, wenn wir zurück sind.«

»So lautet der Plan.« Er umklammerte ihre Hand fast krampfhaft, hoffte, die Botschaft übermitteln zu können, hoffte, sie würde sie empfangen und korrekt interpretieren.

Sie stieß einen seltsamen Laut aus, der wie ein Jaulen klang, und entriss ihre Hand seinem Griff.

»Jane? Alles in Ordnung?«

»Da stimmt etwas nicht. Ich glaube …«

»Was ist?«

»Ich muss los. Bin bald zurück.«

»Jane, warten Sie – sagen Sie mir doch zuerst, was los ist!«

Sie gab keine Antwort. Er zog sie am Arm, aber sie war erschlafft. »Jane?« Er tastete blindlings nach ihrer

Schulter, erwischte – oh, Mist! – etwas, das eindeutig eine Brust war. »Entschuldigung, Jane. Jane?« Er rüttelte sie an der Schulter, aber sie reagierte nicht. »Jane!«

Seine Stimme wurde von einer heulenden Sirene übertönt. Ruckartig fuhr er hoch und schlug mit der Stirn gegen das Glas über ihm. Er stieß eine Reihe von Flüchen aus. Einer der Augenschützer fiel herab, und er merkte, dass die Lampen erloschen waren und der Schirm an die Decke zurückfuhr.

Er setzte sich auf. Die Tür öffnete sich, und Ajaya spähte in den Raum.

»Was zum Teufel ist da los?«, wollte er von ihr wissen.

Ajaya wirkte verwirrt. »Ich habe keine Ahnung!«, rief sie. »Das Licht hat sich verändert, und dann ging dieser Alarm los.«

Er sah, was sie meinte. Der Raum dahinter lag in einem rötlichen Glanz, so dass er dunkler wirkte, finsterer. Er wandte sich zu Jane um. Sie lag einfach da, ihre Kinnlade hing schlaff herab.

»Sie ist wieder bewusstlos geworden. Das gefällt mir nicht«, brüllte er.

10

Jane konzentrierte sich nicht mehr ganz so stark und hielt sich zurück, bevor sie etwas sagte. Sie hatte erwartet, im Casita – wie sie es nannte – einzutreffen, fand sich stattdessen jedoch an einem kühlen Ort wieder, der im Schatten lag. Nach und nach wurde sie sich der Gliedmaßen bewusst, die sich träge in stiller, friedlicher Dunkelheit bewegten.

Gerade als sie das registriert hatte, polterte Ei'Brais Stimme in ihrem Kopf los und schreckte sie auf. *»Dr. Jane Holloway, Sie haben meine Gesellschaft gesucht. Ich fühle mich geehrt durch Ihre Gegenwart, befriedigt.«*

»Wie bin ich …«

»Die mentale Verbindung – Anipraxia. Sie wird stärker. Ein Teil Ihres Bewusstseins und meines verschmelzen auf einer einzigen Ebene, einer Frequenz, wenn Sie so wollen. Sie lernen rasch, navigieren intuitiv. Das ist auffällig.«

»Ich bin hierher gezogen worden. Ich habe nicht …«

»Aber nein. Sie sind von Natur aus wissbegierig. Sie nehmen ein Verlangen wahr und reagieren darauf. Sie sind hier aus eigenem freiem Willen angekommen.«

Sie hielt inne. Er hatte recht. O Gott, das ist befremdend. *»Was … war das? Ich spürte etwas.«*

»Sie haben einen kleineren Riss in der Außenhülle gespürt. Der Schaden ist behoben. An Ihrem gegenwärtigen Aufenthaltsort sind Sie so gut wie in Sicherheit. Es besteht kein Grund für Sie, die Sache weiter zu verfolgen. Die Squillae sind neu bestellt worden und schließen den Riss.«

In diesem Punkt musste sie ihm vertrauen. Sie suchte in ihrem Kopf nach einer Übersetzung des unvertrauten Wortes, das er gerade verwendet hatte, und runzelte die Stirn. Das erste Wort, das ihr in den Sinn kam, konnte nicht richtig sein. *»Krabben?«*

Ein tiefer, dröhnender Laut hallte in ihrem Kopf, und sie lächelte zögernd. Er … lachte er?

Informationen flossen in ihr Bewusstsein. Sie konnte nicht entscheiden, ob sie aus dem Download stammten, den er ihr zur Verfügung gestellt hatte, als sie die mentale Verbindung zu dem unvertrauten Wort gemacht hatte, oder ob sie direkt von Ei'Brai heranflossen. Die Grenze zwischen ihrem eigenen Bewusstsein und dem seinen schien nicht exakt definierbar. Daten strömten zwischen ihnen hin und her, begriff sie voller Unbehagen.

Der Schleier aus Dunkelheit hob sich. Eine einzelne, sitzende Schnecke erfüllte ihr Sichtfeld. Das war irgendwo im Frachtraum. Sie konnte sie sehen – nicht so, wie sie sie in dem Raum an diesem Morgen gesehen hatte –, sondern, seltsam, als wäre sie selbst die Wand, an der die Schnecke klebte. Ei'Brai konzentrierte ihren Blickwinkel entlang einer Bahn und zoomte noch näher an Massen schwärmender, winziger Roboter heran, die gemeinsam am Werk waren. Zuerst wurde sie sich einer Gruppe bewusst, die eine einzelne mikroskopisch dünne Schicht zwischen der Schnecke und der Leere bildete.

Jede Nanomaschine, die von dem alkalischen Schleim zerstört wurde, wurde sogleich durch eine andere ersetzt, wie Soldaten an einer Frontlinie. Sie hielt die Luft im Inneren, so dass die anderen Maschinen ungehindert weiterarbeiten konnten. Ihr Blickwinkel verbreiterte sich, und sie sah andere an der Rekonstruktion der Hülle arbeiten, Mikrometer um Mikrometer, vor Schaden geschützt durch die erste Gruppe, während sie sich abmühten, die Reparatur durchzuführen. Ei'Brai befehligte ihre Bewegungen. Als der Riss entdeckt worden war, hatte er sie von anderen Aufgaben abgezogen und sie umdirigiert, um das Problem zu beheben.

Während sie zusah, stieß ein Exemplar dieser Squillae schrille Geräusche aus, und die verstörte Schnecke rutschte weg, so dass sie effizienter ans Werk gehen konnten. Ein Gedanke kam ihr – warum den Squillae nicht einen direkten Angriff auf die Schnecken befehlen und das Problem direkt angehen, statt den Schaden zu beheben, den sie ständig verursachten?

Ei'Brai gab Antwort. »*Nach dem Gesetz von Sectilius ist der Einsatz von Squillae auf anorganische Reparaturen beschränkt, von einigen äußerst seltenen, eng kontrollierten Umständen einmal abgesehen. Technologie dient dem Leben. Sie zerstört es nicht. Diese Lektionen sind tief in der Kultur und dem Gesetz der Sectilius verwurzelt, ohne Ausnahme, und es droht eine Strafe striktester Natur. Mit der Population der Schne-*

cken müssen wir zurechtkommen, aber nicht die Squillae übernehmen diese Pflicht.«

Jane nahm diesen Einblick in die Kultur der Sectilius zur Kenntnis, immer noch gefesselt von den Bewegungen der winzigen Maschinen.

»Sie opfern sich selbst, damit wir in Sicherheit bleiben.« Jane bewunderte sie.

»Es sind Maschinen. Lebendige Wesen machen nicht so bereitwillig solche Opfer.«

Sie riss sich von den arbeitenden Squillae los, betrübt von den Gedanken, die seine Bemerkung erweckte. *»Manchmal schon.«*

»Sie denken an Ihren Erzeuger.«

»Meinen Vater, ja.«

»Eine Seltenheit unter Ihrer Art«, sagte er hastig, als ob er es wüsste.

Leichte Verärgerung stieg in ihr auf, die sie aber gleich wieder unterdrückte. Sie wollte nicht, dass er so von ihrem Vater sprach – beiläufig, wegwerfend, aber sie musste sich an ihre Ausbildung erinnern. *»Was weißt du von meiner Art? Warum bist du hier?«*

»Sie haben viele Fragen.«

Sie wollte schon etwas erwidern, wollte Forderungen stellen, da spürte sie, wie etwas Kühles in der Dunkelheit sie überströmte, wie ein Strudel in einem Teich, so dass sie herumwirbelte. Plötzlich fühlte sie sich beschwingt, entspannt und frei. Sie merkte, wie sie auf und nieder ging, um ihre Position beizubehalten. Sie hatte die Orientierung verloren. *»Was ist los?«*

»Beobachten Sie.«

Lichter blitzten in der Dunkelheit – unbestimmte Kleckse, die in der Ferne dahinschossen, magenta- und kobaltfarbene Funken versprühten. Dann begriff sie – sie sah durch die Augen eines anderen.

»Meine Altersgenossen«, summte Ei'Brai. *»Bringen Gefahr in unserer primitivsten Form mit sich. Zu schwach, zu klein noch, um sich richtig mitzuteilen. Wir haben uns zerstreut, aber das verhindert unsere Erfassung keineswegs.«*

Sie geriet in eine Art Panik, spürte einen pulsierenden Druck und verzweifelte Bewegung. Sie hatte das Gefühl für oben und unten verloren und kannte nur noch das instinktive Verlangen zu fliehen, willkürlich um sich zu schlagen, um dem zu entkommen, was sie da verfolgte. Sie begann zu ermüden. War sie in Sicherheit?

Ihre Altersgenossen blinzelten ihr ihre Furcht zu.

Verwirrt hielt sie inne und sah zu, während sie in einem unnatürlichen Haufen heranrückten: in gleichen Abständen voneinander und in ordentlichen Reihen und Kolonnen. Sie inhalierte mit einem mächtigen, angsterfüllten *Wusch!* und bereitete sich vor, wiederum zu flüchten, als ein weißes Licht sie blendete und sie schlaff, sorglos, unwissend dahintrieb.

Die Welt wurde wieder dunkel, und Ei'Brais sanft summende Stimme sagte: *»In meiner kurzen Existenz habe ich niemals Grenzen erfahren. Es war ein Affront. Aber wie Sie habe ich sehr rasch sehr viel gelernt.«*

Das Licht ging an. Zu hell. Jane wollte die Augen zusammenkneifen, aber das gelang ihren Augen nicht. Stattdessen fuhr sie rasch zurück, suchte erfolglos nach einer Möglichkeit, ihre empfindlichen Augen abzuschirmen, und knallte schmerzhaft gegen hartes Glas. Irgendwie wusste sie, dass dies genauso war wie tags zuvor und am Tag davor. Sie verspürte eine intensive, urtümliche Einsamkeit, ein Verlangen nach Heimat, Freiheit und Altersgenossen.

Eine Kreatur blickte sie durch das Glas an. Ruhig sah das Ding ihr zu, wie sie herumkrabbelte und herausschoss und vergebens nach einer Zuflucht vor der schmerzhaften künstlichen Sonne suchte. Es setzte sich fest, wie stets, legte seinen eckigen Körper über die einzige Struktur an dem unnatürlich blendend weißen Ort.

Es wartete, wie immer. Worauf? Was wollte es von ihr? Wieder und wieder, Tag um Tag, verwandelte es die beruhigende Dunkelheit in eine sengende Helligkeit und wartete. Eine endlose Wiederholung.

Dummes, dummes Ding.

Sie hasste es, hasste seinen schleierartigen Körper, wie es sich stets aufrecht bewegte, immer auf einer einzigen Ebene. Insbesondere hasste sie seinen stetigen Blick, regelmäßig unterbrochen von den fleischigen Hautfalten, die seine winzigen Augen bedeckten.

Schließlich schrie sie es an – ein einziges Blöken der Wut. Zu ihrer Überraschung erhob sich das Wesen. Zum ersten Mal trat es aus ihrem Blickfeld hinaus, und ihre Welt fiel wieder in die gesegnete, beruhigende Dunkelheit zurück.

Zaghaft trat sie vor und spähte durch das Glas. Das Wesen kehrte langsam zurück und sah sie an, nur Zentimeter entfernt, aber mit der Abtrennung zwischen ihnen. Die fleischigen Lippen teilten sich, und sie sah dort steinige Strukturen.

Sie verspürte seine Lust. Auch sie verspürte Lust. Es war wunderbar. Sie wollte mehr.

»Das war erst der Anfang«, murmelte Ei'Brai.

»Das ist … ein Mann«, sagte Jane ungläubig. Er konnte sich nie unter die irdischen Menschen mischen, dennoch war er überraschend vertraut. Er war groß, unglaublich schlank mit scharfen, ausgeprägten Zügen. Seine Proportionen waren verzerrt, alle Knochen länger, dünner.

»Sectilius.«

Der Mann verblasste in die Schwärze, als sie sprach.

»Die Leute dieses Schiffs.«

»Ja. Eine brillante, produktive Art mit komplexer genetischer Vielfalt. Eine der wenigen, die auf einer seltenen Kombination von Planet und Mond geboren wurden, die beide bewohnbar waren.«

Jane zog eine Braue hoch. *»Die Geteilten.«*

»Ja. Die Mondspezies, angepasst an die Schwerkraft des Mondes mit der geringen Masse, zeigt diesen Phänotyp. Der Phänotyp der Spezies des Planeten ist sehr viel anders. Eine Welt weitaus größer als Terra bringt eine kleinere, kompaktere Gestalt hervor.«

Bilder und Datenschnipsel, die seine Aussage erläuterten, blitzten ihr durch den Kopf. Sie war erstaunt über die Vielfalt an Körperformen, die sich entwickelt hatten, nachdem sich die friedlichen Zivilisationen auf beiden Welten, die jahrhundertelang nur über Funk miteinander kommuniziert hatten, schließlich die Technologie entwickelt hatten, um die Entfernung routinemäßig zu überbrücken und sich zu vermischen.

»Dieser Mann, er hat dich gelehrt …«

»Mit seiner Spezies zu kommunizieren, bevor ich gelernt hatte, richtig mit meiner eigenen zu kommunizieren, ja. Eine große Gabe.«

»Die Sectilius sprechen auf diese Weise miteinander?«

»Nur selten. Die Meister der Anipraxia widmen ihr viele Jahre des Studiums. Das war ein solcher Meister – ein Hoherpriester, der sein ganzes Leben damit verbracht hat, uns freizusetzen, uns für den Dienst vorzubereiten. Meine Art kommuniziert über große Entfernungen miteinander, mühelos über die Spanne meiner Heimatwelt. Ich nehme Ihre Sorgen wahr, aber Sie müssen sich keine Sorgen machen, Dr. Jane Holloway. Sie können ohne meinen Beistand die Gedanken anderer nicht lesen.«

Er konnte das spüren? Ihre Sorge, ihre Furcht, dass er sie zu etwas umwandeln würde, das sie nicht sein wollte?

»Du bist mitgenommen worden«, sagte Jane. *»Bist du gegen deinen Willen hier? Warst du ein Sklave?«*

»Ich wurde mitgenommen, ja, aber nicht als Sklave. Als ein hochrangiger Gast. Wäre ich der Mitnahme entronnen, so wäre ich unausweichlich ein Wilder geworden – ein Raubtier, nur besessen von der Suche nach Nahrung, danach, einen Platz innerhalb der Hierarchie meiner Art zu erringen, davon, diese Position für eine kurze Lebensspanne beizubehalten. Ich würde

meinen Platz hier nicht für diese animalische Existenz hingeben. Nicht einmal jetzt.«

»Aber warum haben sie dir das angetan?«

»Nehmen Sie auf Ihrer Welt nicht auch empathische Wesen in Ihre Dienste? Um Aufgaben zu erledigen, die Ihre eigenen Fähigkeiten übersteigen?«

Sie wusste nicht genau, ob sie völlig verstand, was er sie fragte. Zwar glaubte sie zu wissen, was er meinte, erschauderte jedoch, und ihr war nicht wohl mit der Antwort, die sie gab. Sie kam sich vor wie ein Schulmädchen, von einem brillanten Lehrer in Verlegenheit gebracht, dem sie unbedingt gefallen wollte, und sie mühte sich verzweifelt um eine schlaue Erwiderung, aber vergebens.

»Das Tier, das den Wagen zieht? Der Hund, der die Herde bewacht? Die Kuh, deren einziger Zweck darin besteht, Muttermilchersatz zu produzieren? Werden sie nicht zu einem bestimmten Zweck benutzt, um eine Nachfrage zu befriedigen?«

Sie stimmte sogleich zu, verärgert darüber, dass Menschen die von ihm erwähnten Tiere nicht als empfindend betrachteten. Es gab anscheinend vielfache Schichten der Realität, die Menschen aufgrund ihrer übergroßen Egozentrik nicht völlig begriffen. Es war demütigend. Was entging ihnen sonst noch?

»Wie ich. Ich bin der Gubernaviti.« In seiner Stimme schwang eine selbstgefällige, narzisstische Note mit.

»Der regierende Navigator«, sagte sie zögernd. *»Sie brauchen dich, um das Schiff zu fliegen?«*

»Genau.«

»Ohne dich geht es nicht?«

»Möglich. Sie tun es, aber selten. Keine andere Art kann denselben Standard erfüllen, den die Kubodera gesetzt haben.«

»Kubodera?«

Sie spürte eine körperliche Schwellung in ihm, die beim Sprechen immer größer würde. Er blähte sich buchstäblich vor Stolz. *»Die Prinzen der Sterne. Wir werden auf einer abgeschiedenen Welt von einer ergebenen Priesterschaft geerntet, unterrichtet und erweitert, von Kindheit an dazu gepflegt, unseren Platz im Herzen einer Schiffsgemeinschaft einzunehmen. Wir sind in der Lage, so viele Aufgaben gleichzeitig zu erfüllen, wie es kein Hominide könnte, wir können uns leicht an binäre Prozessoren anschließen, und wir sind imstande, mit nahezu derselben Effizienz und Genauigkeit zu rechnen, sollten solche Systeme einmal ausfallen. Wir sind imstande, längere, genauere Sprünge zu vollführen als jede hominide Art. Vor Äonen haben wir uns als Navigatoren bewiesen, die jedem anderen empfindenden Wesen auf diesem Gebiet weitaus überlegen sind.«*

Sie verspürte Unbehagen. Was sollte sie darauf sagen? Erwartete er eine Art von Unterwürfigkeit? Vielleicht nicht, weil er weitersprach.

»Deswegen werden wir angenommen, gewissermaßen in die Arme geschlossen und verehrt. Im Dienst und in der Freizeit geben wir Anipraxia an Ihre Art weiter. Es ist eine große Ehre, die Erlaubnis zu erhalten,

sich mit einem Kubodera über Anipraxia zu verbinden, zu gestatten, dass mein Bewusstsein zum gegenseitigen Nutzen das Ihre berührt. Die Vereinigung des Bewusstseins zweier Wesen geht weit über jede Verbindung hinaus, die Sie je gekannt haben, Dr. Jane Holloway. Sie spüren das.«

Tatsächlich, sie spürte es. Sie konnte nichts dagegen tun, dass sie sich gedemütigt fühlte, sogar dann, als ein Aspekt ihres Bewusstseins gegen seine Überheblichkeit rebellierte.

Und da war noch mehr. Diese Begegnung mit Ei'Brai war ganz anders. Es war mehr als ein bloßes Gespräch. Sie wurde sich seiner Persönlichkeit immer bewusster und erhielt kurze Einblicke in seine Weltsicht.

Sie spürte in ihm eine Leere, die sie füllen sollte. Darüber mussten keine Worte verloren werden, weil es irgendwie völlig offensichtlich war, jeden seiner Gedanken völlig durchdrang. Angesichts dessen kam sie sich klein und verwundbar vor. In welche Art von Bindung war sie da hineingestolpert? Was hatte das alles zu bedeuten?

»Gestatten Sie mir, das Wunderbare daran zu demonstrieren, Dr. Jane Holloway.« Seine Stimme klang jetzt düster, gedämpft. Konnte er jeden flüchtigen Gedanken wahrnehmen? Sie verspürte ein klein wenig Scham, dass sie ihn vielleicht mit ihrem Widerstreben verletzte, mit ihrer Furcht.

Die Dunkelheit wurde jäh lebendig. Sterne. Unergründlich zahlreiche Sterne in prächtigen Nebelhaufen und Clustern überfluteten die Dunkelheit mit nadelspitzen Lichtern. Es war unglaublich, eine schier unfassbare Weite.

Sie drehte sich in alle Richtungen, verblüfft über die Aussicht. *»Ist das die Milchstraße?«*, flüsterte sie.

»So nennen Sie sie. Und mehr. Weitaus mehr.«

Ihr schmerzte die Kehle. Es war unsagbar schön.

»Wählen Sie einen, und wir werden dorthin fliegen!«

»Einen Stern?«

Er gab keine Antwort. Stattdessen enthüllte er quälende Versprechen in seinem Bewusstsein.

Ein besonders heller Stern ragte in ihren Augen hervor.

»Das ist nicht einer, das sind zwei Sterne – ein Doppelsystem. Sehr kompliziert. Jetzt bringen Sie uns dorthin!«

»Ich …«

»Sinnen Sie nicht darüber nach, was ich frage, was es bedeutet oder wie es bewirkt wird! Denken Sie überhaupt nicht nach. Tun Sie's einfach. Durch mich, es ist möglich. Sie werden sehen.«

Im Geiste ergriff sie den Stern und zog daran auf eine Weise, die ihr vertraut war, das wusste sie irgendwie. Sie spürte die Veränderung, bevor sie sie sah. Ihr Körper bebte vor Freude, als sie gestreckt und entlanggezogen wurde. Die nächstgelegenen Sterne verschmierten und wurden zu Streifen, während diejenigen in der Ferne wie Anker fest auf der Stelle verharrten, und gemeinsam jagten sie und Ei'Brai auf den Doppelstern zu. Raum und Zeit und Atem teilten und falteten sich. Sie wurden von einem kurzen Strohhalm aufgesaugt und kamen in einem Nebel aus blendendem Dunst wieder heraus. Jane wischte sich die Augen und hustete, und sie lachte auch vor Entzücken.

Die Ankersterne wichen zurück. Ihr Blick wurde zur Wärme, zum Licht hingezogen. Zwillingssonnen umkreisten einander, tanzten und drehten sich und küssten sich fast, und ihr weißes Licht war sengend hell. Ihre Planeten flirteten miteinander in langen, trägen Orbits, ein mechanisierter Walzer, der sich über Äonen hinweg entwickelt hatte – über zahllose Zerstörungen und Anlagerungen, bis diejenigen, die verblieben waren, die Gegenwart der anderen ertrugen.

»Woher kann ich das wissen?«

»Dieses System beherbergt kein empathisches Leben. Es ist unbenannt. Wie wollen Sie es nennen?«

Sie konnte sich nicht davon losreißen. *»Ich werde es taufen?«* Sie fühlte sich zutiefst geehrt und erforschte ihr Bewusstsein nach etwas Angemessenem, Ehrfurchtsvollem, das sie selbst und die Menschheit widerspiegelte. *»Castor und Pollux. Das waren Forscher, wie ich.«* Wie konnte sie einen solchen Stolz dabei verspüren, ein Ding zu taufen, das unmöglich wirklich sein konnte, jedoch so unbeschreiblich schön war, dass sie ein Schluchzen unterdrücken musste?

Er ließ sie dort verweilen, für wie lange, das wusste sie nicht, und sie beobachtete es aus vielen Blickwinkeln, um alles zu erfassen. Es gab viele öde Steinbrocken als Planeten. Gasplaneten, deren Atmosphäre dick, fast flüssig war und umherwirbelte. Geschmolzene Planeten, die sich unter der Reibung einer gewaltigen

Schwerkraft endlos neu erschufen. Sogar ein gefrorener Planet – weiß und blau, der aus der Ferne der Erde nicht unähnlich war, jedoch aus Eis und gefrorenem Methan bestand, zu weit von den Sonnen entfernt, um deren Wärme zu spüren.

Schließlich wandte sie sich seufzend davon ab. *»Ich kann nicht ausdrücken, wie es sich anfühlt, das zu sehen, Ei'Brai …«*

»Das müssen Sie auch nicht. Ich bin mir dessen bewusst.«

Wiederum diese beunruhigende Erinnerung. *»Dann musst du auch wissen, dass ich mir bewusst bin, wie sehr du mich von dem ablenkst, was ich wirklich wissen muss.«*

Die Wärme auf ihrem Rücken verblasste. Sie wusste, ohne hinzusehen, dass das Doppelgestirn verschwunden war.

Er schwieg, und sie spürte nur wenig von ihm. Trotzdem fiel ihr auf: Er hütete etwas.

»Warum seid ihr hierhergekommen, Ei'Brai? Was wollten die Sectilius von der Erde, und was ist mit ihnen geschehen?«

Seine Stimme war tief, ein gutturales Stöhnen. Er stieß fünf Worte aus und entließ zusammen mit ihnen flüchtig einen Tsunami des Schmerzes. *»Ich betrauere sie immer noch.«*

Jane krümmte sich unter der Wucht des Überfalls und zog sich instinktiv weit in die äußersten Bereiche seines Bewusstseins zurück, bis knapp vor dem dürftigen Punkt des Trennens der Verbindung. Gleich darauf folgte Bedauern seinem Elend, begleitet von unzusammenhängenden, chaotischen Bildern. Innen- und Außenbilder vieler Geister, vieler Sichtweisen, und sie sah, was den Sectilius zugestoßen war.

Auf einen Schlag veränderte sich alles von einer organisierten, zufriedenen Symbiose zu einem höllischen Albtraum – als jeder Mann, jede Frau und jedes Kind innerhalb der Schiffsgemeinschaft plötzlich und unwiderruflich von einem unbekannten Wirkstoff verändert wurden. Nur Ei'Brai war nicht befallen worden. Hilflos sah er zu, wie seine Schiffsgefährten binnen Tagen völlig degenerierten.

Einige wurden streitsüchtig, zumindest anfangs. Die meisten waren einfach geistlos, reagierten nicht mehr, bis sie nicht mehr auf normale Weise funktionierten und vor Hunger und Durst dahinschwanden. Verzweifelt stand er den Wissenschaftlern und Ärzten bei und unternahm alles, um sie durch schiere Willenskraft zu beleben. Jene Individuen, die am längsten durchhielten, mühten sich heldenhaft herauszubekommen, was geschehen war, und es rückgängig zu machen, aber die Entdeckung des Wirkstoffs in ihren letzten Augenblicken hatte nicht gereicht, um sogar nur einem einzigen an Bord des Schiffs das Leben zu retten.

Ihr Herz krampfte sich schmerzhaft zusammen, als sie die Tiefe seiner Qual auslotete. Das alles war vor vielen Jahren geschehen. Die ganze Zeit seither hatte er allein hier getrieben, auf Rettung gehofft und nie gewusst, wer die Vernichtung organisiert hatte. Er spulte die Ereignisse immer und immer wieder in Gedanken ab, suchte nach dem Punkt, an dem er ihnen gegenüber versagt hatte, bis er fast wahnsinnig darüber wurde.

Ohne Zögern strömte Mitgefühl aus ihr heraus. Er erfasste ihre Gedanken und drückte sie an sich wie ein Kind, das gerade eine geliebte Puppe wiedergefunden hatte. Er bettelte anscheinend um Vergebung, und sie verschenkte sie großzügig, da sie keine Fehler in seinen Handlungen sah, wie sie ihr vorgespielt worden waren.

»Aber warum bist du geblieben? Warum bist du nicht nach Hause gefahren? Du bist der Pilot. Warum bist du hiergeblieben, allein?«

»So einfach ist das nicht. Ich bin nicht der Pilot, ich bin der Navigator. Ich allein kann das nicht tun, was Sie vorschlagen. Die Schiffsgemeinschaft ist, wie der Name sagt, ein Gemeinwesen. Es gibt Hemmnisse und Gleichgewichte, wie bei jeder demokratischen Regierung. Ich verfüge nicht über die Autorität, dieses Schiff einen einzigen Exiguumet ohne die Anwesenheit eines Quasador Dux oder der Zustimmung einer Mehrheit der dokumentierten Bürger zu bewegen, die die Anweisung erteilen.«

Quasador Dux? Frei übersetzt bedeutete der Titel Admiral oder General, aber es lag eine eindeutige Betonung auf der wissenschaftlichen Komponente. Wahrscheinlich bedeutete es eine Art Chefforscher/-Wissenschaftler. Der Anführer der Sectilius? Ei'Brai zeigte Bestätigung an. *»Aber sie haben nicht für jeden möglichen Vorfall geplant?«*, wollte sie wissen.

»Es gibt Maßnahmen. Wahlen, unter normalen Bedingungen. Eine Nachfolge, falls nötig, nach Kriegs-

recht. Wer hätte sich darauf vorbereiten können, dass jeder dokumentierte Bürger auf einen einzigen Streich ausgelöscht würde? Wer hätte eine so abscheuliche Handlung vorhersehen können?«

»Ich weiß es nicht, Ei'Brai. Tut mir so leid.«

Er seufzte, ein außerweltliches, trauriges Geräusch, das seine Verzweiflung ohne Worte zeigte. *»Ich fürchte um meine Brüder – dass sie in isolierten Nischen des Universums gestrandet sind wie ich. Wir alle gehen in die Dämmerung ein, bevor wir wieder miteinander kommunizieren und den Anblick der Silhouette von Sectilia und Atielle vor ihrem strahlenden Stern teilen.«*

Jane zögerte, da sie wusste, dass die Antworten auf ihre Fragen negativ ausfallen mussten, aber sie musste sie trotzdem stellen. *»Warum haben sie niemanden geschickt, nach diesem Schiff zu suchen?«*

»Entweder ist niemand mehr da, der suchen könnte, oder sie glauben einfach, dass unsere Mission länger benötigt als erwartet.« Er hörte sich etwas weniger niedergeschlagen an, wieder mehr Herr seiner selbst, als ob sie ihm eine gewisse Hoffnung geboten hätte. Aber was konnte sie ihm bieten außer Gesellschaft – und sogar die nur kurz?

»Und es gibt keine Möglichkeit zu kommunizieren?«

»Die Entfernung ist weit. Ich werde längst gestorben sein, bevor ich eine Nachricht empfange.«

»Der Asteroid … weißt du …?«

»In weniger als drei Umkreisungen wird der Kontakt erfolgen und dieses Schiff vernichtet. Ja. Ich allein kann das nicht verhindern.«

Sie erfasste die Realität dieser Tatsache. Er sah dem gewissen Tod entgegen, ohne große Hoffnung auf eine Galgenfrist.

Eine Zeit lang blieb sie still und bot ihm Trost durch ihre Anwesenheit, ohne etwas zu verlangen, während sie alles durchdachte, was er ihr gesagt hatte.

»Sie sind nicht zufrieden, Dr. Jane Holloway.«

»Ei'Brai, wir müssen wissen, warum die Sectilius hergekommen sind.«

»Die Sectilius sind pragmatisch veranlagt. Sie schätzen Wissenschaft, Wissen, Wahrheit über alles. Sie haben sehr lange nach Ihrer Welt gesucht. Viele Sectilius haben ihr Leben bei der Suche nach Terra hingegeben.«

Jane hatte das Gefühl, am Rand eines Abgrunds zu kauern. Sie wusste nicht recht, ob sie mehr wissen wollte. Sie sah die bittere Ironie in Ei'Brais Gedanken. Trotzdem fragte sie: *»Warum?«*

»Uralte cunabalistische Schriften deuten darauf hin, dass die Bevölkerung der Erde die Quelle der Erlösung sein könnte.«

11

Bergen schob gerade seine Beine in den frischen Fliegeranzug, den Ajaya mitgebracht hatte, als Walsh und die anderen hereinstürmten, mit immer noch triefendem Haar nach der Dusche.

»Was geht hier vor, zum Teufel?«, verlangte Walsh zu wissen.

»Woher sollte ich das denn wissen?«, gab Bergen gereizt zurück, steckte die Arme in die Ärmel und zog den Reißverschluss des Anzugs hoch.

Walsh ignorierte diese Bemerkung. »Wo ist Holloway?«

Bergen zeigte mit dem Daumen zu dem kleinen Raum, wo die Lichtbehandlung stattgefunden hatte. »Sie ist wieder draußen. Ajaya zieht sie gerade an, glaube ich.«

Walsh sah Bergen argwöhnisch mit zusammengekniffenen Augen an, wohingegen Bergen ihn anfunkelte.

Gibbs hatte vom Subtext nichts mitbekommen. »Hat sie etwas gesagt?«

Bergen schüttelte den Kopf. »Eigentlich nicht. Sie hat gesagt, dass etwas nicht stimme, dass sie gleich zurück sei.«

Gibbs wirkte besorgt. »Wie lange ist das her?«

»Ich weiß es nicht. Ein paar Minuten? Sie hat das gesagt und war draußen. Sekunden später schrillte der Alarm.« Der fragliche Alarm hörte mitten im Satz auf, und seine letzten Worte hallten in dem jähen Schweigen nach. Alle sahen sich nervös um, als die Beleuchtung des Raums wieder in den normalen Zustand überging. Alle außer Compton, bemerkte Bergen. Compton wirkte völlig unberührt, unbesorgt, während die anderen eindeutig wieder kurz vor der Hysterie standen.

Ajaya kam aus dem Lichtbehandlungsraum, einen grimmigen Ausdruck im Gesicht. »Sie ist im selben Zustand. Ich war nicht imstande, sie zu wecken. Ich habe alles Mögliche probiert, was mir einfallen wollte – Licht, Geräusch, sogar Schmerz. Nichts, was ich ausprobiert habe, hatte irgendeinen Effekt.«

Walsh rieb sich Kinn und Unterlippe mit der Hand und schüttelte den Kopf. »Dieses Ding – was es auch sein mag – spielt eine Art Spiel. Es hat das schwächste Glied ausgesucht und benutzt sie, um uns andere zu kontrollieren.«

Bergen wurde wütend. »Schwächstes Glied? Was soll das, zum Teufel? Sie hat uns gerade buchstäblich das Leben gerettet, Sie dummes Arschloch!«

Walsh grinste ihm höhnisch ins Gesicht. »Sie halten sich für so furchtbar brillant, nicht wahr, Bergen? Aber Sie sind so von Holloways Ausflug fasziniert, dass Sie es nicht sehen – sie hat uns nicht gerettet. Es hat die ganze Sache einfach inszeniert, um sie glauben zu machen, sie habe uns gerettet – mit seiner Hilfe. Kapiert? Das geht hier vor. Sie ist naiv genug, es zu glauben – wohingegen wir anderen das nicht getan hätten. Deswegen hat es sie ausgesucht – nicht weil sie irgendeine magische Sprachmacht besitzt. Das ist inszeniert.«

Bergen senkte die Stimme. »Ich hätte Sie fallen lassen sollen.«

Walsh schnaubte und trat näher heran. »Vielleicht hätten Sie das tun sollen. Sie hätten dem kleinen grünen Männchen einen Gefallen getan, weil ich der Einzige bin, der sieht, was hier abgeht.«

Sie standen Nase an Nase. Bergen wartete, die Hände an seinen Seiten zu Fäusten geballt, dass Walsh eine Bewegung machte, noch etwas über Jane sagte, irgendetwas, damit er ihm diesen höhnischen Ausdruck aus dem Gesicht prügeln konnte.

»Alles in Ordnung, meine Herren? Das reicht.« Ajaya schob sich zwischen sie, und Bergen ließ sich von ihr zurückschieben, den Blick nach wie vor fest auf Walsh geheftet. Gibbs beförderte Walsh auf ähnliche Weise außer Reichweite.

Ajaya stellte sich zwischen sie. »Zweifelsohne befinden wir uns in einer ungewöhnlichen Situation. Streit untereinander ist da keine Lösung. Ich weiß nicht, was hier abgeht. Niemand von uns weiß das mit Sicherheit. Wir haben Möglichkeiten. Wir sollten sie erforschen, eine Strategie ausarbeiten, die auf dem basiert, was wir wissen.«

Walsh knurrte und lehnte sich mit verschränkten Armen an eine Wand mit ein paar Auswüchsen. »Nicht schwer. Wir kehren in die Kapsel zurück und fallen zurück zum Mars.«

Gibbs und Varma wechselten schockierte Blicke. Compton blieb auch jetzt reglos.

Ungläubig schüttelte Bergen den Kopf. »Das können Sie nicht ernst meinen. Wir sind keine 24 Stunden hier draußen. Wir haben noch nicht das, wozu wir hergekommen sind.«

»Da bin ich anderer Meinung. Wir wissen, wem wir uns gegenüber sehen. Wir schreiben unsere Berichte und überlassen den Rest der Bravo-Mission. Sie werden auf diesen Scheiß mit dem Bewusstseinsspielchen vorbereitet sein. Unsere war nie mehr als eine Erkundungsmission, Bergen«, sagte Walsh.

Bergen zwang sich zur Ruhe, zu wohlüberlegen Argumenten. »Das ist eine verteufelt lange Zeit in einer Kapsel für sehr wenige Ergebnisse. Wir kehren zur Erde zurück, nur ein paar Wochen, bevor sie Bravo so oder so starten. Warum es beschleunigen? Das Fenster zum Mars wird monatelang offen bleiben. Wir können uns hier einbunkern, einige Fortschritte in der Analyse ihrer Technologie machen. Kommen Sie, Compton, äußern Sie sich auch mal!«

Compton blieb ungerührt. Er hatte ein Interesse an der Sache hier. Er war als Maschinenbauingenieur an Bord gekommen. Sie hatten gemeinsam im Shuttle-Analyse-Team gearbeitet. Er musste ebenso motiviert sein zu bleiben wie Bergen. Formulierte er gerade ein Argument? Oder steckte er mit Walsh unter einer Decke? Er und Walsh kannten sich schon lange. Sie waren gemeinsam auf mehreren Missionen gewesen. Hatte sein Schweigen damit zu tun?

Gibbs ergriff das Wort. »Was Berg da gesagt hat, hat was. Warum Jane nicht eine Chance geben? Vielleicht testet uns dieses Ding, bevor es die Schlüssel zur Technologie übergibt oder so.«

»Mein Ziel war von vornherein klar – menschliches Leben zu schützen. Kein Risiko eingehen für etwas, das sich als gottverdammter Schraubschlüssel erweist.«

Bergen warf die Hände in die Höhe. »Schraubschlüssel? Ernsthaft? Sie verfügen über künstliche Schwerkraft, Walsh.« Er wandte sich von Walshs herablassendem Ausdruck ab und schlug leicht mit der Stirn gegen eine der größeren Vorsprünge, die aus der Wand ragten.

Ajaya streckte eine Hand nach Walsh aus und appellierte an ihn: »Commander, wir haben immer gewusst, dass Jane wahrscheinlich die Einzige sein würde, die mit irgendwem hier kommunizieren könnte. Worin unterscheidet sich das also wirklich?«

»Oh, ich weiß nicht – vielleicht, weil sie bewusstlos ist? Weil sie manipuliert wird? Ihr alle habt gesehen, wie verängstigt sie war. Was das Ding auch mit ihr anstellt – es gefällt ihr nicht –, aber sie ist nach wie vor damit einverstanden. Macht das niemandem von euch Sorgen?« Er wandte sich Bergen zu. »Macht es Ihnen wirklich nichts aus, was mit ihr geschieht? Oder ist sie bloß ein weiterer heißer Arsch für Sie?«

Gibbs war schon bereit und schob Bergen zurück. Bergen stand schäumend da, Gibbs' Hände auf den

Schultern, der ihn quasi körperlich daran hinderten zu explodieren.

Ajaya sah Walsh direkt ins Gesicht. »Commander, ich glaube, Dr. Bergen zu quälen ist kaum ein überzeugendes Argument.«

Walsh tat sie mit einem Wink der Hand ab und fuhr fort: »Meinen Sie ernsthaft, wir können einem Wort trauen, das sie jetzt sagt oder tut? Sollen die Psychoheinis zuhause doch die ganze Sache auseinanderklamüsern. Das ist nicht unser Job. Wir sollten herausfinden, was hier ist. Das war's. Wir sind fertig.«

»Wenn Sie so sicher sind, dass wir ihr nicht trauen können«, brachte Bergen durch die zusammengebissenen Zähne heraus, »warum haben wir dann die Kapsel überhaupt verlassen? Und warum haben Sie davon nichts bei der letzten Sendung nach Houston erwähnt?«

»Ganz einfach. Ich habe nicht die Absicht, Dr. Holloway mehr in Verlegenheit zu bringen, als es sein muss. Ich musste sie dazu ermuntern zu entscheiden, ob sie tatsächlich den Kontakt hergestellt hatte, oder ob sie nicht ganz beieinander war. Jetzt kann ich meinen Bericht schreiben. Ich weiß nicht, wie ich das einfach ausdrücken soll – sie ist kompromittiert worden.« Walsh machte ein paar Schritte zur Tür. »Ich kehre in die Kapsel zurück. Ich werde die Andockbefestigungen lösen und einen Kurs zum Mars eingeben. Ihr könnt an Bord dieser Kapsel kommen und in 17 Monaten zuhause sein, oder ihr könnt hierbleiben und es mit Dr. Holloways telepathischem Freund versuchen. Die Wahl liegt ganz bei euch.«

»Jetzt? Gleich jetzt?«, tobte Bergen. »Wozu die Eile?«

Walsh funkelte ihn ungläubig an. »Was meinen Sie, weshalb es gerade den Alarm gegeben hat, Bergen? Wahrscheinlich inszeniert es ein weiteres Szenario für sie, dass sie uns retten kann, genau jetzt, in diesem Augenblick. Wir sollen Angst haben, von Holloway abhängig sein. Wir müssen uns in Bewegung setzen, bevor es seinen Plan ausführen kann. Wenn ihr glaubt, diese Szenarien würden nicht jedes Mal schlimmer werden, seid ihr verrückt. Dieses Ding wird es immer weiter treiben, bis einer von uns tot ist, bis wir vielleicht alle tot sind.«

Gibbs und Varma wirkten beide unentschlossen. Walsh überzeugte sie allmählich. Compton sah aus, als würde er stehenden Fußes schlafen. Was war los mit ihm, zum Teufel? Normalerweise trug er einen Teil bei, den jeder für die weise Stimme der Erfahrung hielt.

»Alles Spekulationen«, sagte Bergen. »Das können Sie nicht wissen. Ich kann nicht glauben, dass die Chefs in Houston nicht von uns erwartet haben, mehr Zeit und Mühe in diese Sache zu investieren. Wir haben kaum etwas gesehen – bloß einen Haufen Tanks und Kisten und eine medizinische Abteilung. Wir müssen uns mehr Zeit nehmen.«

»Ihr Beitrag ist zur Kenntnis genommen, Dr. Bergen. Das ist meine Entscheidung. Compton – holen Sie Holloway. Wir tragen sie abwechselnd.«

Compton blinzelte, rührte sich jedoch nicht.

Walsh schlenderte zu Compton hinüber. »Möchten Sie etwas sagen, Tom?«

»Hm?« Compton fasste sich und zog scharf die Luft ein. »Sie haben etwas gesagt, Commander?«

Walsh trat einen Schritt zurück, als hätte er gerade eine Ohrfeige erhalten. Sein Blick glitt über Comptons Gesicht.

Ajaya trat dazwischen. »Thomas? Geht's Ihnen gut?«

Compton lächelte, ein langsames, träges Grinsen. »Natürlich. Brauchen Sie was?«

Sie holte eine Stablampe aus ihrer Tasche und leuchtete in Comptons Augen. »Woran denken Sie gerade jetzt?«

Seine Augenbrauen krochen in die Höhe, und seine Züge verzerrten sich zu einem höhnischen Grinsen. »Sie hören sich an wie ein Mädchen, das ich mal gekannt habe.«

Ajaya verbarg ihr Entsetzen nicht.

Gibbs legte Compton eine Hand auf die Schulter und fragte kumpelhaft: »Spricht der Alien in deinem Kopf mit dir, Pops? So wie mit Jane?«

Compton machte ein Gesicht, als wäre das völlig absurd. »Was? Nein.«

Walsh winkte ihnen, sich von Compton zu entfernen, der nichts davon bemerkte und dem es egal war. »Seht ihr? Es fängt bereits an. Wir müssen hier raus, bevor die Hölle losbricht.«

Gibbs und Varma nickten.

Bergen war so entnervt von Comptons beunruhigendem Verhalten, dass er schwieg.

Walsh ging hinaus, um nachzusehen, ob der Gang

frei war. Gibbs holte Jane, während Varma Compton zur Tür lockte.

Bergen stand da, ballte die Fäuste und löste sie wieder. Sie hatten noch nicht das Gesamtbild, dessen war er sich gewiss, aber Walsh hatte in einer Hinsicht recht – das schien ziemlich klar zu sein: Die Hölle würde losbrechen.

12

Erlösung? Eine kalte, lähmende Furcht erfasste Jane. *»Erlösung wovon?«*

»Vom Krieg zwischen den Arten. Die empathischen Wesen aus allen Ecken der bekannten Galaxis kämpfen um die Vorherrschaft, um die Kontrolle bewohnbarer Welten. Davon ist Terra wegen seiner abgeschiedenen Lage unberührt geblieben. Wir hatten die Hoffnung, ihr wäret bereit, dem Ruf zu folgen.« Seiner Stimmung und seinem Tonfall war eindeutig zu entnehmen, dass er die Erde für absolut nicht bereit hielt, dem Ruf zu folgen.

Jane war, als würde sie den Boden unter den Füßen verlieren. *»Meinst du das ernst? Die Erde wird Erlösung von einem Krieg bringen? Aber wie? Warum? Das verstehe ich nicht.«*

»Ihre Art ist eine solche Merkwürdigkeit. Sie dürstet nach Wissen über die Ursprünge des Lebens, füllt das Unbekannte jedoch mit fantastischen Vorstellungen. Es ist schon eigenartig, dass die Cunabula Ihrer Art das vorenthalten sollten, was für uns andere selbstverständlich ist. Vielleicht sollte dieser Hunger nach Wissen Sie dazu inspirieren, die Fühler auszustrecken, zu suchen.«

»Erzähl mir von ihnen!«, drängte sie ihn.

»Sie gelten als humorlose Leute. Da ich jetzt Sie und Ihre Kollegen kennengelernt habe, bin ich geneigt, anderer Ansicht zu sein.« Etwas polterte in ihm, das einem Gelächter gleichkam. Wellen der Erheiterung überspülten sie.

Sie hielt unerschütterlich ein Kichern in Schach, das gefährlich nahe daran war, die Oberfläche zu durchbrechen. Wenn sie sich in diesem Zustand befand, ließ sie sich so leicht von seinen Launen anstecken. *»Ei'Brai – du schweifst ab.«*

»Ein ständiger Vorwurf, wie Sie mit der Zeit sehen werden. Ich habe die Gesellschaft anderer vermisst.« Er hielt nachdenklich inne. *»Sie sind die älteste der bekannten Arten – aufgewachsen, wie es heißt, in den fernsten Gebieten des Universums, wo die ältesten Sterne jetzt ausbrennen und sterben – ihr Licht leuchtet nach wie vor aus der Ferne, ebenso wie die Cunabula immer noch ihren Einfluss ausüben, obwohl sie längst dahingeschieden sein mögen. Es heißt von ihnen, dass sie zweifüßig und viergliedrig waren, jedoch nicht von Affen abstammten, sondern von einer anderen, in den Äonen verschollenen Art. Sie waren Wissenschaftler, den Sectilius vielleicht nicht unähnlich. Sie meisterten zuerst die Naturwissenschaften und machten sich solchermaßen daran, die Sterne zu erkunden, neues Leben zu suchen, ziemlich genauso, wie Sie es tun wollten. Sie beobachteten, schlossen Bündnisse und katalogisierten alles, was ihnen begegnete.«*

»Aber was hat das mit der Erde zu tun?«

»Es heißt, dass die Cunabula beunruhigende Entwicklungen heraufkommen sahen, dass Arten mit größerer Aggression entstanden, die Herrschaft über alles suchten – bis zum Punkt, dass sie das Aussterben friedlicherer, freundlicherer Arten herbeiführten. ›Evolution ist unausweichlich, dennoch soll Vielfalt die Krönung sein, sogar für sie‹. Ein Zitat, das auch oft Schulkindern gelehrt wird und aus einem Text stammt, der den Cunabula zugeschrieben wird. Sie arbeiteten unermüdlich daran, das Entstehen aggressiver Arten zu verhindern. In der Geschichte heißt es, dass sie zum Erreichen dieses Ziels ihren Schwerpunkt auf die Beherrschung der Biologie legten.

Die frühesten Formen genetischer Übertragung waren zu dieser Zeit eher primitiv, begrenzt anfangs auf drei Typen, die im ganzen Kosmos zu finden waren. Was Sie jetzt DNA, RNA und mitochondiale DNA nennen, existierte einstmals in jeweils einer eigenen Sphäre. Sie kombinierten diese drei eleganten Systeme und erschufen eine robustere Lebensform, die für ihre eigenen Zwecke geeignet war, und säten sie aus, so weit sie reichen konnten.

Sie befruchteten öde Planeten mit dieser genetischen Information, programmiert von ihrer geschickten Hand, die sich zu üppigen Welten vermehren sollte, wie Ihre eigene – auf denen die genetische Information sich willkürlich teilen und anwachsen und jede ökologische Nische mit außerordentlich verschiedenem Leben füllen konnte.

Sie sehen, wir – wir alle – sind im Kern gleich. Vom

niedrigsten Mikroorganismus bis zur höchsten Form empfindender Wesen teilen wir den grundlegendsten Aspekt aller lebenden Dinge, von der Proteinentfaltung bis zur Zellorganisation. Das Geheimnis liegt in der dualen Natur von Intron und Extron – Ausdruck und Unterdrückung und Neukombination der beiden –, die es dem Leben ermöglichen, unendlich viele Formen anzunehmen.

Alles hängt ab von dieser Dualität. Die beiden DNA-Stränge, die deren Quelle sind, bilden die Arche, um diese Dualität sicher in Welten einzuführen, die als bar jeden Lebens gelten – zwei Stränge für jede Art, verstehen Sie? Ihre Art missversteht deren buchstäbliche Natur, verdeckt von Unkenntnis, noch in den Kinderschuhen Ihrer Naturwissenschaft steckend, in Ihrer gewalttätigen, primitiven Geschichte. Aber sie lebt dort, innerhalb der kollektiven Psyche trotz der Tatsache, dass Sie diese Dualität nicht benennen können.

Die Cunabula haben es über die Äonen so weitergeführt. Sie wurden weise, verließen sich auf ihr Erbe als Verteidiger gegen die wachsenden Riesen, die stets mehr Raum suchten, nie zufrieden waren. Die Cunabula haben die Tide mit ihrer Klugheit umgekehrt, allein mit ihrer schieren Anzahl.

Wie es heißt, bevorzugten sie Hominiden, die vom Affen abstammten, da sie ihnen am ähnlichsten waren, obwohl ihre vielen Gaben sich über so viele Arten erstreckten, dass das kaum wahrscheinlich klingt – meine eigene Art ist dafür ein perfektes Beispiel. Ungeachtet dessen ist es Ihre Art, die in ihren Augen diejenige sein sollte, die beim letzten Gefecht die Stellung hal-

ten würde. Einige behaupten, Terra sei lediglich ein gesellschaftliches Experiment gewesen. Andere verleihen Terra reiche religiöse Bedeutung. Nur die Cunabula kennen die Wahrheit, und sie sind nicht hier und können es uns nicht sagen.«

»Ein soziales Experiment? Das verstehe ich nicht.«

»Die Geschichte legt nahe, dass die Vereinigten Empfindenden Wesen jener Zeit einen schrecklichen Rückschlag erlitten hatten. Sie sehnten sich nach Frieden, aber das hungrige Böse wollte das einfach nicht zulassen. Die Cunabula statteten ihren jungen Welten, auf denen sie gesät hatten, erneut einen Besuch ab und suchten die kräftigsten, stärksten. Auf Terra fanden sie mehrere Arten von Affenmenschen, die sich zu Arten mit viel Potenzial entwickelten. Es heißt, dass sie die vielversprechendsten Affenarten mehrerer Welten – insgesamt neun, wie uns die Schriften sagen – einen Konkurrenzkampf um die Ressourcen Ihrer Welt austragen ließen. Sie justierten ihre Gene, verstärkten Aggression, Hingabe, den Drang, über alle Grenzen hinauszuwachsen, und machten den Drang, Hand auf Land zu legen, ebenso stark wie den Drang zur Reproduktion – alles Eigenschaften, die unter dem Feind grassierten, in den Empfindenden Wesen dieser Zeit jedoch nur schwach ausgeprägt waren. Diese Arten wetteiferten miteinander, kreuzten sich, kämpften um die Vorherrschaft. Vielleicht kam es unerwartet, dass Sie nicht zu den Wunderkindern der Sterne wurden – sich stattdessen die eigene Art unterjochten und unter sich Kriege austrugen. Ein Versehen? Vielleicht hätten Sie

mehr Anleitung benötigt. Sich selbst überlassen, waren Sie eine Enttäuschung.«

»*O je.*« In dieser Geschichte lag eine Wahrheit, die in ihr widerhallte. Sie fühlte sich wahrer an als jegliche Sonntagspredigt, die sie sich jemals, gezwungen von ihren frommen Großeltern, hatte anhören müssen.

»Viele hielten Terra für einen Mythos – sie glaubten, die Cunabula wollten uns auf die Suche nach ihnen schicken, um unsere Grenzen zu erweitern und nach Verbündeten zu suchen, statt selbstgefällig zu sein oder das Unausweichliche hinzunehmen. Während ihrer gesamten Geschichte haben Sectilius nach ihnen gesucht. Jetzt haben wir Sie gefunden und dennoch versagt.«

»Aber was hatten die Sectilius vorgehabt?«

»Sie ins Bündnis aufzunehmen.«

»Aber wie? Gibt es gegenwärtig Sectilius auf der Erde?«

»Leider nein. Wir befanden uns noch im frühen Stadium – Ihre Kultur zu erlernen, Exemplare zu sammeln ...«

»Was für Exemplare?«

»Menschen. Ein notwendiger Schritt. Es wurde beschlossen, eine Gruppe von Sectilius chirurgisch so zu verändern, dass sie sich unter Menschen begeben konnten, um ihre staatlich-militärisch-industriellen Komplexe zu unterwandern, um Vertrauen zu gewinnen, bevor sie ihre Herkunft und ihre Ziele offenbarten. Exemplare waren nötig zum Studium gewisser Züge der menschlichen Anatomie und Physiologie. Wir haben ihnen nichts angetan. Sie wurden zurückgebracht.« Angesichts ihres Ekels klang er beleidigt.

»Das Universum ist wahnsinnig. Dieses Shuttle – das abgestürzte Shuttle in New Mexico –, das war auch von den Sectilius?«

»Allerdings. Die Besatzung war unterwegs nach Terra, da …«

»Oh. Verstehe.«

»Ja. Jedoch hat es Sie hierher geführt. Vielleicht wird alles gut werden, Dr. Jane Holloway.« Wiederum keimte in ihm Hoffnung auf.

Jane war wie vor den Kopf gestoßen. Sie kämpfte darum, allem einen Sinn zu entnehmen, was sie gerade gehört hatte. *»Wir sollten diesen Weg nehmen. Nicht die schlimmsten Aspekte unserer Natur bekämpfen, sondern sie begrüßen.«*

»Exakt. Ihre Ihnen innewohnenden Qualitäten ausschöpfen, im Dienste anderer. Viele glauben, die Cunabula hofften, eine Kriegerklasse zu erschaffen, so dass die Waagschale sich zu ihren Gunsten neigen würde, dass sie ihre Brüder aber dennoch in Frieden leben lassen würde. Dass sie die Vielfalt respektieren und schützen würde.«

»Aber sie haben uns verlassen. Sie haben es nicht zu Ende gebracht.«

»Wahrlich ein Rätsel.«

»Es ist zu viel verlangt. Sie haben uns vergiftet. Wir sind nicht … glücklich.«

»Viele leiden. Viele überschreiten diese Grenzen. Seien Sie dankbar, dass die Sectilius Sie als Erste gefunden haben. Nicht der Schwarm.«

Jane holte erschrocken Luft. Sie bewohnte das Gedächtnis einer jungen Frau der Sectilius, die darum kämpfte, sich und ihre Kinder in ein Fluchtfahrzeug zu drücken. Ein angsterfüllter Mob zerquetschte sie fast, riss Haut auf, brach Knochen im verzweifelten Überlebenskampf. Während sie ein Kind in ihren Armen beschirmte, ihr ein anderes an der Hüfte hing, spürte sie den Kupfergeruch von Blut. Sie hörte das Lärmen der Gepeinigten, das Wehgeschrei. Und über allem ein ohrenbetäubendes, bedrohliches Gebrüll.

Der Himmel verdunkelte sich und senkte sich herab, drückte nach unten. Blitzende, metallische Körper überrannten jedes lebende Ding wie Heuschrecken. Die Luke schloss sich, trennte Gliedmaßen ab, und das Schiff war auf und davon, träge, überladen von einer Masse zerbrechlicher, lebender Menschen. Kinder schrien. Männer und Frauen klagten. Sie beobachtete durch das kleine Fenster in der Luke, wie ihre Welt für immer unter den nagenden Kiefern des Schwarms verschwand.

»*Nein!*«, schrie sie unwillkürlich – ein entrüstetes Leugnen –, und sie wusste nicht genau, von wem es gekommen war. Von der Frau, die so viel verloren hatte? Oder von ihr selbst? Sie konnte den Anblick der Gewalt, deren Zeuge sie geworden war, nicht mehr loswerden. Sie konnte den Schmerz oder das Entsetzen nicht mehr loswerden.

Sie rollte sich zusammen im vergeblichen Versuch, sich vor dem Entsetzen zu schützen.

»*Dr. Jane Holloway*«, schnurrte Ei'Brai und hielt sie in einer warmen Umarmung. Ranken beschwichtigender Gedanken überschwemmten sie und ihr Bewusstsein. Sie konnte wieder atmen, sie stieß erstickte, keuchende Schluchzer aus, und die Enge in ihrer Brust ließ langsam nach.

»*Warum hast du mir das gezeigt?*«, krächzte sie.

»*Ich konnte nicht zulassen, dass Sie die Notwendigkeit zu handeln abtun. Das erwartet uns.*«

Weiterhin tröpfelten Bilder über die Verbindung mit Ei'Brai herein, jetzt jedoch nicht mehr so heftig, eher wie eine Dokumentation und keine unmittelbare Erfahrung. Sie wirkten wesentlich weniger unmittelbar bedrohlich. Ihr Puls ging wieder langsamer.

Gewaltige insektenhafte Kreaturen sonnten sich auf einem Hügel. Die Größenordnung war erstaunlich. Die Gruppe von Arthropoden, alle so groß wie Elefanten, stand auf, hob gepanzerte Schilde und entfaltete monströse lederartige Schwingen. Sie flogen los und jagten eine Herde rehartiger Säugetiere. Die Rehe hatten nicht den Hauch einer Chance. In wenigen Augenblicken war es vorüber.

»*Der Schwarm ist ein furchtbarer Gegner. Sie haben sich, wie Sie hier sehen, zu großen, fliegenden Insekten entwickelt und dominieren ihre Heimatwelt, räuberisch und gnadenlos, und nur wenig kann sie in Schach halten. Ihre Bevölkerung erreichte eine untragbar hohe Zahl, und sie jagten ihre Nahrung bis zum Aussterben. Vielleicht hätte dies das Ende ihrer Art bedeutet oder auch nur eine Chance für andere Arten, die Vorherrschaft zu übernehmen. Dann wurde ein einziges Exemplar mit einer Mutation geboren, die ihnen ermöglichte, Opfer unter der Wasseroberfläche zu suchen.*«

Eine Grafik formte sich hinter ihren Augen – eine durchsichtige, dreidimensionale Abbildung der Anatomie der Insekten, auf der eine Art Schwimmblase hervorgehoben war. »Dieses Individuum überlebte, pflanzte sich fort und erschuf eine neue Abstammungslinie, die flexibler war. Äonenlang wüteten sie auf ihrer Heimatwelt, Populationen stiegen auf und fielen, mehrfache Anpassungen erlaubten ihnen, mehr und mehr ihrer Welt zu verschlingen, bis der Tag kam, da ihre Welt sie nicht mehr ernähren konnte.«

Eine große Gruppe von ihnen tauchte gemeinsam ab, erntete Meeresbewohner und wärmte sich dann an einem Sandstrand. Die Abfolge änderte sich geschmeidig von Bild zu Bild und zeigte die allmählichen Veränderungen in der sich entwickelnden Morphologie der Insekten. Worte wie »Hydrolyse«, »Speicherorgan« und »organische Spaltreaktion« wurden jeweils zusammen mit verschiedenen Teilen der anthropoiden Anatomie hervorgehoben, die sich inzwischen sehr im Verhältnis zu ihrer ursprünglichen Form verändert hatte.

Ei'Brai zeigte ihr einen sandigen Meeresboden. Eine Schule großer Fische kam ins Bild. Der Meeresboden hob sich. Soweit das Auge reichte, stiegen stromlinienförmige Insekten aus dem Sand hervor und verschlangen jeden Fisch in Sichtweite.

»Sie bewegen sich gemeinsam, wie Bienen«, murmelte Jane.

»Allerdings.«

Die Insekten stiegen in Formation zur Oberfläche auf und schwebten in den Himmel, immer höher hinein in die Wolken, wobei sie dünne weiße Rauchwölkchen hinterließen. Während sie an Höhe gewannen, nahm ihre Zahl ab, da diejenigen, die die nötige Geschwindigkeit nicht erreichen konnten, um der Schwerkraft zu entkommen, zurückfielen. Nur wenige lösten sich aus der Atmosphäre. Das Bild zoomte auf ein weibliches Exemplar mit einem voll gereiften Eikokon.

Sie trieben durch den Raum, landeten auf einer weiteren blaugrünen Kugel, dem Mond eines anderen Planeten in dem bewohnbaren Bereich jenes Sonnensystems, der ebenfalls vor Leben strotzte. Ein Individuum überlebte die Hitze und den Stress des Wiedereintritts. Ein Männchen. Es fand das tote Weibchen, befruchtete seine Eier, machte sich dann auf die Jagd.

»Eine neue Art wurde geboren, und ihre einzigartige Anpassungsfähigkeit erlaubte ihnen schließlich sogar, sich zwischen den Sternen zu bewegen – die Ressourcen einer Welt zu verzehren und Eier für die nächste Generation der Verwüstung zu legen. Sie geben sich keinen Namen, kommunizieren nicht mit ihrem Opfer, erkennen Empfinden in einer anderen Art nie an. Es ist unbekannt, ob sie über Sprache oder Kultur verfügen. Die Empfindenden Wesen haben ihnen den Namen ›Der Schwarm‹ verliehen.«

Jane schauderte.

»Ihre Art betrachtet Außenseiter als fremdartig. Der Schwarm ist wahrhaft fremdartig, ohne Bewusstsein oder Seele. Sie haben nichts anderes im Sinn, als ihren Hunger zu stillen.« …

Die Lehrstunde war vorüber. Die schattige Dunkelheit kehrte zurück.

»Du kennst diese Frau? Die in dem Datenspeicher?« Noch während sie dies dachte beziehungsweise auch laut äußerte, wusste sie die Antwort.

»Sie war die Quasador Dux dieses Schiffs. Sie hat ihr Leben hingegeben, um Ihre Welt zu finden.«

»Nachdem sie das überlebt hat … sie … ich weiß nicht, was ich damit anfangen soll. Was soll ich jetzt tun?«

»Bringen Sie ihre Stimme zu Ihren Leuten. Bereiten Sie sich vor.«

»Ich weiß nicht, wie ich sie je dazu bringen kann, das zu verstehen. Es ist nicht so, als ob ich ihnen das zeigen könnte, was du mir gezeigt hast. Ich kann es lediglich beschreiben. Wie kann das jemals ausreichen? Sie werden es nicht so sehen. Sie werden selbst geschützt werden wollen. Sie werden sich verstecken wollen, hier, wo wir in Sicherheit sind.«

»Sie werden sie überzeugen. Eine andere Möglichkeit gibt es nicht. Sicherheit ist eine Illusion. Sie wissen, dass es so ist.«

»J…ja.«

»Sie müssen gehen. Ihre Gefährten brauchen Sie. Erzählen Sie ihnen davon, Dr. Jane Holloway.«

»Ei'Brai … ich … du solltest mich Jane nennen.«

»Ohne Ihren verdienten Titel? Ich möchte da nicht respektlos sein. Soll ich Sie Dr. Jane nennen?«

»Nein. Es ist eine Geste der …«

»Aha! Freundschaft. Schön und edel, aber trotzdem

merkwürdig. Sie werden verstehen, wenn ich auf der Verwendung meines eigenen Titels bestehe?«

Bei diesen Worten lachte sie einmal verblüfft auf.

Empörung kam in Wellen auf sie zu. Sie erkannte eindeutig in seinem Bewusstsein, dass die Vorsilbe »Ei'« seinen hohen Status und Rang bedeutete, verdient nach vielen Jahren treuer Dienste. *»Natürlich. Er ist kurz und trifft es genau.«*

»Allerdings.«

Sie zog sich langsam, zaghaft, zurück, tastete sich den Rückweg entlang und wurde sich nach und nach einer ruckartigen Bewegung und einer Unbequemlichkeit bewusst. Etwas Hartes stieß ständig gegen ihre Körpermitte. Stand sie auf dem Kopf?

»Uff«, schnaufte sie und versuchte, sich zu orientieren. Eine Hand spannte sich an … auf ihrem Hintern? »Was zum …?«

»Pscht«, zischte jemand im Dunkeln.

Anscheinend wurde sie getragen, hing tatsächlich über jemandes Schulter. Diese Person blieb stehen und beugte sich vor. Langsam glitt sie zu Boden und bemerkte dabei einen vertrauten, maskulinen Duft. Ihre Augen passten sich an das schwache Licht an, aber sie wusste bereits, dass sie unmittelbar vor … Alan stand, fest an ihn gedrückt.

Seine bärtige Wange glitt über ihre, und sein Atem war warm an ihrem Ohr. Meine Güte, fühlte er sich gut an! So war sie viel zu lange schon nicht mehr gehalten worden.

»Alles in Ordnung mit dir? Du bist stundenlang weg gewesen«, flüsterte er. Er hörte sich besorgt an.

Sie antwortete ähnlich, und in ihrem Kopf war ein ganzer Berg von Fragen. Warum trug er sie in der Dunkelheit? Warum umarmte er sie so leidenschaftlich? Warum veränderte sich alles jedes Mal, wenn sie sich umdrehte? Wo zum Teufel waren sie? Das zumindest glaubte sie, fragen zu können. »Ja, ja, mir geht's gut. Was ist los? Warum trägst du mich?«

»Es ist wegen Walsh. Ich habe mich zurückfallen lassen, aber er wird es bald bemerken. Er dreht durch, Jane. Er will sich schon jetzt zum Mars zurückziehen. Er versucht, uns zur Kapsel zurückzuführen, aber, na ja, ich glaube, du weißt, dass du die Einzige bist, die das hinbekommt. Wir haben uns verirrt. Er hat mehrmals versucht, den Transportlift zu benutzen, aber er hat keine Ahnung, wie er das richtige Deck wählen soll. Er …«

»Nicht trödeln, Bergen!«, dröhnte Walshs Stimme scharf durch den Gang. Kurz blendete sie das Licht einer Taschenlampe. Sie hörte einen leisen Fluch und schwere Stiefelschritte, die zu ihr herüberkamen.

Alan drückte sie fest und murmelte ihr ins Ohr, bevor er sie losließ: »Pass auf, Jane! Walsh vertraut dir nicht.«

»Was? Warum?« Aber ihm blieb keine Zeit für eine Antwort.

»Aha, Holloway, was haben Sie jetzt zu Ihren Gunsten zu sagen?«

Sie richtete sich gerade auf, wandte sich von Alan ab und beschirmte sich die Augen mit einer Hand gegen die Helligkeit der Taschenlampe, die Walsh direkt auf ihr Gesicht gerichtet hatte. Ihr kam rasch die Einsicht, warum dieser Gang dunkel war – Ei'Brai missfiel dieser Ausflug. »Warum klingt das wie ein Vorwurf, Dr. Walsh?«

»Was haben Sie die ganze Zeit über gemacht?«

Sie trat einen Schritt auf Walsh zu. Er spannte sich an, nahm Verteidigungshaltung ein. Langsam streckte sie die Hand aus und drückte die Taschenlampe nach unten, lenkte den Strahl etwas tiefer, so dass sie etwas sehen konnte. »Ich erledige die Aufgabe, zu der ich angeheuert wurde – kommuniziere mit unserem Gastgeber. Was ist mit Ihnen? Waren wir uns nicht einig, ein Lager in der medizinischen Abteilung aufzuschlagen?«

»Die Dinge haben sich geändert.«

Jane warf den anderen neugierige Blicke zu. Alle zeigten Unbehagen. Walsh setzte geschickt seinen militärischen Hintergrund ein – sein Stil, den Anführer zu geben, behagte ihnen mehr. Eigentlich hätte bei einem Szenario, wenn das *Ziel* bewohnt war, sie das Kommando übernehmen sollen, aber das hatte sich alles mit den neuen Anordnungen aus Houston geändert, und er schlug Kapital aus dem Fehlen einer eindeutigen Kommandokette. Nichts war nach den Plänen verlaufen, die sie in Johnson ausgearbeitet hatten. Nichts.

»Ich habe nicht gewusst, dass Sie ein so ungeduldiger Mann sind.«

»Nicht ungeduldig. Pragmatisch.«

»Sind wir deswegen elf Decks von der Kapsel entfernt?«

Walshs Augen wurden schmal. Jane beobachtete die

Reaktion der anderen. Bestand Hoffnung, dass sie zu ihnen durchgedrungen war? Alan hielt zu ihr. Er hatte sie gewarnt; mit seiner Unterstützung konnte sie rechnen. Gibbs war anscheinend hin- und hergerissen. Ajaya war wachsam und schätzte offen die Lage ein. Tom wirkte seltsam unbeteiligt.

Walsh ergriff das Wort und lenkte sie von Tom ab. »Soll ich also glauben, dass Sie genau wissen, wo wir sind? Einfach so?«

»Ich weiß genau, wo wir sind. Auf dieser Ebene liegen hauptsächlich die Mannschaftsquartiere.« Jane winkte zu einer Tür in der Nähe. »Hinter dieser Tür ist eine Cafeteria.«

Walsh nickte Gibbs zu, der daraufhin die Tür vorsichtig öffnete und hindurchtrat. Die Beleuchtung schaltete sich ein und erhellte einen weiten Raum voller Tische und Stühle verschiedener Formen und Größen und im selben schlammigen Grün wie alles andere im Schiff.

Jane trat einen Schritt auf Walsh zu. »Ist das eine Erkundung oder eine Flucht?«

Walshs Lippen wurden schmal. Niemand sprach ein Wort.

»Dann Flucht. Vor was genau? Vonseiten der Aliens hat es keinerlei Bedrohung gegeben – ganz im Gegenteil.«

»Stimmt nicht.«

»Worauf gründen Sie Ihre Meinung?«

»Das ist sinnlos. Ich weiß nicht einmal, ob ich überhaupt mit Jane Holloway spreche.«

»Wovon reden Sie da? Das ist lächerlich.«

»Wirklich? Sie haben selbst gesagt, er ist in Ihrem Kopf. Selbst wenn Sie Sie sind, können Sie unmöglich objektiv sein.«

»Das stimmt einfach nicht. Sehen Sie, Sie haben mir keine Gelegenheit gegeben, alles zu erklären. Hier steht sehr viel auf dem Spiel. Das ist größer als wir alle. Größer sogar als die Erde.«

»Bestimmt. Bestimmt hat er Ihnen gesagt, dass er ein Opfer der Umstände sei. Dass er Ihre Hilfe brauche, um zu überleben.«

»Er … ich …« Verblüfft trat Jane einen Schritt zurück und warf Alan einen Blick zu. Auf seinem Gesicht stand ein Gewitter.

Walsh nutzte seinen Vorteil gnadenlos aus. »Er hat Ihnen gesagt, dass Sie etwas Besonderes sind, dass Sie die Einzige sind, die einen Unterschied bedeuten kann, dass Sie die anderen davon überzeugen müssen, dass das, was er sagt, die Wahrheit ist. Er tut Ihnen weh und lindert dann den Schmerz? Stimmt's?«

»Sie wissen nicht, was er mir erzählt hat«, gab sie hitzig zurück, wobei sie sich bemühte, ihre Verwirrung zu verbergen, und sich überlegte, was wirklich geschah.

»Klassisches Stockholm-Syndrom, Holloway. Ich sehe es Ihnen völlig am Gesicht an. Alles, was ich gerade sagte, ist die Wahrheit.«

»Sie verdrehen alles, bevor ich auch nur ein Wort gesprochen habe. Die NASA …«

Walsh schnitt ihr das Wort ab. »Ich versuche, Sie zu schützen. Ich versuche, uns alle zu schützen. Ich weiß nicht, was das Ding will. Das weiß keiner von uns – am allerwenigsten Sie.«

»Es ist mehr als das, verdammt! Ich werde nicht zulassen, dass Sie mich auf diese Weise in Misskredit bringen. Verläuft alles nach Plan? Nein. Ich verstehe, dass Sie das verunsichern muss. Sie sind nicht eingeweiht. Sie wissen nicht, was los ist. Das ist beängstigend. Verstehe ich. Aber wir können vor dieser Sache nicht weglaufen. Wir können so viel von ihm lernen. Das ist die Gelegenheit des Lebens …«

»Es wird ein sehr kurzes Leben werden, wenn wir hier bleiben«, warf Walsh ätzend dazwischen.

Bergen stürmte heran. »Hören Sie auf, Ihr zuzusetzen! Lassen Sie sie ausreden!«

Jane packte ihn am Arm und schob ihn hinter sich, bevor die Dinge eskalieren und außer Kontrolle geraten konnten. Sie füllte ihre Stimme mit Überzeugungskraft. »Hören Sie mir zu – dieses Schiff war seit Jahrzehnten verlassen. Hier ist niemand, der die routinemäßigen Wartungsarbeiten durchführen kann, daher sind einige Dinge außer Kontrolle geraten. Wir können das umschiffen. Wir können die Wartungsarbeiten durchführen, falls nötig. Wir können immer noch das tun, wozu wir hergekommen sind – wir können die Technologie erlernen. Ihr seid alle imstande, euch dieser Herausforderung zu stellen. Ihr seid die Topexperten auf eurem jeweiligen Gebiet – Elektronik, Computer, Ingenieurswesen. Ich glaube, wenn wir zusammenarbeiten, sorgfältig, könnten wir lernen, dieses Schiff zu fliegen. Mit seiner Hilfe könnten wir es nach

Hause bringen. Wir müssen uns nicht weitere anderthalb Jahre in die *Providence* einschließen. Wir müssen nicht wegrennen. Wir kriegen das hin. Deswegen sind wir hier.«

Ajaya erhob ihre Stimme als Erste. »Hat er Ihnen das gesagt, Jane? Will er das von uns?«

Walsh schüttelte höhnisch den Kopf, hielt sich jedoch zurück.

Sie hob das Kinn. Sie wollte nicht zurückweichen oder versuchen, sie zu täuschen. »Nicht direkt, nein. Er ist nicht wie wir. Er spricht nicht offen über etwas. Aber ja, ich glaube, das möchte er von uns.«

»Warum führt er die Wartungsarbeiten nicht durch?«, fragte Gibbs.

»Das kann er nicht. Er ist nicht … er ist irgendwie in das Schiff integriert, steckt an irgendeinem Ort fest. Er kann sich nicht frei im Schiff bewegen.«

»Aber welchem Zweck dient er dann hier?«, fragte Ajaya.

»Er ist der Schiffsnavigator. Seht mal – ihr alle müsst die Sprache erlernen, und dann könnt ihr ihm sämtliche Fragen stellen, die ihr stellen wollt. Ihr könnt wie ich mit ihm reden. Auf diesem Deck gibt es ein Sprachlabor. Es ist für Jugendliche gedacht, aber es gibt keinen Grund, weshalb ich es nicht benutzen könnte, um euch die Sprache zu lehren. Wir können diese Mannschaftsquartiere nutzen. Wir müssen nicht mal zur Kapsel zurück und Vorräte holen – hier gibt's reichlich zu essen. Wir könnten hier Erfolg haben – Arbeit erledigen, die in die Geschichtsbücher eingehen wird. Gebt mir nur

Gelegenheit, es euch zu zeigen. Vertraut mir. Ich möchte, dass wir Erfolg haben.«

Walsh sah sie funkelnd an. »Wenn Sie sich so sicher sind, dass uns hier nichts geschehen kann, dann sagen Sie mir, Holloway: Warum ist er als Einziger übrig geblieben?«

Jane holte tief Luft und straffte die Schultern. »Das werde ich nicht unter den Tisch kehren. Er hat mir die Wahrheit anvertraut, und ich teile sie mit. Das Universum ist ein gefährlicher Ort. Wir – die Erde ist völlig unvorbereitet. Wenn wir uns nicht beeilen, kann unsere Heimat und alles und jeder darin, den wir lieben, Futter für eine andere Art werden. Die Leute, die mit diesem Schiff hergekommen sind, waren friedliche Wissenschaftler. Sie haben Verbündete gegen diese Raubtiere gesucht. Sie hatten vor, uns auf den Kampf vorzubereiten. Alle sind beim Versuch, uns dieses Wissen zu bringen, gestorben. Jemand wollte nicht, dass sie uns als Erste finden. Jemand hat einen Seuchenherd aufbereitet, der sie alle auf einmal ausgelöscht hat, bevor sie mit uns in Kontakt treten konnten.«

Sogleich zeigte Ajaya Besorgnis. »Eine Seuche? Was für eine Seuche?«

»Ich weiß es nicht. Sie haben bloß alle aufgehört zu funktionieren – alle gleichzeitig. Sämtliche Gehirnaktivität war blockiert, und sie sind innerhalb weniger Tage verhungert … was ist denn mit Tom los?«

Alle sahen sich um, jeder Einzelne. Und sie wandte sich zu Tom Compton hin, der einfach dort stand und sabbernd ins Leere starrte.

13

»Tom?«

Bergen beobachtete Jane, wie sie langsam an Compton herantrat und ihn am Arm berührte. Tom reagierte nicht.

Verblüfft wandte sie sich um. »Was ist passiert?«

»Klingt, als wüssten Sie mehr darüber als wir«, stieß Walsh langsam und mit bedrohlicher Ruhe aus.

Sie öffnete den Mund zum Sprechen, schloss ihn wieder und drehte sich zu Compton um. »Tom?«, sagte sie und rüttelte ihn sanft. Sie berührte sein eingefallenes Gesicht. Nichts geschah. Er nahm keinen Blickkontakt zu ihr auf. »O mein Gott! Was tun wir jetzt?«

»Jane«, sagte Ajaya drängend, »wie wird diese Krankheit übertragen? Sind wir alle gefährdet?«

Jane wandte sich ihr zu, und in ihren Augen glänzten unvergossene Tränen. »Genauere Einzelheiten kenne ich nicht. Ich bin bloß Linguistin. Tut mir echt leid.«

»Holloway!«, brüllte Walsh. »Deswegen müssen wir hier raus! Bevor etwas Schlimmeres passiert. Können Sie uns zur Kapsel zurückbringen?«

Langsam schüttelte Jane den Kopf. »Ja, aber …«

Ajaya ging dazwischen. »Commander, wenn das ansteckend ist, können wir das Risiko einer Rückkehr zur

Erde nicht eingehen und die Bevölkerung in Gefahr bringen.«

»Sie stellen uns unter Quarantäne«, gab Walsh gereizt zurück.

Ajaya machte ein finsteres Gesicht und fauchte: »Wir kennen den Erreger nicht. Einfach durch die Atmosphäre zu stürzen, könnte ausreichen, ihn auf der Erde zu verbreiten. Wir haben nicht das Recht, dieses Risiko einzugehen. Im Übrigen hört es sich so an, als wären wir tot, bevor wir überhaupt dort ankommen.«

»Ei'Brai sagte, sie hätten das Gegenmittel gefunden, kurz bevor sie … Es hat nicht gereicht, sie zu retten, aber es könnte uns retten. Wir … er … er wird uns helfen. Das kriegen wir schon raus.« Ihre Stimme zitterte beim Sprechen.

»Nein!«, sagte Walsh knirschend zu ihr. »Seht ihr das nicht? Das will er doch! Er zieht an den Fäden, durch Sie. Ich kann Sie nicht daran hindern, dorthin zurückzukehren. Ich bitte Sie – nein, ich befehle Ihnen –, nicht dorthin zurückzukehren, Holloway. Ich halte nichts davon für echt. Das ist ein Bewusstseinsspiel. Er amüsiert sich über uns. Für ihn sind wir wie Tiere im Zoo. Wir kehren zur Kapsel zurück, und dann fliegen wir nach Hause, verdammt!«

»Ich weiß nicht, ich weiß nicht …«, murmelte sie.

Walsh packte sie grob am Arm. »Reißen Sie sich zusammen, Holloway! Sie sind die Einzige, die die Symbole lesen kann. Sie müssen uns zurückbringen.«

Jane war am Boden zerstört.

Bergen konnte sich nicht mehr zurückhalten. Er schob

Walsh von Jane weg. »Das reicht! Sie hat Sie verstanden. Finger weg von ihr.« Walsh holte aus und wollte zuschlagen und hätte fast Erfolg damit gehabt, aber Bergens Reflexe waren schneller. Er duckte sich, stürmte mit gesenkter Schulter in Walsh hinein und stieß ihn gegen die Wand. Er trat einen Schritt zurück und wartete ab. Walsh kam stolpernd wieder hoch und wollte auf ihn los, aber da zogen Gibbs und Ajaya die beiden auseinander.

»Kommt schon, Leute, das hilft keinem weiter«, sagte Gibbs tadelnd.

Ajaya schoss ihm einen scharfen Blick zu. Walsh schüttelte sie ab und schob alle Versuche beiseite, ihn zu untersuchen.

»Wo ist Holloway?«, knurrte er.

Bergens Herzschlag setzte aus. Sie war nicht mehr in unmittelbarer Nähe.

Gibbs ließ den Strahl der Taschenlampe den Gang auf und ab wandern. Jane hatte sich in einiger Entfernung zusammengerollt, mit dem Rücken zur Wand, die Knie bis zum Kinn hochgezogen, den Kopf in den Armen vergraben.

»Wehe, wenn sie wieder weggetreten ist«, fauchte Walsh.

Ajaya drehte ihn weg und murmelte beschwichtigende Worte.

»Also, Berg, ich glaube, Sie reden besser mit ihr«, sagte Gibbs und neigte den Kopf in Janes Richtung.

Bergen nickte und schlenderte zu ihr hinüber. Sie reagierte nicht. Er setzte sich neben sie und ahmte ihre Haltung nach. Sie rührte sich nicht.

War sie da?

Das Haar fiel ihr ins Gesicht. Sonst glatt und sauber, waren die Strähnen jetzt in langen, schlaffen Wellen getrocknet. Er schob es zurück, um ihren Ausdruck erkennen zu können. Ihre grauen Augen erwiderten seinen Bick mit einem Ausdruck der Trostlosigkeit.

»Es ist ein Symptom«, sagte sie leise und schloss fest die Augen, wobei sich wegen der starken Emotion Falten bildeten. Sie setzte sich auf. »Mir … mir ist das zunächst nicht klar geworden, weil ihr beide euch ständig zofft.«

»Was?«

»Einige der Sectilius wurden aggressiv, bevor sie der Krankheit erlagen. Sie waren ein friedliches Volk, dennoch haben sich einige von ihnen in jenen Augenblicken wegen Nichtigkeiten geprügelt. Sie wussten, dass sie gegen etwas ankämpften, sie wussten nur nicht, gegen was. Es manifestierte sich so. Ei'Brai hat es mir gezeigt.«

Er schüttelte den Kopf. Schon seit Monaten hatte er auf eine Gelegenheit gewartet, Walsh zu erwürgen. »Jane …«

Auch sie schüttelte den Kopf und wirkte beklommen. »Ich glaube nicht, dass er schlecht oder böse ist. Bin ich verrückt? Bin ich eine Närrin?«

»Nein«, sagte er fest.

Sie presste die Lippen zu einer festen Linie zusammen. »Ajaya hat recht. So können wir nicht den Rückflug antreten.«

Er streckte die Beine und versuchte, sich zu entspannen. Schließlich hatte er Jane über eine Stunde lang getragen. Das jetzt war eine willkommene Pause. »Ich weiß.«

Gibbs lenkte den Strahl ab, während sie miteinander sprachen, und ließ ihn und Jane in fast völliger Dunkelheit zurück. Die anderen legten eine Pause für eine Mahlzeit ein. Ajaya musste Walsh überzeugt haben, Jane etwas Raum zu lassen. Sie war mit dem Versuch beschäftigt, Compton zu füttern. Jeder kauerte sich um den Schein, der aus der offenen Tür kam.

Bergen schnaubte. Warum gingen die Idioten nicht einfach hinein und ließen ihn mit Jane allein zurück?

»Wir müssen zur Kapsel zurück«, sagte Jane. »Aber nicht, um heimzufahren. Wir müssen so bald wie möglich einen Bericht an die Bodenkontrolle schicken. Ich muss ihnen alles sagen, was Ei'Brai mir gesagt hat, alles, was wir wissen, falls wir es nicht zurück schaffen. Die Zukunft der Erde kann von diesen Informationen abhängen. Dann werden sie bereit sein, wenn sie die Bravo-Mission losschicken. Sie werden imstande sein, sich zu schützen. Wir müssen ihnen die Gelegenheit zum Kampf verschaffen.«

Im vollen Einverständnis mit ihr nickte er. »Okay. Wie willst du das anstellen?«

»Ich glaube … Gott, das ist schrecklich.« Sie hatte die Hände zusammengelegt und strich rhythmisch mit den Knöcheln ihrer Daumen vom Nasenrücken bis zur Haarlinie und wieder zurück. »Ich dachte, Walsh würde es verstehen, würde den Wert, das Potenzial erkennen. Aber alles ist anders geworden. Jetzt erkenne ich, das wird nicht funktionieren. Walsh hat entschieden – ich glaube, vom ersten Augenblick an, als ich bewusstlos wurde –, dass ich untauglich bin.«

In seinen Augen suchte sie nach Bestätigung. Er gab sie ihr. Sie hatte recht.

Sie holte tief Luft und ließ sie langsam entweichen. »Ich tue so, als würde ich Walshs Wünschen nachkommen. So wird es leichter sein. Ajaya wird zu uns halten. Sie weiß, was auf dem Spiel steht. Wir müssen nur noch herausfinden, wo Rons Loyalitäten liegen, ohne Walsh zu warnen. Wir müssen wissen, ob er gegen uns kämpft oder uns mit Walsh hilft. Wenn es sein muss, machen wir von der Waffe Gebrauch.« Sie schluckte und war einen Augenblick voller Panik, verbarg sie jedoch rasch. »Dann suchen wir ein Labor. Wir müssen versuchen, dieser Sache auf die Spur zu kommen. Ich möchte nach Hause.«

»Ich auch.«

Er war sich schmerzlich bewusst, dass dieser Augenblick vielleicht die einzige Gelegenheit wäre, die sie jetzt für sich allein zusammen hätten. Er ließ den Arm hinter sie gleiten, und sie lehnte sich gegen ihn, wobei ihr Scheitel auf seiner Wange ruhte. Er schluckte schwer. Nach wie vor hatte er keine Ahnung, ob sie ebenso fühlte. Vielleicht. Oder war es für sie bloß Freundschaft?

»Bist du … fühlst du dich normal?«, murmelte sie.

»Ich fühle mich prächtig.« Was nicht mal gelogen war. Er hatte nicht das Gefühl, dass etwas Außerordentliches geschah. Wenn diese Krankheit ihm etwas antat, dann war er sich zum Glück dessen nicht bewusst.

»Ich auch. Obwohl Walsh und Ajaya mir etwas anders vorkommen wollen. Ajaya verliert nie die Beherrschung. Nie. Sie hat gerade Walsh angebrüllt. Und Walsh …«

»Ja. Ist mir aufgefallen.«

»Tut mir leid, Alan. Du wirkst auch anders.« Ihre Stimme brach.

Er drückte sie fester. Wegen irgendwelcher Bakterien? »Nein, mir geht's prächtig. Ich sag's dir, ich denke klar. Mir fehlt nichts.«

Sie rückte leicht weg, sah erst ihn an und dann zu Boden. »Okay. Ich dachte nur … Alan, es sieht dir nicht ähnlich, es liegt nicht in deiner Persönlichkeit, etwas von dem zu glauben, was ich gesagt habe. Ich hätte von dir erwartet, dass du etwas skeptischer bist. Das jagt mir ein bisschen Angst ein.«

»Du hast viele Beweise präsentiert, Jane. Es ist abgedreht, geradezu unheimlich, ja. Aber ich glaube, dass du mit ihm kommunizierst.«

»Ich weiß, aber mir will es so vorkommen, als ob du bei dieser Sache eher auf Walshs Seite stehen würdest.«

»Nein. Ich vertraue dir. Ich vertraue deinen Instinkten.«

»Aber warum? Walsh hat mehr Erfahrung – er war in Afghanistan und im Irak. Er ist ein guter Anführer. Er ist ein Held. Ich bin das genaue Gegenteil.«

»Er befolgt Befehle. Er verfügt über eine militärische Ausbildung, auf die er zurückgreifen kann. Aber du hattest keinerlei Unterstützung, als du durch den Dschungel gestapft bist und ums Überleben gekämpft hast. Du hattest nichts und niemanden, auf den du dich verlassen konntest, außer auf deinen Verstand und deinen Mumm. Deswegen ist die NASA auf dich aufmerksam geworden, Jane. Deswegen solltest du diese Mission anführen. Deswegen folge ich dir bis zur Hölle, falls es sein muss.«

Dabei dachte er besonders an einen Artikel, den Jane über ihre Erfahrungen im Amazonasgebiet verfasst und in dem sie beschrieben hatte, wie sie im fiebrigen Zustand nach Wasser gesucht hatte, ohne zu wissen, dass nach unzähligen Tagen der Wanderung, nach einer bizarren, gefährlichen Situation nach der anderen, sie und ihr Begleiter ziemlich nahe an einer gepflasterten Straße entlanggezogen waren. Sie waren einer Frau begegnet, die an einem Fluss Kleidung auswusch.

Die Frau war misstrauisch gewesen. Sie hatte nie zuvor eine Person mit blondem Haar gesehen. Bergen war sich ziemlich sicher, dass die meisten Menschen in einer so schlimmen Situation einfach auf die Knie gefallen wären und gebettelt hätten, als sie endlich einem anderen Menschen begegnet waren, der nicht auf Anhieb feindselig war. Irgendwie wusste Jane, dass ein solches Verhalten die Frau abgeschreckt hätte. Stattdessen hatte sie sich etwas entfernt von ihr hingesetzt und ruhig einige Fragen gestellt, um zu entscheiden, ob sie eine Sprache gemeinsam hatten. Als sie sich schließlich auf eine Art Pidgin-Portugiesisch geeinigt hatten, hatte sie nicht um Hilfe oder Nahrung gebeten. Sie hatte die Frau zu ihrem Kleinkind beglückwünscht und ihr Hilfe bei der Arbeit angeboten.

Nachdem die Frau gegangen war, hatte Jane sich neben dem Fluss ausgestreckt, um Kraft zu schöpfen, bevor sie zu ihrem Gefährten mit der hoffnungsfrohen Nachricht zurückgekehrt war, dass sie sich in der Nähe eines Dorfs befanden, das ihrer Notlage verständnisvoll gegenüberstand. Sie erwachte umringt von einheimischen Männern, die sie, nach ein paar verwirrenden Stunden der Vorschläge, nach einigen Bechern des bitteren einheimischen Tees und der ersten Nahrung, die sie seit Tagen zu sich genommen hatten, zu der Straße und zur Rettung führten …

Jane setzte sich auf und suchte sein Gesicht in dem schwachen Licht. Er strich ihr langsam mit dem Daumen über die Wange, beugte sich vor und küsste sie. Sie versteifte sich. Ihre Lippen waren wie leblos. Er war verblüfft und wusste plötzlich nicht mehr, ob er seinen Instinkten vertrauen konnte. In diesem Moment war er sich sicher gewesen, dass er etwas von ihr gespürt hatte, eine Art Ermutigung. Er zog sich zurück und murmelte ungeschickt eine Entschuldigung, aber da spürte er ihre Fingerspitzen auf seinem Gesicht, in seinem Haar, und auf einmal erwiderte sie feurig seinen Kuss. Als Reaktion hierauf zog sich sein Magen zusammen, und sein Puls raste. Er drehte sie leicht, so dass er über ihr kauerte und sie abschirmte. Wenn die anderen zu ihnen herübersahen, waren sie vielleicht verwundert, aber es wäre nicht so offensichtlich, glaubte er.

Er berührte ihre Lippen mit der Zunge, fragend. Sie öffnete den Mund, verstärkte ihren Kuss, und ihre Zungen glitten geschmeidig umeinander. Er wollte mehr. Schmerzlich verlangte es ihn nach mehr von ihr. Er wollte so tun, als ob sie allein wären, geborgen, als ob sie alle Zeit der Welt für sich hätten. Er stellte sich vor, wie seine Hand zu ihrem Reißverschluss ging, in ihren Fliegeranzug glitt …

Aber sie setzte dem ein Ende, lange bevor er bereit war. Sie drückte ihre Stirn gegen seine und stieß ungleichmäßig die Luft aus.

»Hör mal, uns so zu abzulenken, das könnte gefährlich sein«, flüsterte sie.

»Mir egal. Ich möchte dich haben, Jane.« Seine Stimme klang heiser. Seine Hand hatte sich in das Haar in ihrem Nacken gewickelt und drückte sie weiterhin dicht an sich.

Ein unterdrückter Lacher entwich ihr. »Das verstehe ich allmählich.«

»Hast du …«

Sie legte eine Hand über sein klopfendes Herz. Ihre Stimme war entschlossen. »Das können wir jetzt nicht.«

Es überraschte ihn, wie sehr das schmerzte. So etwas hatte er noch nie zuvor getan – ein Eingeständnis gemacht, den Versuch unternommen, etwas wirklich geschehen zu lassen. Aber das war nicht so ganz eine Zurückweisung. Es war eher ein Aufschub.

Also würde es so sein. Das Überleben wäre eine Voraussetzung. Na, dann würden sie diese Sache halt überleben, verdammt!

»Die alte Möhre am Stöckchen, hm?«, fragte er wehmütig.

»Hast du das ernst gemeint, als du gesagt hast, du würdest mir in die Hölle folgen?« Sie zog ihn am Arm und zwang ihn dadurch loszulassen. Widerwillig senkte er die Hand, und sie brachte etwas Distanz zwischen sich und ihn.

Ein kleines Zugeständnis machte sie ihm doch. Sie schlang sanft die Finger um die seinen und drückte sie. Seine Hand schmerzte noch immer, aber das war ihm gleichgültig.

»Ja.«

»Gut. Das wird nicht einfach werden, insbesondere nicht mit Compton in diesem Zustand und Walsh …« Ihre Stimme verlor sich, und ihre Augen wurden glasig.

Er geriet in Panik und umklammerte ihren Arm, aber sie löste sich ruckartig aus ihrem Zustand. »Jane? Was ist da gerade passiert?«

»Ich weiß nicht, ob ich es richtig erklären kann. In meinem Bewusstsein ist ein Ort, der mit ihm verbunden ist. Mit jeder verstreichenden Stunde komme ich ihm näher und damit im weiteren Sinne auch dem Schiff. Der Download, den ich von ihm erhalten habe, war Teil dessen. Es passt wie Puzzleteilchen in meinen Kopf. Es ist eine Art von Sich-bewusst-Sein – wie das Wissen, dass jemand, der dir etwas bedeutet, dir nahe ist, ohne dass du hinsehen oder sprechen musst. Es fällt immer leichter, ihn zu hören. Ich bin mir vage seiner Gedanken bewusst, einiger davon, irgendwie, in Echtzeit. Es ist unheimlich. Aber …« Ihr Atem ging stoßweise. Sie sah ihn nicht mehr an, starrte stattdessen auf ihre Hand im Schoß, die mit seiner verschlungen war.

»Was?«, drängte er sie.

»Es gefällt mir.«

Er wusste nicht, was er ihr sagen sollte. Die Sache veränderte sie, und er konnte sie nicht aufhalten.

»Ich wünschte, ich könnte es mit dir teilen. Das wirst du doch, nicht wahr? Du wirst die Sprache erlernen und mit mir hierherkommen?«

»Ja«, antwortete er heiser.

»Die Sectilius bildeten eine geistige Gemeinschaft, die sich um ihn drehte. Jedes Mitglied des Netzwerks war sich auf abstrakte Weise des anderen bewusst und baute ein dynamisches Erlebnis auf. Das Zusammenwirken, die kreativen Möglichkeiten – Künstler und Ingenieure, Gemeindeleiter und Philosophen, Wissenschaftlicher und Unterhaltungskünstler –, die gesamte Stadt nährte sich von dieser mentalen Energie und erschuf neue Assoziationen und Ideen. Die Sectilius haben ursprünglich diese Verbindungen zu den Kubodera erschaffen, damit sie glücklich blieben, damit sie gefordert blieben, weil sie sie völlig aus ihrer bekannten Umgebung herausrissen, um sie zum Fliegen dieser Schiffe einzusetzen. Sie hungerten nach Erfahrung. Sie gediehen unter dieser mentalen Stimulation. Sie müssen unbedingt daran gehindert werden, in den Wahnsinn zu verfallen. Aber die Sectilius lernten rasch, dass Anipraxia eine symbiotische Beziehung war, die für alle daran Beteiligten eine reichliche Belohnung bot. Es ist unglaublich.«

Ihre Augen leuchteten in der Dunkelheit. Er strich ihr eine Haarsträhne zurück, die ihr ins Gesicht gefallen war.

»Er weiß von Tom. Er ist sehr bestürzt darüber, und er möchte uns helfen. Er überließ mir die Entscheidung, wie wir damit umgehen sollen. Er sagt mir nicht, was wir zu tun haben – das sollst du wissen. Er beeinflusst mich nicht, okay?«

»Okay. Was macht er jetzt?«

»Gerade im Augenblick ist er sehr eifrig damit beschäftigt, die, äh … ich glaube, du würdest sie Nanomaschinen nennen, zu lenken. Das beansprucht den größten Teil seiner Aufmerksamkeit.«

Er legte in Gedanken einen anderen Gang ein. Nanotechnologie steckte auf der Erde noch in den Kinderschuhen – war kaum über Forschung und Entwicklung hinaus –, der Traum eines jeden Ingenieurs. »Nanomaschinen?«

»Ja. Die schwirren im gesamten Schiff herum. Sie führen Reparaturen auf mikroskopischer Ebene durch. Sie sollten niemals die einzige Verteidigung gegen die Invasion der Schnecken sein, aber ohne eine Besatzung gibt es keine andere Möglichkeit, das Schiff zu warten. Ei'Brai hat die lebenserhaltenden Mechanismen all die Jahre auf dem absoluten Minimum gelassen, um die Wachstumsrate der Schnecken so gering wie möglich zu halten, aber als er die lebenserhaltenden Mechanismen für uns wieder hochgedreht hat, schoss die Schneckenpopulation explosionsartig in die Höhe, und die Nanomaschinen können die Schäden kaum noch unter Kontrolle halten. Siehst du? Das ist nicht seine Schuld. Er gibt sein Bestes, um uns zu schützen. Es gibt aber Dinge, die gehen über seine Kontrollmöglichkeiten hinaus.«

Berg starrte sie an und versuchte zu verstehen. Dieser Alien setzte Nanomaschinen zur Schadenskontrolle ein? Bis zu einem gewissen Grad erschien ihm das plausibel. Er hätte getötet, um zu erfahren, wie das möglich war. Dennoch – angesichts der Zahl der Schnecken, die er allein in diesem einen Raum gesehen hatte … anscheinend lag das am Rand des Unmöglichen. Er verspürte Skepsis, gab sich jedoch Mühe, sie nicht durchscheinen zu lassen. »Aber warum hat er uns nicht gleich von Anfang an gewarnt, Jane?«

»Er ist sehr stolz. Er sieht im Schiff eine Erweiterung seiner selbst. Diese Unfälle sind für ihn wie ein Versagen. Es ist demütigend für ihn. Er möchte so sehr, dass alles gut läuft. Er weiß, dass wir seine einzige Überlebenshoffnung sind. Er weiß von diesem Asteroiden, Alan.«

Verschaffte ihr das nicht eine Atempause? Berg runzelte die Stirn. Jane erhob sich und streckte ihm die Hand hin. Er wusste, dass er etwas sagen sollte, aber alles, was ihm einfiel, hörte sich eher nach etwas an, das Walsh hätte sagen können, und er wollte nicht das Risiko eingehen, Distanz zwischen sie zu bringen.

14

Als Jane sich erhob, sammelten Walsh und die anderen sogleich ihre Sachen zusammen. Sie hielt sich von Bergen fern, das Kinn gereckt, der Ausdruck streng. Niemand sonst musste wissen, dass in ihr die widerstreitendsten Gedanken brodelten. Ein guter Anführer spielte seine Rolle ungeachtet dessen, wie ihm zumute war.

Sie gestattete sich nicht, den Blick auf Alan ruhen zu lassen, als er mühsam aufstand. Sein Eingeständnis war herzerfrischend. Er glaubte an sie. Sie hoffte, dass sein Vertrauen nicht unangebracht war.

Aber da war dieser nagende Zweifel, ob er nicht von dem Keim infiziert war, der diese Sectilius niedergestreckt hatte. Sie hatte die ganze Zeit schon Andeutungen seinerseits erkannt, dass er sich zu ihr hingezogen fühlte. Das war stets quälend und aufregend gewesen, aber sie hatte nie daran geglaubt, dass er es wirklich ernst meinte. Sie war zum Schluss gekommen, dass es einfach nur in seiner Natur lag, zu flirten und dabei bis dicht an die Grenze zu gehen, dass er einfach nicht anders konnte, als rätselhaft charmant zu sein, um sein eigenes gigantisches Ego zu schüren.

Jetzt wollte er offenbar sagen, dass es mehr als das war, und der Zeitpunkt hätte kaum unangebrachter sein können. Sie war schon zerrissen genug, musste mit einem beständigen Zustrom an Enthüllungen zurechtkommen. Einsichten, fremdartige Konzepte – das alles sorgte für Aufruhr in ihrem Kopf. Sie hatte nicht den Luxus, eine Zeit lang zu überlegen, was sein Vorschlag vielleicht bedeutete … für ihn, für sie, für die Mission … für alles.

Sie fragte sich, ob sie, wenn er vor nur einem Monat etwas Ähnliches getan hätte, entsprechend reagiert hätte? Da hatte es diesen Moment in der Kapsel gegeben, an dem Tag, als sie ihrem kindischen Kummer nachgegeben hatte, aufgewühlt von der Nachricht, dass ihre engste Freundin gerade einem gesunden Kind das Leben geschenkt hatte. Plötzlich hatte sie sich außerstande gesehen, ihre Gefühle im Zaum zu halten, die eine extreme Spannbreite umfasst hatten – Freunde, Trauer, das Ereignis verpasst zu haben, Eifersucht, Einsamkeit, Losgelöstheit und Scham.

Er hatte sie zart in die Arme genommen und dadurch ihre Wahrnehmung seines Charakters völlig über den Haufen geworfen. Es war ein verwirrender Augenblick gewesen, weil es zwischen ihnen überhaupt nichts verändert hatte. Alles ging so weiter wie zuvor, als hätte sie es sich bloß eingebildet. Allerdings beobachtete sie ihn jetzt auf andere Anzeichen von Tiefe oder Gesten des guten Willens. Als sonst nichts an die Oberfläche kam, entschied sie, es würde ihm nichts bedeuten, und gab sich alle Mühe, es zu vergessen. Wenn sie jedoch ehrlich zu sich selbst war, musste sie sich eingestehen, dass es ihr schwergefallen war.

Sie benahm sich wie ein junges Mädchen. Plötzlich war sie besorgt um ihr Äußeres, fand Gründe, ihn in ein Gespräch zu verwickeln, bat ihn um Hilfe, wenn es eigentlich unnötig war, beobachtete ihn wiederholt beim Arbeiten, Essen, Training … Ankleiden.

Sie redete sich ein, dass er mitspielte, dass er ebenso empfand, dass sie beide in dieser bizarren Umgebung auf ihre Weise fühlten, weil sie wussten, dass solche Überlegungen verboten waren, ignoriert oder beiseitegeschoben werden sollten. Dann wieder tat er etwas derart Kaltschnäuziges oder sagte etwas, das so daneben war, dass sie sich gewiss war, diese ganze Sache selbst zu fabrizieren, als geistige Abwehr gegen Langeweile.

Sie hätte ihn nicht küssen sollen. In jenem Moment hatte es sich angefühlt, als würde sie sich ans Leben klammern, während es ringsumher zerbrach. Sie konnte ihre Zuneigung zu ihm nicht leugnen. Er fühlte sich fest und wirklich an, wenn ihr allmählich die Wirklichkeit entglitt. Aber er hatte sie dadurch auch in der Hand, und zwar ebenso stark wie Ei'Brai. Sie wurde in allzu viele Richtungen gezerrt. Wenn sie nicht aufpasste, würde sie gevierteilt werden, bevor sie ihre Ziele erreichte.

Die Zeit war eine Falle. Nach all den Monaten der engen Beschränkung – die Konfrontation mit einer solchen tickenden Uhr, nach nur einem einzigen Tag an Bord des Schiffs, war grausam. Wenn sie abwartete und erst eine Nachricht nach Houston schickte, sich darauf konzentrierte, diese rätselhafte Krankheit zu verstehen, wartete sie vielleicht zu lange ab, und die gesamte Mission Bravo war zum Untergang verurteilt. Aber jede Minute, die sie damit verbrachte, zur Kapsel zu gelangen, mit Walsh zu argumentieren und dann wieder zurückzukehren, konnte darauf hinauslaufen, dass sie Leben durch die Finger rinnen lassen würde.

Wenn bloß Walsh ihr vertraut hätte, wäre jetzt alles anders. Sie hätten sich in zwei Teams aufteilen, ein paar Leute in die Kapsel schicken können, um eine Botschaft nach Hause zu schicken, während die übrigen an einer Lösung gearbeitet hätten. Aber so war es nicht. Sie fragte sich, wo sie bei den ganzen Ereignissen sein Vertrauen verloren, oder ob er ihr von Anfang an misstraut hatte. Vielleicht sah er in ihr keinen würdigen Anführer. Tief im Innern hegte sie die Befürchtung, dass er damit recht hatte.

Sie hatte absolut kein Recht darauf, andere anzuführen. Sie hatte Menschen im Amazonas verloren. Niemand hatte ihr je die Schuld dafür gegeben, nur sie selbst. Die Umstände waren entsetzlich gewesen. Aber sie hatte stets das Gefühl gehabt, dass sie die anderen hätte retten können, wenn sie etwas besser vorbereitet, etwas wachsamer, etwas vorausschauender gewesen wäre.

Und jetzt geschah es wieder. Tom war eindeutig krank, wahrscheinlich unheilbar. Walsh und, vielleicht, Ajaya auch.

Ei'Brai spürte, dass es Hoffnung gab, und sie klammerte sich daran wie an ein Rettungsboot auf stürmischer See. Er glaubte, sie könnte das Problem lösen. Offen gesagt, erschien ihr das absurd. Sie war keine Naturwissenschaftlerin. Wie konnte sie also darauf hoffen, eine Alien-Krankheit zu verstehen, die so plötzlich zuschlug, und woher sollte sie die nötigen geistigen Fähigkeiten holen, um deren Verbreitung zu verhindern? Wie Alan hatte sie nicht das Gefühl, davon befallen zu sein, aber sie wusste, dass das sehr wohl Selbsttäuschung sein konnte. Sie hatte ihren Selbstschutz ihm gegenüber aufgehoben, hatte sich einem Moment des Genießens hingegeben. Wo so viel auf ihren Schultern lastete, so viel auf dem Spiel stand, konnte das in sich selbst ein Anzeichen dafür sein, dass etwas bereits in die falsche Richtung lief.

Den Gang hinunter ging sie voran, wobei die Lampen im Fußboden vor ihr aufleuchteten, eine Demonstration der Unterstützung seitens Ei'Brais. Sie musste sich nicht umsehen, wusste sie doch auch so, wie sauer Walsh darüber war, dass die Lampen so unvermittelt angingen.

Ei'Brai speiste ihr zu allem Überfluss auch noch die atmosphärische Stimmung der restlichen Gruppe ein. Sie erhaschte kurze Blicke auf Bilder, Gedanken, emotionale Zustände – alles auf einer Ebene, die ans Unterbewusste grenzte. Jane war sich bewusst, es wahrzunehmen, selbst wenn sie nicht gezielt darauf achtete. Sie wollte Ei'Brai sagen, er solle es unterlassen, damit aufhören, sie zu drängen, dass sie nicht noch mehr davon ertragen könne, aber das würde nicht stimmen. Es war entnervend, wie schnell sie sich daran gewöhnte.

Die anderen folgten ihr der Reihe nach in den Transportlift. Jane gefiel es nicht, wie sie alle aussahen und dass sie sich ihrer so unsicher waren. Walsh wirkte etwas friedlicher, seitdem alles so lief, wie er es wollte, war jedoch nach wie vor grimmig und wütend.

Gibbs drängte Compton sanft, nicht zurückzubleiben, und nahm ihn beim Arm, als er taumelte. Compton schlurfte dahin, völlig in sich zurückgezogen. Er war um mindestens zwanzig Jahre gealtert, seitdem Jane ihn zuletzt gesehen hatte. Einstmals ein lebendiges Paar aus jungem und altem Kollegen, schien sich jetzt eine gewaltige Alterskluft zwischen ihnen geöffnet zu haben. Gibbs fiel ganz natürlich in die Rolle des Jungen, der sich um den verehrten Älteren kümmerte.

Jane drückte auf das Symbol für das Deck, wo die *Providence* angedockt lag. Einen Herzschlag später hob sich die Tür und schloss sich dann mitten auf dem Weg wieder. Alle sahen sie erwartungsvoll an. Stirnrunzelnd streckte sie die Hand nach dem Knopf aus, doch bevor sie ihn hätte berühren können, glitt die Tür erneut auf, diesmal vollständig.

Eine große graue Masse, etwas größer als ein Fußball, schlug mit einem ekligen, nassen Klatschen auf den Boden und kam wackelnd zum Stehen. Dünne, netzartige Ranken streckten sich aus dem Ding zur oberen Schwelle der offenen Tür. Ein übler Geruch, der an verrottenden Müll erinnerte, schlug wie eine Woge über ihnen zusammen. Der Gang war dunkel.

»Was ist das, verdammt?« Bergen verzog das Gesicht, holte eine Taschenlampe aus seinem Packen und richtete den Strahl auf die Masse zu ihren Füßen.

Walshs Gesicht war rot vor Zorn. »Holloway – was für ein Spiel spielen Sie hier? Ist das das richtige Deck?«

»Natürlich«, erwiderte sie und gab sich Mühe, ihre eigene Verwirrung zu verbergen.

Ei'Brai überschwemmte sie in ihrem Kopf mit einer verwirrenden, summenden Flut, und sie streckte die Hand aus, um sich abzustützen. Er füllte ihr den Kopf bis zum Überquellen mit dringenden Warnungen.

Ajaya streifte sich Latexhandschuhe über. Sie holte einen Stift aus ihrer Tasche und kratzte damit über die obere Türschwelle, hob effektiv die klebrigen Stränge an, die das Ding mit der Tür verbanden, und trat hinaus, um es selbst unter die Lupe zu nehmen.

»Wir sind hier nicht mehr sicher«, murmelte Jane den anderen zu.

»Was soll das heißen?« Walsh beäugte sie misstrauisch.

»Wir müssen verschwinden. Kommen Sie wieder rein, Ajaya.« Jane trat einen Schritt vor und streckte die Hand nach der Türkontrolle aus.

Walsh versperrte ihr den Weg. Bedrohlich ragte er über ihr auf. »Bleiben Sie, wo Sie sind, Varma. Niemand geht irgendwohin, bevor wir nicht ein paar Antworten haben. Was ist das für ein Ding?«

Jane rührte sich nicht vom Fleck und widerstand dem Drang, vor ihm zurückzuweichen.

Im einen Augenblick spürte sie Alans beschützende Wut aufsteigen, im nächsten Walshs schäumenden Ärger. Beides färbte ihren eigenen Zustand, so dass sie unbeherrscht um sich schlagen wollte.

Doch sie zwang sich zur Ruhe. »Ich weiß nicht, wie es heißt. Es ist das nächste Stadium im Lebenszyklus der

Schnecken. Was dort draußen auch brüten mag – wir wollen nicht daran teilhaben. Wir müssen verschwinden.«

»Weitere Verzögerungstaktik«, knurrte Walsh.

»Es ist eine Puppe«, murmelte Ajaya, und alle wandten sich ihr zu. Mithilfe des Stifts drehte sie die Masse von einer Seite zur anderen. Die Spitze des Stifts löste sich unter dem sanften Druck auf, den sie auf die Stelle ausübte, so dass blaue Plastikkleckse das Ding sprenkelten.

Dann bewegte sich die Masse, schwoll zu einer Seite unter der Oberfläche an. Ajaya keuchte erschrocken auf und trat zurück.

»Das reicht. Gehen wir!«, brüllte Walsh. Die anderen starrten ihn an, ohne sich zu rühren.

»Warten Sie! Moment. Ich sage nicht, dass wir nicht zur Kapsel zurückgehen sollen. Ich sage, wir schützen uns besser zunächst. Ich kann uns zu …«

Walsh übertönte sie mit seinem Gebrüll. »Ich sagte, es reicht! Raus mit euch!«

Gibbs blickte zwischen Jane und Walsh hin und her, legte dann einen Arm um Compton und drängte ihn um die Masse zu ihren Füßen herum. Gibbs schaute sich nervös um, während er nach wie vor die Waffe mit der Hand umklammerte.

Jane berührte Walsh am Arm. »Nein! Das ist zu gefährlich. Sie müssen mir zuhören.«

»Den Teufel werde ich tun.« Walsh richtete seine Waffe auf ihre Brust, schwang sie in weitem Bogen und hielt sich für einen Angriff seitens Bergens bereit.

Dieser hatte die Fäuste geballt und die Nasenflügel gebläht. Er stand dicht davor, etwas Unverantwortliches zu tun. Ei'Brai in ihrem Kopf hielt sich still – er war ebenso entsetzt und fassungslos wie sie.

Sie verspürte großen Unmut. Hatte sie nicht gerade daran gedacht, dieselbe Taktik gegen Walsh einzusetzen, falls nötig? Wie konnte sie jetzt die Machtbalance verschieben?

Langsam hob Jane die Hand zu einer beschwichtigenden Geste. »Okay, okay, Commander. Sie haben das Sagen. Gehen wir, Alan.«

Vorsichtig trat sie zu ihm, drehte ihn um und schob ihn gewaltsam durch die Tür, ebenso wie Gibbs es zuvor mit Compton getan hatte.

»Ihr beide übernehmt die Spitze«, befahl Walsh.

Jane warf einen Blick über die Schulter. Ajaya und Gibbs sahen so aus, als wäre ihnen nicht wohl, aber sie sagten nichts. Bergen leuchtete mit seiner Taschenlampe in Richtung der Kapsel und setzte sich in Bewegung. Jane blieb an seiner Seite. Sie hatte weder Taschenlampe noch Packen. Sie hatte beides wohl irgendwo zurückgelassen.

Hinter ihnen war Gemurmel zu hören, dann reichte Ajaya Jane schweigend einen Luftkanister samt Gurten und ein Sauerstoffüberwachungsgerät. Jane legte die Gurte um und warf einen Blick auf den Monitor, den sie an ihrem Fliegeranzug befestigte. Der Sauerstoffgehalt war normal.

Ei'Brai in ihrem Kopf war beunruhigt, verzweifelt. Jane kämpfte darum, mit den eigenen Gedanken auf dem Boden zu bleiben. Er informierte sie darüber, dass er fleißig daran arbeitete, die Lichter für sie wieder zum Leuchten zu bekommen. Er sagte, es habe Schäden an gewissen neural-elektrischen Leitungen gegeben, an denen, die seine Befehle durch das ganze Schiff trugen. Er versicherte ihr, dass die Sensoren für die Luftqualität und deren Kontrollen völlig funktionsfähig seien, bedauerte jedoch, ihr mitteilen zu müssen, dass er kaum die Schwerkraft unter Kontrolle halten könne. Es bestand eine 57%ige Wahrscheinlichkeit dafür, in unmittelbarer Zukunft die Schwerkraft zu verlieren. Sie überlegte, diese Information mitzuteilen, aber Walsh war in seinem gegenwärtigen Zustand nicht empfänglich für Informationen ihrerseits, also sagte sie nichts.

Im Vorbeigehen sahen sie weitere Puppen verschiedener Größen, die sich an die Wände klammerten – manchmal einzeln, manchmal in Haufen – und dicken, strähnigen Schleim absonderten. Nachdem Jane gesehen hatte, was dieser Schleim mit Ajayas Stift angestellt hatte, achtete sie darauf, ihn zu meiden, also auf keinen Fall in ihn hineinzutreten.

Ei'Brai durchsuchte verzweifelt die Datenbanken des Schiffs nach Fetzen von Informationen über diese Spezies. Anscheinend hatte man noch nie davon gehört, dass sie je dieses Lebensstadium erreicht hätten. Tatsächlich war es gesetzlich verboten, so etwas zuzulassen. Es existierten jede Menge Sicherheitsvorschriften, um ein solches Ereignis zu verhindern. Leider war seit Jahrzehnten niemand an Bord gewesen, der diese Vorschriften hätte umsetzen können.

Die Schnecken erachtete man schon als problematisch genug. Da sie dazu imstande waren, sich im Larvenstadium zu befruchten, erreichten sie unter optimalen Umweltbedingungen rasch ihre Reife, wenn auch von der Größe her noch winzig. Sowohl die Larven als auch deren Eier waren ebenfalls in der Lage, fast unendlich lange im Ruhezustand zu bleiben, so dass sie zu einem produktiven und zähen Feind wurden. Jede Werft und jedes Dock waren trotz beständiger Wachsamkeit davon verseucht. Sie entwickelten Resistenz gegenüber jeglichem chemischem Mittel, ließen sich durch keine Methode am Wachstum hindern. Beständige Wachsamkeit und mechanische Entfernung waren die effektivsten Mittel, sie unter Kontrolle zu halten. Im Grunde genommen waren sie die monströsen Kakerlaken des Weltraums.

»So viele, so schnell«, überlegte Ajaya. »Wir sind erst seit wenigen Stunden weg. Wie kann das sein?«

Jane ging einfach weiter und erlebte dabei gleichzeitig zwei völlig verschiedene Bewusstseinszustände. Auf der einen Ebene war sie wachsam ihrer Umgebung gegenüber – angespannt, und das Adrenalin kreiste in ihr. Dennoch überwachte sie auf einer anderen Ebene sorgfältig Ei'Brais Aufnahme von Informationen und bemerkte jedes wichtige Detail, das er aufdeckte, da sie wusste, dass es wichtig für ihr Überleben sein konnte. Dieses Teilen des Bewusstseins gestattete ihr, auf neue Weisen zu denken, an die sie zuvor nicht einmal ansatzweise hatte denken können. Es gab dem Konzept des »Multitasking« völlig neue Bedeutung.

Sie blieb abrupt stehen, ungeachtet der anderen, als sie ihre gesamte Aufmerksamkeit rasiermesserscharf konzentrierte. Ei'Brai hatte gerade etwas von gewaltiger Bedeutung entdeckt – und aus lauter Überraschung und Entsetzen Informationen preisgegeben, die er nicht hatte preisgeben wollen.

Diese Schnecken stammten ursprünglich von Sectilias Mond, Atielle. Nachdem sich die beiden Kulturen vermischt hatten, waren einige der Kreaturen unabsichtlich auf den Planeten gekommen. Dort hatten sie sich explosionsartig vermehrt – wie die Kaninchen in Australien. Ohne natürlichen Fressfeind ging das unkontrolliert. Als höchst anpassungsfähige Spezies füllten sie viele Nischen aus und kreuzten sich mit ähnlicher planetarischer Fauna, bis sich ihre Erbsubstanz erheblich von den ursprünglichen, auf dem Mond lebenden Wesen unterschied.

Als diese Neuzüchtung wieder in ihre ursprüngliche Umgebung zurückgebracht wurde, zeigten sich neue Wesensmerkmale. Atielle, als einer von mehreren Monden, die einen so großen Planeten umkreisten, war geologisch extrem aktiv. Die jährlichen Zyklen von tektonischer Aktivität und Gezeitenaktivität, beeinflusst von Sectilias Schwerkraftfeldern, riefen lokale vulkanische Ausbrüche von Xenon hervor. Die Konzentration dieses Gases, das in Atielles Atmosphäre nur in geringen Mengen vorhanden war, erhöhte sich beträchtlich und löste eine Veränderung aus. Die ehemals gutartige Spezies wurde zum gefährlichen Raubtier: den Nepatrox.

Für Ei'Brai waren dies alles neue Informationen. Normalerweise kümmerte er sich nicht um die Schnecken. Er gab sich nicht mit Trivialitäten ab, die keinen Einfluss auf ihn hatten. Vielleicht gehörte dies zum Allgemeinwissen bei den Sectilius, die das Schiff bewohnten – so weit verbreitet, dass es nicht nötig war, darüber zu debattieren.

Es war das Leck … das Xenon … das diese Sache in Gang gesetzt hatte. Der abscheuliche Teil war der, dass das kein Zufall gewesen war. Es hatte schon ein Leck gegeben, aber nur ein kleines. Ei'Brai hatte es absichtlich vergrößert, um einen Effekt zu erzielen – um ein Szenario zu schaffen, durch das sie von seiner Hilfe abhängig werden würde. Damit wollte er ihr seine Macht zeigen und letztlich ihr Vertrauen gewinnen. Er hatte versucht, es vor ihr zu verbergen. Es war nur ein ganz kurzer Kontrollverlust gewesen, dass sie diese Information von ihm erhielt. Aber sie hatte es gesehen. Und es änderte alles.

Ein schmerzliches Kribbeln drang aus ihrem Innersten nach außen. Ihr Gesicht glühte, ihre Ohren brannten. Warum hatte er geglaubt, er müsse etwas erzwingen, indem er die Situation künstlich herbeiführte? Warum konnte er ihr nicht einfach die Zeit lassen, die sie benötigte, um sich an die Kommunikation mit ihm zu gewöhnen?

Er hatte gewollt, dass sie lernte, ihm zu vertrauen. Aber seinerseits hatte er ihr weder vertraut noch sie respektiert, oder? Er hätte Alan oder Walsh oder beide mit diesem Gas umbringen können. Das hätte sie ihm nie verziehen. Und was er angefangen hatte, war noch nicht vorüber. Es bestanden immer noch reichlich Gelegenheiten, bei denen sie wegen dieser gnadenlosen Entscheidung, die Ei'Brai getroffen hatte: sterben konnten. Wie betäubt stand Jane da. Walsh hatte die ganze Zeit über recht gehabt!

Ei'Brai überschwemmte ihre Gedanken mit Entschuldigungen, mit Reue. Er bettelte sie an, sie möge sein verzweifeltes Bedürfnis erkennen, erinnerte sie an das größere Bild – das Ziel der Sectilius, an die Cunabula und an die Hoffnung, die die Menschheit für die ungezählten zig Millionen Spezies im Universum darstellen könnte. Es war ein Mahlstrom aus Anbiederung und Bedauern. Sie wehrte sich gegen alles.

»Nein!«, schrie sie laut.

Abrupt kam sie zu sich, als die anderen sich um sie scharten. Stocksteif, mit geschlossenen Augen, stand sie da und tobte innerlich vor Wut. Raus aus meinem Kopf, du gottverdammtes Ding!

Ganz plötzlich zog er sich zurück. Sie schwankte, als sie ihn davonschlüpfen spürte. Zum ersten Mal, seitdem sie am Schiff angedockt hatten, war sie völlig allein in ihrem Kopf. Das Summen war verstummt. Nicht einmal ein Kribbeln im Hinterkopf war verblieben, sie fühlte sich überraschend leer. Jetzt, in seiner Abwesenheit, sah sie, dass er ihr Bewusstsein so vollständig infiltriert hatte, dass seine Anwesenheit dort völlig normal für sie geworden war.

Es war eine Erleichterung. Machte aber auch einsam. Und das war beunruhigend.

Walsh stieß sie grob an. »Halten Sie uns nicht länger auf, Holloway. Gehen Sie weiter!«

Alan zog sie von Walsh weg und trieb sie wieder voran. Bevor er sie fragen konnte, was denn gerade geschehen sei, flüsterte sie: »Hast du noch deine Waffe?«

Verwirrt und voller Unbehagen nickte er. »In meinem Packen, Jane. Am Schießstand bin ich ganz gut, aber Walsh kann ich nicht das Wasser reichen.«

Sie legte ihm eine Hand auf den Arm, drückte ihn und riskierte einen kurzen Blick nach hinten. »Ich … nein, nein. Walsh hat recht – ich glaube, wir sollten gehen. Ich hatte nur gerade Sorge, dass wir es nicht …«

Sie erstarrte. Etwas hatte sich in ihrem Augenwinkel bewegt.

15

Jane wurde von einem übernatürlichen Gefühl der Bedrohung überschwemmt. Sie verspürte einen starken Drang davonzurennen, aber die Logik sagte ihr, dass das keine gute Idee gewesen wäre. Also drehte sie sich langsam und spähte in die Schatten ringsumher, auf der instinktiven Suche nach einem Versteck.

Sie hatten ein paar Hundert Meter zurückgelegt, seitdem sie den Transportlift verlassen hatten, aber in unmittelbarer Umgebung gab es keine Türen. Vor etwa einer oder zwei Minuten waren sie an einer Tür vorübergekommen, aber im Dunkeln und ohne die Verbindung zu Ei'Brai, die eine geistige Karte des Schiffs zur Verfügung gestellt hatte, fiel es schwer zu raten, wie weit das entfernt gewesen war, oder wie nahe eine andere sein mochte.

O Gott, schalte die Lampen ein, Ei'Brai, dachte sie, aber er hörte nicht mehr länger zu. Ei'Brai aus ihren Gedanken zu verbannen erschien nicht mehr wie die vernünftigste Entscheidung.

»Holloway …«

»Pscht!« Jane schoss Walsh einen Blick zu, der ihn zum Schweigen bringen sollte.

Etwas huschte durch die Dunkelheit in der Nähe.

»Was … was war das?«, flüsterte Ajaya mit großen Augen.

Jane berührte Alans Hand und lenkte die Taschenlampe zu einer Seite. Eine Kreatur von der Größe einer Hauskatze stand dort und beobachtete sie. Es fiel schwer zu sagen, worum genau es sich bei ihr handelte. Sie passte nicht so ganz in eine Jane bekannte Kategorie. Der Nepatrox hatte eine rotbraune, segmentierte Schale wie ein Hummer oder Skorpion, aber sein Kopf wuchs eher wie der eines Fisches aus dem Rumpf. Er peitschte mit einem unheimlich aussehenden Stachelschwanz herum, als wäre er erregt!

Er duckte sich hin und öffnete das Maul. Etwas entfaltete sich zu beiden Seiten, und es zeigten sich eine fuchsien- und korallenfarbene Halskrause sowie Reihen scharfer Zähne. Herausfordernd zischend kam er ein paar Schritte heran.

»Heilige Scheiße, was nun?«, brummelte Bergen.

»Es ist geschlüpft, nicht wahr, Jane?«, fragte Ajaya leise. »Aus der Puppe.«

Jane nickte ernst. »Ja.«

Gibbs' Stimme klang leicht beunruhigt. »Dieses kleine Biest wirkt reichlich angepisst.«

»Sieht wie ein Arthropode aus«, sagte Ajaya. »Anscheinend ist es territorial veranlagt. Ob es wohl angreifen wird, wenn wir weitergehen?«

»Ich glaube, ja«, erwiderte Jane. »Davor habe ich euch warnen wollen. Wir sollten umkehren. Im Deck über uns werden Schutzanzüge aufbewahrt. Wir müssen uns schützen.«

»Vor diesem kleinen Ding?«, fragte Walsh verächtlich.

Ajaya runzelte die Stirn. »Einige der Puppen sind recht groß, Commander.«

»Dann verschwinden wir, bevor sie schlüpfen. Los!«, brüllte Walsh.

Niemand rührte sich.

Gibbs ergriff das Wort. »Vielleicht ist Janes Idee richtig. Vielleicht gibt es noch viel mehr von diesen Dingern. Sie werden hungrig sein, meint ihr nicht? Was fressen sie wohl?«

Zischend näherte sich der Nepatrox und peitschte mit dem Schwanz auf die Luft ein. Er war Jane am nächsten. Unwillkürlich wich sie zurück und stieß gegen Alan. Er legte ihr eine Hand auf die Schulter und wollte sie hinter sich schieben. Sie widersetzte sich dem sanften Stoß und blieb stehen, wobei ihr auffiel, dass jede Bewegung die Wut der Kreatur weiter entfachte. Selbst diese subtile Bewegung verärgerte sie. Sie sprang vor, zischte, ließ die Zähne rhythmisch aufeinanderklacken und entfaltete diese bizarren Hautfalten, die sein Maul umrahmten.

»Was wissen Sie sonst noch von diesen Kreaturen, Jane?«, fragte Ajaya.

Jane spürte Alans Hand auf der Schulter und spannte sich an, während der Nepatrox näher herankroch.

»Sie sind extrem aggressiv. Der Stachel enthält ein Lähmungsgift. Sie fressen ihre Nahrung lieber, solange sie noch lebendig ist.«

Walsh sah sie angewidert an. »Ich habe schon Ratten

gesehen, die größer als das Ding waren.« Er schob sein Atemgerät von den Schultern, packte den Tank oben am Riemen und ging zielstrebig auf die Kreatur zu.

Die blieb stehen und scharrte mit den vorderen Klauen wie ein aufgeregter Hund. Das rhythmische Nagen und Schlagen wurde schneller. Sie griff an.

Walsh war bereit. Er schwang den Tank mit Druckluft wie einen Golfschläger, traf das Tier mit einem festen »Bamm« und schickte es davon. Es schlug gegen die Wand und rutschte leblos zu Boden.

Jane drehte sich der Magen um.

Walsh drehte sich um und funkelte sie an. »Alles klar? Weitergehen!«

»Äh, Walsh, Sie haben da einen weiteren kleinen Freund«, sagte Gibbs nervös und zeigte mit der Taschenlampe den Gang hinunter, wo eine weitere Kreatur aus der Dunkelheit hervorkam.

Walsh zog die Augenbrauen zu einem mörderischen Ausdruck zusammen und fuhr herum. Bergen hob seine Lampe etwas höher und vereinigte seinen Strahl mit dem von Gibbs. Jane keuchte vor Schreck auf. Tatsächlich näherten sich mehrere Kreaturen der Stelle, wo Walsh stand.

Eine hatte die Größe eines voll ausgewachsenen Labradors. Sie öffnete das Maul, breitete die Halskrause etwa einen Meter weit aus, drehte sich dann um und schaufelte eine der kleineren Kreaturen auf und verschluckte sie, bevor das Ding sich auch nur ansatzweise verteidigen konnte. Es spannte die Halskrause und stieß ein schrilles Kreischen aus.

Der Schrei wurde von den anderen rings umher aufgenommen. Der Laut, bei dem es einem eiskalt den Rücken hinunterlief, hallte durch den Gang und wurde immer wieder von weiter vorn und hinten im Gang beantwortet.

Das Blut wich Jane aus dem Kopf. Ihr war schwindelig und kalt. Ihr Herz pochte, und ihre Muskeln spannten sich zum Weglaufen.

Der größte Nepatrox betrachtete Walsh eindringlich, seine dunklen Augen glänzten hungrig, sein Schwanz schlug in langen, trägen Bögen hin und her. Er zischte.

»Walsh!«, rief Jane. Zu diesem Zeitpunkt wusste sie nicht recht, ob sie ihn warnte oder anflehte. Sie fühlte sich hilflos, wie angewurzelt an der Stelle, wo sie stand.

Der Zeitfluss war jetzt nur noch ein Rinnsal. Sie spürte es eher, als dass sie es sah, wie Alan hinter ihr in seinem Packen nach seiner 9-mm wühlte. Ajaya und Gibbs nahmen Verteidigungshaltung ein, Schulter an Schulter, die Waffen am Ende zitternder Arme.

Die Lampen flammten gleißend hell auf, und Jane zuckte zusammen und blinzelte.

Eine Sekunde lang hielten die Kreaturen inne, und in diesen Sekunden gab Walsh einen ohrenbetäubend lauten Schuss in das Maul des größten Tiers ab. Dessen Kopf explodierte und verschleuderte Blut und Gehirnmasse in einem Umkreis von einem Meter, da das Dum-Dum-Geschoss für maximale Zerstörung beim Aufprall ausgelegt war. Das Tier fiel wie ein Sack zu Boden.

Bei dem Knall sprangen die anderen Kreaturen zurück, erholten sich jedoch rasch und umringten schnüffelnd und zischend ihren gefallenen Kumpanen. Binnen Sekunden hatten sie seinen Panzer auseinandergerissen und fraßen ihn auf.

Galle stieg Jane in die Kehle, und sie hustete reflexhaft. Sie war froh, dass sie schon seit Stunden nichts mehr zu sich genommen hatte, weil sie aus dem Grund nichts hochwürgen konnte.

Walsh stand da und beobachtete sie, die Pistole baumelte an seiner Seite.

»Walsh!«, kreischte Jane. »Verteidigungsformation!«

Ruckartig kam er zu sich. Er blickte die Waffe in seiner Hand an, dann wieder sie, wie völlig verwirrt.

Die anderen fingen auch an zu schreien, sie riefen ihm zu, er solle zur Gruppe zurückkehren.

»Jane – hol Comptons Waffe aus seinem Packen«, sagte Alan ihr drängend ins Ohr.

Sie schob Tom hinter Ajaya und Gibbs, holte ihm den Packen von den Schultern und suchte in den Taschen herum, bis sich ihre Finger um den strukturierten Griff von Toms Beretta schlossen. Es war bereits ein Magazin geladen. Sie ließ drei weitere Magazine in die Seitentasche ihres Fliegeranzugs gleiten, zog den Schlitten zurück und ließ ihn wieder los, wodurch sie die erste Patrone lud, dann streifte sie mit dem Daumen über den Sicherheitsbügel, genau so, wie man es ihr beigebracht hatte.

»Du hast's kapiert, Jane!« Alans Augen waren groß und die Pupillen geweitet. Er ruckte mit dem Kopf in die Richtung, aus der sie gekommen waren. »Bring Compton zum Transportlift zurück, wo er in Sicherheit ist. Wir schaffen's nie zur Kapsel.«

Sie wollte schon Protest einlegen, aber der Knall einer Waffe übertönte jedes Geräusch, das sie machte. Es war überwältigend laut in dem engen Raum. Sie blickte auf. Walsh war zu ihnen zurückgekehrt, weitere Kreaturen auf den Fersen.

Sie wichen als Gruppe zurück. Alle vier feuerten in eine anschwellende Masse hungriger Viecher und versuchten, sie dadurch auf Distanz zu halten. Jede Sekunde schienen weitere dazuzukommen.

Jane sah sich um. Der Gang hinter ihnen war leer.

»Ich komme nicht so richtig durch!«, schrie Gibbs.

»Zielen Sie auf ein offenes Maul!«, brüllte Walsh. »Das ist ihre schwächste Stelle. Wenn Sie dieses Magazin leer geschossen haben, laden Sie panzerbrechende Munition nach!«

»Nur fürs Protokoll«, rief Berg. »Mir ist nicht wohl dabei, innerhalb eines Raumschiffs ballistische Geschosse abzufeuern!«

Jane packte Toms Arm und zog. Er tat einen einzigen stolpernden Schritt und blieb stehen.

Gibbs stieß rücklings gegen Tom, und einen heiklen Augenblick sah es so aus, als würde Tom stürzen. Jane schlang ihren Arm um ihn und stützte sein Gewicht, so dass er nicht nach vorn fallen würde, und versuchte, ihn in Bewegung zu setzen.

Aber seine Beine gaben einfach unter ihm nach. Er fiel auf die Knie, und Jane knickte gleichfalls unter seinem Gewicht ein. Einen langen verzweifelten Augenblick kämpfte sie und versuchte erfolglos, ihn wieder auf die Beine zu bekommen. Er war ein totes Gewicht.

»Jane!« Alans Gesicht war zu einem gequälten Ausdruck verzerrt. »Wir müssen ihn liegen lassen!«

Gibbs und Ajaya sahen sich immer wieder zu ihnen um, und die Verzweiflung stand ihnen deutlich im Gesicht geschrieben. Sie mussten in Bewegung bleiben. Die Nepatrox drückten sie gnadenlos zurück.

Sie schüttelte verneinend den Kopf und legte Tom sanft auf den Boden. Dann steckte sie die Waffe in eine Tasche, packte Toms Arm und zog ihn mit allem, was ihr zur Verfügung stand, über den Fußboden in die Richtung, aus der sie gekommen waren.

Sie zog mit einer Kraft, von deren Vorhandensein sie bisher nichts gewusst hatte, Toms trägen Körper hinter sich her, wobei sie sich duckte und hin und her bewegte, um den schleimigen Ranken auszuweichen, die von der Decke herabfielen. Sie warf einen Blick zurück, und ihr Atem kam in unregelmäßigen, keuchenden Stößen. Mindestens dreißig Meter schaffte sie zum Transportlift zurück. Sie hatte gehofft, die anderen würden sich unmittelbar hinter ihr halten, aber zwischen ihnen lag immer noch eine beträchtliche Distanz.

Sie hörte Ajaya sagen: »Gebt Deckung – lade nach.«

Sekunden später rief Alan: »Munition ausgegangen!«

Jane blieb sogleich stehen und drehte sich um, und ihre Hand fuhr zu ihrer Tasche und den Magazinen dort, aber Gibbs hatte Alan bereits ein weiteres Magazin gereicht. Er lud gerade nach.

»Jeder Schuss ein Treffer!«, brüllte Walsh.

Diese paar Augenblicke gaben den Kreaturen freie

Bahn. Sie wogten heran, und ein paar umzingelten Alan, um ihn von hinten anzugreifen.

»Alan! Hinter dir!«

Er und Ajaya hatten das bereits bemerkt und wechselten in eine rautenförmige Verteidigungsformation, den Rücken Walsh und Gibbs zugekehrt, während die Tiere immer mehr an Boden gewannen und sie alle langsam umzingelten.

Sie ließ Toms Arm fallen; sie hasste sich dafür, aber es ging nicht anders. Dann holte sie den Luftkanister vom Rücken und packte ihn mit der linken Hand genauso, wie Walsh es getan hatte. Sie umschloss den kalten Stahl der Beretta mit der rechten und löste den Sicherheitsbügel mit dem Daumen.

Auf keinen Fall durfte sie zulassen, dass sie von ihr abgeschnitten wurden. Sie weigerte sich, sie alle in diesem Wahnsinn zu verlieren.

Ihr Körper bebte vor Anspannung, sie brauchte Bewegung. Sie blinzelte ganz langsam, eine übergroße Wachsamkeit schärfte ihre Sinne. Sie rannte los. Nichts würde sie erwischen. Sie konnte es nicht zulassen. Jeder donnernde Herzschlag brachte sie näher. Mit einem gierigen Glitzern in den Augen preschten sie heran.

Sie schwang den linken Arm wie ein Metronom. Jeder Streich klärte den Pfad zwischen ihr und den anderen. Sie sah sich um. Eines der größeren Viecher war schlau genug, um zu erkennen, dass sie von den kleineren abgelenkt war, und schlich sich an ihr vorbei auf Tom zu.

Dann hob sie die 9-mm und wappnete sich. Nach einer Sekunde des Zögerns feuerte sie. Jedes Gelenk in

Handgelenk, Ellbogen und Schulter wurde zusammengequetscht. Der Geruch nach heißem Metall und verbranntem Kohlenstoff stach ihr in die Nase, aber sie hatte getroffen. Es ging zu Boden, wahrscheinlich bloß betäubt, aber für den Augenblick war es auf jeden Fall außer Gefecht gesetzt.

»Jane – versuch zu verschwinden!«, rief Alan.

Sie gab keine Antwort. Die Entschlossenheit trieb sie voran, Zentimeter um Zentimeter. Sie ignorierte den Schmerz in ihrem linken Arm und schwenkte die Waffe weiter hin und her. Wenn sie beim ersten Mal nicht traf, dann beim zweiten. Während sie sich der restlichen Mannschaft näherte, drangen die Ungeheuer heftiger auf sie ein, rascher.

Einige kamen zu nahe. Sie trat fest auf sie ein und hoffte, dass die Militärstiefel zäh genug waren, um sie vor den durch die Luft peitschenden Stacheln zu schützen.

Geringschätzig verzog sie den Mund. Die Nepatrox nahmen genauso gern einen Bissen von ihresgleichen wie von den Menschen. Die überwältigende Anzahl zischte und spuckte einander an, attackierte einander, während sie heranrückten. Zwischen ihr und der übrigen Gruppe lagen kaum mehr als anderthalb Meter. Es hätten allerdings ebenso gut hundert sein können, weil der Raum dazwischen überfüllt war mit Nepatrox.

Die anderen versuchten, ihre Luftkanister auf ähnliche Weise einzusetzen, aber sie standen dicht beieinander und kämpften gleichzeitig auf beiden Seiten. Sie waren dabei, überwältigt zu werden. Sie würden es nicht schaffen, wenn sie nicht etwas anderes versuchten. Sie benötigten so etwas wie eine Strategie. Jane schaute sich um und erfasste die unmittelbare Umgebung.

Da jetzt die Lampen brannten, konnte Jane eine Tür wenige Meter links hinter ihr erkennen. Wenn dieser Raum leer war – wenn sie hineingelangen konnten –, hätten sie Zeit für das Aushecken eines angemessenen Plans, um zur Kapsel zurückzukehren und zu fliehen. So konnten sie nicht weitermachen. Es waren zu viele, und es kamen noch mehr. Sie alle wurden allmählich müde.

Schlimmstenfalls wäre es bloß eine Pause. Vielleicht könnten sie die größten ausschalten, einen nach dem anderen durch eine einen Spaltbreit geöffnete Tür. Bestenfalls wäre etwas in diesem Raum, das sie verwenden könnten. Tom war der einzige Haken in dem Plan.

Jane schoss zur Tür zurück und tippte auf die Kontrollknöpfe. Die Tür glitt auf. Sie zerschmetterte ein paar Viecher und schlüpfte dann in den Raum. Die Lichter gingen an, aber nichts Lebendiges begrüßte sie, nicht einmal eine Schnecke. Er war allerdings voller Kisten wie der erste Raum, den sie auf dem Schiff betreten hatten.

Dieser war wie viele im Frachtraum riesig. Es gab eine weitere Tür etwa fünfzehn Meter entfernt, die sich in den Raum auf der anderen Seite von Tom öffnete, näher am Transportlift. Sie hätte sich am liebsten selbst in den Hintern getreten. Wenn sie Tom bloß diese fünfzehn Meter weitergezerrt hätte oder wenn ihr diese Tür früher aufgefallen wäre!

Alte Zweifel nagten an ihr. Sie zwang sich dazu, sie nicht zu beachten, und jagte zur Gruppe zurück. »Ich habe einen Plan!«

»Ach, wirklich?«, rief Walsh. »Lassen Sie hören!«

Sie schaute nach unten. Der Schwanz einer Kreatur sauste wie eine Peitsche auf sie zu, viel zu nahe heran für ihren Geschmack. Sie sprang gerade rechtzeitig zurück und knüppelte das Ding nieder. Solange der Schusswinkel nicht stimmte, war brutales Niederknüppeln weitaus effektiver als Schießen. Wozu also Munition vergeuden?

»Wir gehen durch diese Tür. Ajaya, Sie als Erste, damit Sie die Hand auf dem Türöffner liegen haben und sie in der Sekunde schließen können, wenn der Letzte von uns durch ist. Das ist Ihre Aufgabe.«

Ajaya nickte knapp. »Kapiert.«

»Ron, Sie sind der Schnellste. Sobald Sie durch sind, müssen Sie direkt zu der anderen Tür hinüberrennen, die sich in den Gang öffnet.« Sie zeigte mit der Pistole hinter sich, auf Tom und den Transportlift. »Nicht umschauen. Einfach hinrennen und öffnen. Legen Sie sich da hin und geben Sie uns Feuerschutz.«

Gibbs sah ihr in die Augen und nickte. »Verstanden.«

»Walsh, Alan, eure Aufgabe ist es, alles zu töten, was durch diese Tür kommt, bevor sie sich schließt.«

»Und was ist Ihr Part in diesem Plan, Holloway?«, keifte Walsh.

»Ich hole Tom.«

Alan schüttelte den Kopf. »Jane …«

Sie schnitt ihm mit einem Befehl das Wort ab. »Verteilt euch. Ihr steht zu dicht beieinander. Lasst euch Raum zum Bewegen. Rückt zur Tür vor.«

Nachdem sie ein kleines Fressmonster erledigt hatte, biss sie die Zähne zusammen und feuerte auf eines, das Alan zu nahe gekommen war. Ihr Schuss saß. Er fiel auf die Seite.

Alan machte einen Satz. »Mein Gott, Jane!«

Sie ignorierte ihn und feuerte auf ein weiteres Exemplar, das den Gang hinunterhuschte, aber es ertönte lediglich ein hohles Klacken. »Mist! Ich lade nach! Jemand schießt auf den Nepatrox, der gerade auf Tom losgeht.« Sie fummelte am Verschluss herum, bis das verbrauchte Magazin klappernd zu Boden fiel.

An ihrem Knie ertönte ein Zischen, und etwas Magenta- und Orangefarbenes schlug zu. Verdammt! Sie hüpfte zurück und hob den Kanister den Bruchteil einer Sekunde zu spät – der Schwanz der Kreatur war schneller. Das Ding schlug nach ihrem Bein. Sie knurrte ungläubig, bevor sie es in Stücke schlug.

»Jane, bist du getroffen?«

»Nein! Guckt nicht alle auf mich, sondern konzentriert euch auf das, was ihr tut!« Sie erledigte ein paar weitere Nepatrox, bevor sie einen Blick auf ihr Bein erhaschen konnte. Sie spürte einen leichten Schmerz dort, der offenbar stärker wurde. Der Stoff ihres Hosenbeins war zerrissen, aber sie sah keine Haut.

Sie stampfte mit dem Fuß auf und trat einen Schritt näher zu der Gruppe. Das Bein machte sich bemerkbar. Irgendwie tröstlich. Also schob sie die Furcht von sich und ignorierte den Schmerz. Bald wäre sie in ziemlicher Sicherheit.

Über den Lärm hinweg rief Ajaya: »Auf drei treten Sie zurück, Jane, und laden nach. Ich werde etwas ausprobieren.«

Jane nickte ihr angespannt zu. Ajaya zählte. Jane machte sich bereit, den Gurt über ihren Arm rutschen zu lassen, ein Magazin herauszusuchen und außer Reichweite zurückzuweichen – in einer einzigen, zeitsparenden Bewegung.

»Drei!«, rief Ajaya.

Jane sprang zurück. Als sie das neue Magazin einschob, blickte sie auf und sah Ajaya eine Ninja-würdige Bewegung vollführen.

Den Kanister mit Druckluft vor sich haltend, ging Ajaya tief in die Hocke und wirbelte in einem raschen, mächtigen Bogen herum, wobei sie die Viecher beiseitefegte und effektiv einen Weg vor sich freilegte. Dann, in einem spritzigen Satz, war sie einen halben Meter näher an der offenen Tür und der Sicherheit.

»Bewegt euch!«, schrie Jane. Die Männer reagierten träge auf den jähen Vorstoß. »Noch einmal Ajaya!«

Jane feuerte zwei Kugeln einem großen Exemplar in die Kehle, das den falschen Eindruck bekommen hatte, es könne sie direkt erledigen, und lächelte, als für den Bruchteil einer Sekunde das Bild von Indiana Jones in ihr aufstieg, der den Schwertkämpfer in Kairo erschoss. Sie vollführte einen Satz zurück, nachdem Ajaya wieder bis drei gezählt hatte, versuchte dabei eine ähnliche Bewegung und schob sie zur Seite und zurück. Hinter ihr wurden die Kreaturen gegeneinander geschleudert, rutschten ineinander, so dass der größte Teil einen kurzen Augenblick die Orientierung verlor.

Sie waren fast angekommen. Es funktionierte. Sie konnte sich des grimmigen Lächelns auf ihren Lippen nicht erwehren, als sie einem der Biester gegen den Kopf trat und ein anderes mit einer Salve in das gähnende Maul erledigte, sodass sein Gehirn in alle Richtungen verspritzte.

»Noch mal – dann rein! Alle bereithalten. Keine Fehler. Tut, was zu tun ist!«

Zusammen mit Ajaya zählte sie laut, summend vor Aufregung, bereit zu rennen. Sie wusste, sie würden Erfolg haben. Sie würde sich nicht umschauen.

Auf drei drehte sie sich um. Sie bewegte ihre Beine wie Kolben. Sie sprintete zu Tom hinüber.

Dann war die Schwerkraft plötzlich abgeschaltet.

16

Der Schweiß floss Bergen in Strömen herab und stach ihn in die Augen.

Alles geschah so schnell. Zu schnell, verdammt! Er hätte nicht auf sie hören sollen. Er hätte mit ihr gehen sollen. Warum hatte er das nicht getan?

Die nächsten paar Sekunden wären entscheidend, und er war von ihr abgeschnitten worden. Er ließ sie im Stich. Was tat er da?

Jane. Es fiel ihm äußerst schwer, den Blick von ihr loszureißen. So hatte er sie noch nie gesehen. Sie verwandelte dieses animalische Geschmeiß in Kadaver wie eine blonde Lara Croft. Die Frau wirkte unbesiegbar … wie eine verdammte Fantasygestalt.

Wo war jetzt die zimperliche Bibliothekarin? Meine Güte, war sie heiß!

Sie hätte mit ihnen hereinkommen sollen. Vielleicht hätten die Tiere sich vor der Tür versammelt und versucht hindurchzukommen. Vielleicht hätten sie Tom nicht einmal bemerkt. Vielleicht gab es für Tom sowieso keine Hoffnung mehr. Er hasste den Gedanken, dass sie alles riskierte, wenn es für Tom keine Hilfe mehr gab.

Sie waren fast durch die Tür. Janes Plan ging auf. Unter Schwierigkeiten konzentrierte Alan sich auf seine ihm zugewiesene Aufgabe, während Jane auf Tom zuhielt. Er hörte Gibbs' Stiefeltritte, der zur anderen Tür rannte.

Mit seinem Kanister wehrte er einen Angriff ab, trat einen weiteren Schritt zurück, vollführte dann einen Satz vorwärts und schwang dabei den Kanister mit bösartiger, tödlicher Genauigkeit. Er musste diese kleinen, degenerierten Biester lediglich daran hindern, durch die Tür zu kommen.

Leider hatten diese Viecher einen Gang höher geschaltet. Sie krabbelten übereinander weg und sprangen auf sie zu. Vielleicht spürten sie, dass sie dabei waren, von ihren Opfern abgeschnitten zu werden. Der jähe Rückzug hatte wahrscheinlich ihre Beutelust angestachelt.

Der Schutzanzug, den Jane erwähnt hatte, wäre an diesem Punkt verdammt nützlich gewesen. Walsh war ein solches Arschloch! Diese kleine Fehleinschätzung würde in seinen nächsten Bericht nach Houston einfließen, beschloss Alan. Sofern es denn noch einen nächsten Bericht nach Houston gab, klar.

Sein Blick ging zu Jane hinüber. Eine Schar der kleinen Bastarde war ihr auf den Fersen.

Walsh zählte rückwärts. Es war nicht mehr viel Zeit übrig.

Alan stand stocksteif da und vergaß alles bis auf das, was Jane benötigte. Er feuerte und erledigte so viele von den Kreaturen, die sie verfolgten, wie er konnte. Er spürte einen Hieb auf sein Bein. Es brannte höllisch. Er ignorierte es.

Rufe ertönten. Er ignorierte sie gleichfalls, völlig konzentriert auf Jane, wie er war. Schließlich packte ihn jemand und zog ihn gewaltsam durch die Tür. Sie schloss sich vor seiner Nase, noch während er einen Satz nach vorn machte, um einen weiteren Schuss anzubringen.

Er drehte sich um und wollte zur anderen Tür sprinten, aber etwas stimmte nicht. Er blinzelte rasch.

Zunächst glaubte er, es sei das Gift der Kreatur, oder dass er vielleicht halluzinierte. Es war ein Gefühl, als hätten sich seine Füße unter ihm angehoben. Sein Magen sprang ihm in die Kehle, und er hatte ein Völlegefühl in der Brust.

Er trieb von der Tür weg und drehte sich in einem seltsamen Winkel. Er schüttelte den Kopf, um ihn klarzubekommen. Rasch schaltete sich der mentale Prozess ein, den er entwickelt hatte, um mit Mikrogravitation zurechtzukommen.

»Die Schwerkraft ist ausgefallen!«, schrie Ajaya. Sie trieb bereits in einiger Entfernung zu einem Punkt auf halber Strecke zur anderen Tür. Sie musste einen Sturmlauf zu dieser Tür unternommen haben, sobald sie die Türkontrollen gedrückt hatte, genauso, wie er es auch vorgehabt hatte. Gibbs hatte die andere Tür fast erreicht.

Bergen ging plötzlich auf, dass er sich in einem Raum von solcher Größe verankern musste, bevor er zu weit von allem wegtrieb, was er packen konnte. Er zog die Knie an und drehte sich.

Walsh hatte sich mit dem Rücken zur Tür im Rahmen verkeilt und streckte eine Hand aus. Alan begegnete Walshs Blick. Sein Ausdruck war grimmig.

Alan schreckte ruckartig auf. »Oh, verdammt, Jane!«

»Wir tun für sie, was wir können«, sagte Walsh, während er Bergen zur Tür zurückzog.

Sie konnten sich an nichts festhalten. Das Schiff war nie dazu gedacht gewesen, eine Umgebung mit Mikrogravitation zu sein.

»Sehen wir uns mal die Lage an!«, fuhr Walsh knapp fort. »Öffnen Sie die Tür, Berg.«

Alan warf einen Blick über die Schulter zu Ajaya. Sie schwamm in der Luft und versuchte, irgendwie die andere Tür zu erreichen. Er schnaubte. Auf diese Weise würde sie Jahre brauchen, aber wenn es irgendwem gelänge, dann Ajaya.

Er legte die Hand auf den Türöffner und übte so wenig Druck wie möglich aus, damit er nicht in den Raum zurückgeschleudert würde.

Die Tür glitt auf. Dort draußen ertönte heftiges Zischen, aber kaum andere Geräusche. Walsh schwang vorsichtig und kühl überlegt seinen Tank. Er verwendete nur gerade genügend Kraft, um die Kreaturen zurückzustoßen, jedoch nicht mit so viel Schwung, dass er mitten unter sie geworfen wurde. Alan packte das Rückenteil von Walshs Fliegeranzug und hielt sich daran fest.

»Holloway!«, schrie Walsh. »Hören Sie auf, so um sich zu schlagen – Sie verschwenden Energie!«

Bergen zog sich zum Türrahmen. Klumpen der Kreaturen flogen herum – Kadaver und lebende, verärgerte Dinger –, wirbelten umeinander, trieben in alle Richtungen davon, prallten zusammen, und alles in komischer Zeitlupe.

Jane schien in Ordnung zu sein. Sie drehte sich mit ausgestreckten Armen um die eigene Achse, und ihr Schwung trug sie nach wie vor den Gang hinab auf Tom zu. Rings um sie her waren etliche Kreaturen, aber es sah nicht danach aus, dass sie ihr zu nahe kamen. Sie klang verwirrt, als sich ihre Blicke kurz trafen, bevor sie wieder rotierte. »Ich stecke mitten drin – ich kann nicht – da ist nichts, um sich abzustoßen …«

Er wagte sich ein wenig weiter hinaus, wobei er sich am Türrahmen festklammerte. »Benutze deine 9-mm, Jane. Hast du noch Munition übrig?«

Sie betrachtete die Waffe in ihrer Hand wie vor einem Rätsel stehend. »Ich glaube schon.«

»Streck deinen Körper, Arme nach vorn … du wirst weiterkommen, wenn du deinen Widerstand verringerst … und feuere in die entgegengesetzte Richtung zu der, wohin du willst. Töte obendrein auch noch ein paar von den Dingern, wo du schon dabei bist.«

Jane strahlte ihn an. »Das kriege ich hin.«

Sie fuhr herum und orientierte sich. Sie hatte sich nie völlig an die Schwerelosigkeit gewöhnt, täte es wahrscheinlich auch nie. Er gab sich Mühe, seine Belustigung nicht zu zeigen – falls sie hersah.

Bergen warf einen Blick über die Schulter. Gibbs hatte es zur anderen Tür geschafft und verknotete ein Nylonseil um eine Kiste. Er kniff die Augen zusammen. Die Kisten trieben nicht – sie waren irgendwie verankert.

So in etwa parallel zum Boden hatte Jane sich ausgerichtet, die Arme vor sich ausgestreckt, und feuerte. Sie wurde eine ziemliche Distanz zurückgeschleudert. »Das«, sagte sie mit einem Lachen, als sie wieder langsamer wurde, »war schon beachtlich.«

Gibbs stemmte sich gegen die andere Tür, bereit, sich auf Tom zu werfen.

Dann fiel sie quasi aus der Luft. Wie alle anderen auch.

17

Jane schlug mit einem ekelhaften Knirschen auf dem Boden auf. Ächzend entwich sämtliche Luft aus ihrem Körper. Ihr Blickfeld engte sich zu einem spiralförmig gewundenen Tunnel aus Licht ein. Der Schmerz war ein Schock. So etwas hatte sie noch nie zuvor verspürt. Sie rang mühsam nach Luft und klammerte sich ans Bewusstsein, während eine glühend heiße Qual ihr die Kehle zu zerreißen drohte.

Flüchtig kam ihr der Gedanke, dass sie versuchen sollte, nicht zu kreischen, denn es könnte die Kreaturen auf sie lenken. War es zu spät? Hatte sie bereits gekreischt? Sie wusste es nicht genau.

Das Blut pochte ihr in den Ohren. Alles verschwamm ihr vor den Augen. Sie schob sich auf einen Ellbogen hoch, um die Situation einzuschätzen. Sogleich sah sie, dass ihr Bein in einem unnatürlichen Winkel unter ihr lag. Sie fiel wieder zurück, drückte das Gesicht auf den kalten Kunststoff des Bodens und sammelte Kraft, während ihr heiße Galle in der Kehle brannte.

Es hätte schlimmer kommen können. Sie war noch nicht tot.

Die Waffe. Wo war die Waffe? Ihre Hände waren leer.

»Jane!«, schrie Alan. Es war eine heisere, verzweifelte Warnung.

Sie sollte versuchen, ihn zu beruhigen, irgendwie jedenfalls, aber das kam ihr lächerlich vor.

Leuchtende Farben erfüllten ihr Gesichtsfeld – wie ein vollkommener Sonnenuntergang in Pastelltönen von Orangerot und Magenta. Verwundert starrte sie die Farben an, bis sie begriff, was sie da sah. Eine Kreatur! Einen Nepatrox!! Er torkelte auf sie zu, die Zähne gebleckt, und beäugte sie vorsichtig.

Etwas beruhigend Gegenwärtiges überdeckte die Flut von Panik, bevor sie auch nur reagieren konnte. »Ei'Brai!« – »Die Projektilwaffe ist in Reichweite Ihrer dominanten Extremität«, beruhigte er sie.

Sie konnte den Blick nicht von der Kreatur abwenden. Sie verhielt sich fast wie betrunken, versuchte immer noch, sich an die beständig wechselnden Gegebenheiten anzupassen. Aber sie war zweifelsohne hungrig. Es war bloß eine Sache der Zeit.

Sie fuhr mit der Hand über den Boden, und Ei'Brai lenkte sie zu der Pistole. Dankbar umklammerte sie die Waffe, biss dann fest die Zähne zusammen und wälzte sich unter beträchtlicher Mühe auf die Seite. Warum war ihr das so schwergefallen? Sie schenkte dem rasenden Schmerz in ihrem Bein keine Beachtung und feuerte dem Ding aus kurzer Distanz in den Kopf. Es explodierte, und Blut und widerliche Brocken regneten auf sie herab.

Jane hustete, wischte sich das Gesicht mit dem Ärmel und versuchte, sich aufzusetzen. Das war ein Fehler. Erneut hätte sie fast das Bewusstsein verloren.

Keuchend legte sie sich wieder zurück und überlegte, welche Möglichkeiten sie hatte. Ihr Drucklufttank war ein Stück weit entfernt. Sie sollte versuchen, ihn zu erreichen. Vielleicht konnte sie hinkriechen, bevor die Nepatrox sich wieder völlig erholt hatten und aufmerksam wurden. Auf diese Weise könnte sie sich etwas Zeit erkaufen, so dass jemand sie holen könnte.

Ächzend wälzte sie sich zurück auf den Bauch. Sie versuchte, sich auf ihr unversehrtes Knie zu erheben, doch es wollte nicht mittun! Sie kniff fest die Augen zusammen und kämpfte die Niedergeschlagenheit zurück. Ein Bein schlimm gebrochen – das war klar –, aber das andere war … *was?* Gelähmt. Sie durchsuchte ihr Gedächtnis nach einem Hinweis. Das Gift. Schon zuvor hatte sie ja ein Brennen gespürt, hatte jedoch nicht die Zeit gehabt, wirklich darüber nachzudenken.

Der Hass brodelte in ihr, ein helles, glühendes Ding, das alles andere überdeckte. Sie stützte sich auf einen Ellbogen und feuerte auf alles, was sich in ihrer unmittelbaren Umgebung regte, bis das Magazin leer war. Sie warf es aus, schleuderte es unbeholfen auf eines der Viecher und schob das letzte Magazin ein.

Ei'Brais Stimme polterte in ihrem Kopf. *»Alles wird gut werden. Meine Ankunft steht unmittelbar bevor.«*

Sie brachte ein ungläubiges Gekicher zustande, sich gewiss, dass sie völlig die Berührung mit der Realität verloren hatte. Wie absurd. Das war doch gar nicht möglich. Er konnte sie nicht holen kommen. Sie musste sich seine Stimme einbilden. Oh, jetzt saß sie wirklich in der Patsche.

Ei'Brai, überlegte sie. Er hatte einmal davon gesprochen, eine Debatte über die Existenz von Göttern anzuzetteln, und sie wünschte, sie beide hätten dazu die Gelegenheit gefunden. Sie brauchte jetzt einen Gott. Der Pech-und-Schwefel-Gott ihrer Großeltern erschien im Augenblick ebenso gut wie jeder andere auch. O Gott, hilf mir zu überleben!

Schwach registrierte sie, dass Menschen schrien. Irgendwo Waffen abgefeuert wurden.

Blut. Einiges davon war ihres. Der Boden war glitschig von Blut und Gehirnmasse und anderen Aussonderungen der Nepatrox. Sie schleppte sich hindurch. Angesichts dieses Entsetzens schnürte sich ihr die Kehle zusammen.

»Jane! Hören Sie mich?« Es war Gibbs, und die Stimme kam von der nächstgelegenen Tür her. »Ich werde eine Blendgranate zünden. Legen Sie die Hände über die Ohren und kneifen Sie die Augen fest zusammen!«

Sie hörte ihn. Sie wusste, was er tun würde, aber es erschien so unmöglich, dass sich dadurch etwas ändern konnte. Die Biester näherten sich zischend. Es waren allzu viele. Gehorsam schob sie sich auf den Ellbogen zu dem Kanister hin, und wenn sie ihr Bein verdrehte, würgte und spuckte sie.

Neben ihrem Ohr ertönten schwere Stiefelschritte. Sie blickte auf in der Erwartung, Alan, Ajaya, Walsh oder Gibbs vor sich zu sehen, und dachte: Er hat die Blendgranate doch noch gar nicht gezündet, oder?

Sie war sich ziemlich sicher, dass sie das bemerkt hätte. Diese Granaten sollten echt laut und blendend hell sein, nicht wahr?

Es war Tom.

Sein Ausdruck war geistlos, und er blinzelte auch nicht. In seinen Augen war kein Leben.

Die Blendgranate ging los, und zugleich erfolgte ein erschütternder Schlag, so dass sie schmerzhaft mit dem Kinn auf den Boden schlug.

Sie war nicht darauf vorbereitet gewesen. Wenigstens hatte sie in die entgegengesetzte Richtung geblickt, also war das Brennen auf der Retina nur kurzzeitig. Aber sie war völlig taub! Das würde einige Sekunden anhalten, wie sie sich erinnerte.

»Erwarten Sie Unannehmlichkeiten«, summte es angenehm in ihrem Kopf.

Sie sah Tom mit offenem Mund an und wälzte sich herum. »Tom? Wa…?« Sie konnte nicht einmal die eigenen Worte hören.

Tom knickte mechanisch in den Kniegelenken ein und hockte sich fest auf die Fersen. Seine Arme glitten unter sie. In einer einzigen, effizienten Bewegung hob er sie hoch und stellte sich wieder aufrecht hin. Ihr wurde schwarz vor Augen, als die Bewegung ihr Bein erschütterte, und sie kam wieder zu sich, als er eher gemächlich den Gang hinabmarschierte. Jeder Schritt erschütterte ihr Bein und schickte einen sengenden Schmerz ihren Oberschenkel hinauf. Ein paar Nepatrox umschwärmten sie, schlugen mit ihren Schwänzen nach seinem Bein und mahlten enttäuscht mit den Kieferknochen.

Sie berührte Toms Gesicht. Er reagierte nicht. Nicht

einmal ein Zusammenzucken. Er drehte ihr nicht den Kopf zu, sondern schritt bloß weiter. »Tom?«, fragte sie leise.

»Es ist nicht *Ihr Dr. Thomas Compton, der für Ihre Gesundheit und Sicherheit sorgt, Dr. Jane Holloway.«*

Verwirrt starrte sie Toms Gesicht an. Sie war so benommen. Musste wohl viel Blut verloren haben. *»Ei'Brai?«*

»Sagen Sie Ihren Schiffsgenossen – es ist wesentlich, dass sie in den Raum gehen.«

Sie sprach weiterhin laut in Toms leeres Gesicht. »Warum?«

»Es ist nur eine Frage der Zeit, bevor die Struktur dieses Individuums zusammenbricht. Sagen Sie's ihnen jetzt. Ich kann sie ohne Ihre Hilfe nicht beschützen.«

Da spürte sie, dass dieses Unternehmen ihn an die Grenzen seiner Fähigkeiten brachte. Er zeigte ihr seine Entschlossenheit, sein Versprechen, alles wiedergutzumachen. Er hatte den Transportlift fast erreicht.

Sie schlang den Arm um Toms Hals und zog sich hoch, um über seine Schulter zu schauen. Die anderen kämpften vergebens. Alan schrie immer wieder ihren Namen.

»Geht rein und schließt die Tür!«, rief sie ihnen zu.

»Jane! Alles in Ordnung?« Seine Stimme war voller Qual.

Sie blinzelte heftig. Ihr verschwamm alles vor den Augen. Sie wusste nicht, was sie darauf erwidern sollte. Alles wirbelte unkontrolliert davon. Sie wollte Ei'Brai vertrauen, sie wusste, dass ihr keine andere Wahl blieb und … ihnen auch nicht. »Ja! Alles in Ordnung! Alles in Ordnung!«

Mehr brachte sie nicht zustande. Sie legte die Wange auf Toms Schulter, kämpfte dagegen an, dass ihr die Augen zufielen, und sah benommen zu, wie Gibbs und Ajaya durch die nächstgelegene Tür gingen und sie schlossen.

Sekunden danach sah sie, wie Walsh Alan am Kragen seines Fliegeranzugs durch die entferntere Tür zog. Diese Tür schloss sich ebenfalls. Einen Augenblick später schritt Tom/Ei'Brai in den Transportlift. Eine weitere Tür schloss sich zwischen ihnen.

Ein paar Nepatrox folgten ihnen hinein. Jane gelang es nicht, bei Bewusstsein zu bleiben, als Toms Körper von Ei'Brais Bewusstsein wie ein Roboter dazu gezwungen wurde, die Kreaturen zu Tode zu trampeln oder sie zu verjagen.

Sie kam wieder zu sich, als Tom durch die äußere Kammer der medizinischen Abteilung stolperte. Er schritt mühsam an der Diagnoseplattform vorüber und durch eine der vielen Türen dort hindurch.

Sein Atem ging angestrengt. Etwas war schrecklich falsch. Die beruhigende Kraft, die sie daran gehindert hatte, vor Schmerzen aufzukreischen, war verschwunden. Ihre Sicht war an den Rändern verschwommen. Sie biss die Zähne zusammen und klammerte sich an ihn.

»Alles wird gut werden«, donnerte er ungeschickt in ihrem Bewusstsein. *»Haben Sie keine Angst.«*

Sein Kontrollverlust erzeugte nicht gerade Vertrauen. Sie konnte sich nicht fügen.

Dieser Raum beherbergte ein Meer aus großen, vorgeformten Röhren, die alle mit einer funkelnden, klaren, gelähnlichen Substanz gefüllt waren. Tom torkelte zur nächstgelegenen Röhre und ließ sie ohne ein Wort der Erklärung ganz unzeremoniell hineinfallen.

Ihr Kopf tauchte unter, und sie schlug in Panik um sich, suchte blindlings mit den Armen nach einem Halt. Ei'Brai überschwemmte sie mit beruhigenden Worten, als sie keuchend die Oberfläche durchbrach. Toms Körper war an der Seite des Tanks zusammengebrochen, eindeutig nicht mehr »bewohnt«. Es war keine Zeit zu überlegen, was das bedeutete.

»Ruhig jetzt. Das ist eine Intensivstation. Ihnen ist nicht klar, welchen Schaden Sie genommen haben.«

Irgendetwas ging innerhalb der Pampe vor sich, begriff sie schwach. Leuchtend blaue Lichter schimmerten unter der Oberfläche, wunderschön und surreal, und erhellten die Wirbel und Turbulenzen, die sie in dem kristallklaren Gel erzeugt hatte. Wie betäubt beobachtete sie einen purpurfarbenen Klecks, der aus ihrem Bein erblühte. Eine winzige Röhre trat aus der Seite des Tanks und saugte ihn weg.

Ihr Entsetzen steigerte sich noch, als sie merkte, dass es in dem Tank von fast unsichtbaren mechanischen Apparaten nur so wimmelte. Sie drehte und wand sich, tastete nach einem Handgriff, um sich hinauszuziehen. Ei'Brai hielt sie fest und zwang ihr mental so etwas wie Ruhe auf. Sie konnte sich nicht mehr rühren.

In einem verwirrten Zustand der Starre sah sie, wie fadenähnliche Ranken sich im Gel über ihren Körper ausbreiteten. Einige davon hatten kleine Werkzeuge an ihren Spitzen. Andere schlängelten sich über ihre Haut und schlüpften hinein, um eine Art Behandlung durchzuführen, wie sie mit entsetzter Losgelöstheit vermutete.

Die königsblauen Hosenbeine ihres Einteilers wurden rasch in Fetzen zerschnitten und davongefegt, und es zeigte sich ein abgerissener weißer Knochen, der aus dem zerfetzten Fleisch ihres Oberschenkels ragte. Sie schloss die Augen. Selbst durch die Verzerrung, die das Gel hervorrief, war der Anblick zu viel.

Wärme durchflutete ihren Körper, und sie spürte, wie ihre Haut errötete und Schweiß an ihrem Haaransatz kribbelte. Der Schmerz löste sich nahezu in nichts auf, bis auf ein hohles Gefühl von Benommenheit. Eine Kombination verschiedener Medikamente sickerte in sie ein, die für Schmerzlinderung und Entspannung sorgte. Sie spürte, wie die Spannung in ihren Muskeln nachließ, während ein Netzwerk aus Fasern sie einhüllte und tiefer in das Gel hineinzog. Ihre Arme wurden schwer und sanken aus eigenem Willen hinab. Oder waren sie ins Gel hineingezogen worden?

Wegen einer ungewöhnlichen Bewegung öffnete sie die Augen. Sie sah, wie Tom sich erhob, zum nächsten Tank schlurfte und sich ungeschickt kopfüber hineinfallen ließ. Über ein besorgtes Wimmern hinaus konnte sie nicht einmal reagieren. Nur die Stiefel an seinen Füßen ragten heraus. Während sie noch hinschaute, drehten und wanden sie sich, wurden hineingesaugt und verschwanden.

Sie war schläfrig. Etwas zupfte an ihrem Bein, manipulierte das verletzte Körperglied. Sie spürte ein Ziehen, ein kurzes Knirschen, dann ein Gefühl unendlicher Erleichterung. Die Lider wurden ihr schwer, und sie blickte neugierig hinab, konnte jedoch inmitten des Netzwerks, das sie umhüllte, nichts mehr erkennen.

Das Gel schwappte an ihre Lippen. Es schmeckte säuerlich, bitter. Sie versuchte, den Kopf zu schütteln, sich aufzusetzen, das Kinn zu heben, aber sie war so schläfrig, und der Zug war so stark.

»Sie werden nicht ersticken, Dr. Jane Holloway. Der Apparat wird Ihre Organe direkt mit allem versorgen, was nötig ist. Vertrauen Sie mir.«

Sie widersetzte sich den Worten, wollte sie zu ihm zurückschleudern, konnte es aber nicht. Ihr fehlte ganz einfach die Energie dazu. Sie konnte nicht mehr über der Oberfläche bleiben. Wie die sanfte Liebkosung eines Geliebten spürte sie die schlanken Tentakel über ihr Gesicht streifen. Leises Flüstern, dann drangen sie in ihre Nase ein, ihren Mund. Sie konnte ihnen den Zutritt nicht verwehren.

Sie spürte, wie Puls und Atmung langsamer wurden.

Ihre letzten bewussten Gedanken galten Alan. War er verwundet? War er in Sicherheit? Ei'Brai hatte es versprochen.

Wenn nicht … wenn sie hier herauskäme … was es auch immer war … dann würde er schwer dafür büßen.

Sie tauchte unter.

18

Es war wie in einem Mutterleib. Still. Niemand störte ihren Schlummer. Sie tauchte in einem Dämmerlicht auf, ging wieder unter, öffnete die Augen für kurze Momente der Klarheit und blickte lange genug in den Dämmerschein, durch den schimmernden, farbigen Glanz des Gels, um zu erfassen, dass sie dort war und ganz und irgendwie zusammengeflickt wurde, bevor so etwas wie Schlaf sie wieder untertauchte, wo sie durch unbekannte Landschaften wanderte, fremde Sterne berührte, und alles inmitten von Stimmen der Erinnerung, von Ei'Brai aus den Individuen gesammelt, die sein Geist berührt hatte.

Nur das gebrochene Bein war jetzt völlig unbeweglich. Ihre anderen Gliedmaßen trieben innerhalb des losen Netzes, das sie verankerte, und die mechanischen Dinger des Apparats umschwärmten sie immer noch wie geschäftige Insekten. In dem Schweigen war sie sich auf einer Ebene der Filamente bewusst, die ihre Haut durchstachen, sich durch ihre Adern wanden, ihren Leib mit verschiedenen Medikamenten überfluteten, die in ihr den Wunsch erweckten, sich entweder rastlos zu bewegen oder in die stille Zuflucht von Ei'Brais Bewusstsein zurückzuziehen.

Ihre Hände waren schlaffe Dinger. Geistesabwesend streifte sie damit über sich selbst. Sie fühlte sich wie betäubt und unruhig zugleich. Gelinde überrascht bemerkte sie, dass ihre Kleidung völlig entfernt worden war, um den Filamenten besseren Zugang zu ihr zu gewähren.

Ei'Brai war stets da, wenn sie erwachte, gab sich aber wortkarg. Er beschäftigte sich eifrig mit den unaufhörlichen Bedürfnissen des Schiffs, gönnte sich selten mehr als ein paar Augenblicke Ruhe. Er war eine leise Erinnerung an ein Leben jenseits des Zwielichts.

Sie träumte von Alan … von drängenden Küssen und wirbelnden Zungen … von Augen mit schweren Lidern und fieberheißer Haut … vom Inhalieren des Moschusdufts und vom Schmecken des Salzes … von Armen und Beinen, die sich unermüdlich ineinander verschlangen … pochen … sich sehnen … sich wälzen … sich ihm öffnen … sie träumte davon, wie ihre Hände über seinen breiten Rücken glitten … sein Fleisch kneteten … wie sie sich wiegten … wie sie ihre Beine um ihn geschlungen hatte … keuchend nach mehr verlangte … ihn tiefer in sich hineinzog …

Sie erwachte und entdeckte, dass sich ihre Hüften den einschränkenden Bändern widersetzten und begierige Finger sich auf der Suche nach Erleichterung hineinwanden.

Ihr schwirrte der Kopf.

Ihr Körper war erwartungsvoll gespannt und stand kurz vor dem Umschlagpunkt. Nach einer nur leichten

Bewegung ritt sie auf unendlichen Wogen der Wonne. Sie vervielfachte und mischte sich in ihrem schläfrigen, vernebelten Bewusstsein, und ihr Körper bog sich durch, zog sich zusammen …

Und erstickte.

Noch in den letzten Zuckungen des Nachbebens kämpfte sie um Luft, die nicht vorhanden war. Ihr Herz explodierte in ihrer Brust, ihre Fersen trommelten auf den Boden des Tanks ein. Sie würgte, versuchte zu husten, versuchte, nicht vorhandene Luft einzuziehen, wand sich in den Fesseln.

Es dauerte bloß Sekunden, bevor der Apparat alles ausglich, die Alveolen ihrer Lunge mit einem größeren Sauerstoffvorrat füllte, um dem Pochen ihres Herzens etwas entgegenzusetzen. Aber sie hatte genug.

In blinder Wut schlug sie mit Armen, Kopf und Füßen gegen die Seiten des Tanks, im verzweifelten Kampf, an die Oberfläche zu gelangen.

Ei'Brai klinkte sich in ihr Bewusstsein ein, um sie zu beruhigen, um sie zu besänftigen, ihr zu versichern, dass es jetzt nicht mehr lange dauern würde.

Es war ihr gleichgültig. Sie schob ihn gewaltsam beiseite. Es war zu lange gewesen. Sie musste den Rest der Mannschaft sehen, sie musste wissen, dass es ihr gut ging.

Sie spürte, wie kühle Beruhigungsmittel in ihre Adern flossen, griff nach den Strängen und versuchte, sie herauszuziehen, sich zu befreien. Aber sogar mit der neuen Kraft der zusätzlichen Luft und einem Überschuss an Adrenalin konnte sie den Medikamentenfluss nicht zum Erliegen bringen, konnte das Netzwerk aus Strängen nicht entfernen, das sie an den Apparat band.

Ebenso wie der Rhythmus ihres Herzschlags verlangsamte sich ihr Kampf. Ihre Muskeln erschlafften, und die Stränge zogen nicht mehr an ihren Extremitäten. Sie spürte, wie sie ihre winzigen Dienste wieder aufnahmen. Ein abgerissenes Schluchzen entwich ihrer Kehle, aber es fehlte ihr an Kraft, es auszudrücken. Sie schloss die Augen über Tränen der Enttäuschung und trieb wieder davon.

Sie öffnete die Augen in einem Halbdunkel. Die schimmernden Lichter waren abgeschaltet worden. Sie blinzelte. Der Zug an ihren Wimpern, der Druck auf ihre Hornhaut war verschwunden. Scharf zog sie die Luft ein und stieß den Atem mit einem überraschten Auflachen wieder aus. Sie hatte das Gel verlassen. Wie war das geschehen?

Sie hörte etwas, nahm eine Bewegung wahr und erstarrte, jeder Sinn scharf auf das Geräusch eingestimmt. Sie wusste nicht, wo sie war oder wie sie hierhergelangt war. Sie tastete nach Ei'Brai, aber er schwieg, hatte die Verbindung unterbrochen. Sie versuchte, ihr heftiges Atmen zu beruhigen, und forschte nach einem Hinweis darauf, was geschehen war.

»Jane?«, stieß eine erschöpfte Stimme hervor. »Bist du wach?«

»Alan?« Ihre Stimme klang dünn, kindlich und mangels Gebrauch wie erstickt. Sie hustete etwas, damit sie kräftiger wurde. »Wo sind wir?«

Rascheln, das leise Klatschen bloßer Füße und das trockene Geräusch einer Hand, die über die Wand streifte … Dann ragte ein unsicherer Alan vor ihr auf, der von einem Fuß auf den anderen trat, einen intensiven Ausdruck auf dem Gesicht. Er trug so etwas wie eine übergroße Tunika, die offen gesagt etwas lächerlich aussah. Er wirkte verlegen und besorgt.

»Alles in Ordnung mit dir?«

Sie merkte, dass sie flach auf dem Rücken in einem Bett lag, und richtete sich auf. »Ja. Glaube schon.«

Alans Lippen zuckten in einem geheimnisvollen Lächeln, bevor er den Blick abwandte und sich zur Tür drehte.

»Was ist passiert?«, fragte sie ihn.

»Ich werde, äh … ich werde Ajaya holen. Sie hat mir gesagt, ich soll ihr gleich Bescheid geben, wenn du aufwachst.«

»Warte einen Moment!«, rief sie ihm nach. Aber er war bereits weg. Sie blickte nach unten und fluchte. Warum erwachte sie immer nackt, verdammt? Sie zog die dünne Decke hoch und hüllte sich darin ein, dann schob sie sich an den Rand der Plattform. Das Laken rutschte dabei ihren Schoß hinauf und zeigte ihr Bein. Es war makellos. Es wies keinerlei Anzeichen dafür auf, dass es jemals gebrochen und zerfetzt gewesen war. Sie rätselte immer noch darüber, als Ajaya in den Raum schritt und dabei forsche Effizienz verströmte. Die Lampen leuchteten in voller Stärke.

»Jane! Es tut so gut, Sie wieder wach zu sehen. Wie fühlen Sie sich?« Ajaya untersuchte bereits ihren Puls und prüfte die Reflexe. Sie trug eine Tunika, ähnlich der, die Alan getragen hatte. Sie stammte von den Sectilius, ging Jane überrascht auf.

Alan kam nicht wieder in den Raum zurück. Nur sie beide waren hier.

Sie suchte nach einer Antwort auf Ajayas Frage. Desorientiert? Überwältigt? Fassungslos? »Ich weiß nicht genau, was passiert ist. Was geht hier vor?«

Ajaya begegnete kurz ihrem Blick und nickte. »Verständlich. Darf ich?« Sie zeigte auf das bloße Bein.

Jane nickte und wappnete sich innerlich gegen den Schmerz, während Ajaya mit den Händen über das Bein strich, es drückte und die langen Knochen unter der Haut abtastete.

»Tut es weh, wenn ich Sie hier berühre?«, fragte Ajaya und sah sie fragend an.

»Nein.«

»Was ist mit hier?«

»Nein. Nichts. Fühlt sich völlig normal an.«

»Gut.« Ajaya streckte Jane eine Hand entgegen. »Versuchen wir mal, etwas Gewicht darauf zu legen, ja?«

Etwas stimmte hier nicht. Warum erklärte ihr niemand etwas?

Sie rutschte vom Bett herunter und stellte sich hin, langsam, vorsichtig, fest an Ajayas warme Hand geklammert. Sie erwartete, dass das Blut in ihre Füße strömte, sie erwartete, dass ihr schwach oder übel wurde oder dass sie einen unglaublichen Schmerz erlebte, aber nichts geschah. Sie stand einfach nur auf.

Ajaya neigte den Kopf zur Seite. »Wie fühlt sich dieses Bein jetzt an?«

»Völlig normal. Als wäre nichts geschehen.«

Ajaya nickte und wirkte nachdenklich und erfreut.

»Was ist passiert, Ajaya? Sind wir jetzt in Sicherheit? Sie sind mir einige Erklärungen schuldig.«

Ajaya lächelte nachsichtig. »Wir sind in Sicherheit. Alles macht gute Fortschritte. Wir haben viel erreicht. Wir haben noch jede Menge Sorgen, Aufgaben, aber alles nimmt allmählich Gestalt an. Sie müssen sich keine Gedanken machen, Jane.«

Das war eine dürftige Erklärung. »Warum erzählen Sie mir nicht mehr?«

Ajaya seufzte, setzte sich zaghaft auf die Bettkante und nahm ihre geduldigste Haltung ein. »Jane, ich zögere, zu viel zu sagen, weil ich keine Ahnung habe, was Sie erfahren haben, was Sie wissen. Ich glaube, es wäre am besten, wenn Sie mir sagen, woran Sie sich erinnern. Dann kann ich die leeren Stellen für Sie auffüllen.«

Sie verspürte eine Woge des Ärgers. Ajayas Antwort war aufreizend oberflächlich. »Ich bin keine Geisteskranke, Ajaya.«

Ajaya hob die Brauen und sagte langsam: »Natürlich nicht.«

Wie immer ging sie vorsichtig und bedächtig vor. Jane wusste das. Sie schluckte ihren Ärger hinunter, schließlich war sie kein launisches Kind. »Tut mir leid. Ich fühle mich überwältigt.«

Ajaya nickte und wartete darauf, dass sie anfing.

»Ich war auf dem Weg zu Tom. Ich … die Schwerkraft war weg und dann wieder da. Als ich fiel, brach ich mir das Bein …«

»Haben Sie das Bein gesehen? Woher haben Sie es gewusst?«, warf Ajaya ein.

Jane fuhr sich mit den Fingern durchs Haar, schob es in einer geübten, unbewussten Geste zurück und wünschte sich, sie hätte etwas, um es zurückzubinden. Es fühlte sich sauber und seidig an. Das hätte sie nicht erwartet, und sie verstaute diese Tatsache mit einiger Verwirrung im Kopf und fuhr fort: »Einen solchen Schmerz habe ich noch nie zuvor gespürt. Es sah falsch aus – echt, echt falsch.«

»Ja, das haben Walsh und Alan auch gesagt. Es war der Winkel.«

Langsam nickte Jane – das Bild trat ihr rasch vor Augen: dieser entsetzliche, ekelhafte Winkel – und dann der Knochen, das zerfetzte, blutige Gewebe durch das Gel. »Ja. Dann kam Tom und hat mich gerettet. Nur dass es nicht Tom war.«

Ajayas Augen verengten sich zu Schlitzen, aber sie zeigte ansonsten kein Anzeichen einer Emotion.

Jane zögerte, weil sie nicht wusste, ob Ajaya ihr glauben würde. »Es war Ei'Brai.«

Ajaya nickte knapp. »Das würde es erklären.«

Jane hatte eigentlich Unglauben erwartet; unbekümmerte Akzeptanz fühlte sich falsch an. In ihrem Kopf schrillten die Alarmglocken, aber sie bekam nicht so richtig heraus, was sie zu bedeuten hatten.

»Er hat mich getragen und mich in eine Art medizinischen Apparat gesteckt. Auch Tom.«

»Ja. Dort haben wir euch gefunden. Thomas steckt nach wie vor drin.«

»Oh. Er … ist er in Ordnung?«

»Ich glaube schon. Alle Anzeichen deuten darauf hin. Natürlich sind meine Messmethoden vergleichsweise primitiv. Der Apparat arbeitet immer noch an ihm. Ich habe den Eindruck, dass er lange darin bleiben wird. Wir haben Walsh ebenfalls hineingesteckt.«

Unwillkürlich trat Jane einen Schritt zurück und stützte sich mit einer Hand an der Wand ab, während sie mit der anderen nach wie vor das Laken an die Brust drückte. Was geht hier vor, verdammt? Sie sah auf und bemerkte Alan, der in der Tür stand, ein metallisch glänzendes Kunststoffding in der Hand hielt und ihrem Gespräch intensiv zuhörte. Wie lange hatte er schon dort gestanden?

»Walsh? Ihr habt ihn in einen Tank gesteckt? Warum?«

Ajaya erhob sich und schritt brüsk zu einem großen Vorsprung in der Wand. Sie berührte ihn leicht, und er glitt zurück. Sie zog einen voluminösen Kleidungsartikel hervor – grünlich, genau wie ihres – und hielt ihn Jane hin. »Wir hatten keine andere Wahl. Er wurde katatonisch wie Tom. Wir anderen sind anscheinend nicht betroffen – für den Augenblick jedenfalls. Wir arbeiten daran, Jane. Wir werden eine Lösung finden. Da bin ich völlig zuversichtlich.«

Verwirrt sah Jane von Ajaya zu Alan.

Er kam heran. »Hast du Hunger, Jane? Das Essen, das wir herstellen konnten, hat eine merkwürdige Beschaffenheit, aber ein Teil davon schmeckt gar nicht allzu schlecht. Wir analysieren nach wie vor die Parameter der Ergebnisse des Druckers. Die Technologie ist wirklich erstaunlich. Macht Spaß, damit herumzubasteln.«

Ajaya verdrehte die Augen. »Ja. Alan und Ronald haben eine Menge wertvolle Zeit mit der Essensmaschine verbracht. Möchten Sie sich erst anziehen oder etwas knabbern?«

Jane schluckte heftig. »Wie lange war ich weg?«

Ajaya verzog das Gesicht, bevor sie Antwort gab. »Siebzehn Tage, Jane.«

Sie setzte sich schwerfällig aufs Bett und ließ sämtlichen Unglauben auf ihrem Gesicht erscheinen. Es hatte sich wie eine lange Zeit angefühlt, aber nicht so lang. »Wie … wann … habt ihr mich in dem Gel gefunden? Habt ihr mich herausgezogen?«

Alan zog den Kopf ein. »Ich habe versucht, dich mit einem Messer herauszuschneiden. Dem Tank hat das nicht gefallen. Er hat sich gewissermaßen … gewehrt.«

Ajaya tätschelte Alan den Arm. »Wir sind zum Entschluss gekommen, es wäre eine weise Entscheidung, Sie in Ruhe zu lassen und einfach eine Weile lang zu beobachten.«

»Es hat mein Bein wiederhergestellt.«

»So sieht es aus«, stimmte Ajaya zu. »Ich würde gern wieder an die Arbeit zurückkehren, wenn es Ihnen nichts ausmacht? Ich glaube, von jetzt an kann Alan übernehmen?« Ihre Stimme klang leicht, fröhlich, aber sie warf Alan einen bedeutungsvollen Blick zu, als sie den Raum verließ.

Völlig verblüfft sah Jane ihr nach.

In einigem Abstand ließ er sich ebenfalls auf der Bettkante nieder.

»An die Arbeit zurückkehren? Was tut sie denn? Wie seid ihr alle an den Nepatrox vorbeigekommen? Essensmaschine? Was ist das, zum Teufel? Nun red' schon!«

»Es ist viel geschehen, Jane. Du möchtest ganz bestimmt nichts essen?«

»Soll ich auch einfach allem blindlings vertrauen? Nein, Alan – sag mir, was hier vor sich geht!«

Er grinste und rieb sich über den Nacken. »Na ja, das Wertvollste, was passieren konnte, ist, dass wir eine sehr primitive Kommunikation mit deinem außerirdischen Freund aufgebaut haben.«

»Tatsächlich? Ei'Brai? Wie denn? Ich dachte, er könnte erst mit uns kommunizieren, wenn wir Mensententia sprechen können.«

»Oh, er spricht nicht mit uns, zumindest nicht so, dass wir es verstehen könnten. Er schickt uns mentale Bilder. Es ist, als würde man ein telepathisches Silbenrätsel spielen. Wir müssen herausfinden, was er uns zu sagen versucht. Wenn wir richtig liegen, dann, äh …« Er wirkte verlegen. Das war etwas ganz Neues bei ihm.

»Was dann?«

»Er stimuliert den Teil des Gehirns, der Lust registriert.«

Sie hob die Brauen.

»Er macht das auch bei dir, Jane?«

Sie senkte den Blick und umklammerte das Laken etwas fester. Der erotische Traum, in dem Alan die Hauptrolle gespielt hatte, stand ihr lebhaft vor Augen.

Ihre Wangen waren heiß. Sie hoffte, dass sie nicht rot wurde.

Er schnaubte. »Ich nehme das als ›Ja‹.«

Sie suchte nach etwas, das sie sagen und das ihre beiderseitige Verlegenheit überwinden konnte. »Was hat das zu bedeuten? Was hat er euch gesagt?«

»Er hat uns davon überzeugt, eine Weile lang in dem Vorratslager zu bleiben. Das war das Erste. Das ... ich habe nicht ... das war ...« Er ballte die Fäuste und löste sie wieder. Der Blick seiner Augen lag hart und heiß auf ihr.

»Warum?«, flüsterte sie. Ihre Stimme klang plötzlich heiser in den eigenen Ohren.

»Wir glauben, er hat ein Gas in den Gang geleitet. Wir hörten viel Lärm. Es klang, als würden sie die Wände hochklettern und einander abmurksen. Dann wurde es still, und die Türen öffneten sich. Als wir hinausgingen, waren sie tot oder lagen im Sterben. Das soll nicht heißen, dass inzwischen nicht noch weitere von diesen stinkigen kleinen Mistviechern ausgebrütet worden sind, da bin ich mir sicher. Eins von denen hat mich am Bein erwischt. Ich habe zwei Tage lang nicht laufen können. Am Ende müssen wir mit diesem Scheiß irgendwie mal fertigwerden.«

»Wie hat er euch überzeugt, dort zu bleiben?«

Seine Kinnlade arbeitete. »Wie ich dir gesagt habe. Er hat uns Bilder von dem Zeug gezeigt. Wir haben darüber gesprochen. Ajaya hat alles zusammengesetzt.« Er wollte offenbar nicht mehr darüber erzählen, also ließ sie das Thema vorläufig fallen.

»Er hat euch gesagt, wo ich war?«

»Ja. Und wie wir dich finden konnten.« Er presste die Lippen zusammen. »Wir wussten nicht, was los war. Ich habe – zuerst habe ich dich für tot gehalten. Wir haben eine Weile gebraucht, um herauszubekommen, was mit dir und Compton geschah. Am Ende haben wir uns entschlossen, Walsh gleichfalls dort hineinzustecken. Diese Entscheidung fiel uns nicht leicht. Letztlich haben wir sie Ajaya überlassen.« Er holte tief Luft und stieß sie langsam wieder aus.

Er zeigte so viel Gefühl. Mehr als üblich. Sein Blick bohrte sich in ihren und glitt dann hungrig nach unten, bevor er verlegen wieder wegsah. Sie spürte eine wachsende, pochende Erregung in sich, die sich tief in ihr festsetzte. Anscheinend waren sie jetzt in Sicherheit. Sie wollte darauf vertrauen, musste aber erst noch mehr hören.

»Was habt ihr die ganze Zeit über gemacht?«, fragte sie.

»Gelernt.« Er lächelte, und aus seinen Augen strahlte Begeisterung. »Ajaya und Gibbs haben die Sprache erlernt – sie gehen zu einem Sprachlabor auf Ebene 15 hinunter und verbringen einen Großteil des Tags dort. Ajaya kann etwas Latein, aber wir alle schleppen uns bloß dahin. Uns fällt es nicht so leicht wie dir, Jane. Ajaya sagt, sie versteht inzwischen fast das Wesentliche dessen, was der außerirdische Kumpel zu uns sagt.«

»Aber du hast die Sprache nicht studiert? Was hast du denn in der Zeit getan, Alan?«

»Ein bisschen habe ich schon studiert, aber ich begebe mich ans Ingenieurswesen. Er zeigt mir Sachen, erstaunliche Sachen. Wie alles funktioniert. Dieses Schiff ist um so vieles mehr als das, was wir uns jemals hätten vorstellen können, Jane. Das wird alles verändern.«

Sie musste über seinen Gesichtsausdruck lächeln. Das war die Seite an ihm, die sie verstehen konnte. Ihre Interessen waren nicht dieselben, aber sie teilten trotzdem dieselbe Begeisterung. Sie wollte die Hand nach ihm ausstrecken, ihn berühren, wusste aber nicht, wie sie sich losreißen und näher zu ihm rücken sollte, ohne dass sie sich blöd und gezwungen vorkam.

»Du hast vorhin einen Drucker erwähnt – was meinst du damit? So was wie eine Essensmaschine?«

»Oh, ja.« Er hob den grünen Behälter vom Bett und hielt ihn ihr hin. Darin befand sich ein kleiner Haufen gefleckter, tanninfarbener Würfel. »Das Nächste, was bei uns daheim drankommt, ist die Technologie des 3-D-Drucks. Du steckst das Rohmaterial hinein – das Zeug, das wir am ersten Tag in diesen Röhren gefunden haben –, und es spuckt diese Dinger aus.«

Sie rümpfte die Nase. »Dieses Zeug, das wie Katzenstreu aussieht?«

»Ja, genau. Genau so sieht es aus.« Er lachte sein raues Gelächter. Ihr gefiel es, wie er lachte. Frei. Es entsprach so sehr seiner Persönlichkeit, dem, wie er sein Leben lebte.

Kichernd nahm sie ihm den Behälter ab, langsam, und sie streifte absichtlich seine Finger mit den ihren. Er rutschte näher heran, interpretierte die Geste eindeutig als Einladung.

Sie wurde rot.

»Ja. Du kippst es hinein und wählst, und es konfiguriert die Kristalle so, dass sie unterschiedlich schmecken. Wir haben damit herumexperimentiert. Einiges schmeckt schon ziemlich merkwürdig, das meiste ist aber genießbar.«

»Wie schmeckt es denn?«, fragte sie zögernd.

Sein Lächeln hatte plötzlich etwas Verschlagenes. »Das sage ich nicht. Das musst du selbst herausfinden.«

Sie sah in die Schüssel und war sich gewiss, dass sie völlig dämlich grinste. »Schmecken sie alle gleich? Sie sehen zumindest gleich aus.«

»Ich kenne deinen Geschmack nicht. Jedes schmeckt anders. Du sagst mir, was du magst.«

Irgendwie war er noch näher herangerutscht, als sie nicht hingesehen hatte. Sie fühlte sich angenehm unkonzentriert. Er war so nahe, also spürte sie die Wärme seines bloßen Arms.

Sie wählte beliebig eins aus und knabberte eine Kante an. Es war feucht und dicht. Ihr erster Gedanke war, dass es fade und kaum genießbar war, aber als sie kaute, brach auf einmal ein Geschmack aus dem darin eingebetteten Granulat hervor. Fruchtige Elemente – obwohl ihr keine bestimmte Frucht in den Sinn kam. Es war angenehm säuerlich und leicht süß, und es gab Geschmacksnoten, die es wirklich raffiniert und gut erscheinen ließen. Es war irgendwie die Essenz, das Allerbeste einer Frucht.

»Welches ist das?«, fragte er, und das Licht tanzte in seinen Augen, während er sie beim Kauen beobachtete.

»Ich glaube, es ist eine Art Frucht. Ich mag es.«

»Ja, das ist in Ordnung. Versuch ein anderes.« Plötzlich schien er wieder zu sich selbst zu kommen. »Oh, tut mir leid. Wahrscheinlich möchtest du etwas, um es runterzuspülen. Hier.« Er zog ein schlaffes Ding aus einer verborgenen Tasche der weiten Tunika, die er trug. Es war eine Röhre aus einer weichen Variante des allgegenwärtigen Plastiks. Sie war warm, da sie so dicht an seiner Haut gewesen war. »Das ist ein Wasserbeutel. Funktioniert so ziemlich wie unsere eigenen. Steck einfach das Ding in den Mund und sauge.« Er beugte sich nahe heran und zeigte auf die Öffnung des Beutels, und seine andere Hand schlüpfte hinter sie und blieb auf ihrem Rücken liegen. Es fühlte sich an wie ein Brandeisen: heiß. Sie konnte nur noch daran denken.

»Also, wir haben noch nicht darüber gesprochen, dass du ein Kleid trägst«, sagte sie mit einem leisen Schnauben. Ihr war schwindlig. Sie nippte an dem Wasser und beäugte ihn dabei von der Seite wie ein Teenager.

Es gefiel ihm anscheinend. Amüsiert beugte er sich noch näher zu ihr hin. »Es war das oder der Bademantel.« Mit der Hand umfasste er ihre bloße Schulter und zog sie zu sich. »Obwohl mir gefällt, was du trägst«, murmelte er ihr ins Ohr.

O Gott. Er war wirklich gut in so etwas.

Es war vermutlich eine echt blöde Idee und würde gewiss ein schlimmes Ende nehmen. Aber sie wollte nicht, dass es aufhörte.

Sie konnte nichts zu ihm sagen. Was hätte sie auch sagen können? Sie konnte nicht denken, sie saß einfach da, mit gesenktem Kopf, und wartete darauf, dass er seinen Zug machte. Ihre Brust hob und senkte sich. Das Laken rutschte herab, und sie wollte es so.

Er wollte sie, Alan wollte Jane. Sie – die altbackene Jane Holloway. Dieser prächtige Genius eines Mannes wollte *sie!*

Na gut, seine Nase war zu groß. Na gut, er musste sich dringend mal rasieren. Na gut, er lachte zu laut. Egal!

Er roch göttlich. Nach Moschus, männlich. Ein Hauch von Schweiß. Der guten Art. Er hatte trainiert oder so.

»Bist du nicht hungrig, Jane?« Sein Atem war heiß auf ihrem Ohr, und seine Hand nahm bereits Teller und Beutel weg.

Sie brachte ein zittriges Lächeln zustande. Sie würde es geschehen lassen. Es wäre in Ordnung. Vielleicht würde er ihr später wehtun, wenn sie schließlich zur Erde zurückgekehrt wären. Vielleicht würde er eine Jüngere finden, Hübschere. Aber darüber wollte sie sich jetzt keine Gedanken machen. Das würde der Sache den ganzen Spaß nehmen.

Jetzt. Dieser Augenblick war alles, was zurzeit zählte.

So nahe war er ihr, nur einen Atemhauch entfernt davon, sie zu küssen. Er neckte sie, zog es hinaus. Die Erwartungsfreude war köstlich.

Er keuchte ebenfalls leise. Seine Hände fuhren ihr über den Rücken, der jetzt bloß war; das Laken musste heruntergerutscht sein.

Sie sah ihm in die Augen. Sein Blick bohrte sich in ihren, hungrig und fragend. Er wartete darauf, dass sie sagte, es sei okay.

Sie lehnte sich an ihn, nur eine ganz leichte Bewegung, und ihre Hände fanden ihren Weg, um ihn zu berühren, sein bärtiges Gesicht, seine Schulter. Er reagierte augenblicklich, zog sie fest an sich, bedeckte ihren Mund mit dem seinen.

Küssen war nicht annähernd genug. Sie klammerte sich an ihn, versuchte, näher heranzukommen. Der Winkel stimmte ganz und gar nicht. So auf dem Rand der hohen Matratze zu hocken, war misslich.

Seine Hand glitt zu ihrem Busen, und sie keuchte an seinem Mund. Sanft, ehrfürchtig knetete er und drückte beide Brüste und streifte leicht mit dem Daumen über eine Warze.

Sie zog ohne großen Erfolg an der dünnen Tunika, die seine Haut von der ihren fernhielt.

Er unterbrach den Kuss, stand auf und streifte sich die Tunika über den Kopf, ließ sie auf den Boden fallen und kam wieder zu ihr, schob sie zurück und hob ihre Beine in einer raschen, geübten Bewegung aufs Bett.

Sein Blick glitt über ihren Körper, schien ihn verschlingen zu wollen. Es war ein berauschendes Gefühl.

Der Beweis für sein Verlangen presste sich fest an ihren Oberschenkel.

Sie erlebte einen Augenblick der Unruhe. Der einzige Mann, mit dem sie jemals zusammen gewesen war, war Brian, und das war jetzt schon lange her. Alan war sportlich. Sein Körper war muskulös und fest. Sie war außer Übung, außer Form und an eine hirnlose Abfolge von ereignislosen Missionarsstellungen gewöhnt. Sie fragte sich, ob sie die Geliebte sein konnte, die er haben wollte.

Er zerstreute ihre Ängste augenblicklich. Spielerisch berührte er mit seiner Nase die ihre und küsste sie voller Leidenschaft, wobei seine Zunge um die ihre wirbelte, während er langsam mit der Hand über ihren Schenkel strich, ihr Bein zur Seite schob und ihr Geschlecht mit der hohlen Hand umfasste. Seine Berührung war nicht gierig oder gefühllos, sondern ehrfurchtsvoll und von einer schmerzhaften Süße, die völlig wider seine Natur zu sein schien.

Sie drückte sich gegen seine Hand und stieß ein Wimmern aus. Seine Liebkosung war sanft, beharrlich und genau auf maximale Wirkung bedacht. Überlass alles dem Ingenieur – er weiß, wie's gemacht wird.

War das ein Anzeichen für die Sorge und Sensibilität, die sie von ihm erwarten konnte? In diesem Fall hatte sie ihn völlig unterschätzt. Sie war derart überwältigt, dass sie außerstande war, mehr zu tun, als sich an ihn zu klammern, während seine Finger und Lippen auf ihr spielten, bis sie ganz dicht davor stand und zitterte und keuchte.

Dann öffnete sie die Augen und strich mit den Händen über seinen Rücken, unaufhörlich, übte Druck auf ihn aus, versuchte, ihn in Position zu ziehen.

Er blieb, wo er war, sein Gewicht lag angenehm auf ihr, und er küsste sie wild, legte die Stirn an ihre und stieß keuchend hervor: »Wir haben geglaubt … ich habe geglaubt. Oh, verdammt, Jane. Ich habe dich verloren geglaubt, bevor ich dich jemals haben konnte.«

Qual? Bei Alan Bergen? Wegen ihr?

Er glättete ihr das Haar. Sie suchte seine blutunterlaufenen, wässrigen Augen und sah die Wahrheit darin.

Sie wusste nicht, was sie sagen sollte.

»Alan, es ist alles in Ordnung mit mir. Alles wird sich ergeben. Wir müssen ihm bloß vertrauen. Es ist die einzige Möglichkeit.«

Er spannte die Lippen an und glitt an ihre Seite, und eine Hand blieb besitzergreifend auf ihrer Taille liegen. »Ja. Das sehe ich. Zu welchem Preis, Jane? Was will er von dir?«

»Ich … ich weiß nicht genau, was du meinst. Er versucht, uns zu beschützen, uns am Leben zu erhalten.«

Sein Ausdruck wurde grimmig. »Er will mehr als das, und du weißt es! Was sagt er dir gerade im Augenblick? Hat er gerade …?« Sein Ausdruck wurde verschlossen, und er sank schwer aufs Bett, ergriff mit einer Hand die ihre und drückte sie fest.

Sie schloss die Augen, damit sie seine Angst nicht sehen musste. Sie wirkte nicht richtig, sie lag nicht richtig auf seinen Zügen. Es gefiel ihr nicht, ihn so unsicher zu erleben. Sie wollte ihn grinsen sehen, zuversichtlich, stark.

»Er ist jetzt gerade nicht hier«, murmelte sie, verlegen mit den Achseln zuckend. Warum fühlte sie sich schuldig? Beschämt?

»Sag ihm, er soll uns nach Hause bringen, Jane.« In seiner Stimme war etwas Flehentliches, das nicht dorthin gehörte, nicht, wenn er sich eine halbe Stunde zuvor seiner so sicher gefühlt hatte.

»Das kann er nicht. Es ist unmöglich. Könnt ihr, du und Gibbs, nicht herausfinden, wie man es fliegt?«

»Ich möchte es ja. Bin in der verfluchten Vorschule der Außerirdischen, Jane. Das geht nicht. Etwas von diesem Scheiß ist organisch oder so. Wir könnten an Altersschwäche sterben, bevor ich das alles rausklamüsiert habe. Wir haben verdammt viel Computerleistung mitgebracht, aber ich habe keine Ahnung, wo ich ihn anschließen soll.«

So heftiges Fluchen! Es bedeutete, dass er überaus enttäuscht war. Wenn die Situation nicht so schrecklich gewesen wäre, hätte sie darüber gelächelt.

Sie wälzte sich auf die Seite und strich mit einer Hand tröstend über seine Schulter. »Wir kriegen's raus.«

Seine blauen Augen glänzten. »Wirklich? Bevor wir uns in Zombies verwandeln? Bevor Bravo auftaucht und uns in atomaren Staub zerbläst? Hast du einen Plan, Jane?«

Einen Plan? Eine Kälte durchfuhr sie, klamm und unangenehm. Ihr Herz pochte schwer und träge. Sie widerstand dem Drang, sich an ihn zu drücken, sich auf der Suche nach Wärme und Sicherheit an ihn zu klammern. Im Augenblick war ihre Rollenverteilung eindeutig nicht traditionell, und das Gleichgewicht wieder in die andere Richtung zu verschieben, war im Augenblick unpassend.

Er bat sie, ihn anzuleiten. Das Kommando war nie ihr Ziel gewesen. Pflicht, Ehre, Altruismus, Selbstaufopferung. Das waren Eigenschaften, über die sie verfügte, das wusste sie. Aber gute Anführerschaft erforderte etwas Unangreifbares, das sie nicht definieren konnte.

Die NASA hatte sie für fähig gehalten, bevor sie ihr

auch nur begegnet war. Sie hatten ihre Vorbehalte als Bescheidenheit abgetan. Vielleicht waren sie der Meinung gewesen, dass ihre Persönlichkeit ein guter Gegenpart zu Bergens rasender Selbstüberschätzung darstellte.

Hatte sie sie irgendwie getäuscht? Das war nie ihre Absicht gewesen. Sie hatte bloß ... verdammt ... sie hatte bloß ein Abenteuer erleben wollen.

Und ihr Gewissen sagte ihr, und sie sah es jetzt, dass der Drang nie annähernd so stark gewesen wäre, wenn sie nicht Alan geschickt hätten, um sie zu überreden. Während dieser frühen Tage in Houston hatte sie wild hin und her geschwankt, während sie um ihre Entscheidung gerungen hatte. Sie hatte Augenblicke erlebt, da war sie sich sicher gewesen, sie würde weggehen, sich ein Flugzeug nach Hause schnappen, und sie hatte diese Überlegung als lächerliche Laune abgetan. Dann hatten sie sie durch ein Gebäude geleitet, und sie hatte Alan bei der Arbeit zugeschaut, und sein gewaltiger Intellekt hatte wie ein Leuchtfeuer gesendet. Er hatte sie fast ebenso bezaubert wie die Mission.

»Jane?« Seine Stimme war heiser, rau, und er wich ihrem Blick aus. Er sah aufs Bett, beobachtete die eigenen Finger, die träge über ihre Haut strichen. Sie hatte immer jemanden haben wollen, der sie auf diese Weise berührte – besitzergreifend, bewundernd. Es war berauschend. Er hätte es für ewig tun können.

»Ja?«

»Ich liebe dich.« Es war ein bloßes Flüstern.

Das Blut rauschte in ihren Ohren. Eine wilde Aufregung überschwemmte sie, noch während sich eine kalte Furcht in ihrem Magen breitmachte. Sie zog sich zurück und musterte forschend sein Gesicht.

Es stimmte nicht.

Etwas stimmte nicht.

Nein.

Das war nicht real.

19

Es traf sie mit einer Gewissheit, die sie nicht leugnen konnte.

Sie krabbelte von ihm weg, griff sich das abgelegte Laken und bedeckte sich. Sie funkelte Alan an, während sie zwischen Panik und Ekel schwankte. Sie fühlte sich körperlich krank.

Er war nicht überrascht. Er starrte sie bloß mit leerem Gesicht und reglos an.

»Dieses Szenario missfällt Ihnen, Dr. Jane Holloway?«, polterte er in ihrem Kopf. *»Soll ich ein anderes wählen? Vielleicht eine Umgebung mit weniger intimer Natur? Eine Erinnerung? Vielleicht Sectilius? Um Sie weiter mit deren kulturellen Konventionen und Verhaltensweisen vertraut zu machen?«*

»Ei'Brai – du Bastard!«, fauchte sie ihn an.

»Bringen Sie diese Bemerkung bitte in einen Kontext. Sie drücken Wut aus. Erklären Sie das!«

Sie hustete gegen ihren Handrücken. *»Du hast mich gerade vergewaltigt.«*

Ihre Wut traf auf Schock und Entrüstung. *»Keine meiner Gliedmaßen war in dieses Tableau verwickelt.«*

Sie schüttelte den Kopf. *»Wie bitte?«*

Und als sie stockend Luft holte, spürte sie dennoch,

dass seine Verwirrung echt war. Sie bemühte sich, das Gefühl zu zügeln, dass ihr gerade etwas Grässliches zugefügt worden war – leidenschaftslos abzuschätzen, was gerade tatsächlich geschehen war. Sie waren zahllose Male daran erinnert worden, dass ihre kulturellen Bezüge absolut nichts zu bedeuten hatten, oder?

Sie war ein Mensch, er nicht. Das war eine Gewissheit. Hatte er eine Vorstellung davon, was er gerade getan hatte?

Sein Tonfall, sein Verhalten sagte Nein.

Ein Gefühl von erstaunter Wissbegierde tränkte seine mentale Berührung. Ranken von Gedanken drangen zaghaft herein, um ihre Reaktion zu erforschen und zu analysieren.

Sie versuchte, etwas ruhiger zu klingen. *»Ei'Brai – du hast mich gerade auf eine bösartige, ekelhafte Weise manipuliert.«*

»Die Begattung erfordert bei Ihrer Art Zurückgezogenheit. Ist sie auch ein verwerflicher Akt? Das habe ich nicht wahrgenommen.« Sie erhielt einen kurzen Einblick in die Begattungsrituale seiner Art, und ihre Augen wurden groß angesichts der tödlichen Wildheit.

»Ja … es … ich … oh, das ist lächerlich.« Sie sackte auf dem Bett in sich zusammen und bedeckte das Gesicht mit den Händen. Das ging weit über eine Demütigung hinaus. Es war zu viel, um es zu verarbeiten.

»Dieser Akt wurde von Ihnen beiden gewollt, als Individuen. Viel davon liegt in Dr. Alan Bergens Gedanken – die Abfolge, derer Sie sich gerade erfreuten, ist fast nahtlos aus seinen üblichen Überlegungen hin-

sichtlich des Themas der Kopulation entnommen. Es ist klar, dass er in ein solches Verhalten mit Ihnen eintreten möchte. Sie haben ebenfalls über die Möglichkeit einer Vereinigung mit ihm nachgedacht, und zwar regelmäßig. Es erschien wie der natürliche Ausgangspunkt angesichts Ihrer endlosen unterbewussten Selbstgespräche.«

Sie ballte die Fäuste so fest, dass sich ihre Fingernägel in die Handballen bohrten, und der daraus resultierende Schmerz fachte ihre Wut noch mehr an. *»Ich möchte nicht, dass du in meinen unterbewussten Selbstgespräche n herumbohrst.«*

Ein konsterniertes, bohrendes Schnurren war seine Antwort.

Sie konzentrierte ihre gesamte geistige Energie, um ihn durch die mentalen Schichten zur Oberfläche ihrer Gedanken zurückzustoßen, doch bemerkte sie lediglich eine überraschte Reaktion seinerseits, als sie ihn gewaltsam zurückdrängte.

»Wo bin ich – in Wirklichkeit? Ich liege immer noch im Tank, richtig?«

Seine Stimme kam zurück, arrogant, verletzt. *»Die Genesung ist fast vollständig.«*

»Ich möchte raus. Sofort!«

»Inakzeptabel. Vorzeitiger Ausstieg könnte in dauerhaftem Gebrechen resultieren.«

»Mir egal. Lass mich raus!«

»Das ist nicht rational.«

»Aber sicher doch. Du spielst mit mir. Ich werde nicht mehr weiter mitspielen.«

»Im Gegenteil, ich …«

»Ich sehe schlicht, was du glaubst zu tun. Du hast geglaubt, du würdest mich ablenken, aber das von dir gewählte Szenario hat eine Grenze überschritten, Ei'Brai. Zum wiederholten Mal.«

»Das war zu erwarten. Die Sectilius tolerierten meine Defizite hinsichtlich kultureller Sensibilität. Sie sind nicht so nachsichtig, Dr. Jane Holloway. Der Kontrast ist vermerkt. Ich werde im Weiteren mehr Vorsicht walten lassen. Klären Sie mich auf, wenn Sie wollen. Ist dies ein Beispiel für menschliche kulturelle Sitten? Oder eher Ihrer eigenen Persönlichkeit zuzuschreiben? Wie können wir diese Sache lösen?«

Seine Stimme hatte einen väterlichen Tonfall angenommen, exakt jenen Tonfall, den Brian ihr gegenüber regelmäßig eingesetzt hatte – verächtlich, als wäre sie nicht intelligent genug, um es zu verstehen. Es wurmte sie gewaltig, insbesondere, wenn sie in Bergens ausdrucksloses Gesicht starrte.

»Schalte diese Fantasie ab – sofort!«

Sie spürte ein missgünstiges Widerstreben, als ihre Umgebung sich auflöste. Die Wirklichkeit des Tanks fiel krachend über ihr zusammen – der dunkle Raum, das Licht, das sie in einem magentafarbenen Schein badete. Das komplizierte Netzwerk aus Ranken – jetzt anscheinend verdoppelt – behinderte ihre Bewegungen noch weiter.

Sie verschloss die Augen davor und wünschte sich, dass die andere Welt echt gewesen wäre, dass Alan echt und in Sicherheit gewesen wäre und sie geliebt hätte.

Sie wollte sich dieser Wirklichkeit nicht stellen, gefangen, da Alan durchaus tot sein konnte.

Aber das Wünschen hatte nicht gutgetan. Es hatte nichts gelöst. Nichts geschah ohne aktives Handeln. Es war an der Zeit, die Dinge nicht länger passiv hinzunehmen, sondern sich daranzumachen, sie aktiv zu gestalten.

Sorgfältig schlängelte sie ihre Finger durch das Netz auf ihr Bein zu.

Ei'Brai strahlte etwas Ähnliches wie einen geistigen Glanz aus. Sie ignorierte ihn. Ihr Bein war taub und fühlte sich fremd an, da von jedem Quadratzentimeter Stränge ausgingen. Die Fasern raschelten unter ihrer Hand wie ein amorphes, wirbelloses Meereswesen.

Sie hob den Kopf, um sich umzuschauen, doch das Gel verzerrte alles, und die Ranken bildeten eine feste Matrix, die sie an Ort und Stelle fesselte, fast wie eine Mumie. Die Frustration pochte in ihr. Der Impuls, um sich zu schlagen und an den Ranken zu reißen, war stark.

Ei'Brai manifestierte einen Gedanken, vor ihr verborgen, damit sie ihn nicht nachvollziehen konnte. Doch instinktiv versuchte sie dennoch, ihm zu folgen. Er führte sie Pfade entlang, die sie zuvor so gut wie nicht zu sehen bekommen hatte, auch nie versucht hatte zu erkunden. Sie jagte sie rücksichtslos hinab, wobei sie unterwegs Informationen sammelte. Daten flossen in einer scheinbar unmöglichen Geschwindigkeit durch ihr Bewusstsein. Sie staunte darüber, wie viele davon Sinn ergaben.

Die Atmosphäre veränderte sich untergründig von

organisch zu digital, als der Gedanke, dem sie folgte, übertrat, die Kluft zwischen Ei'Brai und den neuralelektrischen Pfaden des Schiffs überbrückte. Das Gefühl war durch und durch bizarr, jedoch nicht beunruhigend. Es war ein Kommandopfad, begriff sie. So hielt er die Kontrolle über die Funktionen des Schiffs aufrecht.

Abrupt wurde sie sich seiner Absicht bewusst. Ohne zu zögern, hob Jane Ei'Brais Befehl an den Apparat auf, eine größere Menge Sedativa und noch mehr Blocker zu verabreichen. Verblüffend, dass der Apparat ihrem Befehl gehorchte. Ei'Brai zog sich zusammen, perplex angesichts ihrer jähen Einmischung.

Sie spannte sich innerhalb des Systems an, tastete nach anderen Kontrollen, von deren Vorhandensein sie wusste. Diesen Augenblick konnte sie sich nicht entgehen lassen. Die Anlage war intuitiv entworfen. Der Abdruck in ihrem Bewusstsein schloss eine Blaupause dieses Rahmens mit ein und erlaubte eine unbewusste Navigation.

Ei'Brais Bewusstseinszustand reflektierte so etwas wie eine atemlose Erwartung, während sie die grundlegende Befehlskontrolle für den Tank erforschte. Binnen Sekunden hatte sie es begriffen: Ei'Brai versuchte nicht, sie daran zu hindern, dass sie die Befehlsgewalt übernahm. Er beobachte sie bloß, wie sie den Apparat anwies, sämtliche Medikamente abzusetzen, die mechanischen Ranken zu lösen und zurückzuziehen und das Gel abzulassen.

Rote Warnlichter flammten in ihrem Bewusstsein

auf. Sie ignorierte sie, umging Sicherheitsprotokolle, war mit der Freigabe einverstanden … sie jubelte und genoss das damit verbundene Machtgefühl. Sie hatte den Eindruck, etwas erreicht zu haben, und bemerkte überrascht, dass derselbe Eindruck in Ei'Brais Bewusstsein widerhallte.

Eine Woge der Übelkeit schwemmte die Befriedigung fort. Sie bekam wieder ein Gefühl für ihren Körper. Sie würgte, zitterte in einer jähen Kühle, während sie daran arbeitete, ihre Ziele zu erreichen, bevor sie auf ihre eigenen unmittelbar lebensnotwendigen Bedürfnisse zurückgezogen wurde. Sie verfügte nicht über die Kontrolle wie Ei'Brai. Sie war außerstande abzutrennen, außerstande, gleichzeitig Schmerz oder Unbehagen beiseitezuschieben.

»Eine solche Fähigkeit liegt innerhalb der Reichweite Ihres Könnens, Dr. Jane Holloway«, polterte er aufmunternd. *»Ich werde Sie darin einführen. Demnächst.«*

Sie bemerkte seine eitle Befriedigung, während er sie bei ihrem Kampf beobachtete. Er hatte das gewollt!

Es war keine Zeit, darüber nachzusinnen. Nach einer so langen Betäubung war es eine unfassbare Flut.

Die Ranken zogen sich zurück – alle gleichzeitig. Sie umgaben ihre Haut, glitten über sie hinweg und durch sie hindurch. Sie schürzte die Lippen und hustete, während Massen an Strängen über ihre Lippen rutschten und ihre Kehle reizten.

Deutlich hörbar plumpste sie auf den Boden des Tanks, was einen stechenden Schmerz durch ihr Bein schickte. Ei'Brai hatte recht. Es war noch nicht verheilt.

Nun, zumindest in dieser Hinsicht hatte er nicht gelogen. Das war ja schon mal etwas.

Sie schauderte in einer Kühle, die sich ihr bis in die Knochen fraß. Langsam hob sie die Hand und wischte sich das Gel aus den Augen. Das half. Sehfähigkeit war eindeutig hilfreich.

Langsam setzte sie sich auf und erwartete, nach dem langen, inaktiven Untertauchen geschwächt zu sein. Aber die Schwäche war nicht das Problem. Ihre Zähne klapperten, und schleimige, eiskalte Haarsträhnen, die vor Gel trieften, klatschten ihr ins Gesicht.

Sie überprüfte die Ränder des Tanks, indem sie sich dagegen lehnte, dann legte sie ihr gesamtes Gewicht darauf, schwang beide Beine über die Kante und rutschte runter, und zwar rascher als beabsichtigt. Das restliche Gel war glitschig. Ihre Füße glitten unter ihr weg. Sie schlug mit dem Kopf gegen die Seite des Tanks, was ihr Sichtfeld auf einen Tunnel aus Licht beschränkte. Nach ein paar Augenblicken kehrten ihre Sinne wieder, und das Bein pochte nach dem Aufprall. Sie stöhnte, fand den Halt wieder und bewegte sich dann die Wand entlang, halb gehend, halb hüpfend.

Ihre Finger berührten ein hervorstehendes Modul. Es löste sich. Sie griff nach dem seidigen Material im Innern, hüllte mit einer Bahn davon ihr Haar ein und trocknete sich mit einer anderen ab. Der Stoff war unglaublich saugfähig und effizient für sein Gewicht. Im Handumdrehen fühlte sie sich besser.

Sie öffnete verschiedene Schubladen und schüttelte die Gewänder darin heraus, bis sie eine Tunika und eine

Hose zum Zusammenschnüren fand. Hosenbeine und Ärmel waren viel zu lang, aber sie rollte sie an Handgelenken und Fußknöcheln auf und lief auf bloßen Füßen. Das Gazematerial wärmte sie sogleich, so dass das Kältezittern nachließ. Sie zupfte an ihrem aufgetürmten Haar und entdeckte, dass es noch leicht feucht und strähnig war und glatt anlag. Einen Augenblick lang fuhr sie mit den Fingern durch die Strähnen und gab es dann auf. Dafür war jetzt keine Zeit.

Ei'Brai wollte sie überreden, sich untersuchen zu lassen, sich vom Computer ihren Zustand bestätigen zu lassen, sich eine Art mechanische Unterstützung zu besorgen – sich zumindest eine Injektion gegen die Schmerzen geben zu lassen. Aber sie wollte durch so etwas nicht langsamer oder erneut abgelenkt werden. Sie musste es so schaffen.

Sie humpelte aus der medizinischen Abteilung hinaus und den Gang zum Transportlift hinunter. Nur wenige Gänge entfernt lag das, was sie benötigte – die Schutzanzüge der Sectilius. Sie würden die Nepatrox von ihr fernhalten und ihr Verteidigungswaffen zur Verfügung stellen. Da sie mechanisch waren und nur wenig Aufwand zur Bedienung erforderten, würden sie ihrem Bein etwas vom Stress nehmen.

Als sie dort ankam, wusste sie, dass Ei'Brai recht gehabt hatte. Die Heilung war bei Weitem noch nicht vollständig – sie konnte dauerhaften Schaden nehmen. Ihr Atem fuhr bei jedem schmerzhaften Schritt zischend durch die zusammengebissenen Zähne.

Sie lehnte sich gegen die Wand und schlug die Handfläche auf die Türkontrolle. Die Tür glitt auf und zeigte sich wellende Reihen glänzender obsidianfarbener Anzüge. Jane zog die Brauen zusammen. Diese Dinger waren dazu gedacht zu schützen, zu töten, und dennoch war ihr Anblick, die anmutige, umgekehrte U-Form, verblüffend schön und bewegend.

Jeder Anzug war so gefertigt, dass er sich der gesamten Spezies von Körpertypen der Sectilius anpassen konnte. Man sollte hineintreten, wie die kurzen und stämmigen Beine zeigten, die an der Taille offen und wie ein Akkordeon zusammengedrückt waren. Der Rumpf war entlang der Mitte und des gekrümmten Rückens gespalten, die kompakten Ärmel endeten in Handschuhen, die sanft auf dem Boden ruhten, wie bei einer Yoga-Übung für Fortgeschrittene, die ihr nie gelungen war.

Zaghaft trat sie hinein. Der Anzug gleich daneben zuckte. Sie stolperte einen Schritt zurück und packte den Türrahmen, bis sie begriff, dass er sich gerade selbst als Reaktion auf ihre Anwesenheit und Absicht eingeschaltet hatte.

Sie starrte ihn amüsiert an: Ein komplikationsloser Einstieg war unmöglich. An einem Punkt würde sie das gesamte Gewicht auf ihr schlimmes Bein legen müssen. Sie befürchtete, dabei hinzufallen, denn sie konnte sich an nichts festhalten.

Ei'Brais Stimme irrlichterte sanft in ihrem Bewusstsein. Ein Vorschlag.

Mit gerunzelter Stirn folgte sie seinem Gedanken zu einem einfachen Befehl und sah ehrfürchtig zu, wie der

Anzug einen Fuß anhob, dann den nächsten, und mit merkwürdigen, schlurfenden, mechanischen Schritten auf sie zukam. Sie sprang zurück, drückte sich gegen die Wand, als der Anzug sich genau vor sie stellte und sich der Inhalt des gesamten Raums klirrend und polternd verschob, um den leeren Platz zu füllen, den der Anzug hinterlassen hatte.

Sie lachte laut heraus. Er kam ihr fast vor wie ein Hund, der mit dem Schwanz wedelte.

Das wäre eine ganz andere Erfahrung als das Erlebnis mit dem eigenen Raumanzug.

Das Lächeln blieb ihr an den Lippen kleben, als sie die warme Kleidung abstreifte. Der Anzug sollte nackt getragen werden, was schlicht absurd war, aber völlig Sectilius-gemäß. Ihre Haltung zum Körper und zur Sexualität war eine gänzlich andere. Sie waren von Kultur und Neigung aus Pragmatiker.

Der Gedanke ließ sie einen Augenblick lang innehalten. Woher wusste sie das mit solcher Gewissheit? Im Geiste sah sie Ei'Brai mit einer gehobenen Braue an. Sie spürte ihn jetzt – wie er sich eitel aufplusterte. Er musste kein Wort sagen, denn er hatte ihre Zeit im Tank weise genutzt und ihr Bewusstsein mit Erfahrungen und Wissen der Sectilius angereichert.

Auf Mensententia verfluchte sie ihn heftig – und spürte die Vibrationen seines Gekichers als Antwort. Sie war jetzt an diesen Verrückten gebunden, zum Besseren oder Schlimmeren.

Sie wandte sich ab, stützte sich gegen die Wand, legte ihr ganzes Gewicht auf das gesunde Bein und hob das verletzte mit einer Hand an, lenkte es hinein in das entsprechende Bein des Anzugs.

Als der Stiefel sich um ihren Fuß und den unteren Teil des Beins zusammenzog und einrastete, zog sie heftig den Atem ein.

Dann packte sie den Türrahmen, legte das Gewicht auf das verletzte Bein, das jetzt teilweise gestützt wurde, und schlüpfte mit dem gesunden hinein, so rasch es ging. Es gelang ihr, aufrecht stehen zu bleiben. Ihre Fingerknöchel waren weiß, und sie holte bei dem heftigen Schmerz keuchend Luft. Sie beugte sich hinab, fasste geübt die Haltegriffe, die im Taillengürtel eingelassen waren, und zog sie hoch, als hätte sie es zuvor schon einmal getan. Jeder Muskel in ihr spannte sich an, und der Anzug sirrte und übernahm ruckartig, passte sich dabei an die Konturen ihres Unterleibs und legte sich über ihre Verletzung. Es folgte ein kurzer Druck, während die internen Computer ihre Anatomie prüften, und dann stellte sich der Anzug auf eine halb bequeme Position ein. Das würde noch besser werden, wenn sie ihn vollständig angelegt hatte.

Dazu musste sie sich nur ein wenig zur Seite lehnen und den Arm in den Handschuh schlüpfen lassen. Er streckte sich und zog sich um ihn zusammen. Sie erwartete, dass er schwer wäre, aber das Getriebe unterstützte ihre Bewegungen und reduzierte die Last für sie. Genau dort, wo sie ihn haben musste, wartete der andere Ärmel darauf, dass sie hineinschlüpfte. Sie biss sich auf die Lippe und schob die Finger in die Röhre.

Ein verwirrendes Durcheinander mechanischer Bewegungen trieb ihren Puls in die Höhe. Ihr rechter Arm war umhüllt. Der Anzug schloss sich über ihre Brust. Der Helm glitt über ihren Kopf. Sie zuckte zusammen, als sich die Sanitärvorrichtung mit ihrem Intimbereich, der wegen ihrer mentalen Ablenkung von eben überraschend sensibel war, unter einem ungemütlichen Kratzgeräusch verband.

Jetzt war sie geschützt – vor dem Vakuum des leeren Raums, vor den Elementen, vor chemischer oder biologischer Kriegsführung und vor allem anderen, bis auf die mächtigsten Waffen. Der Anzug war für einen Kampf mit dem Schwarm ausgelegt, er konnte also leicht mit den Nepatrox fertigwerden.

Einen Moment lang stand sie benommen da, um sich an den neuen sensorischen Input zu gewöhnen. Ein riesiges rotes Symbol hing vor ihren Augen, dessen drei Dimensionen abwechselnd scharf und unscharf wurden.

VERZÖGERE KURZZEITIG AKTIVITÄT, zeigte es an.

Sie war mit den rankenartigen medizinischen Apparaten noch nicht fertig. Der Anzug verwendete dieselbe Technologie, um medizinisch auf sie zuzugreifen und rudimentäre Pflege unter Kampfbedingungen zu gewährleisten. Ohne das Gel, das das Gefühl dämpfte, zwickten sie, als sie sich an sämtlichen strategisch wichtigen Punkten in ihren Körper bohrten.

Der Anzug untersuchte sie. Erschrocken ging ihr auf, dass er in ihr Gehirn eingedrungen war und eine digitale Diagnose ihres Gesundheitszustands auf eine Sichtfeldanzeige hinter ihren Augen einblendete. Das rechte Bein des Anzugs passte seine Konfiguration ein wenig an, um die heilende Skelettstruktur zu unterstützen und weiteren Schaden so gering wie möglich zu halten.

Am Ort der Nervenwurzel ihres rechten Beins, das zum Glück bereits völlig taub war, wurde ein Shunt eingesetzt. Neue Wege zur Kontrolle der Bewegung dieses Beins wurden angelegt. Ein Softwarepatch wurde eingerichtet und mit dem primären Bewegungskortex auf der linken Seite des präfrontalen Lappens ihres Gehirns verbunden, um die Übertragung zu erleichtern.

Hinter ihren Augen forderte ein verwirrendes Symbol sie auf: ÜBEN?

Sie spürte, dass sich der Anzug fast mühelos bewegte, wobei die Servomotoren quietschten und surrten. Sie nickte unbewusst und stieß ein leises Lachen aus, denn sie kam sich vor wie die Heldin eines Comics. Welche? Ihr wollte der Name nicht einfallen. Alan würde es wissen.

Der Anzug wollte die Anpassung für sie persönlich optimieren. Mit dem geistigen Auge sah sie, dass er von ihr verlangte, eine Reihe von Manövern auszuführen, zuerst so etwas wie Freiübungen, dann zunehmend kompliziertere Bewegungen. So etwas wie Kampfkunst.

Sie musste ihn finden – musste sie alle finden. Ei'Brai behauptete, er wisse nicht, wo sie waren oder was ihnen zugestoßen war. Sie wusste nicht, was sie finden würde, aber sie musste sofort losgehen.

Ihre erste Sorge in diesem Augenblick war die, das Gehen in diesem Aufzug zu meistern. Sie wandte sich sorgfältig in der Absicht zur Tür, schnurstracks nach Plan vorzugehen.

Zunächst war ihre Gehweise unbeholfen. Wenn das rechte Bein auf den Boden knallte, wurde ihr ganzer Körper bis hinauf zu den Zähnen erschüttert. Die Anpassungssoftware justierte das Codepflaster bei jedem Schritt, bis ihr Gang weniger ein trunkenes Umhertorkeln und mehr ein leicht unzusammenhängendes Stampfen wurde. Vielleicht war dies das Beste, was sie erreichen konnte.

Der Anzug drängte sie dazu, die praktischen Übungen fortzusetzen, um die Hardware/Software-Integration zu perfektionieren. Diese Aufforderung unterdrückte sie gewaltsam. Sie musste sich nicht wie ein Ninja bewegen, sie musste einfach nur ankommen. Während sie Richtung Transportlift tappte, wurde sie immer schneller.

20

So verflucht müde.

Alans Augen schlossen sich. Er ließ es geschehen und zwang sich dazu, aktiv zu bleiben, aufmerksam, während er ein wenig Ruhe bekam. Nur ein paar Minuten. Solange er sich ruhig hielt, befand er sich in relativer Sicherheit. Bloß … nicht schlafen. Wenn er schlief, könnte er schnarchen. Schnarchen war keine gute Idee.

Er befand sich in diesem miesen Zustand, weil er vor einiger Zeit eingeschlafen war – keine Ahnung, wie lange das jetzt her war. Er hatte seine Uhr verloren – als ob er so etwas wie Zeit in diesem Albtraum überhaupt verfolgen könnte. Er hatte seit einiger Zeit nichts mehr gegessen, die ihm wie Tage vorkam. Er war nicht einmal mehr hungrig.

Mit einem überraschten Schnauben erwachen und entdecken, dass irgendeine Kreatur an seinem Bein nagte? Das war völlig daneben. Die Tatsache, dass er sie nicht gespürt hatte oder dass er immer noch am Leben war? Noch mehr daneben. Er hätte inzwischen tot sein sollen.

Als er das eine Augenlid etwas hob, um auf das Bein hinunterzusehen, stellte er fest, dass sein Fliegeranzug vom Knie an zerfetzt war, und es zeigte sich eine Wade, die an ein angenagtes Steak erinnerte. Es hatte nicht viel geblutet, was ihm unheimlich vorkam. Die verdammten Dinger mussten eine Art Gerinnungsmittel in ihrem Speichel haben – damit ihr Fleisch am Leben und frisch blieb. Er hustete leicht, zuckte dann und wurde völlig wach, weil ihm einfiel, dass er kein Geräusch von sich geben sollte.

Geräusche zogen die kleinen Mistviecher an.

Mehr als alles andere musste er deshalb so leise wie möglich bleiben. Eine andere Möglichkeit gab es nicht. Also kein Schlaf, kein Ächzen, kein Jaulen. Ganz und gar nichts. Nur herumhängen.

Der Drang, etwas Obszönes zu kreischen, war stark, aber er hielt ihn zurück, wenn auch nur knapp. Etwas in ihm wollte nur noch, dass alles vorüber wäre. Wenn er nicht hinaus und kämpfen konnte, dann konnte er zumindest noch hinaus und wie ein Irrer wüten.

Gottverdammtes Viehzeug! Er war keine *All-you-can-eat*-Sushi-Bar.

Er fühlte sich fiebrig und benommen. Es ließ sich unmöglich sagen, was für Keime diese Bastarde in ihm hinterlassen hatten, und es gab keine Möglichkeit, die Wunde zu reinigen. Ihm war nichts geblieben. Er hatte alles bis auf seine Waffe verloren, und sogar in der waren nur noch ein paar kostbare Kugeln übrig.

Wie viele? Eine? Zwei?

Zu müde zum Nachsehen. Er war sowieso abgeneigt, sie zu verwenden. Der Lärm schuf mehr Probleme, als er löste.

Der Kopf sank ihm auf die Brust. Er ruckte wieder

hoch und blinzelte eulenhaft, wobei er sich an den letzten Gedankengang zu erinnern versuchte, dem er gefolgt war, bevor er eingenickt war.

Die Hoffnung, dass Walsh und die anderen nach ihm suchen würden, hatte er längst aufgegeben. Sie waren bereits auf und davon. Sie würden monatelang auf den Mars zutreiben, und wenn sie bis zu ihrer Ankunft dort nicht bereits Zombies wären, dann würden sie landen, die beiden Kapseln miteinander verbinden und dort ihr Lager aufschlagen und warten, bis sich das Startfenster zur Heimreise wieder öffnete. Sie könnten Houston ein Jahr lang erklären, was geschehen war. Houston würde zweifelsohne Bravo herschicken, um das Schiff abzuschießen. Und das war's dann!

Er hing einfach in dieser Grabkammer herum und würde abwarten, bis er abnibbelte. Das Einzige, was ihn daran hinderte, völlig durchzudrehen, war die Hoffnung, dass … dass Jane vielleicht noch am Leben war.

Walsh ließ den Rücken seines Fliegeranzugs los, und Alan fuhr wütend zu ihm herum. »Wir müssen ihr folgen.«

Walsh musterte ihn ruhig. »Und wie sollen wir das tun, was schlagen Sie vor?«

»Wir … wir … verdammt! Was ist da gerade passiert, zum Teufel?« Alan fuhr herum, hob die Hand zum Nacken und packte fest zu, während er in Gedanken rasend schnell jede Möglichkeit durchdachte. »Scheiße, Scheiße, Scheiße!«

Gibbs und Ajaya näherten sich langsam. Die Tiere krabbelten und zischten auf der anderen Seite der Tür.

Ajaya ergriff das Wort. »Wir sollten den Raum untersuchen, ob es hier irgendetwas gibt, das wir benutzen können.«

Walsh nickte ernst. »Einverstanden. Teilt euch auf – aber haltet Sichtkontakt.«

Gibbs' Blick schoss vom einen zum anderen. »Wir reden nicht über das, was gerade geschehen ist? Das war nicht Tom Compton ...«

Ajayas Augen waren glasig. »Eindeutig nicht.«

Gibbs fuhr fort: »Ich meine, es war sein Körper, ich weiß ... aber ...« Seine Stimme verlor sich, und er richtete einen flehentlichen Blick auf Ajaya. »Haben Sie irgendwelche Theorien zum Was oder Wie?«

Ajaya verzog schmerzvoll das Gesicht. »Ich habe keine Ahnung. Das liegt ziemlich weit jenseits der Sphäre der menschlichen Medizin, Ronald.«

Sie würde nicht aussprechen, was sie alle dachten – dass das Alien Jane von Anfang an für etwas hatte haben wollen. Jetzt hatte es sie und Compton, alle beide.

»An diesem Punkt spielt es keine Rolle, wie oder sogar warum«, stieß Walsh hervor. »Er lacht sich einen Ast ab, uns dabei zu beobachten, wie wir unsere Zeit verschwenden. Wir müssen bloß einfach hier raus, und zwar dalli.«

Plötzlich verstärkten sich die Geräusche vom Gang draußen. Es folgte eine Kakophonie aus dumpfen Schlägen, unirdischem Gekreisch und schrillem Zischen. Alle wandten sich zur Tür. Alan erwartete halb, dass sie sich öffnete – oder dass etwas durchbrechen würde.

Ajaya ging rasch hinüber und legte die Hand auf die Türkontrolle, bereit, sie wieder zu schließen, falls eines der Dinger Glück hätte und draußen auf die richtige Stelle drückte.

Etwas Großes knallte gegen die andere Seite der Tür, so dass sie erbebte. Ajaya zuckte zurück. Walsh trat zwischen sie und die Tür, die Pistole in einer Hand bereit, den Tank in der anderen. Alan und Gibbs traten zu ihm. Sie standen abwartend Schulter an Schulter da.

Die wütenden und qualvollen Schreie von der anderen Seite der Tür erreichten einen ohrenbetäubenden Höhepunkt. Alan warf den anderen einen Blick zu und bereitete sich innerlich auf den nächsten Überfall vor, der, wie er wusste, das endgültige Aus bedeuten würde.

Dann erstarben die Geräusche. Stille.

Minuten verstrichen ohne einen Laut. Kein Zischen, kein Gekreisch, nicht einmal das Kratzen von Klauen an der Tür.

Kalter Schweiß lief Alan das Gesicht herab. Er schüttelte ihn mit einem Schulterzucken ab. Er war äußerst durstig, ihm war kalt vom vergossenen Schweiß, und seine Muskeln schmerzten von der Anstrengung und Anspannung der vergangenen Stunde. Das Brennen an seinem Bein ließ nach und wurde rasch durch ein steifes, hölzernes Gefühl ersetzt.

Sie hielten sich bereit, aber Alan wollte das dämlich vorkommen.

»Was ist gerade passiert?«, fragte Gibbs nervös und stellte sich neu auf.

Alan verdrehte die Augen. »Ist das eine rhetorische

Frage? Warum glauben Sie, dass wir mehr Informationen haben als Sie, Gibbs?«

Walsh schoss ihm einen unfreundlichen Blick zu und senkte seine 9-mm. »Zurücktreten.«

Sie verteilten sich und standen reglos und lauschend da. Ajaya ging zur Tür und legte das Ohr daran. Walsh schlenderte neben sie, und sie machte ihm kopfschüttelnd Platz. Er horchte lange Minuten.

Walsh trat noch einen Schritt zurück und winkte Ajaya zur Türkontrolle, dann zeigte er auf Alan und Gibbs, dass sie ihn flankieren sollten. »Gebt mir Deckung«, sagte er barsch. Sobald sie auf Position standen, nickte er Ajaya zu. Sie tippte auf den Knopf und nahm Verteidigungshaltung ein.

Die Tür glitt auf. Ein Haufen Nepotrax, die an der Tür gelehnt hatten, fiel ihnen entgegen. Walsh trat fluchend zurück, feuerte jedoch nicht in den Haufen.

Alle waren tot. Soweit Alan erkennen konnte, war der Fußboden übersät mit verzerrten Kadavern. Viele wirkten gequält, verdreht – hervortretende Augen, weit herabhängende Kinnladen, Halskrause aufgebläht, schuppige Zungen steif herausgestreckt. Im Tod waren sie noch grotesker als im Leben. Obwohl das keine große Meisterleistung war.

»Was ist das denn, zum Teufel?«, brummte Walsh.

Ajaya trat vor, beugte sich hinunter und drehte eines der Biester mit dem Lauf der Beretta um.

»Irgendwelche Theorien, Varma?«, knurrte Walsh.

»Wenn ich raten sollte, würde ich sagen, Erstickungstod«, erwiderte sie.

Walsh schnaubte und stieß eines mit der Stiefelspitze an.

Gibbs mied betont den Blick auf die Kadaver. »Das ist Wahnsinn. Wie konnte das geschehen?«

Niemand wusste es. Niemand gab ihm Antwort.

Walsh schob sich vorsichtig durch die Tür, trat über die toten Nepotrax hinweg und ging darum herum. Beunruhigt durchsuchte er den Gang in beide Richtungen.

Alan sah, wie die Rädchen sich drehten. Unbewusst folgte er Walsh in den Gang und brüllte: »Wir machen uns auf die Suche nach Jane, Sie Bastard!«

Walsh zog langsam die Luft ein und hob den Kopf ein wenig. Er richtete einen fragenden Blick auf Ajaya.

Ajaya straffte die Schultern und nickte. »Sollten wir, ja.« Sie wandte sich Gibbs zu.

Gibbs fand anscheinend keinen Ort, auf dem er den Blick ruhen lassen konnte; also schloss er die Augen. »Johnson hat keine Ahnung, was hier los ist. Wir sind es ihnen schuldig – zumindest – eine Nachricht nach Hause durchzugeben. Ich glaube, das sollte Priorität haben.«

»Jane hat uns gerade das Leben gerettet, Gibbs!«, platzte Alan ungläubig heraus.

Gibbs verzog den Mund und richtete den Blick auf Alan. »Ja. Aber wie könnten wir sie hier drin finden? Wir müssen realistisch bleiben, Berg.«

»Es steht fifty-fifty«, sagte Walsh.

Alan ballte die Hände an seinen Seiten. »Nein, steht es nicht. Jane ist die entscheidende Stimme. Sie möchte gefunden werden, gottverdammt noch mal.«

Walsh räusperte sich. »Wie lange kann sie mit einer solchen Verletzung überleben?«

Ajaya sah nachdenklich aus. »Es war ein komplizierter Bruch. Das ist eine sehr ernste Sache. Sie wird viel Blut verloren haben. Ich kann mir nicht vorstellen, dass sie länger als drei Tage durchhält. Sogar ohne Berücksichtigung des Blutverlusts. Sie hatte kein Wasser dabei, und bei einer solchen Verletzung ist eine Sepsis unausweichlich. Sieht düster aus.«

Walsh nickte langsam. »Können Sie diese Verletzung mit den Vorräten der *Providence* behandeln?«

Ajaya hob das Kinn. »Ja, Commander.«

Also ein Hauch von Tapferkeit seitens Ajaya. Wenn das bei Walsh funktionierte, wäre es nur gut.

Alan beobachtete Walsh und wollte ihn kraft seines Willens dazu bringen, die richtige Entscheidung zu treffen. Unabhängig von Walshs Entscheidung hatte er seine eigene bereits getroffen. Er würde das Schiff nicht ohne sie verlassen. Was das auch zu bedeuten hätte – er täte es nicht.

Walsh kratzte sich geistesabwesend den Bart, dann ruckte er mit dem Kopf zum Transportlift hinüber. »Also dann, gehen wir.«

Aber so einfach war das nicht.

Sie wanden sich durch das Gemetzel, die Pistolen bereit. Alan blieb in der Nachhut, so dass die anderen sich nicht bemüßigt fühlten, Bemerkungen über die wachsenden Schwierigkeiten zu machen, die er mit seinem Bein hatte.

Während sie sich ihren Weg zu der Stelle suchten, wo Jane hingestürzt war, schluckte Alan schwer. Sie hatte viel Blut verloren. Da war eine große, dunkle Lache, eine kleinere in der Nähe mit einem langen, verschmierten Fleck dazwischen. Dorthin hatte sie sich bei ihrem Rettungsversuch geschleppt.

Wohl nicht von der Hand zu weisen: Er hatte bei ihr versagt. Das hatten sie alle.

Ajaya blieb stehen, um den Bereich zu durchsuchen, bevor sie darum herum trat. Ihre Stimme blieb klinisch. »Es sieht stets schlimmer aus, als es ist. Flüssigkeiten … das Volumen erscheint stets größer, wenn sie sich ausgebreitet haben, Alan.«

Er nickte und wandte sich ab, denn er ertrug ihren mitleidigen Ausdruck nicht.

Sobald sie dieses Gebiet verlassen hatten, war der Kontrast ernüchternd. Der Gang in der Nähe des Transportlifts war praktisch unberührt, als hätte der ungeheuerliche Überlebens- oder Todeskampf nur wenige Meter entfernt einfach gar nicht stattgefunden. Wenn er sich nicht umdrehte, könnte er fast glauben, dass alles ein schrecklicher Traum gewesen war.

Die schleimige Masse auf dem Boden vor dem Transportlift lag schlaff da und war aufgerissen, ihr Inhalt irgendwann freigesetzt worden, seitdem sie sie zuletzt gesehen hatten. In der Kabine lagen die Überreste mehrerer Kreaturen, anscheinend von Compton zu Mus zerquetscht.

Sie traten ein. Bergen lehnte sich gegen die Wand, dankbar, einmal nicht einen steifen, kribbelnden Fuß am Ende eines Beins mitschleppen zu müssen, das sich allmählich dagegen wehrte, sich überhaupt zu bewegen.

Walsh strahlte Verstimmung aus. »Wo fangen wir an?«

»Gehen wir mal vom besten Szenario aus.« Ajaya berührte das Symbol für die Ebene mit der medizinischen Abteilung. Nichts geschah. Sie drückte erneut. Die Tür schloss sich nicht. Sie fuhren nirgendwohin.

Alan schob sie beiseite, drückte selbst auf den Knopf und versuchte es dann bei verschiedenen anderen. Er drückte sämtliche Knöpfe. Hämmerte mit den Fäusten darauf ein.

Sie saßen fest.

Alle drei beobachteten ihn, wie er fluchend den Gang auf und ab humpelte, bis er schließlich auf den Hintern plumpste. Niemand sagte etwas dazu. Sie ließen sich lediglich schützend um ihn herum nieder und teilten eine magere Mahlzeit und etwas Wasser.

Ajaya sprach kein Wort, sondern schlitzte effizient sein Hosenbein bis zum Knie auf, untersuchte die Wunde, schmierte eine Salbe darauf und legte einen Verband darum. Er wusste, dass er ihr danken sollte, brachte aber bloß ein Nicken zustande. Sogleich theoretisierte er herum, wo der nächste Transportlift liegen mochte, vom Standpunkt des Ingenieurs aus gesehen.

Walsh hielt den Blick auf seine Mahlzeit gerichtet. Seine Stimme war nüchtern. »Es hält uns fern, Berg. Ich glaube, Sie finden sich besser damit ab. Es will nicht, dass wir ihr folgen.«

»Der Transportlift könnte kaputt sein«, sagte Bergen ruhig, und jeder Muskel in seinem Körper spannte sich.

»Das wäre aber dann schon so etwas wie Zufall, meinen Sie nicht?«

»Nicht, wenn Waffen im Innern losgegangen sind.«

»Dafür haben wir keinerlei Anzeichen gesehen.«

Alan erhob sich, hüpfte auf einem Fuß herum und wollte sich gar nicht mehr einkriegen. »Sie ist eine von uns!«

Ajaya stand ebenfalls auf, legte ihm eine Hand auf den Arm und stützte ihn so untergründig. »Wir müssen das durchsprechen, Alan. Sie müssen ruhig bleiben.«

Walsh rührte sich nicht vom Fleck. »Wir sind hier nicht im Film, Berg. Wir verlieren Leute. Es ist eine Tatsache des Lebens. Wir alle haben das gewusst, als wir unterschrieben haben. Wir alle haben gewusst, dass wir wahrscheinlich nicht nach Hause kämen.«

»Sie geben sie zu schnell auf. Irgendwo hier drin muss es Leitern geben. Ich finde sie.«

Walsh lehnte sich zurück und verzog das Gesicht. »Das könnte Tage dauern. So viel Zeit hat sie nicht.«

Ajayas Hand schloss sich fester um seinen Arm.

Alans Stimme war jetzt ein tiefes Knurren. »Das wissen Sie nicht sicher. Ich könnte Glück haben.«

Walsh hob die Brauen und gestikulierte schlaff. »Uns geht die Munition aus. Was ist, wenn es noch mehr von den Dingern gibt?«

»Was ist, wenn ich Ihnen stundenlang in den Arsch trete?« Ungeachtet dessen, dass er das kaum zustande bringen würde.

Ajaya führte ihn gewaltsam am Arm ein Stück weiter weg. Er lehnte sich gegen die Wand und schnaufte wie eine Lokomotive durch die geblähten Nasenflügel. Er stand kurz vor der Explosion.

Geduldig wartete Ajaya, bis er sich ihr zuwandte und eine Hand in die Luft reckte. »Ich gehe nicht, bevor ich weiß, dass sie … Ihr könnt gehen, wenn ihr müsst. Ich werde sie nicht hier zurücklassen, damit sie … Ich werde sie nicht hier alleinlassen.«

Ajaya nickte langsam. »Vertrauen Sie mir, dass ich in der Sache fair vermittle?«

Ajaya? Fair?

»Ja«, erwiderte er durch die zusammengebissenen Zähne …

Er hatte keine Ahnung, vor wie langer Zeit dieses Gespräch stattgefunden hatte. Die Zeit erschien unbestimmbar ohne eine Möglichkeit, sie zu markieren. Sie waren einverstanden gewesen, drei Tage auf ihn zu warten, während er nach einer Möglichkeit gesucht hatte, von diesem Deck wegzukommen. Jene drei Tage waren längst vergangen.

Sobald die Lähmung in seinem Bein nachgelassen hatte, hatte er weitere Transportlifte gefunden. Keiner davon funktionierte. Er hatte keine Leiter entdeckt, die zu einem anderen Deck führte. Er war zur Kapsel zurückgekehrt, bevor die anderen abgelegt hatten, um weitere Zeit einzufordern, um weitere Vorräte zu erhalten und ein Schneidewerkzeug. Er hoffte, die Wand um die Bedienknöpfe des Transportlifts aufschneiden zu können und ihn manuell wieder zum Funktionieren zu bringen. Es war ein ziemlich verzweifelter Ansatz, aber ihm war auch ziemlich verzweifelt zumute.

Zu dieser Zeit wurde es klar, dass eine neue Brut der

Kreaturen geschlüpft war. Sobald sie seine Spur aufgenommen hatten, hatten sie ihn gejagt. Er war ein leichtes Ziel, bis er begriffen hatte, dass der ganze Lärm, den er veranstaltete, das Problem darstellte. Er schaffte es nicht zurück zur *Providence.*

Ein paarmal war es sehr knapp gewesen. Er hatte sich in einen Raum zurückgezogen und sich in einem kleinen Bereich verbarrikadiert, indem er Vorratskisten um sich gestapelt hatte, wie eine Wagenburg. Die größeren Tiere konnten ihn nicht erreichen, es sei denn, sie konnten die Kistenstapel umwerfen, aber die kleineren konnten zwischen ihnen hindurchschlüpfen – kleiner, jedoch nicht weniger bösartig. Nur eines hatte ihn überraschend erwischt. Und jetzt war er in einem sehr, sehr schlimmen Zustand.

Wieder ging draußen im Gang etwas vor sich. Ein paar Augenblicke lang horchte er, um herauszufinden, wie nahe es war. Die verdammten Dinger waren wieder am Werk; hier draußen wurde so etwas wie ein Krieg ausgetragen. Sie kämpften um die Vorherrschaft, um Futter.

Verdammte Kannibalen! Wenn eine andere Nahrung vorhanden wäre, vermutete er, würden sie die fressen. Er wollte seinen Aufenthaltsort nicht verbreiten und Reklame dafür machen, dass er ein williges Büfett war. Noch nicht.

Er dachte an Jane, um sich die Zeit zu vertreiben, wie er es oft tat, schloss die Augen und sann über den Tag nach, gleich zu Anfang ihrer Reise, als sie Stunden damit verbracht hatte, sich zum ersten Mal das Haar in der Mikrogravitation zu waschen.

Es war ihr peinlich gewesen, und sie hatte versucht, so unverdächtig wie möglich zu erscheinen. Lautlos kicherte er in sich hinein. Sie hüllte sich in ihre Würde wie in einen Mantel, war stets solide, stets ruhig, stets vernünftig. Sie half ihm dabei, dass er sich … stabiler fühlte? Geistig gesund? Glücklich? Er wollte ihr gefallen, also versuchte er es noch mehr. Er täte das nicht einfach für jeden. Sie war etwas Besonderes.

Er stellte sich vor, sie wieder festzuhalten, ein weiteres Mal. Wie er sie an jenem Tag in der Kapsel gehalten hatte, wobei sein Kinn auf ihrem glänzenden, seidigen Haar geruht hatte. Sie hatte himmlisch geduftet, während die übrigen wie Paviane gestunken hatten. Irdisch, waldig, fast blumenhaft. Sie war warm und weich. Sie hatte sich perfekt an ihn geschmiegt, ganz ohne Peinlichkeit. Sie war ein Geschenk.

Wehmütig blinzelte er ein paar Tränen zurück, blickte zur Decke auf und rieb sich Gesicht und Bart. Ein lautloses Gelächter entfloh seinen Lippen, als er sich an ihre Reaktion auf seinen Bart erinnerte, den er sich hatte wachsen lassen. Er war der Erste der Männer, der das Rasieren mit stumpfen Rasiermessern eingestellt hatte – ohne fließendes Wasser war es bloß lästig, und der Vakuumrasierer, den sie in die Kapsel eingebaut hatten, war wertlos. Also hatte er sich einen Bart wachsen lassen. Es war am einfachsten so gewesen.

Zunächst hatte sie ihn wegen seines modischen Dreitagebarts geneckt. Als der Bart dann wirklich dicht geworden war, hatte sie ihn mit seinem schwärzlichen Piratenbart aufgezogen. Dann hatte sie ihm eine Augenklappe präsentiert, sorgfältig geformt aus benutzter Essensverpackung, und sie ihm strahlend überreicht. Er klopfte sich auf die Tasche am Schenkel und spürte das Plastik unter seinen Fingerspitzen knistern. Immer noch da.

Sie war der Klebstoff gewesen, der alle zusammengehalten hatte. Ohne sie hätten sie es wahrscheinlich nicht lebend zum Ziel geschafft. Er und Walsh hätten einander wahrscheinlich nach ein paar Monaten gegenseitig umgebracht.

Seine Kehle zog sich schmerzhaft zusammen. Wahrscheinlich bekämen sie nie wieder Gelegenheit, zusammen zu sein. Er würde es nie richtig hinbekommen, würde etwas Dummes anstellen, sie irgendwie verletzen. Auf diese Weise bliebe ihre Beziehung unverdorben. Sie hatten jene paar bedeutungsvollen Augenblicke gehabt. Zwar hatten sie nie miteinander geschlafen, aber so hatte er auch keine Gelegenheit gehabt, mal wieder alles zu verderben.

Er erwachte hyperventilierend und schlug wild mit den Armen um sich, um das Biest abzuwehren, das ihn bestimmt hier finden würde. Er beruhigte sich wieder, überblickte prüfend die Lage und verfluchte sich dafür, erneut eingeschlafen zu sein.

Ihm war heiß. Er war schweißgebadet. Alles verschwamm ihm vor den Augen. Aber dort war nichts.

Oh, verdammt! Sieh bloß nicht auf das Bein!

Was hatte ihn geweckt? Er blinzelte rasch und zwang seine Augen, offen zu bleiben, statt wieder zuzufallen.

Wieder vollführten die Kreaturen in der Nähe einen Höllenlärm. Sie waren nahe. Richtig nahe.

Das war's. Sie hatten ihn aufgespürt. Sie würden die Wände seiner improvisierten Barrikade einreißen, ihn jede Minute durch die schiere Anzahl überwältigen. Er konnte sich fast nicht dazu bringen, dass es ihm etwas ausmachte. Gewiss würde es nicht wehtun. Zumindest nicht sehr.

Dennoch … er fummelte an der Pistole herum. Sie war so verdammt schwer. Für den Augenblick würde es reichen, sie in der Hand zu halten. Es waren immer noch ein paar Kugeln drin, oder? Komisch, dass diese Verbrennung an seiner Hand immer noch heftiger schmerzte als das Bein, das bloß ein von Pusteln bedeckter Fleischklumpen war.

Die Laute, welche die Kreaturen jetzt von sich gaben, klangen merkwürdig. Die Neugier drängte ihn zu den Kisten, um durch die Ritzen zwischen zweien hindurchzuspähen. Sogleich füllte sein eingeschränktes Blickfeld eine größere Kreatur, die dort draußen lauerte und ihn daran gehindert hatte, zur Tür zu gelangen und sie hinter sich zu schließen. Sie zischte und schlug mit dem Schwanz um sich. Er nannte sie Barnabas. Sie waren alte Kumpel.

Bergen verdrehte die Augen und rutschte zum nächsten Spalt. Von draußen ertönte ein Stampfen und Schlagen, wie er es zuvor noch nicht gehört hatte. Gab es im Lebenszyklus der ekligen Kreaturen ein drittes Stadium? Konnte das hier tatsächlich noch schlimmer werden?

Der Gestank brutzelnden Fleischs drang ihm in die Nase, und er rümpfte sie konsterniert. War er so hungrig, dass er sich Grillfleisch herbeihalluzinierte? Das war doch alles bloß noch krank, oder?

Er erhaschte einen Blick auf etwas Schwarzes und Glänzendes im Gang. Seine Augen wurden groß, und er vergaß alles andere. Etwas Großes und Schweres taumelte in den Raum und krachte zu Boden, umgestoßen und überrannt von den Kreaturen. Er bekam es nicht gut in den Blick. Er schloss rasch die Augen und schüttelte den Kopf, um ihn klarzubekommen, wandte sich dann wieder dem Spalt zu und spähte mit einem Auge hin, um besser sehen zu können.

Was es auch sein mochte, es war stark. Es schlug wild die Viecher von sich herunter und knallte schwer gegen Fußboden und Wände, während die Nepatrox es umschwärmten und versuchten, es am Boden zu halten, wo sie auf es einschlugen und an ihm knabberten.

Eine Kreatur knallte in die Kisten, die ihn abschirmten. Sie schwankten heftig. Einen Moment glaubte er, sie würden auf ihn fallen, aber sie kamen wieder zur Ruhe.

Was war das für ein Ding?

Warte mal, war das ein Arm?

Oh, Scheiße!

Es war ein Arm. Ein Arm mit so etwas wie einer Waffe. Die Luft schien sich um die Faust des ausgestreckten Arms zu verdichten, und eine lautlose, erschütternde Kraft strahlte davon aus – sie schickte die Kreaturen in alle Richtungen davon und zerschlug sie zu Brocken.

Bergen schluckte heftig, als sich mehr von dem schwarzen Untier zeigte, als die Nepatrox zerplatzten und die Luft sich mit dem ekligen Gestank nach verrottetem und brutzelndem Fleisch füllte.

Von der Gestalt her war es menschlich. Und es sah verdammt zum Fürchten aus.

Aha. Der Alien-Bastard zeigte endlich sein Gesicht.

Fasziniert beobachtete er, wie das Ding wie ein Käfer auf dem Rücken zappelte und versuchte, wieder hochzukommen. Wenn er nicht so völlig entsetzt gewesen wäre, hätte er es komisch finden können.

Schließlich warf es sich herum und kam auf alle viere, dann hob es sich auf die Knie und erledigte wieder ein paar dieser lästigen Kreaturen. Das war zumindest etwas.

Er hob die Pistole und stützte sie auf einer Kiste ab. Wahrscheinlich konnte er einen guten Schuss anbringen, bevor alles vorüber war. Er konnte nicht danebenschießen. Er würde auf den Kopf zielen und hoffen, dass der eine verwundbare Stelle war.

Das Ding kämpfte darum, auf die Füße zu kommen. Was merkwürdig erschien, aber es war die perfekte Gelegenheit.

Er schoss.

21

Bergen hielt den Atem an. Er hatte sein Ziel getroffen, direkt. Der Kopf des Aliens fuhr zurück. Er geriet ins Stolpern, knallte rücklings gegen die Wand, schien betäubt zu sein. Vielleicht hatte er ihn verwundet. Er schien sich nur langsam zu fangen. Vielleicht …

Er richtete sich auf. Sein Kopf fuhr herum und konzentrierte sich auf seine Umgebung.

»Oh, verdammt«, brummelte Alan. Er wollte einen weiteren Schuss anbringen, aber die Kammer war leer. Er hörte bloß hohle Klickgeräusche. Prächtig. Genau die passende Zeit, dass ihm die Munition ausging. Verdammt perfekt.

Er konnte den Blick nicht von dem Ding losreißen. Er war wie erstarrt, konnte sich nicht rühren. Es stampfte ein paar Schritte auf ihn zu und neigte den Kopf zur Seite. Anmutig, auf fast weibliche Art und Weise, drehte es sich in der Taille, wobei es fein säuberlich die wenigen noch verbliebenen Kreaturen abknallte.

Es war bedrohlich, aber auch wunderschön. Jetzt, da die Tiere zum Schweigen gebracht worden waren, hörte er, dass es mechanische Geräusche von sich gab. Heilige Scheiße! Das war nicht der Alien. Der Alien musste da drin stecken.

Die analytische Seite seiner selbst musste einfach die Eleganz im Design des Dings bewundern. Es sah schwer aus und hörte sich auch so an, bewegte sich aber ziemlich geschickt. Einen Teil seiner selbst verlangte es danach, dieses ominöse Etwas auseinanderzunehmen, herauszubekommen, wie es funktionierte. Genau dieser eine, komplizierte Apparat vor ihm versprach ein aufregendes Leben voller Einsichten und Entdeckungen. Aber dieser Gedanke erschien im Augenblick wie ein ziemlich unwahrscheinliches Szenario.

Als das Ding die Hand ausstreckte, den nächstgelegenen Stapel Kisten ergriff und sie wie Spielzeuge beiseitewarf, richtete Bergen sich mit einer Energie auf, die er seit Tagen nicht mehr gekannt hatte. Er wollte nicht gebrochen und geschlagen auf dem Boden liegen, verdammt. Stolpernd kam er auf die Füße, schwankend und schnaufend, nahe daran, das Bewusstsein zu verlieren, und er klammerte sich an den nächsten Kistenstapel, damit er nicht vornüberfiel.

Das schwarze Ungeheuer trat in sein Versteck und stand vor ihm. Lange Minuten verstrichen. Der Mistkerl nahm sich Zeit und genoss wohl den gottverdammten Augenblick.

Bergen ertrug es keine weitere Minute mehr.

Er schleuderte dem Ding Kraftworte entgegen – er tobte wie ein tollwütiges Tier, wobei der Speichel nur so flog. Er spürte, wie sein Gesicht scharlachrot wurde, und die Anspannung in seinem Hals wuchs, während sein Blutdruck in die Höhe ging. Er verfluchte den Alien, seine Spezies, sein Schiff, seinen Heimatplaneten, seinen gottverdammten Anzug und den Mangel an entsprechender Schiffshygiene – dass das Entsprechende zu Raumratten das Schiff verseuchte, was überall ein verdammter Affront gegenüber Sauberkeit und Schicklichkeit war. Einfach überall, *verflucht!*

Als ihm die Schimpfwörter ausgingen, bemerkte er allmählich, dass das Ding die Arme gehoben hatte, beinahe verteidigend … oder? War es verwirrt? Was zum Teufel ging da vor sich?

Er verlor das Gleichgewicht und rutschte wieder zu Boden, und da durchschnitt eine ohrenbetäubende Stimme das Schweigen. Schützend hielt er die Hände über die Ohren. Sie war so laut, dass er glaubte, seine Ohren könnten bluten.

»… sag mir bloß, wie ich einen Lautsprecher anstellen kann, damit er mich hört! Er kann mich nicht hören! Oh. Ich … jetzt hört er mich.« Es senkte die Arme und trat einen weiteren Schritt auf ihn zu. »Alan!«

Bergens Augen wurden groß. Das Ding kannte seinen Namen! Dann glitt alles an seinen Platz. Es war in Janes Kopf gewesen. Es wusste alles von ihm.

Es kauerte sich vor ihn und streckte ihm eine Hand entgegen. In dieser Position war es nicht weniger bedrohlich, sagte er sich.

»Alan – alles okay. Ich bin's.«

Er schüttelte den Kopf, die Hände nach wie vor über den Ohren. Gottverdammt! Dieser Scheißkerl liebte seine Bewusstseinsspielchen, oder? Was wollte er jetzt, zum Teufel? Er hatte Jane und Compton – jetzt wollte er ihn auch noch? Er wartete, bis man ein Krüppel war, eine zerquetschte Hülle, außerstande, sich irgendwie zu verteidigen, und dann nahm er dich – wozu? Was für einen abartigen Scheiß würde dieses Ding ihm antun? Folter? Analuntersuchung? Sezieren bei lebendigem Leib?

Er räusperte sich und sammelte alles an Speichel, was er aufbringen konnte, um ihn dem Mistkerl ins leere, glänzende, ausdruckslose Gesicht zu spucken.

Genau in diesem Moment donnerte die Stimme: »Nimm den Helm ab!«

Noch während er den Befehl erteilte, spaltete sich der Helm am Kinn, klappte in einem Winkel von fünfundvierzig Grad nach oben und hob sich, wobei er um die Achse rotierte, bis zu dem Punkt, wo man normalerweise die Ohren vermutete.

Alan hatte normalerweise keine feuchte Aussprache, aber jetzt flog ihm der Speichel auch nonverbal nur so aus dem Mund … als er nämlich ihr Gesicht sah.

Als er *Jane* sah!

Die Spucke traf sie an der Wange. Sie blinzelte. »Echt, Alan? Behandelst du alle Mädchen so?« Sie hob eine Hand, als wolle sie den Speichel wegwischen, betrachtete jedoch wehmütig den schwarzen Handschuh. Die obsidianfarbenen Schultern zuckten mit einem leisen, mechanischen Summen, als sie die Hand wieder fallen ließ. Seufzend drehte sie sich um und musterte ihre Umgebung.

Er starrte ihre Hand an und sank noch weiter in sich zusammen, wobei seine Gedanken rasten. Er musste halluzinieren.

Das war nicht real. *Konnte* nicht real sein. Es war eine Falle. Der Alien war in seinem Bewusstsein, konnte ihn alles glauben lassen, tun lassen, wenn er es zuließe.

Ihre Stimme war sanft. So verlockend. Zu verführerisch, um daran zu glauben. »Hier ist es nicht sicher. Du bist verletzt. Wo sind die anderen?«

»In Sicherheit. Die wirst du nie kriegen.« Seine Stimme kam als kratziges Geflüster heraus. Er hasste sich dafür.

Sie wirkte verwirrt, besorgt. »Ich bin froh, dass sie in Sicherheit sind, Alan. Du weißt, dass ich es bin, Jane, nicht wahr?« Sie krabbelte ein wenig auf ihn zu. »Dies ist ein Kampfanzug der Sectilius. Ich habe dir davon erzählt, erinnerst du dich? Ich musste mich schützen, bevor ich hier runter kam. Sonst hätte ich dich nie holen können.«

Er sah Jane scharf vor sich, dann wieder unscharf. Der Adrenalinspiegel sank. Er konnte einfach keine Angst vor Jane haben, gleich, was sie trug, gleich, wer sich für sie ausgab. Auf jeden Fall nicht genug, um wachsam zu bleiben. Er schüttelte den Kopf und schlug damit gegen die Kiste hinter ihm. Das half nicht.

»Alan?« Sie stand auf. Ihr Gesicht zeigte nur noch Besorgnis. Sie drehte sich um und stapfte davon.

Erst blinzelte er, dann schloss er die Augen, vernahm aber trotzdem noch das saftige Klatschen, mit dem sie eine weitere Kreatur abmurkste, die sich hereingeschlichen hatte. Es war nett, sie das tun zu hören. Er wollte diese Waffe genau in Augenschein nehmen. Ganz bestimmt.

Sie kehrte zurück, beugte sich diesmal gleich neben ihm herab, streckte langsam eine Hand aus und berührte mit einer einzigen schwarzen Fingerspitze sein Knie. Sie fühlte sich durch den Stoff seines Fliegeranzugs kalt und schwer an. »Kannst du gehen, Alan?«

Er schnaubte. »Ich gehe nirgendwohin mit dir.« Es kam eher als ein Ächzen und weniger als richtige Worte heraus. Wie peinlich!

»Vermutlich muss ich dich tragen. Ehrlich gesagt beherrsche ich dieses Ding kaum. Ich fürchte, ich tue dir weh. Ich könnte dich sehr wohl in zwei Hälften zerbrechen, ohne es auch nur versucht zu haben.« Sie ließ ein rasches, zaghaftes Lächeln aufblitzen. Ihr Blick schoss über ihn hinweg, und er hätte schwören können, dass sich ihre Augen mit Tränen füllten. Dann lag Entschlossenheit in ihrem Tonfall. »Obwohl ich's nicht tun werde. Ich werde es so hinbekommen, wie ich es will. Alles wird in Ordnung kommen. Ich verspreche es.«

Er versuchte, sich zu wehren, aber seine Gliedmaßen schlugen nur ein wenig um sich, wie schlaffe, verkochte Nudeln. Jane würde nach ihrem Belieben mit ihm verfahren, ob nun Alien oder nicht.

22

Jane ließ sich Zeit und versuchte, ihre tollpatschigen Bewegungen mit dem Willen so zu beeinflussen, dass sie ihren Absichten gehorchten. Sie hob Alan hoch wie ein zerbrechliches Kind und hatte vor dem geistigen Auge den Moment vor sich, als Ei'Brai sie mithilfe von Comptons Armen hochgehoben hatte. Seine Berührung hatte sich mechanisch angefühlt, ebenso wie ihre sich jetzt für Alan anfühlen musste. Da hörte die Ähnlichkeit allerdings aber auch schon auf.

Alan war mal bei Bewusstsein, dann wieder nicht und murmelte ihr Worte zu. Es gab keinen Platz mehr für Irrtümer. Ein Schluchzen trat ihr über die Lippen, und Tränen rannen ihr die Wangen herab, während sie ihn aus seinem widerlichen Winkel, in dem es ums bloße Überleben gegangen war, an einen sicheren Ort brachte, wo er behandelt werden konnte. Sie ignorierte die Tränen der Wut, die überwältigende Woge der Beschützerinstinkte und bombardierte Ei'Brai mit Fragen nach den anderen.

Inzwischen war sie davon überzeugt, dass er sehr wohl wusste, wo sie waren.

Sie befürchtete, dass sie alle tot waren. In diesem Fall konnte sie ihm nicht vergeben.

»Alan sagt, sie sind in Sicherheit. Ich muss es wissen. Du kannst sie spüren. Das weiß ich. Wo sind sie? Haben sie genügend zu essen, Wasser?«

Es forderte alles von ihr, was sie hatte, um sich in diesem Aufzug fortzubewegen. Sie konnte in ihrer Konzentration keinen Moment nachlassen und ihn zu einer Antwort zwingen. Sie wusste allerdings nicht genau, ob sie es wirklich täte, aber das würde sie nicht vom Versuch abhalten, sobald sie Gelegenheit dazu erhielte, sollte er sich weigern, eine zufriedenstellende Antwort zu geben.

Sie entdeckte eine gewisse Munterkeit, die um Ei'Brais Antwort herumwirbelte. *»Das haben Sie gut gemacht. Mehr hätte ich nicht verlangen können.«*

Sie biss die Zähne zusammen. *»Ich habe genug von deinem Quatsch. Sag's mir. Sofort!«*

Etwas Ähnliches wie ein Grinsen schwirrte von seinem Bewusstsein zu ihrem. *»Sie haben sich in das kleine Fahrzeug zurückgezogen, während Ihr Erholungsprozess ablief. Dr. Alan Bergen hat Sie gesucht, allein.«*

Sie zog die Brauen zusammen. Diese Antwort gefiel ihr nicht, aber sie spürte, dass sie wahrscheinlich der Wahrheit entsprach. *»Okay. Und?«* Da war mehr. Sie wusste es.

»Gegenwärtig leben sie außerhalb der Grenzen meines Bewusstseins. Sie haben sich abgekoppelt. Sie fliegen auf einer Bahn zum nächstgelegenen Planeten.«

»Sie haben uns hier zurückgelassen?« Verdammt! Warum schmerzte das so heftig?

Er gab keine Antwort.

Sie traf im Untersuchungsraum ein. Sogleich begrüßte sie der Computer mit seiner farblosen, gelassenen Stimme: Willkommen, dokumentierte Bürger: Jane Augusta Holloway, Bartholomew Alan Bergen. Bitte tretet auf die Diagnoseplattform.

Sie stellte sich vor, ein schlafendes Kind auf ein Bett zu legen, und brachte die Servomotoren mit dem Willen dahin, sich entsprechend zu verhalten. Größtenteils ging es gut. Sie glaubte nicht, ihm weiter wehgetan zu haben, obwohl sein Kopf fester auf die Plattform schlug, als es ihr lieb gewesen wäre. Die blaugrüne Lichtröhre umhüllte Alan, und sein holografischer Zwilling erschien, der seine auf dem Rücken liegende Gestalt spiegelte.

Zeichne Daten auf. Machinutorus Bartholomew Alan Bergen präsentiert sich in einem bewusstlosen, nicht gehfähigen Zustand, weist Störungen vielfacher metabolischer Prozesse auf. Katabolismus. Hypohydratation. Siebenunddreißig neurotoxische und hämotoxische Metaboliten im lymphatischen und kardiovaskulären System entdeckt. Ist eine Aufzählung notwendig?

Jane zog die Brauen zusammen. »Nein. Fahre fort!«

Schwere Fleischwunden und Trauma im unteren linken Quadranten. Prognose, mit 95%iger Wahrscheinlichkeit: Level sieben. Schaden hat fast irreversible Ebene erreicht. Prothesen können sich als notwendig erweisen. Empfehlung: sofortiges Sanalabreum-Eintauchen zur ausgedehnten Entgiftung, Regenerierung, Ergänzungsnahrung.

Das waren enttäuschende Neuigkeiten. Sie hatte gehofft … Sie zögerte einen Augenblick und trat dann vor, um ihn wieder aufzunehmen.

»Alan? Alan, wach auf! Ich muss dir etwas sagen.« Sie wiegte ihn an ihrer Brust. Kurz blitzte in ihr der Gedanke auf, wie lächerlich es für eine Frau ihrer Größe war, jemanden festzuhalten, der fast zwanzig Zentimeter größer und mindestens fünfundzwanzig Kilo schwerer war als sie, wahrscheinlich noch wesentlich mehr. Aber sie tat es.

Alans Augen öffneten sich zu Schlitzen, als sie zur Sanalabreum-Kammer ging. Er sah ihr ins Gesicht und zog den Mund auf einer Seite hoch. »War's das, Jane?«

Sie lächelte zittrig. »Nein. Noch besteht Hoffnung für dich. Aber was jetzt kommt, wird dir nicht gefallen.«

»Echt?«, flüsterte er. »In den letzten Tagen gab es so einiges, was mir nicht gefallen hat.«

Sie wünschte sich, sie könnte aus dem Anzug heraus und ihm das Haar zausen, ihn hätscheln, ihn mit ihren Händen beruhigen.

Er räusperte sich und hörte sich ein ganz klein wenig kräftiger an. »Sprich Klartext.«

Sie senkte ihn bis zu den Ellbogen des Anzugs ins Gel hinab.

Seine Augen wurden groß. Schwach griff er nach ihr und fand wenig, an das er sich auf der schlüpfrigen Oberfläche des Anzugs klammern konnte.

Sie fuhr fort, ruhig, zuversichtlich: »Ich bin gerade da rausgekommen, Alan. Es hat mein Bein geheilt. Es ist unangenehm, aber etwas Besseres für dich gibt's nicht. Kämpfe … kämpfe nicht dagegen an, okay? Ruh dich einfach aus und schlafe. Du bist in Sicherheit, ich verspreche es. Ich werde über dich wachen.«

Er entspannte sich leicht und nickte erschöpft. Es gelang ihm, ein wenig Hohn in seine Stimme zu legen, als er brummelte: »Wenn du meinst.«

»Allerdings meine ich das.«

Er machte ein Gesicht, als wäre er verärgert.

»Was ist? Alan, es ist okay …«

Er versteifte sich etwas, öffnete jedoch nicht die Augen. »Aber ja doch, Jane. Ich weiß, dass es okay ist. Ich bin bloß so verdammt müde, wie im Film den Bräutigam der Prinzessin zu spielen. Das nächste Mal bin *ich* es, der *dich* rettet, zum Teufel!«

Sie musste einfach lächeln. Dann sah sie, wie sich die Ranken um ihn schlossen. Bei diesem Anblick überlief es sie kalt, aber er bemerkte es anscheinend nicht. Sie senkte ihn weiter hinab bis zum Kinn, hielt ihn dabei gut fest. Der Apparat hatte noch keine Kontrolle. »Du wirst unter die Oberfläche des Gels tauchen. Das ist okay. Du wirst imstande sein zu atmen.«

Er öffnete die Augen. Die Ranken glitten zielstrebig seinen Hals hinauf, hielten an Lippen und Nase inne und warteten die perfekte Eintrittszeit ab. »Lass los, Jane. Ich vertraue dir. Ich fühle mich bereits besser.«

Sie gab ihren Armen den Befehl, sich ruhig zu halten, auszugleichen, während sie ihr Gesicht zu seinem hinabsenkte. Sie küsste ihm die buschige Braue. »Bis bald. Sei ein guter Junge.«

»Halt den Mund und gib mir etwas Gutes«, knurrte er.

Sie kicherte und küsste ihn auf die Lippen.

Er verdrehte die Augen und schloss sie dann. »Das kannst du besser.«

Ihr wurde die Brust eng bei der Erinnerung daran, wie viel sie getan hatte, als sie sich allein mit ihm geglaubt hatte. »Später«, brachte sie heraus.

»Es gibt besser ein Später, oder ich bin stinksauer.«

Er sank unter, und sie stand eine lange Zeit da und beobachtete ihn. Ein paar vereinzelte Blasen drangen durch seine geschlossenen Lippen und schwebten im Gel über seinem Gesicht. Sie erhaschte Blicke auf die Ranken, wie sie über ihn glitten und sich ans Werk machten. Er wehrte sich nicht. Seine Augen waren geschlossen. Er wirkte friedlich.

Ei'Brai brach in ihre Träumerei ein. *»Er ist unter Kontrolle. Alles ist gut. Sie müssen die Behandlung Ihrer eigenen Verletzung abschließen, Dr. Jane Holloway.«*

Sie richtete sich auf und straffte die Schultern. *»Nein, ich bin noch nicht fertig.«*

»Die verbliebenen Nepatrox werden warten. Ihre Genossen sind in Sicherheit.«

Jane blinzelte langsam, schob ihn an den Rand ihres Bewusstseins zurück und hielt ihn dort fest, damit er ihre Absicht nicht erkennen konnte.

Sie wandte sich von Alans Tank ab. Und marschierte los.

23

Dieser Teil des Schiffs unterschied sich völlig vom Rest. So war beispielsweise die Temperatur wesentlich niedriger – es kam ihr regelrecht eisig vor. Wenn Jane zitterte, schalteten sich die internen Systeme des Anzugs ein, und sie verspürte Wogen trockener Wärme, die von den dichten Wänden des Anzugs abstrahlten.

Kleine Stöße erwärmter Luft bliesen ihr ums Gesicht, kitzelten die losen Haarsträhnen rund um ihre Ohren. Sie hatte den Helm offen gelassen, weil es ihr nicht nötig erschien, ihn zu schließen; außerdem kam sie sich so auch etwas … menschlicher vor. Dennoch hatte sie eine kalte Nase, und sie sah hin und wieder ihren Atem vor sich.

Sie war auf dem Weg zum Herzen des Schiffs.

Die Beleuchtung hier war ebenfalls anders – eher bläulich grün und nicht annähernd so hell. Tatsächlich wurde das Licht bedeutend schwächer, je tiefer sie kam, bis sie schließlich in einem Zwielicht dahinschritt, knapp an der Grenze zu völliger Dunkelheit.

Ei'Brais Gegenwart in ihrem Bewusstsein war ruhig, erwartungsvoll. Er wusste inzwischen, was sie vorhatte. Er würde nicht versuchen, sie daran zu hindern. Denn. Es.War.An.Der.Zeit.

Beim Vorbeigehen konnte sie die Wände nicht mehr erkennen, da diese sich schon längst in die Dunkelheit zurückgezogen hatten. In ihren Anzug war eine Beleuchtung eingebaut, die sie mit lediglich einem Gedanken einschalten konnte, aber sie hielt sich diese Möglichkeit in Reserve und ließ ihre Augen sich an die Düsternis gewöhnen.

Die Blaupause in ihrem Kopf sagte ihr, dass sie die Stelle erreicht hatte, wo sämtliche Gänge des Schiffes wie Speichen an einem zentralen Punkt zusammenliefen. Sie wurde langsamer, alle Sinne aufs Höchste angespannt.

Ein Schwall kalter Luft schlug ihr ins Gesicht. Sie war gerade in einen weiten, offenen Raum getreten.

Ihr Blick trieb zu einem kleinen Teich reflektierten Lichts hinüber. Er kräuselte sich.

Sie erstarrte. Sie war schon früher hier gewesen! Nur dass sie sich auf der anderen Seite der Scheibe befunden hatte, hinausgesehen hatte, aus dem Innern von Ei'Brais Bewusstsein.

Nachdem sie ihre Füße an ihren Schultern ausgerichtet hatte, betrat sie den Steg mit dem Geländer, der in Ei'Brais Reich führte. Sie beugte sich über das Geländer und blickte nach oben und unten. Jedes Deck hatte einen eigenen Servicesteg, der zu Hunderten von Übergängen führte, die den Kern umgaben und identisch mit dem waren, auf dem sie gerade stand. Sie schienen sich meilenweit in jede Richtung zu erstrecken.

Zielstrebig schritt sie zu der Scheibe, legte eine Hand

darauf und hob das Kinn. Sie räusperte sich, obwohl sie nicht laut sprach: »*Zeige dich mir!*«

Keine Antwort. Sie spürte allerdings, wie er die Luft einzog, sich bis zum äußersten Punkt entfaltete und die Gliedmaßen träge zu einer Art Stern zusammenzog. Dann atmete er in einem gewaltigen Stoß aus und schoss wie ein Torpedo viele Decks zu der Stelle hinab, wo sie stand und durch die Scheibe spähte.

Er bremste seinen rasenden Abstieg, indem er die Arme herausschleuderte, so dass sich das membranartige Gewebe dazwischen blähte und für Reibung sorgte. Er beschränkte den Ausstoß von Wasser auf ein Tröpfeln und kam genau ihr gegenüber zum Halten, während gleichzeitig zwei Lampen angingen, die für eine sanfte Beleuchtung sorgten und seine Umgebung erhellten, so dass sie ihn voll sehen konnte.

Sie zuckte zusammen und fand das gar nicht gut, da sie doch wusste, dass er gewollt einen derart dramatischen Auftritt hingelegt hatte.

Natürlich hatte sie zuvor schon ein paar Hinweise darauf gehabt, dass er ein Wasserwesen war, aber nichts hätte sie auf die Tatsache vorbereiten können, dass jedes seiner Augen größer als ihr Kopf war, oder dass seine längsten Gliedmaßen fünfmal länger als ihr Körper waren oder sogar noch mehr.

Seine vielen Arme rankten sich um ihn, während sie beide einander betrachteten, nur wenige Zentimeter Luft, Glas, Wasser zwischen sich. Jeder seiner acht Arme war über die ganze Länge mit bleichen, halb durchscheinenden Saugnäpfen versehen. Ein guter Teil davon wies einen gezackten Haken auf, der sich darüber hinauswand und eindeutig dazu gedacht war, ein Opfer zu zerschneiden, während es gnadenlos in seinen Mund hineingezogen wurde, der gegenwärtig vor ihr verborgen war.

In dem schlammigen Licht war er cremefarben und zeigte einen metallischen Glanz, abwechselnd silbern und golden. Jede träge, geschmeidige Bewegung lenkte ihren Blick auf das Licht, das von seiner vergoldeten, irisierenden Haut reflektiert wurde. Er war … hypnotisierend.

Tränen traten ihr in die Augen. Eine solche Schönheit hatte sie bei ihm nicht erwartet.

Trotz ihrer Bemühungen, sich bedeckt zu halten, erfasste er ihren mentalen Zustand. Nähe war anscheinend ein Faktor. Sie bekam ein noch größeres Gefühl für die vielfachen Schichten seiner rasenden Gedanken. Sie konnte die vielfachen Gehirne unter seiner durchscheinenden Haut fast ebenso sehen wie spüren.

Seine Hülle schwoll in einer fast kindlichen Ausdrucksweise des Stolzes an. Er hüpfte auf und nieder. *»Mein Erscheinungsbild gefällt Ihnen.«*

Einer von zwei Tentakeln, der weitaus länger und dünner war als seine Arme und in einem blattförmigen Knüppel endete, streckte sich ihr entgegen. Saugnäpfe mit Zähnen drückten sich gegen die Scheibe, wo ihre eigene Hand ruhte. Seine Worte vibrierten in einem unterdrückten Timbre voller Überraschung. *»Unerwartet. Ihre Art unterscheidet sich in der Tat völlig von den Sectilius.«*

Während er sprach, blitzte seine Haut karminrot auf und glühte in einer von innen kommenden Lumineszenz. Gleichzeitig teilte er ihr die Bedeutung hinter der primitiven Kommunikation mit. Es war eine herzliche Begrüßung, gerichtet an einen Altersgenossen. Er drückte aus, dass er sich mit ihr verbunden fühlte, dass er dankbar für ihre Gegenwart war. Er nannte sie eine Freundin.

Sie nickte langsam, außerstande, die Augen von ihm zu nehmen, jedoch bereit, die Frage anzusprechen, die sie lösen wollte.

Aber er lenkte sie wiederum ab. Dieses Mal dadurch, dass er ihr einen Einblick darin aufzwang, wie er sie wahrnahm, sowohl visuell als auch mental. Durch seine Augen sah sie sich selbst in fast mikroskopischer Genauigkeit. Sie war klein nicht nur im Vergleich zu ihm, gab er bekannt, sondern auch nach Standards der Sectilius. Obwohl fleischiger, runder als ein typischer weiblicher Sectilius. Er war zu dem Schluss gekommen, dass er ihr Erscheinungsbild im Vergleich zu deren eher eckigem, muskulösem Körperbau bevorzugte, und zwar aus keinem anderen Grund, als dass er dem seinen ähnlicher war, wenn auch nur auf abstrakte Weise.

Als aufrecht nahm er sie wahr, streng beherrscht. Sie hatte das Kinn entschlossen vorgeschoben, und ihre Augen waren ausdrucksvoll und brannten von einem inneren Feuer – einem Feuer, das selten und wertvoll war, wie er wusste –, dazu ihr Haar, das wild um ihren Kopf floss, ähnlich wie er ihre innere Landschaft wahrnahm – unorganisiert, fließend, organisch.

In ihrer Entschlossenheit, ihrem Pflichtgefühl, ihrer Leidenschaft, ihrem Verantwortungsgefühl erkannte er äußerst wünschenswerte Charakterzüge. Er sah in ihr die Krönung der Menschheit, das ideale Exemplar. Vollkommen.

Sie senkte den Blick auf den Boden unmittelbar vor sich. Er blinzelte nicht. Das war etwas entnervend. Sie schob dieses Gefühl als irrelevant zurück und legte stählerne Härte in ihre innere Stimme. *»Perfekt für welchen Zweck, Ei'Brai?«*

Er drehte sich etwas um die eigene Achse, wobei sich seine Arme um ihn wanden. Dann berechnete er die Reorganisation der garnelenhaften Mikroroboter, um einen kleineren Riss in der Hülle zu verhüten. Aber sie wusste, dass es Berechnungen waren, die er buchstäblich im Schlaf anstellen konnte. Er war nicht wirklich voll damit beschäftigt. Es war eine Ablenkung.

»Hör auf, so zu tun, als wärst du abgelenkt. Hör auf, mich hinzuhalten. Was möchtest du von mir?«

»Sie wissen es. Sie haben es immer gewusst.«

Vor lauter Enttäuschung wollte sie aufkreischen. Sie zermarterte sich das Gehirn nach einem Hinweis, worauf er sich bezogen haben könnte, fand jedoch nichts.

Er wartete auf ihre Antwort, wobei seine Gliedmaßen in einer lautlosen Strömung um ihn her trieben. Seine einzige absichtliche Bewegung war die langsame Wellenbewegung der Flossen zu beiden Seiten des konischen Mantels über seinen Augen.

Ihre Muskeln spannten sich bis zu einem Grad an, dass die internen Sensoren des Anzugs anfragten, ob sie einen Muskelkrampf erlebte. *»Ich weiß, dass du dem Untergang geweiht bist, dass du versuchen willst, uns alle mit dir hinabzuziehen. Dir ist es gelungen, Alan, Tom und mich hierzubehalten, während die anderen entkommen sind. Aber wozu? Um dir Gesellschaft bis zu dem Augenblick zu leisten, wenn der Asteroid einschlägt? Du würdest auch uns opfern – damit du in deinen letzten Stunden nicht so einsam bist?«*

»Keiner von uns ist dem Untergang geweiht.«

Es war die nüchterne Feststellung einer Tatsache – sie erkannte, dass er von dieser Wahrheit völlig überzeugt war.

»Wie bitte?« War er wahnsinnig? Es hatte Augenblicke gegeben, da hatte sie den Verdacht gehabt …

»Dr. Jane Holloway, Sie sind der Schlüssel, der uns allen die Zukunft aufschließen wird. Auch die Zukunft Terras. Wir können die ursprüngliche Mission immer noch erfüllen.«

Er klang nicht verrückt. Er hörte sich ruhig, selbstsicher an. Das machte sie so verdammt wütend.

»Wir? Du …«

Da traf es sie plötzlich, was er gemeint haben musste. Er hatte ihr die Hinweise untergründig die ganze Zeit über zukommen lassen. Eines der ersten Dinge, die er ihr gesagt hatte, war, dass er etwas von ihr wollte – nicht von ihnen –, von ihr. Er hatte ihr gesagt: *»Sie sind zuhause«*, was sie als kulturelle Anspielung abgetan hatte, als Willkommensgeste, zum Abtun. Aber es hatte den Augenblick gegeben, da er die Kommandohierarchie des Schiffs beschrieben hatte … die Reise nach Castor und

Pollux … den Download … seine Befriedigung, als sie sich selbst aus dem Gel geholt hatte … die Begrüßung des Computers in der medizinischen Abteilung nur eine Stunde zuvor …

Alles fiel plötzlich an seinen Platz.

»*Du kannst doch nicht ernsthaft von mir wollen, dass ich …?*«

»*Ich habe Sie bereits vorgeschlagen – Sie haben bereits Ihr Protokommando eingesetzt, als Sie sich aus dem Sanalabreum befreit haben. Nach Kriegsrecht ist lediglich eine schnelle Abstimmung des Quorums nötig. Ich bin das einzige überlebende Mitglied des Quorums. Es ist jetzt bloß eine Formalität. Sie müssen nur annehmen.*«

Sie wich stolpernd von der Scheibe zurück, wobei der Pulsschlag lautstark in ihren Ohren hämmerte.

»*Was dann?*«, murmelte sie laut.

»*Ich bin Ihr Diener.*« Eine weitere Tatsache. Eine weitere Wahrheit aus seiner Sicht.

»*Oh, das muss ich erst mal verdauen!*« Sie hob eine Hand und wollte sich in den Nasenrücken zwicken, bekam jedoch rechtzeitig den Handschuh in den Blick und warf den Arm zurück. Sie sollte wirklich den Helm einfahren! »*Also setzen wir … setzen wir einfach das Schiff in Bewegung.*«

»*Offensichtlich. Wir vollenden die Mission und kehren zurück.*«

Entgeistert starrte sie ihn an, und ihre Lippen bildeten einen ungläubigen Schmollmund. »*Nach Sectilius? Machst Du Witze?*«

»Ich täusche Sie nicht. Es ist Ihre Pflicht, die Mission zu vollenden, die Ihre Vorfahren begonnen haben. Es liegt nicht in Ihrer Natur, sich vor der Pflicht zu drücken, insbesondere gegen diejenigen nicht, für die Sie sich verantwortlich fühlen. Ich bin jetzt Ihr Schutzbefohlener. Diese Verantwortung erstreckt sich auch auf mich.«

»Das … ich … das ist lächerlich! Ich verstehe nichts vom …«

Sie hielt inne. Aber sie wusste es, verdammt. Sie wusste alles davon, wenn sie nur in der richtigen Ecke ihres Bewusstseins suchte. Der hinterhältige Bastard hatte gleich zu Beginn dieses wahnsinnigen Downloads alles an die richtige Stelle gesetzt.

Halb erwartete sie, ein manisches Grinsen auf seinem Gesicht zu sehen, was natürlich nicht dort war – nur ein unschuldiger, großäugiger Blick, der nichts von der verschlagenen Natur des Bewusstseins unter dem weißen Fleisch verriet, das nach wie vor karminrot aufblitzte, ein Zeichen für »Freundin«.

Sie drehte sich um und ging ein paar Schritte weg, dankbar für die großzügige Unterstützung durch den Anzug. Ihre Beine waren wackelig und schwach, und ihr verletztes Bein schmerzte. *»Das ist Unsinn. Wir fliegen zur Erde, und dort sollen die Bürokraten alles ausarbeiten. Sie werden jemanden für diese Aufgabe bestimmen, der dafür geeignet ist. Du willst nicht mich.«*

»Sie sind es, Dr. Jane Holloway. Es kann niemand anderen geben.«

Sie blieb stehen und wollte etwas erwidern.

Er unterbrach ihre Überlegung mit den Worten: »*Dafür wollen Sie mich ihnen übergeben?*«

Dann schob er ihr eine Erinnerung zu. Sie wollte sich wehren, doch als sie vertraute Gesichter erblickte, überkam sie die Neugier. Es war ein kleiner Konferenzraum irgendwo auf der Erde.

In der Erinnerung stand sie steif und mit verschränkten Armen da und nahm Blickkontakt mit dem Verwaltungsleiter des Johnson Space Center auf.

Wie hieß er doch gleich wieder? Dr. Marshall?

Marshall nickte knapp, womit er andeutete, dass sie das Licht abdimmen sollte. Als sie sich abwandte, warf sie einen Blick in die Gesichter drei anderer Personen im Raum – Ajaya Varma, Tom Compton und Ronald Gibbs standen ungezwungen in der Nähe. Sie trugen Arbeitsanzüge. Mit grimmiger Miene nahm sie eine Fernbedienung und blickte auf. In dem TV-Bildschirm sah sie ihr eigenes Spiegelbild, bevor er lebendig wurde. Sie war Walsh. Das war seine Erinnerung.

Sie sah die alten Schwarz-Weiß-Bilder auf dem Bildschirm, die hastig aufgenommene Dokumentation eines Ereignisses vor langer Zeit, mit dem sich das Militär hatte beschäftigen müssen. Walsh hatte die Aufnahmen bereits gesehen, aber er kniff nach wie vor die Augen zusammen, um sich die körnigen Bilder anzusehen, die durchsetzt waren mit Schnee und aufblitzenden Sprüngen. Es war dunkel. Es gab Rauch, viel Rauch. In einem Kreis standen Scheinwerfer und warfen ein grelles Licht auf ein großes Objekt, so dass die Kamera hin und wieder überbelichtete Bilder zeigte.

Dann erkannte sie das Schiff wieder, das die Soldaten umschwärmten – ein Shuttle der *Speroancora* –, und sie begriff, dass dies die Absturzstelle in New Mexico im Jahr 1947 sein musste. In diesem kleinen Schiff waren Sectilius. Der Kameramann kam näher und stellte den Männern, die am und um das Schiff herum am Werk waren, auf eine widerlich muntere Weise Fragen, die der Ernsthaftigkeit des Augenblicks völlig widersprach.

Ei'Brai beobachtete und hörte zu, schweigend absorbiert von ihrer Reaktion. Sie nahm ihn und das Vid auf verschiedenen Ebenen wahr, während Informationen zwischen ihnen hin und her strömten. Er verstand die Sprache nicht, die da gesprochen wurde, nur die mitgeteilten Emotionen. Sie war überrascht davon, wie akkurat seine Interpretationen tatsächlich waren.

Mehrere Soldaten legten sich mit dem Rücken auf ein paar große Werkzeuge, um eine Luke aufzustemmen, die plötzlich mit einem Zischen nachgab. Jemand brüllte dem Kameramann einen Befehl zu, und er kam näher heran. Die Kamera zitterte, wodurch es schwerfiel, den Bildern zu folgen. Er hörte sich nicht mehr so fröhlich an. Soldaten traten mit gezogenen Waffen ein. Die Kamera folgte.

Im Innern waren vier Sectilius – drei Männer und eine Frau. Einer der Männer war offensichtlich tot, aufgespießt von einer verdrehten Komponente des Kontrollpults. Die anderen beiden waren betäubt und bewegten sich lethargisch – sie waren vermutlich an irgendeinem Punkt auf ihrer Reise zur Erde von derselben mysteriösen Krankheit befallen worden wie Compton.

Der weibliche Sectilius war gerade dabei, einen gepanzerten Anzug überzustreifen, genauso einen wie der, den Jane gerade trug. Die Frau war außerordentlich dünn, groß, geschmeidig, mit scharfen Zügen – in Walshs Augen außerirdisch und verdächtig.

Man gab ihr den Befehl, mit dem aufzuhören, was sie gerade tat. Sie antwortete ruhig, sachlich, in Mensententia, dass sie nichts Böses im Sinn habe, dass sie die Absicht habe, sich vor der Gewalt dieser bizarren, chaotischen Welt zu schützen. Diese Männer konnten sie nicht verstehen, auch Walsh nicht, im Gegensatz zu Jane, und bei der folgenden Szene gefror ihr das Blut in den Adern.

Zwei Soldaten traten auf sie zu, während andere Soldaten die männlichen Sectilius umringten, die keinen Widerstand leisteten und völlig katatonisch waren, zusammengesunken vor den Kontrollknöpfen des Fahrzeugs. Die Soldaten befahlen der Frau erneut, aufzuhören, als sie mit einem Arm in den Anzug schlüpfte. Sie kniff die Augen zusammen und setzte ihre Tätigkeit langsam fort, mit ausdrucksloser Miene. Sie versuchten, sie körperlich am Weitermachen zu hindern, doch sie schob sie mit einer Kraft weg, die alle eindeutig überraschte.

Es folgten Worte der Wut, Flüche. Ein Schuss knallte. Die Frau sah an ihrem Rumpf herab, bemerkte, dass sie verwundet worden war, und schob sich in den Anzug, der sie sogleich umhüllte. Sie erwiderte das Feuer und vernichtete den Mann, der gerade auf sie geschossen hatte, mit einem einzigen erschütternden Feuerstoß aus ihrem Handgelenk. Die Kamera ruckelte heftig, und ein paar Augenblicke lang war es schwer zu sagen, was geschah. Als sie sich wieder aufrichtete, prallten Kugeln von der Sectilius-Frau ab, während sie heranstolperte und mit gehobenem Arm ein paar weitere Druckwellen abfeuerte, bevor sie zusammenbrach.

Einen Moment lang wurde der Bildschirm leer, dann kam ein neues Bild an einem anderen Ort. Die Szene war völlig anders – der Kontrast heftig. Helles Licht überflutete den Raum von oben. Ein Operationssaal voller Männer mit Kitteln und Masken, die sich um die Mitte des Raums drängelten. Es war sehr still. Die Männer unterhielten sich nur murmelnd, während sie an jemandem zugange waren.

Dann vernahm sie ein gequältes Stöhnen.

Unwillkürlich schob Jane ihren Handrücken vor den Mund und schmeckte Blut, als die mechanische Hand ihre zarten Lippen zerquetschte.

Einer der Männer in der Nähe rauchte eine Zigarette und beobachtete die Vorgänge völlig versunken.

Die Kamera ging näher heran. Männer mit gegeltem Haar und Hornbrillen schauten auf und traten beiseite. Einer der Sectilius lag nackt auf einem Operationstisch. Es war der kleine, stämmige Mann – unter der Haut seines Körpers traten dicke Muskelstränge hervor.

Die Kamera ging noch näher heran und zeigte, dass sein Körper geschunden und vom Hals bis zum Intimbereich aufgeschnitten war. Sie sezierten ihn. Er war lebendig, wach und voller Qual.

Jane konnte Walshs unartikulierte Emotionen spüren. Es war mehr als eindeutig. Er war damit einverstanden.

Jane fiel vor der Scheibe auf die Knie und würgte. Ei'Brai unterbrach die Flut von Erinnerungen, und sie dankte ihm für seine Freundlichkeit, während sie allmählich die Fassung zurückgewann.

Wenn Ei'Brai dies in Walshs Bewusstsein sah – von Anfang an? Das würde einiges erklären.

Als sie wieder stehen konnte, flüsterte sie: *»Das tun sie dir nicht an, das lasse ich nicht zu.«*

»Wie wollen Sie das verhindern? Sie werden neugierig sein, welche Ähnlichkeiten und Unterschiede zwischen meiner Art und den ähnlichen Kreaturen auf Ihrer Welt bestehen. Ich habe es in Ihrem Bewusstsein gesehen, dass meine Gestalt Ihnen unvertraut ist, obwohl mein Intellekt, meine Fähigkeiten, einzigartig sind – in der gemeinsamen Erfahrung Ihrer Art ist Ihnen nichts Vergleichbares begegnet. Der Präzedenzfall ist eingetreten. Gewiss erkennen Sie, dass so etwas das natürliche Ende jeder Einführung von etwas Außerirdischem in Ihre Kultur bedeutet. Sie werden außerstande sein, anders zu handeln.« Er hatte sich völlig auf jede ihrer Bewegungen, jeden ihrer Gedanken konzentriert. *»Sie hingegen sind anders. Sie kennen mich, wie die dort mich nicht kennen.«*

Verwirrt schüttelte sie den Kopf. »Ei'Brai, das werde ich nicht zulassen.«

»Ich bin dankbar, dass Ihre Absicht unverfälscht ist, aber ich bin weniger sicher, dass die Einhaltung dieser Zusage in Ihrer Macht liegt. Ein kurzes Auftauchen an

Ihren Himmeln, Botschaften an Ihre vielen Regierungen mit sämtlichen nötigen Informationen ist in Ordnung – mit Ihren eigenen Worten, Ihrer eigenen Bestätigung –, und es wird diesen Teil der Mission mehr als erfüllen.

Schließlich wird ein weiterer diplomatischer Botschafter von den Vereinten Empfindenden Wesen zu Ihrer Welt ausgesandt werden, vorausgesetzt, die Koalition existiert nach wie vor – das wird eher eine Basis von gleich zu gleich ermöglichen, ein weniger großes Risiko als für ein einzelnes Individuum wie mich darstellen. Die Logik diktiert also, dass wir sogleich weiter zu den Sectilius fliegen müssen, um den Genozid an der Gemeinschaft der Speroancora *genau zu untersuchen und das Ausmaß zu bestimmen, bis zu welchem die Flotte und Sectilius selbst betroffen gewesen waren, oder ob dies ein isolierter Vorfall war. Das sehen Sie doch gewiss ein. Da die binären Schiffssysteme jetzt die Anwesenheit eines Quasador Dux anerkennen, hält uns hier nichts mehr. Die Zeit ist gekommen. Wir sind schon viel zu spät dran.«*

»Nichts, was uns hier hält?«, fragte sie ungläubig. *»Was ist mit der Krankheit, die deine Besatzung getötet hat? Werden Walsh und die anderen die Erde damit infizieren? Was ist mit Compton? Ist er ansteckend? Ich werde mich nicht einfach zurücklehnen und das alles ignorieren und dich in den Raum hinausjagen lassen!«*

»Unwahrscheinlich, dass sie damit infiziert sind. Weitaus weniger wahrscheinlich, dass die Krankheit

imstande ist, sich in bedeutendem Ausmaß zu reproduzieren. Verseuchung ist äußerst unwahrscheinlich.«

»Unwahrscheinlich? Bedeutendes Ausmaß? Äußerst unwahrscheinlich? Du meinst, du weißt es nicht? So kann ich ihr Leben nicht aufs Spiel setzen. Ich werde die Erde nicht so aufs Spiel setzen!«

»Commander Mark Walsh wollte die Diagnoseplattform nicht betreten. Das war seine Entscheidung und berührt Sie nicht. Sie sind nicht infiziert worden. Auch Dr. Alan Bergen nicht.«

Wiederum Gewissheit.

Jane stand resolut vor ihm. *»Ich habe dir vertraut. Jetzt musst du mir vertrauen. Wir sollten zur Erde zurückkehren und unsere besten Wissenschaftler an Bord holen. Ich lehre sie Mensententia, und wir werden uns mit diesem Ding befassen, was es auch sein mag. Dann reden wir über Sectilius. Seit dem Überfall sind Jahrzehnte vergangen – ein paar weitere Monate werden im größeren Plan kaum zählen. Es gibt bestimmt Freiwillige für eine solche Mission – Menschen, die weitaus besser für die Rolle eines Quasador Dux geeignet sind als ich. Ich werde vorsichtig sein. Ich werde knallhart bei meiner Regierung sein. Ich werde stark sein. Ich lasse sie niemanden an Bord bringen, dem ich nicht vertraue.«*

»Das steht nicht zur Debatte.« Seine Stimme hatte plötzlich eine andere Note angenommen, tönte in einer anderen Frequenz.

Sie verspürte eine leise Unruhe in ihrer Magengrube. *»Was soll das heißen?«*

»Ich verfüge über die Macht der ewigen Nacht – den Ausgleich zwischen Abend- und Morgendämmerung für Ihren Dr. Alan Bergen.«

Ihr Herz hämmerte wild in ihrer Brust. Sie fühlte sich sehr schwach.

Sein Finger lag am Abzug. Wenn sie mit seinen Bedingungen nicht einverstanden war, würde er Alans Leben ein Ende setzen.

Jane trat einen Schritt zurück und schüttelte den Kopf. Panik wütete in ihr. *»Das kannst du nicht ernst meinen! Warum solltest du darauf zurückgreifen? Du bist wahnsinnig!«*

Er war äußerst erregt. Das Gefühl kaum gezügelter Macht, das sie von Anfang an in ihm gespürt hatte, durchdrang jetzt wiederum ihre Wahrnehmung von ihm. Seine Arme peitschten und wirbelten um ihn her. Er inhalierte durch seine Hülle, atmete durch seine Röhre rascher aus, als nötig zu sein schien, und das erforderte heftige Gegenmaßnahmen, damit er im Wasser ihr gegenüber verharren konnte. Sie hatte eine Ahnung, dass er bluffte, konnte sich jedoch nicht sicher sein.

Er hörte sich herablassend ein, und seine Stimme hallte lauter als je zuvor in ihrem Kopf. *»Ich bin vernünftig. Sie lassen sich von flüchtigen emotionalen Zuständen leiten statt von Vernunft. Die Eliminierung dieses Individuums würde Sie befreien. Ich werde anderswo benötigt, und zwar sofort. Sie und ich sind an diese Mission gebunden. Das ersetzt Ihr erbärmliches Verlangen nach Intimität.«*

Sie starrte ihn mit offenem Mund an, entrüstet darüber, dass er Alans Leben derart abtun wollte. Ihre Stimme schnitt wie ein Messer durch die Luft, und sie war so wütend, dass sie laut werden musste. »*Er bedeutet mir mehr als das, und du weißt das.*«

»*Ich habe nicht diese vielen Sonnenzyklen gewartet, um meinem Ende entgegenzusehen, seziert und blutend in Ihrem primitiven Operationssaal*«, knurrte er. »*Ich bin ein viel zu wertvolles Individuum, um meine Abenddämmerung auf eine solche Weise zu erleben.*«

Ihre Stimme fiel auch in ein tieferes Register ab. »*Alan ist mir, den Menschen meiner Welt, ähnlich wertvoll. Sei vorsichtig mit deinen Drohungen, Ei'Brai, oder ich lasse zu, dass der Asteroid dir diese Abenddämmerung schenkt, von der du sprichst.*«

Aber er machte weiter, als hätte er sie nicht gehört. »*Tatsächlich würde eine Sitzung mit einem Bewusstseinsmeister der Sectilius Sie von diesen Unsicherheiten befreien, Ihnen erlauben, Ihre inneren Wünsche zu erfüllen und Sie völlig in das Kommandoindividuum überführen, das Sie sein sollen.*«

Sie fürchtete sich davor, ihn in Zugzwang zu bringen. »*Ich fühle mich wohl, wie ich bin. Hör auf mit deiner Scharade! Du bluffst.*«

»*Wirklich?*«, fauchte Ei'Brai. Dann krachte eine Wand herab, und ein Wirbelsturm aus Erlebnissen brach durch! Sie keuchte und würgte im Gel – nur dass es gar nicht sie war. Es war Alan.

Sie floh zu den Kontrollen, die sie nur Stunden zuvor

befreit hatten, und suchte nach dem Befehl, der Alan die zum Atmen nötige Luft geben würde, aber Ei'Brai verbarg sie vor ihr, tarnte alles derart, dass es wie Unsinn aussah.

Sie weigerte sich, der Panik zu verfallen.

Eilig zog sie sich von ihm zurück, völlig in sich selbst, und trennte die Verbindung zwischen ihnen. Sie machte auf dem Absatz kehrt und schritt über den Steg, wobei sie dem Helm befahl, sich zu schließen. Elf rasche Schritte nach links, und sie blieb genau an einem bestimmten Punkt stehen und hob den Arm. Die Feuerstoßwaffe würde sich auf einen bloßen Gedanken hin entladen.

Trotzig biss sie die Zähne zusammen. Sie drehte ihm den Helm unter dem Surren des Servomotors entgegen.

»Dein Lebenserhaltungssystem liegt hinter dieser Wand, Ei'Brai. Wenn du es wagst, Alan etwas anzutun, werde ich diese Geräte zerstören, und du wirst ersticken – nicht so rasch wie Alan, aber ersticken wirst du trotzdem –, während ich zuschaue.«

»Sie werden sich bei diesem Prozess verletzen. Sie werden hier gestrandet sein«, sagte er vorsichtig.

»Mir egal.« Sie bluffte nicht. Sie täte es. Sie würde ihn töten, irgendwie, falls er Alan ermordete.

Sie spürte, wie Alans Qual nachließ, und erlaubte sich einen langen, erleichterten Atemzug.

Sie spürte die Notwendigkeit, ihren Vorteil auszunutzen, ihn herauszufordern. Er wollte, dass sie kommandierte, stellte sie dann jedoch vor ein Ultimatum, um die Sache zu erzwingen? Das hörte sich wie ein widerstreitender Mahlstrom im Entstehen an und ganz und gar nicht wie eine friedliche Arbeitsbeziehung.

Zog sie tatsächlich in Betracht, ihn mit seinem Angebot beim Wort zu nehmen? Blieb ihr wirklich eine andere Wahl?

»Frage dich, Ei'Brai – bin ich dein Feind oder deine Verbündete? Vertraust du mir als dein Quasador Dux – oder ist dies Meuterei? Verurteilten Meuterern droht auf diesem Schiff die Todesstrafe nach dem Gesetz der Sectilius.«

Sie war sich nicht ganz sicher, woher sie das wusste, aber sie wusste es, und es war eine verdammt nützliche Information.

Ei'Brais Blick war unerschütterlich. Seine Gliedmaßen bewegten sich langsamer. Seine Stimme war ernst. *»Bedeutet das, Sie akzeptieren die Ernennung zum Rang des Quasador Dux, Dr. Jane Holloway?«*

In diesem Augenblick lag Bedeutung. Sie wusste es.

Der Instinkt sagte ihr, dass ihr Leben auf diesen Moment zugesteuert hatte. Jede Entscheidung, die sie je bedauert hatte, wegen der sie Qualen erlitten hatte. Dafür war jetzt keine Zeit mehr. Sie musste irgendwie die Oberhand gewinnen. Sie musste ihrem Bauchgefühl vertrauen. Sie zögerte so gut wie nicht. *»Ja.«*

Sobald dieses Wort per Gedanken an ihn übertragen worden war, begriff sie, was er getan hatte. In diesem Augenblick öffnete sich ein neuer Kanal zwischen ihnen, und sie erlebte Ei'Brai auf einer völlig neuen Ebene. Das Schiff summte durch ihn – und jetzt auch durch sie. Sie konnte sich jedes einzelnen Teils des Schiffs zu jedem Augenblick bewusst sein, ganz nach Belieben, und zwar durch diese Verbindung zu ihm. Zwischen ihnen gab es keine Mauern mehr. Sie sah jeden Teil seines inneren Dialogs oder jede Erinnerung, wie sie es wollte. Sie konnte jedes System oder jedes Individuum überwachen.

In diesem Augenblick spürte Ei'Brai nichts anderes als totale Erleichterung. Seine Tollkühnheit wurde sogleich ersetzt durch eine Woge der Besorgnis und eine Flut von Zuversicht und Ruhe. So viel, dass sogar sie davon betroffen war. Das war ein kleiner Trost, während sie rasch die Folge von Machenschaften aufdeckte, die er angewendet hatte, um sie zu diesem Punkt zu treiben. Seine Täuschungen, die er als eine Reihe notwendiger Tests erachtet hatte, lagen offen vor ihr. Er bettelte um Vergebung dafür.

Sie blickte zu ihm hinüber. Er hatte die Gliedmaßen völlig an sich gezogen und seinen Körper so gedreht, dass er ihr im Augenblick nicht mehr direkt entgegensah, sondern eher waagerecht als senkrecht lag. Es war eine Form der Unterwerfung.

Sie senkte die Hand und setzte intuitiv ihren neuen Zugriff ein, um Alan zu überprüfen. Er schlief friedlich. Er hatte gerade keinerlei Trauma durchlebt. Auch das war ein Trick gewesen.

Völlig verblüfft schüttelte sie den Kopf und übermittelte ihm: *»Du hast mich ausgetrickst!«*

»Eine bedauernswerte und abscheuliche Handlung der Täuschung. Es wird nicht wieder vorkommen – es ist jetzt nicht einmal mehr möglich, wie Sie sich gewiss

versichert haben. Ich bin jetzt für Sie völlig offen und Ihnen zu Diensten.«

Stolpernd trat sie einen Schritt zurück, als er enthüllte, dass das Xenon … die Verwandlung der Nepatrox … dass das alles sorgfältig ausgeheckte Tests waren, um zu sehen, ob sie unter Druck klarkam, um zu sehen, wo ihre Loyalitäten lagen, um ihren Sinn für Fairness abzuschätzen, ihre Selbstbeherrschung – alles, um zu sehen, ob sie seinen anspruchsvollen Standards entsprechen würde. Anscheinend wollte er nicht einfach jedem dienen.

»Kalkulierte Risiken«, summte er ehrerbietig.

Das schloss auch das Zwischenspiel mit Alan ein – eine Prüfung ihrer Fähigkeiten, kulturelle Unterschiede zu akzeptieren und nicht ihr eigenes Ego an erste Stelle zu setzen, wenn es mit Gefühlen konfrontiert war.

»Ich muss mich hinsetzen.« Sie wich zur Wand zurück, rutschte daran herab und setzte sich auf den Boden. Sie zog die Knie an sich, öffnete den Helm und legte die Stirn auf die verschränkten Arme.

»Du hast Menschenleben aufs Spiel gesetzt.« Es war eine Anschuldigung. Das war der Teil, der ihr am meisten zu schaffen machte.

Er hörte sich nicht im Geringsten verteidigend an. Stattdessen verbreitete er wieder den Hauch von Geduld und Oberlehrer. *»Normalerweise wird jeder mögliche Anführer unter den Sectilius, ich selbst eingeschlossen, in einer theoretischen Kulisse unter naturalistischen, simulierten Bedingungen von fertigen Aufsehern geprüft. In Ihrem Fall war das nicht möglich. Deswegen* *habe ich ein Echtwelt-Szenario geschaffen und mich bemüht, das Risiko so gering wie möglich zu halten, während ich das letztliche Ziel der Prüfung unter ähnlichen Parametern beibehielt, stets darauf achtend, möglichst das Leben zu schützen. Es steht so viel auf dem Spiel.«*

Nach einem bewusst langen Augenblick hob sie den Kopf. Er trieb immer noch respektvoll waagerecht dahin, die Augen von ihr abgewandt.

»Hör damit auf«, sagte sie gereizt.

»Wie Sie wünschen.« Er kehrte in die Senkrechte zurück und entspannte seine Gliedmaßen. Er verbreitete Ruhe. Es war aufreizend.

»Aber warum überhaupt jemanden in Gefahr bringen? Du bist gewiss in der Lage, jedes beliebige Szenario zu erschaffen, so dass es sich so real anfühlt wie … die Realität. Warum das Ganze?«

»Ich bedaure, dass ich nicht über die nötige Vorstellungskraft verfüge, um ein solches Szenario zu entwerfen. Ich bin lediglich ein praktisch veranlagtes Individuum. Ich habe benutzt, was ich zur Hand hatte, gewissermaßen. Es war unabdingbar, dass Ihre Erfahrung heuristischer Natur war. Ich glaube, das habe ich bewundernswert gut hinbekommen, nicht wahr?«

Sie zog die Brauen zusammen. *»Aber dann ist Compton wirklich infiziert …«*

»Mit den latenten Krabben, die die Gemeinschaft der Speroancora *infiziert haben, ja. Ich war überzeugt gewesen, dass ich sie im Lauf der Zeit alle entdeckt und beseitigt hätte, aber …«*

»Ein paar haben sich eindeutig vor dir versteckt«, sagte sie trocken.

In seinem Bewusstsein konnte sie erkennen, dass er über die Jahrzehnte hinweg seiner eigenen Schar von Krabben befohlen hatte, das Schiff zu durchkämmen und die bösartigen Krabben zu suchen und zu vernichten, die unbemerkt schlafend vor ihrer Nase gelegen und auf ihre Zeit gewartet hatten, bis jemand sie auslöste, woraufhin sie alle an Bord gleichzeitig infiziert hatten. Nur Ei'Brai war verschont geblieben, weil seine Umgebung abgekapselt war, getrennt vom restlichen Schiff, undurchdringlich.

»Einverstanden. Sie wurden offenbar von einem überaus cleveren und reichlich mit Ressourcen gesegneten Individuum programmiert.«

»Von wem?«

»Ich bedaure, das nicht sagen zu können, aber ich bin begierig darauf, Rache auf jede Art und Weise zu nehmen, die Ihnen passend erscheint, sollten wir die Identität und den Aufenthaltsort des Täters entdecken.«

Sie stieß langsam die Luft aus, entschlossen, sich mit ihrer neuen Rolle als Quasador Dux der *Speroancora* abzufinden. *»Besteht irgendwelche Hoffnung für Compton?«*

»Unbekannt. Das Sanalabreum hat ihn mehrmals für sauber erklärt, aber dann wird eine weitere Krabbe irgendwo in seiner Anatomie gefunden, die sich vermehrt.«

»Verstehe. Sie sind zäh und nicht leicht zu entdecken. Also besteht ein Risiko für Alan, für mich und für die

Erde – wenn Walsh, Ajaya oder Gibbs auch nur mit einem davon infiziert sind.«

»Leider ja.«

»Wie werden wir sie los, ein für alle Mal? Kannst du mir das sagen?«

»Das, Qua'dux Jane Holloway, kann ich nicht, denn ich weiß es nicht.«

24

Bergen paddelte wie wild auf die Küste zu und wurde immer schneller. Er schaute sich um und sah, wie die Welle hinter ihm immer weiter anschwoll. Die letzte war ihm entgangen. Sie war schneller gebrochen, als er erwartet hatte, aber die hier gehörte ihm.

Heute waren die Wellenzüge nicht so riesig, aber solide anderthalb Meter hoch und völlig glatt. Allmählich wurde er müde; er war schon eine Weile hier und sollte ins Labor zurück und seinen Arbeitstag beginnen. Allerdings fiel es ihm schwer, auch nur einer weiteren Welle einfach Nein zu sagen. Surfen war eine Droge.

Bei diesem Gedanken schnaubte er laut und paddelte heftiger. Fast angekommen.

Nichts da. Keine Droge – es war wie Sex. Man verbrachte viel Zeit mit der Vorbereitung, dann war es kurz der reine Wahnsinn, dann war's vorüber und man wollte es wieder tun. Und wieder. Immer gut. Selbst wenn es nicht perfekt war. Trotzdem gut.

Er spürte, wie die Welle sein Brett packte, und bekämpfte den Drang aufzustehen. Er wartete, bis das Brett den Schwung der sich auftürmenden Welle aufgenommen hatte, und erhob sich langsam, wobei er es gut ausbalancierte, und korrigierte seinen Kurs.

Was für ein verdammter Rausch! Etwas Vergleichbares gab es nicht. Verstandesmäßig war ihm klar, dass die Energie, die sein Brett vorantrieb, vom Wind auf das Wasser übertragen worden war, dass die Wassermoleküle in dieser Energie rotierten, sie von Molekül zu Molekül weitergaben, dadurch die Wellen formten, dass sie sich unablässig Tausende von Kilometern bewegten, bevor sie die Küste erreichten, dass sich die Energie dabei langsam zerstreute.

Eine andere Art von Energie wogte in ihm auf. In diesem Augenblick war alles richtig und gut: die warme Sonne, die feine Gischt auf seiner nackten Haut, das Geräusch der brechenden Wellen und die heiseren Schreie der Möwen – das erstaunliche Gefühl von Unglauben, dass er dies hier tatsächlich tat: fliegen, übers Meer gleiten, aus dem Wasser gehen.

Es war ein ziemlich beliebter Strand. Normalerweise wäre er inzwischen verärgert wegen der anderen Leute in der Brandung und auf dem Sand, die ihm im Weg waren, wenn er die perfekte Welle erwischte, die Erfahrung schmälerten, sie durch Albernheiten oder Ignoranz verdarben. Aber heute war er allein. Ein ganz und gar seltenes Vergnügen. Er schwelgte nicht in seinem Glück. Er genoss es nur.

Er suchte den Bereich vor sich ab. Die Welle war dabei zu brechen. Aus dem Augenwinkel sah er, wie sich etwas bewegte, und er drehte sich leicht in diese Richtung. Wahrscheinlich war es bloß eine Möwe, aber etwas sagte ihm, dass es größer war.

Da war es wieder.

Der Schub der Welle wurde ungleichmäßiger. Er verlor das Gleichgewicht und fiel ins Wasser. Kurz bevor er unterging, bekam er das Ding richtig in den Blick. Es war lang und dünn wie ein Arm oder ein Tentakel. Ein Oktopus so nahe der Küste wäre ungewöhnlich an diesem Strand, und er war sich ziemlich sicher, dass die hiesigen Oktopoden eigentlich klein und rötlich sein sollten.

Einen Moment lang blieb er unter Wasser und orientierte sich, um einen Blick auf die Kreatur unterhalb der Oberfläche zu erhalten. Während das Meer um ihn herum schäumte, tauchte er auf und wieder ein, wobei die Halteleine seines vergessenen Bretts an seinem Bein zerrte. Dieses Bein schmerzte, und er hatte kurz ein Gefühl des Déjà vu oder als ob er sich an etwas Wichtiges erinnern müsse.

Als er es endlich in den Blick bekam, vergaß er alles. Verdammt! Es war weitaus größer und weitaus näher, als ihm klar gewesen war. In den Nachrichten hatte er Berichte gehört, dass ein Humboldt-Kalmar Taucher in der Nähe von San Diego angegriffen hatte – an Masken gezerrt, Schläuche abgerissen, Haut zerfetzt hatte –, aber die sollten so um die anderthalb Meter lang sein und nur in tieferen Gewässern vorkommen. Dieses Ding war gut und gern dreimal so groß. Und es … heilige Scheiße! … es beobachtete ihn. Einer seiner Tentakel schlängelte sich bis auf wenige Zentimeter an seinen Arm heran.

Er reagierte instinktiv. Seine Lunge brannte, und er trat aus und schoss an die Oberfläche und zu seinem

Brett, und jedes Quäntchen an innerer Ruhe, das er während der letzten Stunde des Surfens erlangt hatte, war verschwunden. Er schnappte nach Luft und machte sich gar nicht erst die Mühe, sich umzuschauen. Er wusste, dass er allein war. Hier draußen gäbe es keine Hilfe, wenn dieser abartige, völlig deplatzierte Krake ihn zum Frühstück haben wollte. Seine einzige Zuflucht war die schnelle Rückkehr an den Strand. Also los!

Er gab sich wirklich alle Mühe, um ihn zu erreichen, hielt einfach auf den Sand zu; halb erwartete er, jede Sekunde in die Tiefe gerissen zu werden. In seinen Gedanken ratterten die Legenden, die er gehört hatte, von Schiffen, die von Meeresungeheuern zermalmt worden waren – Legenden, die er einmal für ausgeschmückt gehalten hatte, aber jetzt war er sich da nicht mehr so sicher.

Sobald er wieder Boden unter den Füßen hatte, trabte er auf den Sand, ließ sein Brett fallen und brach fast zusammen. Keuchend saß er da und durchsuchte die Brandung nach der Kreatur. Er war so davon absorbiert, dass er herumfuhr und aufsprang, als sich neben ihm jemand leise räusperte.

Jane.

Sie lächelte dümmlich und zeigte zum Meer. »*Tut mir leid, Alan, ich hätte es ihm untersagen sollen. Er ist völlig aufgeregt, dich endlich kennenzulernen, und als er dich im Ozean träumend gesehen hat, na ja, das hat seine Aufregung nur weiter angefacht. Ihm war nicht klar, wie seine Begrüßung auf dich wirken könnte. Es ist eine kulturelle Sache. Die Sectilius sind nicht so leicht durcheinanderzubringen, wenn sie auf etwas Ungewöhnliches treffen.«*

Verwirrt blickte er von ihr zu den anbrandenden Wellen. »*Wie bitte?*« Er streckte eine Hand nach ihrem Arm aus. »*Jane, was tust du hier? Was ist hier los?*«

»*Du träumst. Du bist in einem Regenerationsbecken und erholst dich. Du erinnerst dich an das Schiff, die Schnecken, die Nepatrox?*«

Er trat einen Schritt zurück und ließ ihre Hand los. Immer wieder musste er sein Bein begutachten. Plötzlich kam er sich sehr blöd vor und war völlig verunsichert.

Unwillkürlich nickte er zögerlich. »*Ich träume. Natürlich, natürlich. Das ergibt irgendwie Sinn. Muss die Zeit irgendwie rumbringen.*«

Er wandte sich wieder ihr zu. Sie war völlig auf ihn konzentriert, das gefiel ihm. Er spürte, wie sich seine Lippen zu einem lüsternen Lächeln verzogen. Sie sah atemberaubend aus. Ihr Haar glänzte in der frühen Morgensonne und flatterte ihr in der Brise ums Gesicht, die vom Wasser heranwehte. Sie trug so etwas wie eine lange Tunika, die der Wind ihr an den Leib drückte, so dass sich jede ihrer Rundungen zeigte.

Das würde ein Traum werden, an den er sich erinnern würde.

Sie hielt eine Hand hoch, und ihre Lippen zuckten. »*Das ist nicht Sinn der Sache, Alan.*«

Verdammt! Sein Unterbewusstsein war ein echter Bastard. Warum sollte er sich selbst so in die Quere kommen?

»He«, sagte er laut, zu sich selbst ebenso wie zu Jane, und schlang die Arme um sie. *»Das ist mein gottverdammter Traum. Ich gehe überallhin, wo es mir gefällt.«* Ihr Gesicht war zu Boden gerichtet. Er packte ihr Haar, zupfte sanft daran und senkte seine Lippen auf ihre Schläfe, ihre Wange und suchte hungrig nach ihrem Mund.

»Ähm, nein. So einfach ist das nicht.« Sie hob die Hand an seine Lippen. *»Hör mir zu, Alan. Du hast geträumt. Aber genau genommen träumst du jetzt nicht mehr. Ich bin tatsächlich hier. Wir sind hier.«* Sie löste ihre Hand von seinem Mund, brachte etwas Raum zwischen sie und zeigte erneut zum Meer. Ein Tentakel hob sich wiederholt aus dem Wasser und vollführte eine schlaffe Geste.

»Was zum Teufel … geht hier vor?« Ihm war mulmig, und er war angespannt.

Sie führte ihn zum Ufer. *»Dr. Alan Bergen, dies ist Ei'Brai, Gubernaviti der* Speroancora.«

»Seien Sie gegrüßt! Es ist ein kaum auszuhaltendes Vergnügen, endlich mit Ihnen zu interagieren, Dr. Alan Bergen.«

Die Stimme war tief. Und sie war in seinem Kopf.

Wasser spielte um seine Fußknöchel. Der weiße Tentakel blieb auf der Oberfläche sichtbar und rollte mit jedem Heben und Senken des Meeres.

Er verspürte nichts als Ungläubigkeit. Seine Gedanken kreisten rasend schnell am Platz, steckten im falschen Gang fest. *»Ich … äh …«*

»Wir treten jetzt an Sie heran, Dr. Alan Bergen«, fuhr

die Stimme fort, »*weil Qua'dux Jane Holloway auf Ihrem Beitrag besteht. Mir kommt das wie vergebliche Liebesmühe vor, aber ich bin dazu verpflichtet, allen Launen der Quasador Dux Folge zu leisten.*«

Verblüfft wandte Bergen sich wieder Jane zu.

Sie zeigte einen intensiven Ausdruck, und ihr Blick ging hinaus aufs Meer. »*Was wir benötigen, sind Ideen, und du hast keine, Ei'Brai.*« Der Tentakel zog sich klatschend von der Oberfläche zurück, und er vernahm ein schwaches, krächzendes Grummeln der Verärgerung tief in seinem Ohr.

Jane kniff die Augen zusammen und wandte sich wieder ihm zu. »*Alan, du verstehst ein wenig von Nanotechnologie, nicht wahr?*«

Er schüttelte den Kopf. »*Warte mal einen Moment. Wie hat er dich gerade genannt?*«

Sie kniff die Lippen zu einer schmalen Linie zusammen. »*Das ist im Moment nicht wichtig. Ich möchte dir ein paar Dinge zeigen und sehen, ob du etwas damit anfangen kannst.*«

»*Nein. Ich halte es schon für wichtig. Was hast du getan, Jane? Bist du in Gefahr?*«

Sie beschwichtigte ihn. »*Mir geht's gut. Er hat mich die Quasador Dux genannt, weil ich die Kontrolle über das Schiff übernommen habe. Ich bin jetzt Kommandantin. Er arbeitet für mich.*«

Die tiefe Stimme polterte wieder in seinem Kopf. »*Das tue ich, allerdings. Ich könnte mir keinen geeigteren Kommando-Offizier vorstellen. Es ist mir eine Ehre, der ehrbaren Qua'dux Jane Holloway zu dienen.*

Wir sind zu einer Beratung hier. Sind Sie darauf vorbereitet zu beginnen?«

Einen Augenblick lang ignorierte er das knorrige Wesen. »*Du kommandierst dieses Schiff? Was? Wie?«*

»*Das ist kompliziert, Alan. Ich werd's erklären, das verspreche ich. Aber gerade im Augenblick haben wir dringlichere Probleme. In diesem Schiff gibt es Schwärme von Nanomaschinen – das habe ich dir bereits gesagt. Sie führen viele Reparaturen im ganzen Schiff durch. Die Sectilius haben sie dazu programmiert, diese Funktionen zu erfüllen, koordiniert durch Ei'Brai. Was die Sectilius nicht wussten, war, dass ein Teil dieser Nanomaschinen entführt und umprogrammiert wurde, um das Zentralnervensystem jedes Lebewesens an Bord in einem einzigen Schlag zu zerstören.«*

Bergen zog die Brauen zusammen. »Das *ist der Besatzung dieses Schiffs zugestoßen?«*

»*Ja. Und das befällt gerade auch Compton. Er kämpft im Tank gleich neben deinem um sein Leben. Es könnte auch Walsh, Ajaya und Gibbs zustoßen, draußen in der Kapsel. Wir müssen eine Möglichkeit finden, diese Dinger abzuschalten oder neu zu programmieren. Ich habe keine Ahnung, ob der Schaden irreparabel ist. Hoffentlich nicht. Aber wissen können wir das unmöglich genau.«*

Bergen öffnete die Hand und zeigte zum Meer hinaus. »*Sollte dein Kumpel da draußen nicht Experte bei diesem Scheiß sein? Warum brauchst du mich?«*

Wiederum ertönte die verärgerte Stimme in seinem Kopf. Er überhörte sie.

»Er hat seit 1947 versucht, das Problem zu lösen, Alan.«

Bergen fuhr sich mit der Hand über den Nacken. *»Okay. Warum glaubst du, dass ich Erfolg habe, wo Cthulhu versagt hat?«*

Sie lächelte. *»Du bist nicht er. Du denkst nicht so wie er.«*

25

Jane fühlte sich nicht wohl, als ob sie etwas Wichtiges tun sollte, aber keine Ahnung hatte, was das sein könnte. Sie hatte gegessen und ertappte sich dabei, dass sie die Gänge des Schiffs durchstreifte. Ihr Weg erschien ziellos, dennoch drängte sie etwas weiterzugehen. Sie gestattete sich eine Tour durch ihr neues Reich und schichtete so ihre eigenen konkreten Erfahrungen über die Karte vor dem geistigen Auge.

Das Schiff wollte ihr jetzt anders erscheinen, seitdem sie im Sanalabreum untergetaucht gelegen hatte. Es wirkte schockierend still, einsam, vielleicht sogar heimgesucht. Beinahe erwartete sie, an jeder Ecke Sectilius zielstrebig vorübereilen zu sehen.

Alan und Ei'brai würden sie noch stundenlang nicht brauchen. Sie hätte schlafen sollen, verspürte jedoch Rastlosigkeit. In den spartanischen Mannschaftsquartieren innerhalb des medizinischen Zentrums hatte sie geschlafen, um Alan nahe zu sein. Die waren schon in Ordnung, aber nicht dazu gedacht, dass ein Besatzungsmitglied dort dauerhaft blieb, sondern nur als Ort für ein Nickerchen während einer langen, ereignislosen Schicht vorgesehen. Sie fühlten sich nicht … richtig an. Jane verbrachte dort so wenig Zeit wie möglich.

Auch Alan oder Ei'brai ließen sich nicht dazu überreden, sich etwas auszuruhen. Die beiden wurden nicht müde, wenn sie sich einem intellektuell herausfordernden Rätsel gegenübersahen. Stundenlang gingen sie das Thema immer wieder durch und debattierten, wie sie mit den bösartigen Krabben umgehen sollten.

Alan war sogleich auf eine Lösung verfallen, aber Ei'Brai hatte sie ebenso rasch verworfen und darauf beharrt, dass Alans Plan mit Fallgruben gespickt war, die keiner von beiden richtig einschätzen konnte. Also begann die endlose Suche, Analyse und Übersetzung. Für Jane war es erschöpfend und frustrierend, weil sie in die Rolle der Übersetzerin auf einem Gebiet hineingezwungen wurde, von dem sie absolut nichts verstand.

Erstaunlich schnell begriff Alan Mensententia, aber selbst ein Genie, das eine neue Sprache erlernte, konnte das komplizierte Vokabular des Ingenieurswesens nicht auf Anhieb fließend beherrschen. Jane musste tief aus ihrem Innern schöpfen, und sie alle mussten äußerste Geduld aufbringen, während sie lernten, wie man sich auf diese komplizierte Art und Weise miteinander verständigte.

Ei'Brai ermöglichte die Verbindung, und Alan gewöhnte sich rasch an Anipraxia. Sie gefiel ihm anscheinend, obwohl er es nicht zugeben wollte, weil er ein tiefes Misstrauen gegenüber Ei'Brai und dessen Motiven hegte. Er hatte die ganze Geschichte gehört, sämtliche Rechtfertigungen, und nichts davon fand er gut. Er machte sehr deutlich, dass seiner Ansicht nach Ei'Brai von vornherein mit offenen Karten hätte spielen sollen.

Jane tat ihr Bestes, um das Gezänk zwischen den beiden so weit wie möglich zu reduzieren. Da sie Bindeglied für nahezu jedes Gespräch zwischen ihnen war, musste sie diese Rolle beständig spielen.

Dabei half nicht, dass Alan im Sanalabreum steckte. Es war ihm anscheinend ebenso zuwider, dort eingesperrt zu sein, wie Jane. Er war der rastlose Typ, der in Bewegung bleiben, sich ständig beschäftigen musste.

Im Augenblick war Alan damit beschäftigt, Zeilen mit Progammiercodes auseinanderzunehmen, und er war schon seit Stunden darin vertieft. Sie hatten ein einzelnes Exemplar der missgestalteten Krabben aus Comptons Sanalabreum geborgen und zum Studium lahmgelegt. Jane lud ihren Code nach Ei'Brais Anweisung herunter. Alan studierte ihn, Zeile um Zeile.

Struktur und Regeln des fremden Codes erfasste er rasch, indem er Parallelen zu seinem umfangreichen Wissen um solche Codes auf der Erde zog.

»Alles bloß Einsen und Nullen«, hatte er gespottet. *»Wohin im Universum du auch gehst, Jane.«*

Den vermeintlichen Witz hatte sie nicht verstanden, aber das hatte er von ihr vermutlich auch nicht erwartet. Bevor sie ihn fragen konnte, was genau er damit meinte, war er wieder darin vertieft.

Sie war schon eine Weile unterwegs, und er schien immer noch damit beschäftigt zu sein. Schließlich wurde sie sich wieder ihrer Umgebung bewusst und merkte, dass sie in einem Transportlift stand; sie wählte das Deck mit den öffentlichen und privaten Räumlichkeiten der Kommandanten des Schiffs. Bald darauf stand sie vor einer Tür zu den Räumen der Quasador Dux. Dieser Gang war vom selben matten Grün wie alle anderen auf dem Schiff. Es hätte jede Tür des Schiffs sein können.

Zielstrebig streckte sie die Hand nach dem Türöffner aus. Sie kannte die Frau, die in diesem Raum gelebt hatte, auf eine beunruhigende und geradezu unirdische Art und Weise. Jane hatte viele ihrer Erinnerungen gesehen. Nein, nicht bloß gesehen. Sie hatte tatsächlich darin gelebt.

Jane wusste, wie es war, Qua'dux Rageth Elia Hator zu sein. Sie kannte ihre Lieblingsorte auf dem Schiff, wusste, wer ihre Liebhaber waren, wusste, wie ihr Lieblingsessen schmeckte. Sie hatte ihre Wildheit in der Schlacht gesehen, hatte gesehen, wie sie stoisch mit Widrigkeiten fertiggeworden war. Jane kannte sie – sie wusste, dass sie intellektuell entschlossen, sich ihrer eigenen Fähigkeiten und jener der Besatzung sicher gewesen war. Von der Mehrzahl der Sectilius an Bord war sie respektiert und verehrt worden. Sie war eine unerschrockene Frau gewesen; ihr Verlust kam einer Tragödie gleich. Es waren große Fußstapfen, in die sie da treten musste.

Mit einem fast lautlosen Flüstern glitt die Tür in die Decke. Jane schnappte überrascht nach Luft und betrat den großen, spärlich möblierten Raum, den Mund immer noch offen.

Farbe. Ein gewaltiger Wirrwarr aus Farben.

Jede Wand war in großen Blöcken von Farbwirbeln bemalt worden. Die Wand gegenüber der Tür schien streckenweise regelrecht lebendig. Sie trat hinüber, um die Arbeit aus der Nähe zu betrachten.

Die Farbpigmente waren in breiten Streifen so dick aufgetragen, dass das Medium selbst Erhebungen und Täler aufwies. Im oberen Drittel der Wand gingen die Farben von Amethyst in Azur über, dünne Streifen lebhafter, kontrastierender Farben, die sich derart gut mischten, dass man sie nur ganz aus der Nähe unterscheiden konnte.

Es gab eine Unterbrechung in dem Gemälde, und dort zeigte sich das matte Grün der Wand, wie bei einem Rothko – das war doch die richtige Bezeichnung, oder? –, und der untere Teil der Wand war eine Studie in Blau- und Grüntönen, die nach oben hin immer heller wurden und dabei Tiefe und Geheimnis gewannen, während die schweren Striche dunklerer Pigmente sich zum unteren Teil der Wand hin mischten.

Es war das Bild einer Morgendämmerung über einer weiten See. Sie wusste es intuitiv, als ob sie dort gewesen wäre, als ob es ein persönliches Erlebnis gewesen wäre. Sie betastete die strukturierte Oberfläche ganz sachte und überlegte. Vielleicht war es ja tatsächlich so gewesen, indirekt jedenfalls. Ihre eigenen Erinnerungen waren inzwischen ein bunt gemischtes Durcheinander.

Anscheinend war der Bruch zwischen den beiden Gemälden nicht dazu gedacht, sie völlig voneinander zu trennen, sondern nur dazu, den Kontrast zu unterstreichen. Sie existierten nebeneinander. Sie bildeten denselben Ort ab. Sie waren verschiedene Sphären in derselben Welt, einer Wasserwelt. Ei'Brais Heimatwelt, begriff sie plötzlich, trat zurück und nahm wiederum alles in sich auf. Wasser und Luft.

Qua'dux Rageth Elia Hator hatte eine so starke Verbindung zu Ei'Brai verspürt, dass sie sich dazu gedrängt gefühlt hatte, Kunst aus den Erinnerungen zu erschaffen, die er mit ihr teilte.

Jane überkam blitzartig eine Erinnerung daran, wie sie in diesem Raum stand, eine breite, flache Schale in der Hand hielt, die eine traditionelle Mischung aus Tonmineral enthielt, das mit einem leuchtend blauen Pigment zu einer zähen Masse verdickt worden war. Viele weitere Schalen standen auf Tischen in der Nähe, angefüllt mit ähnlichen Farbtönen und auch mit kontrastierenden Farben, die sie genauestens zusammengemischt hatte. Einige davon hatten einen stark chemischen Geruch, andere waren irdisch und angenehm.

Sie griff in die Schale und schöpfte mit der hohlen Hand ein wenig von der kühlen Paste. Dann verdrehte sie geübt ihre Finger und ließ das dicke Pigment auf die Wand tröpfeln, wobei sie besonders darauf achtete, wie die Farbe von jedem langen Finger herabfloss. Mit einer neuen Farbe kehrte sie an dieselbe Stelle zurück, bog den Rücken durch, streckte den gertenschlanken Körper und erschuf Glanzlichter, Kämme und Täler, erzeugte Struktur und Farbe mit jedem Strich.

Eine ganze Weile war sie damit beschäftigt. Ihre Finger waren mit Farbe beschmiert, kalt und steif. Die Muskeln ihrer Arme brannten, und ihr schmerzte der Rücken, aber das beachtete sie nicht weiter. Dies war ihr Raum, und sie würde ihn mit etwas Schönem füllen. Sie war zufrieden und hoch motiviert, diesen Abschnitt zu vollenden, bevor jemand sie unterbrach.

Eigentlich war sie immer noch gut in Form, überlegte sie, hielt inne und begutachtete ihren Fortschritt. Sie zog die Brauen zusammen, als sie begriff, dass sie sich gerade mit der Hand über die Stirn gewischt und dunkles Zyanpigment darauf verschmiert hatte.

Das Malen war ihr angeboren. Sie hatte diese Technik von klein auf ausgeübt, war gut genug für die Akademie gewesen, aber die Sterne hatte sie gelockt. Sie machte sich keine Illusionen. Sie war durch und durch praktisch veranlagt. Sie hätte ein gutes Leben als Künstlerin führen können. Ein gesichertes Leben. Aber sie wusste, dass sie für mehr gemacht war.

Als die Erinnerungsfetzen verblassten, stellte Jane sich vor, was geschehen wäre, wären die Umstände andere gewesen, hätten die Krabben nicht diese unglaubliche Frau vernichtet, und Jane wäre ihr vielleicht auf Erden begegnet, wie von Regath beabsichtigt.

Sie seufzte, wandte sich ab und begriff, dass die angrenzende Wand nicht bloß geometrische Formen darstellte, wie sie ursprünglich angenommen hatte. Sie war ebenfalls eine Impression des Orts, der Rageth etwas bedeutete. Dieses Gemälde ging mehr ins Detail.

Aus diesem Blickwinkel erkannte sie, dass es ein Anblick Sectilias vom Mond, Atielle, aus war, Rageths Geburtsort. Sectilia hing groß und tief am Horizont, eine dunstige, blau-grüne Kugel, die das Gemälde beherrschte. Dämmerung umgab den Planeten mit einem leuchtenden, farbigen Halo – violett und korallenfarben und rotorange an einem Himmel, der eine etwas andere Blauschattierung aufwies als der irdische Himmel. Er war so wunderschön, dieser Mond, der zusammen mit einer anderen Welt in den Himmeln hing.

Angrenzend an diesem Raum gab es weitere, darunter ein Schlafzimmer, aber Jane verspürte nicht den Wunsch, sie jetzt schon zu erkunden. Dieser Raum war mit einer Vielzahl robust wirkender einfacher Sitzgelegenheiten ausgestattet. Es war ein Raum, der für gesellschaftliche Zusammenkünfte gedacht war. Jane ging zu einem Möbelstück, das an eine stromlinienförmige, niedrige moderne Couch erinnerte, setzte sich einem der Gemälde gegenüber hin und nahm immer noch die Details in sich auf.

»*Sie haben viele Eigenschaften mit ihr gemeinsam*«, polterte es leise in ihrem Kopf.

»*Das ist sehr nett von dir*«, erwiderte Jane mit einem sarkastischen Lächeln.

»*Ich äußere diese Feststellung nicht, um Ihr Selbstwertgefühl zu erhöhen. Ich beobachte. Ich übertreibe nicht.*«

»*Dann vielen Dank.*«

»*Vergleichen Sie sich nicht mit ihr. Sie übertreffen die nötigen Kriterien zur Erfüllung Ihrer Aufgabe.*«

Jane blickte auf die Hände in ihrem Schoß. »*Ich weiß, dass du das für zutreffend hältst, aber ganze Welten voller unschuldiger Leute hängen davon ab, dass ich die nächsten Schritte richtig setze. Es ist eine so schwere Last. Ich möchte nicht versagen.*«

Das nahm er schweigend zur Kenntnis. Er verspürte eine ähnliche Verantwortung. Darin hatten sie etwas gemeinsam. Irgendwie war es eine Hilfe.

Nach einem Augenblick polterte er: »*Jene anderen Welten locken Sie.*«

Sie runzelte die Stirn. »*Sie machen mir Angst.*«

»*Nein. Das ist nicht diejenige, die Sie sind.*«

Sie sah ein Gesicht vor dem inneren Auge und zog die Brauen zusammen. Ei'Brai rief eine Erinnerung herauf, die tief in ihr vergraben gewesen war. Sie hatte seit Jahrzehnten nicht mehr an Mowan gedacht. Er war ein Junge aus Nawagi, den sie bei einer Buschwanderung mit ihren Eltern in Queensland getroffen hatte, in den Monaten, bevor sie ihr neues Unternehmen an der Küste gestartet hatten. Die beiden waren über eine Woche im Busch umhergestreift, bevor es Zeit zum Weiterziehen gewesen war. Eines Tages war er in ihrem Lager erschienen und hatte gesagt, er wolle sie zu einem besonderen Ort bringen.

Er hatte ihre bleiche Hand in seiner warmen dunklen Hand gehalten und sie über die Ebene zu einem felsigen Auswuchs und einer Ockergrube geführt. Er sagte, die Erwachsenen seines Stammes würden die leuchtend gefärbten weichen Steine mit Fett vermischen und ihre Körper für geheime Tanzzeremonien damit bemalen, die manchmal tagelang dauerten.

Er hob einen leuchtend orangefarbenen Stein auf, rieb ihn an einem flachen Stein, der aus der trockenen Landschaft herausragte, und hatte rasch einen kleinen Haufen orangefarbenen Pulvers beisammen. Lächelnd drückte er den Finger hinein und zog ihn ihr vom Haaransatz bis zur Mitte ihrer Stirn, dann über die Nase hinab, über ihre Lippen und das Kinn. Jane wählte einen kleinen gelben Ockerklumpen und rieb ihn an einem anderen Stein in der Nähe. Sie strich ihm Streifen dieses Pulvers über die Wangen.

Abwechselnd beschmierten sie einander mit dem Mineralstaub – Gesicht, Hals, Arme – und waren trunken vor Freude über die Ergebnisse. Sie verwandelten einander in außerweltlich wirkende Wesen. Seine Lippen zuckten, als er sagte, seine Mutter habe seiner Schwester die Brust bemalt, damit sie wachsen sollte. Jane lachte und sagte, sie benötige momentan noch keine Brüste.

Die Sonne am Himmel wurde heiß, und sie wurden es müde, einander mit dem farbenfrohen Steinstaub zu beschmieren, also durchquerten sie das trockene Grasland, bis sie einen grüneren Ort mit einem dahineilenden Fluss erreichten. Sie wuschen das Pigment mit dem kühlen Wasser ab und lachten, dann machten sie sich an die Erkundung einer anderen entzückenden Sache.

Als die Erinnerung verblasste, lehnte Jane sich in das steife Möbelstück zurück. Ei'Brai hatte eine längst vergessene Erinnerung an Australien entdeckt, die von den Nachwirkungen des Todes ihres Vaters unbefleckt war. Er hatte seine Sache beredsam verfochten. Sie war in Australien angekommen, ein Kind, das unbedingt etwas erleben wollte – neugierig und offen. Die darauf folgenden Monate und Jahre hatten sie verändert.

Es war mehr als bloß erwachsen zu werden, in die Haut eines Erwachsenen zu schlüpfen. Sie war immer davon ausgegangen, dass ihre Neigung zu Abenteuern, riskanten Unternehmen, zum Erforschen, zum Hedonismus einfach von der Zeit gezügelt worden war. Es stimmte nicht. Sie war von der Angst zerquetscht worden – ihrer eigenen Angst und der ihrer Großeltern, die befürchtet hatten, Jane auf dieselbe Weise zu verlieren, wie sie ihre Tochter in den wilden Ecken der Welt verloren hatten. Sie hatten jede ihrer Neigungen infrage gestellt, hatten das schlimmstmögliche Resultat jeder Handlung aufgezeigt, sie gnadenlos an den Tod ihres Vaters erinnert, bis sie allmählich an den alltäglichsten Wünschen für sich selbst gezweifelt hatte.

Sie hatte gelernt, nie sich selbst zu trauen.

Dennoch war sie am Ende hier angekommen. Was hinderte sie jetzt daran, dieses Abenteuer zu genießen?

Etwas Sorge war normal. Lähmung hingegen nicht.

Ei'Brai hatte recht. Sieh dir einfach das Kind an, das du einmal gewesen bist. Sie schuldete alles diesem Kind – ihre Sprachfähigkeit, ihre Neugier, ihre Leidenschaft. Wie konnte sie das alles jemals so tief in sich vergraben?

Jane streifte sich die Stiefel ab und zog die Füße auf die niedrige Couch. Sie hatte so lange nicht mehr richtig geschlafen. Das Essen, das sie gerade zu sich genommen hatte, machte sie schläfrig.

Sie hörte jetzt Alan, das Gemurmel seiner Gedanken bei der Arbeit. Sie konnte ihn ausblenden, wenn sie wollte, aber sie musste es nicht tun. Es war tröstlich. Sie rollte sich auf der Seite zusammen, steckte die Hände unter die Wangen und sank beim Ton seiner mentalen Stimme in den Schlaf.

Jane erwachte, weil Bergen fluchte.

»Verdammt! Oh, verdammte Scheiße! Verdammt, verdammt, verdammt!«

Jane setzte sich auf, wischte sich Feuchtigkeit aus dem Mundwinkel und bemühte sich, die Erschöpfung abzuschütteln.

»Was ist los, Alan?«, fragte sie und fuhr sich mit einer Hand übers Gesicht.

»Wir haben ein Problem. Ein großes, ein riesengroßes verfluchtes Problem.«

Ei'Brai ging ohne große Vorankündigung dazwischen. *»Allerdings. Gegenmaßnahmen sind bereits eingeleitet.«*

Drängend fuhr Alan fort: *»Diese Nanomaschinen sind darauf programmiert, das gottverdammte Schiff zu zerstören, wenn sie entdeckt werden, Jane. Der einzige Grund, weshalb wir noch nicht tot sind, ist der, dass nur noch so wenige übrig geblieben sind.«*

Gereizt warf Ei'Brai ein: *»Es besteht keine Notwendigkeit für eine Erklärung. Ich präsentiere Qua'dux Jane Holloway jetzt die Einzelheiten.«*

Das hörte sie kaum, versunken, wie sie bereits war, in dem Strom von Erinnerungen aus Alans Gedanken nur Augenblicke zuvor. Ei'Brai hatte Alans Fortschritte überwacht, während er den Code durchgearbeitet hatte, und Alan hatte entdeckt, dass es eine zusätzliche Ebene gab, die kunstvoll ganz offen innerhalb des grundlegendsten Kommandocodes der Krabben versteckt lag. Ei'Brai deutete an, dass dies ein Abschnitt des Codes war, den die gewöhnlichen Wissenschaftler der Sectilius nicht beachtet oder bloß neugierig betrachtet hätten, da er nur wenig vom üblichen Spektrum der Krabbentypen abwich.

Aber für Alan war das alles neu. Er würde keinen Teil unbeachtet lassen. Sie spürte Alans Geistesblitz, als mehrere scheinbar verschiedene Informationsteilchen durch seinen Kopf flogen und er die Punkte zwischen ihnen verband. Jane sah das Muster, das sich bildete, ebenso deutlich – als Ei'Brai veranschaulichte, was es in Echtzeit zu bedeuten hatte.

Wenn auch nur eine einzige Krabbe entdeckt und derart genau untersucht wurde, war sie darauf programmiert, ein Signal auszusenden und damit sämtliche anderen neu zu organisieren. Sie würden ihre momentane Tätigkeit im Stich lassen und sich gruppenweise an größeren Drehkreuzen innerhalb des Netzwerks von neuralelektrischen Pfaden des Schiffs sammeln. Dort würden sie gemeinsam daran arbeiten, Strukturen zu errichten, die gleichzeitig eine Reihe von Feedbackschleifen erzeugen sollten.

Mit anderen Worten: eine Selbstzerstörung in Gang setzen – durch eine massive, redundante, sofortige Überlastung. Und wahrscheinlich waren sie bereits an der Arbeit. Nicht viele Krabben wären nötig, um eine Explosion hervorzurufen. Da weniger Exemplare am Werk waren, würde es länger dauern, aber sie konnten immer noch ein großes Loch ins Schiff sprengen. Es gab keine Möglichkeit abzuschätzen, wie viele von ihnen vorhanden waren, wie lange es bis zu einer Explosion dauern oder wann die Explosion stattfinden würde.

Das Schiff quoll von Krabben förmlich über, und sie ließen sich unmöglich auseinanderhalten. Lediglich auf mikroskopischer Ebene konnte eine Krabbe möglicherweise den Unterschied zwischen sich selbst und einem Exemplar entdecken, das anders war. Wenn eine Krabbe alles daransetzte, sich versteckt zu halten, was diese eindeutig taten, könnte sie einer Entdeckung völlig entgehen.

Jane war aufgestanden, jetzt völlig wach, und ihr Herz schlug alarmierend schnell. Sie verließ den Raum, eilte zum nächsten Transportlift und hielt sich bereit, überallhin zu gehen, wo sie gebraucht wurde. Während sie den Gang hinabschritt, zeigte ihr Ei'Brai, wie er bereits damit angefangen hatte, die Krabben in jedem Sektor des Schiffs zu organisieren, um die neuralelektrischen Pfade auf Suche- und Vernichtemodus zu überwachen.

»*Das reicht nicht aus, Jane*«, warf Alan ein. »*Es sind bereits zuvor welche entwischt – und diese Dinger sind imstande, sich rasch zu vermehren, wobei sie jedes Material verwenden, das gerade zur Hand ist. Die lassen sich auch jetzt nicht entdecken. Schließlich fliegen wir in die Luft – es sei denn, wir werden sie alle gleichzeitig los. Eine andere Möglichkeit gibt es nicht, Jane.*«

Das hatte sie zuvor schon einmal gehört.

Ebenso wie Ei'Brais Erwiderung, die erneut begann mit: »*Unnötig und unklug. Ganze Abschnitte der* Spero-ancora *würden allein von einem Befall mit Coelush limax eine explosive Dekompression erfahren. Jedes System an Bord wäre betroffen – Reparatur und Wartung wären unmöglich. Dieses Vorgehen hätte weitreichende Konsequenzen.«*

»Weitreichender, als dieses Schiff in die Luft zu jagen? Wirklich? Nun komm schon! Das wäre nur kurzfristig«, beharrte Alan. *»Wir sollten doch in der Lage sein, weitere Nanomaschinen herzustellen.«*

»Sie unterschätzen die Zeit, die es benötigen würde, das Schiff wieder zu bevölkern. Sie würden uns zumindest in einen verwundbaren Zustand bringen, für einen ganzen Orbit um diesen Stern«, protestierte Ei'Brai.

Alan konterte: *»Jane – höre auf mich. Ich habe bloß die Oberfläche dieses Codes angekratzt, und ich sage dir, er wurde von irgendeinem hinterhältigen Bastard geschrieben, der unter keinen Umständen identifiziert werden wollte. Wir wissen jetzt, dass es mindestens zwei verschiedene Wege gab, wie sie alle auf diesem Schiff umbringen wollten. Wer sagt denn, dass nicht noch drei weitere Wege zum Sterben in diese Dinger einprogrammiert sind? Jede Sekunde, die wir verlieren, ist ein riskantes Spiel. Was, wenn diese verdammten Dinger bereits an den Lebenserhaltungssystemen oder den Maschinen oder an etwas arbeiten, das ich mir auch nicht mal ansatzweise vorstellen kann? Jane …«*

Jane hielt eine Hand hoch, als sie einen festen Entschluss fasste. Es war Zeit, ihre neue Rolle zu üben. *»Okay. Ich habe genug gehört. Wir tun's. Bereite eine Ionenexplosion vor, Ei'Brai!«*

Seine Stimme klang ergeben. *»Bestätigt.«*

Jane verspürte eine gewisse Erleichterung, allerdings

gefolgt von Beklemmung, als ihr bewusst wurde: Jetzt lag es wirklich an ihr.

Ruhig fuhr Ei'Brai fort: »*Alle binären Prozessoren der* Speroancora *sind in einem unterschiedlichen Grad örtlich abgeschirmt. Der größte Teil des Schiffs ist jedoch vom Schild abhängig – der Abschirmung der äußeren Hülle. Mit Ihrer Erlaubnis arbeite ich daran, die lokale Abschirmung zu verstärken, während ich gleichzeitig den Schild abschalte. Eine solche Vorsichtsmaßnahme erfordert ein wenig Zeit, wird jedoch eine zukünftige Überlebenswahrscheinlichkeit erhöhen, wenn wir weitermachen.*«

Jane erkannte, dass es ihm Sorgen bereitete, den Schild abzuschalten. Es war ein Risiko, aber daran ließ sich nichts ändern. »*Ja, natürlich. Wir sollten die Computer und alles andere schützen, was betroffen sein könnte. Obwohl du gesagt hast, dass die Ionenexplosion für Lebewesen harmlos sein wird, nicht wahr? Wir werden keiner Strahlung ausgesetzt sein oder so, oder?*«

»*Nein*«, warf Alan gereizt ein. »*Sag ihm, er soll mir zeigen, was er vorhat.*«

Jane lächelte und biss sich auf die Lippe angesichts des mental-finsteren Blicks, den Ei'Brai abstrahlte, als er zeigte, wie er die Schiffsmaschinen modifizieren würde, um eine Explosion positiv geladener Ionen zu erzeugen und sie auf einer magnetischen Welle auszuschicken, die sämtliche Winkel des Schiffs erreichen würde. Der winzige Stromkreis einer jeden Krabbe an Bord würde überlastet werden und wäre somit nutzlos, also gewissermaßen tot.

»Ironischerweise sind es die Krabben, die diese Vorsichtsmaßnahme ausführen. Achten Sie genau auf die Details, Dr. Alan Bergen! Es könnte sein, dass sie diese Veränderung manuell rückgängig machen müssen, ohne Unterstützung durch die Krabben«, bemerkte Ei'Brai wehmütig.

Alan reagierte ohne Antipathie, völlig bezaubert von den Bildern und Konzepten, die Ei'Brai präsentierte. *»Verstanden«*, erwiderte er eifrig.

Jane beobachtete amüsiert, wie ihr Austausch sich veränderte. Nicht mehr Antagonisten, sondern geschätzter Lehrer und ernsthafter Schüler.

Sie unterbrach sie nur ungern. Ein überaus flaues Gefühl hatte sie zwar schon im Magen, aber sie legte trotzdem eine autoritäre Note in ihre mentale Stimme: *»Da ist nur noch eines vor der Ionenexplosion zu erledigen.«*

26

Jane ließ sich auf der Kante des übergroßen Kommandantensessels nieder und rutschte mit einem eindeutigen Mangel an Anmut hinein. Es erinnerte sie an ein Kind, das im Sessel eines Erwachsenen saß, und sie war froh, dass ansonsten kein Blick auf ihr ruhte. Sie müsste sich irgendwann eine würdevollere Methode ausdenken, mit diesem Sessel zurande zu kommen. Er hatte einen Einstellmechanismus, aber sie war im Moment zu nervös, um damit herumzupfuschen.

Da sonst niemand anwesend war, fühlte sich die Brücke des Schiffs für Jane absurd riesig an. Sie zupfte und zerrte an der komplizierten Schließe, um sich im Sitz anzuschnallen, und bemerkte die vier Reihen glitzernder Konsolen mit entsprechend leeren Sesseln ebenso wie den großen Bildschirm, der einige Asteroiden zeigte, dazu eine ferne graue Kugel, bei der es sich vermutlich um Jupiter handelte. Ei'Brai hatte ihr gesagt, dass sie nicht körperlich auf der Brücke anwesend sein müsse, aber anscheinend war es doch genau dort, wo sie sein musste.

Ihre Muskeln schmerzten vor Anspannung, doch sie war bereit. Wenn die Sache schlecht ausging, war sie wenigstens angeschnallt, dachte sie kopfschüttelnd.

Ei'Brai wartete darauf, dass sie begann, und ein greifbares Gefühl von Aufregung durchdrang seine Berichte.

Sie gab den Befehl.

Sogleich wich die Brücke zurück. Ihre Gedanken plumpsten mit einem Übelkeit erregenden Ruck in die Eingeweide des Schiffs. Die Zeit verlangsamte sich auf etwas, das sich anfühlte wie Minuten zwischen den einzelnen Herzschlägen.

Sie spürte, wie die Maschinen ansprangen – ein Whiteout, das sie vorübergehend blendete. Das Schiff polterte um sie herum, in ihr. Bei der Hitze verschwamm ihr alles vor den Augen … die Energie verwandelte sich aktiv in Kraft und dann in Bewegung.

Sie waren unterwegs.

Sie spürte die Bewegung selbst, durch ihn.

Sie zitterte und packte die Kommandokonsole so fest, dass ihre Fingerknöchel weiß wurden. Ich tu's!, dachte sie triumphierend.

Sie spürte, wie sich Ei'Brais Spannung löste. Er schwelgte ebenfalls im Gefühl von Bewegung. Wogen der Anerkennung überschwemmten sie.

Und vom dritten Partner innerhalb des Anipraxia-Kreises vernahm sie wortlosen Jubel. Wärme und Stolz sprudelten aus Alan heraus. Sie hörte ihn etwas sagen, aber die geflüsterten Worte spielten Billard in ihrem Kopf, ohne sich richtig festzuhaken: *»Das ist mein Mädchen!«*

Ei'Brai fütterte sie mit komplizierten Gleichungen, die nötig waren, sich im dreidimensionalen Raum zu bewegen. Jane stellte die Personifizierung der nötigen physischen Verbindung zwischen Ei'Brai und dem Schiffscomputer dar, damit dieser die Befehle ausführen konnte.

Sie atmete tief durch und bemühte sich, mit dieser neuen Ebene der Kontrolle zurechtzukommen, während sie gleichzeitig die Verbindung zwischen sich selbst und ihrer Umgebung nicht verlieren wollte. Die Distanz schloss sich rasch. Die Kapsel kam auf dem großen Bildschirm vor ihr in Sicht. Es war Zeit, eine weitere Ebene der Komplexität der Mischung hinzuzufügen.

»Stelle bitte die Verbindung zur Providence *wieder her, Ei'Brai«,* befahl sie barsch.

»Rufe sie sofort, Qua'dux Jane Holloway.«

Jane richtete sich in ihrem Sessel auf und konzentrierte sich auf das Abbild der *Providence.* Ei'Brai durchsuchte Daten, die von der Reihe Sensoren kamen, die auf die Kapsel gerichtet waren.

Allmählich erkannte sie die Vorteile der anipraxischen Verbindung. Das war absolut genial, wirklich. Es reduzierte die Menge an Informationen, die laut ausgesprochen werden mussten – es war alles da –, Informationen strömten in Echtzeit herein. Wenn Ei'Brai irgendetwas von Bedeutung bemerkte, wusste sie es sofort. Wenn jede Sekunde zählte, konnte das Leben retten.

»Ich weiß nicht recht, Ei'Brai. Sind sie noch in Bewegung?«

»Nur durch den eigenen Schwung. An Bord gibt es nur wenig elektrische Signale. Der Kanal ist jetzt offen. Sie können sprechen.«

Wenn die Schubtriebwerke nicht mehr brannten, war das ein gutes Zeichen, hoffte sie. Sie räusperte sich, weil sie mindestens einen Tag lang nicht mehr laut gesprochen hatte. »Hier ist Jane Holloway. *Providence?* Seid ihr da?«

Die Sorge lag ihr wie Blei im Magen. Würden sie sie dieses Mal ignorieren? War Walsh nach ihrem letzten Gespräch so wütend gewesen, dass er sich entschlossen hatte, nicht mehr zu reagieren, wenn sie zurückrufen würde?

Beim letzten Mal war er barsch gewesen, abweisend und kaum in der Lage, stringent zu argumentieren. Es schien klar, dass er infiziert war. Das konnte eine heikle Begegnung werden. Er war dagegen, zurück an Bord zu kommen. Sie hoffte, dass Ajaya ihn in der Zwischenzeit etwas beruhigt hatte.

Jane tippte ungeduldig auf die Konsole. War es zu spät? Hatte es an Bord eine katastrophale Fehlfunktion gegeben? »Ich wiederhole: *Providence,* bitte melden. Hier ist Jane Holloway. Ich bin bereit und in der Lage, Beistand zu leisten.«

Nichts.

Sie beugte sich vor, wobei die Riemen entsprechend nachgaben. »Hört ihr mich?«

Schweigen.

Sie hatten bereits mehrere Möglichkeiten ausgearbeitet, wie sie mit einer *Providence* verfahren sollten, die nicht reagierte. Keine davon war sonderlich gut. Wenn die Kapsel nach wie vor mit hoher Geschwindigkeit unterwegs war, würde das alles sehr kompliziert für sie und sehr gefährlich für die Menschen in diesem Fahrzeug werden.

Warum gaben sie keine Antwort? Konnte Walsh verrückt geworden sein? Waren sie alle katatonisch geworden, eingeschlossen auf so engem Raum? Hatte jemand einen tödlichen Fehler begangen? O Gott – ich hätte eher etwas unternehmen sollen.

»Spürst du sie, Ei'Brai?«, fragte sie ihn lautlos.

Sachlich-nüchtern erwiderte er: *»Ich nehme drei Individuen wahr. Da ist anscheinend ein Aufruhr im Gange.«*

Jane furchte die Stirn. *»Also haben sie meine Sendung gehört?«*

»Ich glaube schon, Qua'dux Jane Holloway.«

»Und der Kanal ist nach wie vor offen?«

»Bestätigt.«

Jane setzte sich gerade hin, ohne die Kapsel auf dem Bildschirm aus den Augen zu lassen. Ein Drama spielte sich dort drüben ab, und sie war machtlos und konnte nicht helfen. »*Providence.* Jane Holloway hier. Ich möchte euch wissen lassen, dass Dr. Bergen eine dauerhafte Lösung für das Problem mit den Nanomaschinen entwickelt hat. Hier, auf der *Speroancora,* werden wir sie alle auf einmal mit einem streng kontrollierten EMP los. Wenn ihr nicht rechtzeitig an uns andocken könnt oder wollt, werde ich gezwungen sein, eine andere Methode anzuwenden, um euch an Bord zu bringen. Ich werde nicht zulassen, dass die Nanomaschinen auf die Erde übertragen werden. Antwortet bitte!«

Wiederum verstrichen die Minuten.

Alans mentale Stimme rief: *»Jane, wir haben keine*

Zeit für diesen Mist. Die Uhr tickt in winzig kleinen Nanobomben mit gewaltigem Rumms.«

Ei'Brai knurrte etwas, artikulierte aber weder eine Zustimmung noch eine Ablehnung.

Jane runzelte die Stirn. »*Ich weiß, ich weiß.*«

Alan klang ungeduldig. »*Schaufele sie einfach auf, wie besprochen.*«

Sie seufzte. »*Alan, ich verfüge nicht über die Gewandtheit, die du mir anscheinend zutraust.*«

»*Jane, lass mich aus diesem verdammten Ding raus!*« Seine Frustration war gewaltig. Dann sagte er etwas sanfter: »*Ich möchte dir helfen.*«

»*Du kannst hier draußen nichts tun. Ich muss diese Entscheidungen treffen. Ich muss das tun.*«

Sie schloss die Augen und konzentrierte sich auf die Distanz zwischen der Kapsel und dem Schiff, verwandelte viele Kilometer in Meter, bis sie groß auf dem Bildschirm vor ihr erschien. Sie wünschte sich, hineinsehen zu können.

Dann fiel es ihr wieder ein. Sie glitt mit ihrem Bewusstsein näher an Ei'Brai heran. Es war, als würde eine Maus an einen Elefanten heranrutschen. Sie wusste es. Aber es spielte keine Rolle, weil die Maus das große Tier beherrschte. »*Ich möchte, dass du mir zeigst, was da drin vor sich geht*«, wies sie ihn an.

»*Nicht ratsam*«, erwiderte er prompt.

»*Warum nicht?*« Jane kniff die Augen zusammen, aber er war ein offenes Buch. Er würde ihr vielleicht empfehlen, nicht dorthin zu gehen, aber er würde sie nicht daran hindern, wenn es ihre Entscheidung war.

»Sie sind emotional mit Ihren Kollegen verbunden. Die Erfahrung würde bestenfalls einen negativen Eindruck auf Ihre Psyche haben. Schlimmstenfalls könnte es Ihre sich entwickelnde Erfahrung von Anipraxia beeinträchtigen. Es existieren signifikante Anzeichen dafür, dass sie nicht mehr so sind, wie sie einmal waren. Meiner Einschätzung nach sind sie außerstande, sich so zu verhalten, wie Sie gehofft hatten.«

Sie nickte und konzentrierte sich mehr auf ihr Inneres. Es war enttäuschend, aber sie war mental auf dieses Szenario vorbereitet. *»Na gut. Wir passen uns ihrer Geschwindigkeit an, wie besprochen.«*

Alans Stimme kitzelte in ihrem Hinterkopf, ein Geflüster. *»Ich weiß, dass du das hinbekommst, Jane.«*

Sie schürzte konzentriert die Lippen und legte sämtliche mentale Energie in die korrekte Übertragung ihrer Befehle. Die *Speroancora* rückte vorsichtig an die *Providence* heran, um sich ihrer Geschwindigkeit anzupassen.

»Öffne die Ladeluke auf Deck 37, Kammer 2-4-6«, wies sie den Schiffscomputer an. »Schalte künstliche Schwerkraft in dieser Kammer ab.«

Sie spürte, wie sie sich öffnete, langsam, ein gigantisches Garagentor in den Raum. Ei'Brai schaltete sich zu und bestätigte zusätzlich zum Computer, dass die Schwerkraft abgeschaltet war.

»Flugbahn und Geschwindigkeit sind momentan optimal, Qua'dux. Sie können den Lateralschub einsetzen«, meldete Ei'Brai kurz darauf.

Das war's. Sollten sich Ei'Brais Berechnungen als

fehlerhaft erweisen, oder sollte Jane sie nicht korrekt anwenden, wäre alles verloren. Selbst bei dieser niedrigen Geschwindigkeit war die Kapsel nicht so robust. Sie war nicht dafür gebaut, einen Aufprall dieser Größenordnung zu überstehen. Sie würde sich zusammenknüllen wie Alufolie. Der Druck würde ausfallen. Die drei wären im Vakuum des Raums fast augenblicklich tot.

»Ja«, bestätigte Ei'Brai diese Vermutung. *»Trotzdem gibt es keine andere Möglichkeit. Sie sind bereits der Abenddämmerung nahe, wenn wir nicht handeln. Sie verleihen ihnen Hoffnung.«*

Jane hob das Kinn. *»Genau. Lateralschub einschalten.«*

Die Nase des Schiffs behielt ihren Kurs bei und jagte neben der *Providence* dahin; sie agierte dabei als Drehpunkt, während das Heck des Schiffs quer zur Kapsel herumschwang.

Jane hielt den Atem an.

Ei'Brai schaltete die Übertragungsquelle für ihren Bildschirm auf eine Kamera innerhalb von Kammer 246 um. Die *Providence* schwoll erschreckend schnell an. Ihr Herz schlug einen Trommelwirbel.

»Halten Sie sich bereit, Lateralschub zu beenden«, erinnerte Ei'Brai sie sanft.

Die *Speroancora* rotierte unerbittlich.

Jane warf sich gegen die Gurte. *»Es passt nicht!«*

»Ruhig. Meine Berechnungen sind fehlerlos. Ruhig bleiben, Qua'dux.«

Das konnten nur wenige Zentimeter Spielraum sein.

Ihre Hand ging zum Mund. Sie musste sich physisch daran hindern zu kreischen. *»Abschalten!«*

Ihre Augen wurden groß, als die *Providence* über den Boden von Kammer 246 glitt.

»Qua…«

»Achtung! Achtung!«

Die *Providence* stieß gegen die andere Wand von Kammer 246 und wurde herumgeschleudert, aber Jane und Ei'Brai glaubten beide, dass es nicht ausreichte, um allzu großen Schaden anzurichten. Unmittelbar neben dem offenen Tor kam sie zur Ruhe. Sie schwebte dort leicht geneigt nur wenige Zentimeter über dem Boden, als sich der Vorwärtsschwung beider Fahrzeuge anglich.

Jane stieß heftig die Luft aus. *»Schließe die Außenluke von Kammer 246, setze die Kammer wieder unter Druck und stelle die künstliche Schwerkraft wieder her. Ionenexplosion ausführen!«*

Jane löste die Gurte und eilte zur Tür.

Ei'Brais Stimme knurrte in ihrem Kopf: *»Ionenexplosion erfolgreich zur Anwendung gekommen, Qua'dux. Krabben-Übertragung vollständig zum Erliegen gekommen. Die Explosion war erfolgreich.«*

»Wir haben sie erwischt und sollten somit aus dem Schneider sein. Dann suchen wir uns mal einen sicheren Parkplatz«, schlug Alan vor.

Ei'Brais mentale Stimme klang tonlos, resigniert: *»Diese Stelle hier wird reichen, Qua'dux, wenn Sie es wünschen.«*

Jane zuckte die Achseln, während sie einen Knopf am nächstgelegenen Transportlift drückte. Sie hatten nicht einmal besprochen, was sie als Nächstes zu tun hatten. Priorität hatten die Ionenexplosion und die Rettung gehabt, die nicht einmal abgeschlossen war.

Plötzlich überfiel sie der Gedanke, dass die Manöver, die sie gerade ausgeführt hatten, auf der Erde aufgezeichnet worden waren. Sie hatten gleichfalls vielleicht während der letzten paar Tage ein paar beunruhigende Sendungen von der *Providence* empfangen. Die Leute in Houston und Washington waren wahrscheinlich außer sich vor Sorge und Anspannung. Sie musste ihnen so bald wie möglich eine beruhigende Nachricht senden. Aber das würde noch ein paar Minuten warten müssen.

»Okay. Dann bleiben wir eine Weile hier«, signalisierte sie abwesend.

»Stehen bleiben, Qua'dux?«

Jane seufzte. *»Ja, stehen bleiben.«*

»Es wäre ratsam, Schutzkleidung anzulegen, bevor Sie sich dem Fahrzeug nähern.«

»Ei'Brai …«

»Ihre Kollegen sind nicht sie selbst, ihre Handlungen unvorhersehbar. Ich dränge zur Vorsicht, Qua'dux.« In seiner Stimme schwang Beharrlichkeit mit.

Jane ging um eine Ecke und blieb wie angewurzelt stehen. Ein einzelner Schutzanzug hockte mitten im Gang. Ei'Brai hatte ihn ihr entgegengeschickt. Sie schüttelte den Kopf, weil sie sich an Alans Reaktion auf den Schutzanzug erinnerte. *»Ich möchte sie nicht erschrecken.«*

»Das zählt nicht«, gab Ei'Brai verächtlich zurück. *»Ein einziges ballistisches Geschoss könnte die Abend-*

dämmerung über Sie bringen. Vorsicht ist besser als Nachsicht.«

Seine Begründung war selbstsüchtig, aber er hatte recht. Sie hatte eine kindische Hoffnung gehegt, dass die Ionenexplosion allein sie heilen würde. Das war unrealistisch. Wenn sie sie wirklich retten sollte, musste sie sich vor ihnen schützen. Sie streifte ihre Kleidung ab, faltete sie zusammen und schob sie in ein Panzerfach, dann trat sie in den Anzug.

Der Anzug passte sich der Stütze an, die sie am rechten Bein trug, und verschmolz damit. Er umhüllte sie und drückte sie leicht, wie bei einer herzlichen Umarmung. Die Blickfeldanzeige schaltete sich ein. Sie brachte ihre Meldungen mit einem Gedanken zum Schweigen.

Ei'Brais Stimme zitterte auf eine exaltierte Weise, die sie zuvor noch nicht gehört hatte. *»Dieses Unternehmen ist mehr als zufriedenstellend vorangeschritten, Qua'dux Jane Holloway. Wir arbeiten gut zusammen, ungeachtet unseres entstehenden Bündnisses. Wie ich vorhergesagt habe, stellen wir eine Einheit dar, die der Summe ihrer Einzelteile weit überlegen ist. Eine glorreiche Zukunft erwartet uns. Es wird kunstvolle Erzählungen geben, die in die großen Tapisserien der Berichte über diesen bedeutenden Tag verwoben werden. Die Terranerin, Quasador Dux Jane Holloway, und der Sislix Kubodera, Ei'Brai.«*

Jane sagte nichts darauf. Sie hatte nichts für Ruhm und Glorie auf irgendeinem abgelegenen Planeten übrig. Das wusste er.

Er eigentlich auch nicht – na ja, zumindest nicht so arg viel. Für ihn war es halt nur einfacher, so etwas zu sagen, als seine Dankbarkeit für ihre Begleitung auszudrücken, dafür, dass sie die Rolle angenommen hatte, die sie wirklich nicht gewollt hatte. Aber sie kannte seine Gefühle. Sie waren untergründig in jedem Gespräch vorhanden. Noch war sie nicht bereit, sie anzuerkennen. Es war alles zu frisch.

Sie streckte und spannte sich innerhalb des Anzugs, holte die Muskelerinnerungen zurück, die sie benötigte, um ihn geschmeidig zu bedienen, und setzte ihren Gang zur Kammer 246 fort.

Die Kapsel war von innen verriegelt. Niemand reagierte auf ihre Versuche einer Verständigung. Von draußen vernahm sie gedämpfte Stimmen. Von Zeit zu Zeit bebte die Kapsel.

Schließlich schaltete Jane ein Schneidewerkzeug innerhalb des Anzugs ein und umriss vorsichtig die Außenlinie der Luke. Es folgte ein lautes Zischen, als sich der Druck zwischen den beiden Umgebungen anglich. Jane packte die Luke und hob sie mit übertriebener Langsamkeit heraus, um niemanden im Innern zu erschrecken.

Obwohl Ei'Brai sie vorbereitet hatte, war der Anblick ein Schock. Walsh lag zusammengesunken in einer Ecke, die Augen leer und glasig. Ajaya kauerte auf Gibbs und hämmerte wiederholt mit der Faust auf sein Gesicht ein. Gibbs zog die Knie an die Brust und stieß Ajaya damit von sich weg. Ajaya hob ein Teil eines

Analysegeräts hoch über den Kopf, als ihr Blick auf Jane fiel.

Jane wich einen Schritt zurück. »Ajaya? Ich bin's, Jane, in diesem Anzug.«

Ajaya knurrte. Ihre Augen rollten wild. Sie warf sich auf die Öffnung in der Luke, stieg hindurch und stieß Jane zu Boden.

Die Blickfeldanzeige bot mehrere Möglichkeiten. Eine davon bestand darin, ein Beruhigungsmittel zu injizieren. Das hörte sich wie eine fantastische Idee an. Der Anzug kalkulierte Ajayas Gewicht und bereitete die Dosis vor.

Ajaya tobte auf Jane herum. Der Speichel flog, das Haar peitschte ihr ums Gesicht.

Jane blieb schlaff liegen und wiegte sich im Anzug hin und her, damit sie Ajaya nicht unabsichtlich verletzte, bis die Dosis bereit war.

Ein Geräusch ertönte aus der Kapsel. Es war Gibbs, der durch die Luke stieg. Sein Gesicht war blutverschmiert, verzerrt und geschwollen. Ajaya hörte damit auf, Janes Kopf gegen den Boden zu schlagen, und drehte sich mit wildem Blick um.

Es war die perfekte Gelegenheit. Jane injizierte ihr das Mittel in den Magen.

Ajaya bäumte sich auf und kreischte, fiel jedoch eine Sekunde später schlapp auf Jane.

Jane legte sie auf den Boden und wälzte sich auf die Füße. Sie streckte eine Hand aus. »Ich bin's, Ron. Ich bin's, Jane.«

Langsam schüttelte er den Kopf. Er umkreiste sie geduckt, verhielt sich wie eine Katze, bereit zum Sprung, jedoch vorsichtig seine Möglichkeiten erkundend, bevor er sich für den nächsten Zug entschied.

Jane ging auf, dass er vielleicht aus der Tür in den Gang schlüpfen konnte. Die Vorstellung, ihn durch das Schiff zu jagen, missfiel ihr. Ei'Brai schloss diese Tür, bevor Jane auch nur eine Bitte formulieren konnte.

Das stellte für Gibbs wohl die Entscheidung dar. Er raste in Jane hinein und warf sie mit einem Knall in die Kapsel zurück. Sie hielt das Sedativum bereit; eine Sekunde später war es vorüber.

Jane ließ Gibbs zu Boden gleiten und trat stolpernd einen Schritt zurück, um die Szene zu überblicken. Ihr war etwas schwach von dem emotionalen Aufruhr dieses Tages. Was hätte sie getan, wenn die jahrzehntealten Sedativa nicht gewirkt hätten? Darüber wollte sie lieber nicht nachdenken.

Ei'Brai schwieg. Die Nanomaschinen waren nicht sein Fehler gewesen. Sie konnte ihm dafür keine Schuld geben. Sie hatten beim Betreten der *Speroancora* eine Million Risiken auf sich genommen, und eine weitere Million, als sie ohne Schutzanzüge hineingegangen waren. Die Nanomaschinen waren dazu programmiert, Humanoide zu suchen und sich an sie zu heften. Es war ein echtes Wunder, dass sie und Alan sauber geblieben waren.

Der enge Raum in der Kapsel musste es den Nanomaschinen erlaubt haben, sie alle drei zu infizieren und sich rasch zu vermehren. Ei'Brai hatte recht damit gehabt, sie davon abzubringen, ohne Anzug herzukommen – sie wollte jetzt nicht in ihrer Haut stecken, bei keinem der drei. Sie alle benötigten einige Zeit im Sanalabreum. Sie hoffte bloß, dass es den angerichteten Schaden wiedergutmachen konnte.

Sie schlüpfte in den Gang zurück, um die Trage zu holen, die sie dort zurückgelassen hatte, und legte alle drei Körper darauf. Es war würdelos, aber sie würden es nie erfahren, solange sie alle möglichst rasch zur medizinischen Abteilung brachte.

Während sie sich auf den Weg zum nächstgelegenen Transportlift machte, nahm sie den Helm ab. Das Schlimmste war vorüber. Es war an der Zeit, die verbliebenen losen Enden aus ihrer Vergangenheit zu verknoten und nach vorn zu blicken.

Die Zukunft erschien unergründlich, beeindruckend, schreckenerregend, aber … aufregend.

Sie konnte sie kaum erwarten.

27

Der Kalmar sagte, Jane sei in den Quartieren des Captains – den Quartieren der Qua'dux. Wie auch immer. Sie hatte sich dort häuslich niedergelassen, nannte es anscheinend ihr Zuhause, und dort war sie auch. Bergen schritt im Gang draußen vor ihrer Tür auf und ab, wobei er versuchte, sein Humpeln möglichst zu unterdrücken, und er wiederholte immer wieder, was er hoffte, ihr sagen zu können … wenn er es nur richtig herausbekäme.

Wo sind wir?

Wo stehen wir, Jane?

Oder …

Wo stehe ich in deinem Leben?

Haben wir eine gemeinsame Zukunft?

Möchtest du eine?

Was möchtest du?

Ist es … mein Bein?

Pah. Nein. Er blickte auf das Bein hinunter, das von einem frischen Fliegeranzug verborgen war. Sag nichts von dem gottverdammten Bein. Entspanne dich einfach. Lächle. Sei charmant auf Teufel komm raus, und alles sollte gut laufen.

Alles *war* gut gelaufen, bis der verdammte Kalmar

sich eingemischt hatte. Alan kannte nicht sämtliche Einzelheiten, da er schließlich einen ausgedehnten Aufenthalt im Gel-Land hinter sich hatte, aber der Kalmar hatte anscheinend von Jane bekommen, was er hatte haben wollen, und seitdem war sie nicht mehr dieselbe gewesen.

Er schüttelte den Kopf. Sie hatten überlebt. Vermutlich war das alles, was zählte. Sie alle sechs würden lebendig zurückkehren, wenn auch nicht völlig intakt. Ein normales Leben lag in Reichweite, zumindest für die meisten von ihnen. Hinsichtlich Walsh war er sich nach wie vor nicht sicher.

Bergen fragte sich, ob Ajaya in ihrem Bericht über ihre Mission den Vorfall erwähnt hatte, der sich ein paar Tage zuvor zugetragen hatte, als sie versucht hatten, Walsh im Zuge der Vorbereitung auf das heutige Treffen vorzeitig aus dem Tank zu holen. Walsh war desorientiert gewesen, narkoleptisch und hatte dann einen mächtigen epileptischen Anfall bekommen, woraufhin sie ihn eilig zurückgeworfen hatten, um ihn noch eine Weile länger einzulegen.

Es war nicht schön gewesen. Die dysfunktionalen Nanomaschinen hatten Walshs Zentralnervensystem eindeutig beträchtlichen Schaden zugefügt. Compton hingegen war am längsten infiziert gewesen, und ihm ging es jetzt wieder gut, also hätte Walsh theoretisch wieder der Alte sein sollen. Während alles anders gekommen war, als von Walsh vorhergesagt, entging Bergen die Ironie dessen nicht, dass er vielleicht der Einzige war, der einen ernsthaften Schaden davongetragen hatte.

Inzwischen waren sie ihrer Heimat sehr nahe gekommen. Jane könnte sie binnen weniger Stunden nach Hause bringen. Er schmeckte fast die Pommes frites. Bei ihrer Rückkehr wären sie Helden. Nicht nur das, sie würden das aufregendste Teil Technologie mitbringen, das die Menschen je gekannt hatten. Er würde jeden Augenblick genießen, wenn sie das Schiff auseinandernehmen und sämtliche Ecken und Winkel kennenlernen würden. Im Kopf stellte er bereits Ingenieurteams zusammen, mit ihren ersten Aufgaben.

Er machte auf dem Absatz kehrt und kam zu dem Entschluss, er sei lange genug hin und her gehumpelt. Wenn er nicht weitermachte, würde der Krake ihr vielleicht sagen, dass er hier draußen war, wenn er das nicht ohnehin längst getan hatte.

Sobald er aus dem Tank heraus gewesen war, hatte Alan sich entschlossen, den Kraken weitestgehend aus seinen Gedanken zu verbannen. Es war zu verwirrend, sich die ganze Zeit über mit diesem zusätzlichen Mist herumzuschlagen. In einer Krise hatte es seine Vorteile bei der Problemlösung, aber ansonsten war es ein Ärgernis. Es war schlicht eine andere Form der Verständigung, und lautes Sprechen funktionierte auch gut, vielen Dank.

Er wusste, dass er sich schließlich daran gewöhnen könnte, aber ihm war einfach nicht danach. Es war so etwas wie ein falsches Werbeversprechen. Es hatte ihm Jane nicht im Geringsten nähergebracht. Eher im Gegenteil, wie es schien.

Vielleicht war er kleinlich, kindisch oder dumm. Wahrscheinlich. Es war ihm scheißegal.

Eigentlich machte es Spaß, zumindest eine Weile lang – die Alien-Technologie studieren, das Rätsel lösen, eine Lösung vorschlagen – recht zu haben. Für so etwas lebte er. Dann hatte es, während er gesund und das kybernetische Bein angebracht worden war, die langen Gespräche mit Ei'Brai über Technologie, theoretische Physik und Astronomie gegeben – all das, was ihn einfach geistig in Ekstase versetzte. Wahrscheinlich hatte ihn das davon abgehalten, da drin den Verstand zu verlieren.

Allein das Konzept der Anipraxia haute ihn um. Das war kein paranormaler Heckmeck, auch keine Magie. Es war verdammte Quan-ten-ver-schrän-kung!

Im Quantenmaßstab erreichten Partikel innerhalb der Organellen in Ei'Brais Gehirn einen Singulettzustand mit den Partikeln vergleichbarer Organellen innerhalb des Bewusstseins eines jeden, mit dem er anipraktierte – was eine Verständigung ermöglichte, die weitaus schneller und verständlicher war als über Sprache. Es sollte unmöglich sein, aber der Krake sagte, dass das Verständnis der Menschen von der Quantenmechanik noch in den Kinderschuhen steckte. Und dass es Sphären dahinter gab, auf die Menschen noch nicht einmal einen kurzen Blick erhascht hatten.

Aber die Arroganz des Burschen … seine besitzergreifende Haltung Jane gegenüber … seine selbstgefällige Gewissheit von allem und jedem war zu viel. Bergen wusste verdammt gut, dass sie viel gemeinsam hatten. Vielleicht ging es nur darum. Jane brauchte ihn nicht mehr, weil sie den Kraken hatte. Er kam sich nutzlos vor. Völlig entmannt.

Verdammt!

Alan öffnete die Hand, die schon an ihrer Tür klopfen wollte, und drückte sie auf die Oberfläche. Seine Stirn legte er daneben und schloss die Augen.

Jane. Er kannte sie kaum. Alles war verschwunden, was weich an ihr gewesen war. Um ihren Mund lag jetzt ein strenger Zug, der niemals wich, und in diesen Tagen lächelte sie selten.

Aber sie fuhren heim. Sie könnten glücklich und zufrieden bis ans Ende ihrer Tage dort leben. Solange er es nicht versaute.

Jane hielt sich sehr bedeckt. Während der letzten Wochen hatte er versucht, ihr näherzukommen, etwas zwischen ihnen wieder zu entfachen, aber sie war kühl und zerstreut gewesen, also hatte er sie widerstrebend in Ruhe gelassen.

Sie hatte zu tun. Methodisch durchstreifte sie sämtliche vom Ungeziefer verseuchten Decks und schickte das ganze Zeug in Vergessenheit. Dann machte sie sich an die Reparaturen – nicht jedoch so, wie man es erwarten würde. Sie sammelte frisch hergestellte Nanomaschinen und verteilte sie per Hand an den kritischen Stellen im ganzen Schiff – im Maschinenraum, im Lebenserhaltungssystem und an sämtlichen bekannten Stellen, die von den schleimigen Monstern schwer beschädigt worden waren. Es war eine zeitaufwendige Sache, und sie arbeitete rund um die Uhr. Er hatte versucht zu helfen, sobald er aus dem verdammten Gel-Bad rausgekommen war, hatte jedoch bloß das Gefühl bekommen, im Weg zu sein.

Er musste keinen Schraubschlüssel schwingen. Das schmerzte. Er versuchte, sich nicht damit aufzuhalten. Er war kein verdammter Jammerlappen.

Es war ganz schön viel zu tun. Das wusste er. Er war nicht dumm. Er war bloß nicht der Ansicht, dass sie alles allein handhaben musste. Es wäre keine Schwäche, sich auf ihn zu verlassen, einfach nur ein wenig, wenn niemand hinschaute. Er hasste es, dass die einzige Person, auf die sie sich verließ, ein gottverdammter telepathisch veranlagter Raumkrake war.

Wenn er bloß diese Barriere zwischen ihnen durchbrechen könnte, worin immer sie auch bestand. Wenn er bloß alles wieder zurückdrehen könnte, wie es einmal gewesen war – die spielerische Kabbelei, die warmen Blicke, das Lächeln, das ihre Augen zum Glänzen und sein Geschlecht zum Pochen gebracht hatte.

Er knallte die Stirn gegen die Tür und geriet dann in Panik, als ihm klar wurde, dass er gerade angeklopft hatte, und er deckte das dadurch, dass er laut an die Tür klopfte und ein paar Schritte zurücktrat.

Sie kam zur Tür und wirkte verwirrt. »Alan? Es ist langsam Zeit für die Vid-Konferenz. Bist du bereit?«

Er warf einen Blick auf seine Uhr und wurde innerlich blass. Er hatte gerade seine ganze Zeit verschwendet. Er hatte eher kommen wollen, hatte sein Herz vor ihr ausschütten wollen.

Mit anderen Worten: Er hatte es versaut. Wieder mal.

Er täuschte ein Lächeln und eine entspannte Haltung vor. »Ja. Ja. Ich hatte bloß gehofft, ein paar Worte mit dir wechseln zu können, bevor sie losgeht.«

Sie zog die Brauen zusammen. »Eben ist eine neue Charge Krabben fertig geworden. Ich wollte gerade runter und sie ins elektrische System werfen, bevor ich zur Brücke gehe. Kommst du mit?«

Diesmal war sein Lächeln echt. Es war cool, zuzusehen, wie diese schimmernde, schwärmende Masse von Nanomaschinen sich ausbreitete und vor ihren Augen verschwand und sich an ihre unsichtbare Arbeit machte. Aber in seinem Magen hatte sich ein Knoten gebildet. Das lief nicht so, wie er es sich vorgestellt hatte. »Klar. Natürlich.«

Er warf ihr einen anerkennenden Seitenblick zu. Sie hatte eine exotisch aussehende Alien-Uniform aufgetan, die aus einem dicken, cremefarbenen Stoff bestand. Die asymmetrische Jacke, lang wie eine Tunika, hatte einen hohen, steifen Kragen, der sich um ihre Kehle wand und ihr Kinn scheinbar in einer fast verteidigenden Haltung vorspringen ließ. Eine der einander überlappenden Frontseiten der Jacke war stark durchwirkt mit einem nicht kontrastierenden Faden. Sie war in drei ungleichmäßige Abschnitte geteilt, die ihren Rumpf auf jeweils unterschiedliche Weise umhüllten.

Ein Abschnitt verlief über ihre Brust hinauf zu ihrem Hals, ein weiterer wand sich unter ihrer Brust um den Körper. Der dritte umfasste ihre Hüften. Die Stickerei setzte sich fort und lief in lange, schmale Streifen aus, die sich um ihren Körper schlangen und in kunstvollen Knoten auf der Rückseite endeten. Statt locker wie eine Robe lag sie eng an und betonte ihre weiblichen Rundungen. Es war ein beeindruckendes und gebieterisches

Outfit – wenn er nicht allzu sehr an die Ähnlichkeit mit einer Zwangsjacke dachte.

Eine Weile lang schritten sie schweigend dahin, und das leise Surren und Klacken seines Beins war der einzige vernehmliche Laut in dem leeren Gang. Wie gewöhnlich zeigte sie sich schmallippig. Es verlangte ihn danach, ihre Hand zu nehmen, er hatte jedoch Angst, es zu tun. Plötzlich platzte es aus ihm heraus: »Darf ich etwas tun, das dich verärgert?«

Scheiße. Das hatte er nicht fragen wollen.

Sie blieb stehen, einen fragenden Ausdruck im Gesicht.

Bergen spürte fast die Tentakel des Kraken, wie sie sich in sein Gehirn vortasteten. Er konzentrierte sich darauf, ihn draußen zu halten, aber es mochte zu spät sein.

Sie war blass im Gesicht geworden. Fühlte sie sich schuldig? »Alan? Ich wollte dir nicht wehtun …«

Er biss die Zähne zusammen, ließ seine Lippen dann Worte formen. In seinen Ohren hörten sie sich verärgert an, und er kannte den Grund dafür nicht. »Du hast mir nicht wehgetan! Verdammt noch mal!«

»Es ist nicht so, dass ich nicht … ich habe nur unheimlich viel zu tun. Dieser Übergang war schwierig gewesen. Ich dachte, du würdest das verstehen. Ich versuche, mich anzupassen. Ich versuche, wichtige Entscheidungen zu treffen. Da geht es nicht nur um uns.«

Er starrte sie an und versuchte, ihre Worte zu verarbeiten, ihren Tonfall, aber es gelang ihm einfach nicht, Herr seiner Gefühle zu werden.

»Du schließt mich aus.« Er zuckte zusammen. Warum hatte das gerade wie eine Anschuldigung geklungen?

Sie schüttelte den Kopf. Ihre Worte waren fast flehend. »Nein. Nie. Du schließt mich aus, und du weißt das.«

Er trat einen Schritt von ihr weg, und sein Herz hämmerte schmerzhaft gegen seinen Brustkorb. »Ich schließe den Kraken aus. Ist das nicht ein Unterschied, Jane?«

Sie wirkte verletzt, und er bedauerte sogleich die Worte.

Ihr Ausdruck wurde unpersönlich, starr. »Gerade jetzt habe ich dafür nicht die Energie. Dein Timing könnte kaum schlimmer sein ...«

Bildete er es sich ein? Hatte sie gerade die Worte »wie üblich« runtergeschluckt? Oder war der Krake dazwischengegangen und hatte ihm subtil eingeflüstert, Mist zu erzählen? Spielte das eine Rolle?

Sein Herz kreischte: Pack sie dir! Küsse sie! Sage ihr – wir können alles haben!

Er nickte und mahlte mit den Zähnen. »Genau. Schon gut.«

»Alan, versuche doch bitte zu verstehen. Jetzt ... kann einfach nicht ... unsere Zeit sein.«

Er starrte sie einen Moment länger an, einen schmerzlichen Ausdruck im Gesicht. Dann drehte er sich um und ging davon, allein.

28

Jane warf einen Blick auf den Bildschirm der Brücke, als dieser sich einschaltete. Hauptsächlich zeigte er ein dunkles Feld ohne Sterne, und nur ein schmaler heller Halbmond schimmerte auf einer Seite. Sie hatte das Schiff gerade in den Haltemodus gebracht, so dass es auf der Rückseite des Mondes schwebte.

Es erschien im Augenblick vernünftig, eine beträchtliche Entfernung zwischen der *Speroancora* und der Erde zu halten. Abgesehen von der US-Regierung war es unwahrscheinlich, dass jemand ihren gegenwärtigen Aufenthaltsort kannte. Andere hatten vielleicht Satellitendaten, wären aber wochen- oder gar monatelang außerstande, diese Daten in einen vernünftigen Zusammenhang zu bringen.

Sie war sich akut bewusst, dass Bergen mit verschränkten Armen an der Rückwand des Raums lehnte und Gleichgültigkeit und Geringschätzung ausstrahlte. Sie verspürte einen Stich des Bedauerns. Es war ihr zuwider, ihn erneut hinzuhalten, aber es gab so viele Gründe, weswegen sie glaubte, das Richtige zu tun.

Als er an ihre Tür gekommen war, nervös und schüchtern, hätte sie nichts lieber getan, als in seine Arme zu sinken. Aber jetzt war keine gute Zeit, sich mit einer neuen Beziehung abzulenken. Sie konnte ihm unmöglich die Aufmerksamkeit zukommen lassen, die er verdiente. Sein Verhältnis zu Ei'Brai grenzte an Feindseligkeit. Er wurde auf der Erde gebraucht. Es war alles so kompliziert.

Darüber hinaus ... sie wollte, dass er sich frei entscheiden konnte, nicht in etwas hineingezogen wurde, das er eigentlich nicht wollte. Dieser unangenehme Gedanke lungerte in ihrem Kopf herum, bis sie sich dazu zwang, in der Gegenwart verwurzelt zu bleiben.

Die anderen rannten herum, sprachen leise miteinander, ihre Gedanken waren voller Bilder ihres Heims und ihrer Familien, und ihre Aufregung war ansteckend. Die gesamte Besatzung der *Providence* war anwesend, abgesehen von Walsh, der nach wie vor im Sanalabreum lag und sich erholte. Aber auch er wäre bald wieder dabei.

Compton war als Erster wieder aufgetaucht. Kurz nach der Ionenexplosion war der Tank spontan leergelaufen und hatte einen nackten, verwirrten Thomas Compton zurückgelassen, der vom Grund aus zu ihr hochblinzelte. Sie hatte gerade Ajaya in ihren eigenen Tank gleiten lassen, als sie den Alarm gespürt und sich umgedreht hatte, um nach ihm zu sehen. Er wirkte volle zehn Jahre jünger und sagte, er habe sich nie besser gefühlt. Die Freude, die sie in diesem Augenblick verspürt hatte, war unvergleichlich gewesen. Es war ein blitzartiger und erhebender Augenblick gewesen.

Gerade schlug Compton seinem Kumpel Gibbs freundschaftlich auf den Rücken, während sie darüber debattierten, was sie als erste Mahlzeit haben sollten, sobald sie wieder zurück auf der Erde waren. Es klang erfrischend normal.

Gibbs lachte höhnisch und meinte: »Komm schon, Pops, schnappen wir uns ein Steak! Oder zumindest etwas Gutes wie Sushi. Warum willst du zuerst dein Altherren-Essen haben?«

Compton verdrehte kichernd die Augen. »Du hast nie Mias Schmorbraten mit Kartoffelbrei gehabt, sonst würdest du so etwas nicht sagen.«

»Koreanisches Barbecue? Bleib lieber bei mir!«, rief Gibbs aus.

Jane unterdrückte ein Lächeln und brachte sie mit einem Blick zum Schweigen. Es war Zeit. Sie sahen jetzt aufmerksam hin, und die Bodenkontrolle erschien auf dem Schirm. Ein rascher Blick sagte ihr, dass das gesamte Führungspersonal anwesend war.

Vor ein paar Tagen hatte sie von jedem Besatzungsmitglied einen ausführlichen Missionsbericht gesendet. Das würde eine Frage-und-Antwort-Sitzung hinsichtlich dieser Berichte werden, und es würde auch darum gehen, was als Nächstes geschehen sollte.

Gordon Bonham, NASA-Chef und Zwei-Sterne-General, trat vor und nickte würdevoll, und sein Blick glitt zur Seite, zu einem Monitor neben dem Bildschirm. »Besatzung der *Providence,* es tut gut, Sie so wohlbehalten wiederzusehen. Ich sehe allerdings Commander Walsh nicht unter Ihnen.«

Jane hob das Kinn. »Commander Walsh wird nach wie vor wegen der Krankheit behandelt, die in meinem

Bericht angesprochen wurde, General Bonham. Das hier …« Sie hielt inne und schloss kurz die Augen, um Ei'Brai Anweisung zu erteilen, die Vid-Übertragung zu ändern, »… ist ein Bild der Kammer, die er zur Zeit belegt. Er kann Ihnen nicht antworten, aber Sie können erkennen, dass er lebt und dass es ihm gut geht.«

Bonham wirkte unbeeindruckt, aber viele der anderen um ihn herum verfügten nicht über so viel Selbstbeherrschung. Einige schnappten nach Luft, einige wirkten entsetzt, und die meisten anderen hatten die Brauen zusammengezogen.

Skeptisch wandte Bonham sich wieder der Kamera zu. »Wenn ich es recht verstanden habe, war jeder von ihnen während der letzten Monate in einer dieser Apparate. Dr. Varma, Sie haben die Erfahrung sehr gründlich in Ihrem Bericht beschrieben. Möchten Sie dem etwas hinzufügen?«

Ajaya stand nach wie vor in Habachtstellung da. »Nein, Sir. Meinem Bericht ist nichts hinzuzufügen.«

Bonham schürzte die Lippen und hob ein Papier auf. »Ihr FGF-Code, Dr. Varma?«

Es war ein Code, der einzig für jeden von ihnen war und den sie sich hatten einprägen müssen und keiner anderen Seele hatten mitteilen dürfen. Bonham versuchte zu entscheiden, ob es wirklich Ajaya war, mit der er sprach.

Comptons Veränderung im äußeren Erscheinungsbild musste augenscheinlich sein, sogar für sie.

Ajaya ratterte den 20-stelligen alphanummerischen Code ohne Zögern herunter. Ein paar Schweißperlen erschienen an Janes Haaransatz. Es war ein Jahr her, seitdem sie zuletzt ihren eigenen Code durchgegangen war.

Bonham folgte mit dem Blick den Zahlen auf dem Papier, während Ajaya den Code herunterbetete. Als sie fertig war, nickte er kurz und legte das Papier beiseite. Er verschränkte die Arme und legte den Kopf schief. »Können Sie bitte etwas näher an die Kamera treten, Dr. Varma?«

Ajaya trat ein paar Meter vor.

Wiederum nickte Bonham, und seine Augen glühten vor Intensität. »Dr. Varma, ist Dr. Holloway gesund an Leib und Seele?«

Jane starrte stur geradeaus.

Ajaya antwortete ohne Zögern. »Sir, Dr. Holloway ist nichts weniger als ehrbar und tapfer gewesen.«

Bonham kniff die Augen zusammen. Das war nicht die Antwort, die er haben wollte. »Sie ist imstande, dieses Schiff zu fliegen, und zwar ohne Ausbildung oder Erfahrung – nur mit ihren Gedanken? Habe ich das richtig verstanden?«

»Nicht genau, nein«, warf Jane dazwischen.

Bonham verschränkte die Arme und nickte Ajaya zu, sie könne sich entfernen. »Erläutern Sie das, Dr. Holloway.«

Jane ließ nicht zu, dass sich ihr Ausdruck veränderte. »Es steht alles in den Dokumenten, die ich Ihnen gesendet habe. Das Wissen, wie ich diese Dinge tun kann, wurde mir freiwillig übergeben. Und ich tue es nicht allein. Ich verfügte über den Beistand des Kubodera, Ei'Brai. Wir haben oft über das Zitat von Clarke in Houston gesprochen, wenn Sie sich erinnern.«

»Jede hinreichend fortschrittliche Technologie ist von Magie nicht zu unterscheiden.«

Jane nickte Bonham bloß zu und wartete.

Bonham stieß laut die Luft aus. »Das war schon ein geschicktes Manöver, das Sie vor einigen Tagen ausgeführt haben. Wie groß war Ihr Beitrag daran? Wie groß der des Kubodera?«

»Es war ein gemeinsames Bemühen. Dr. Bergen hat ebenfalls mitgearbeitet. Dieses Schiff lässt sich ohne den Kubodera nicht fliegen. Er ist wesentlich.«

»Ja. Darauf haben Sie in Ihrem Bericht viel Wert gelegt.«

»Weil es die Wahrheit ist. Ich werde nicht zulassen, dass Sie ihm in irgendeiner Weise etwas antun.«

Bonhams Gesicht zeugte von Unglauben. »Ich versichere Ihnen, ich habe keinerlei Absicht, ihm etwas anzutun, Dr. Holloway. Wir möchten Sie alle einfach nur sicher wieder zuhause haben.«

Das Gespräch war in eine Flaute geraten. Bonham und Jane beobachteten einander achtsam.

Bonham winkte jemandem außerhalb des Bildschirms, der einen Monitor heranrollte.

»Daher haben wir einen Landeplatz für Sie in Area 51 vorbereitet. Wir möchten Ihnen so gut helfen, wie wir können. Wir würden gern einen Leitstrahl für Sie aufstellen. Haben Sie eine Ahnung, was für Sie am nützlichsten wäre? Funk? Infrarot?«

Eine Luftaufnahme von Area 51 erschien auf dem Monitor, markiert mit einem »X« auf dem Boden gleich neben einem großen Hangar.

Jane spürte Erregung in Ei'Brais mentaler Berührung. »Das wird nicht nötig sein. Ich habe nicht die Absicht, das Schiff zu landen.«

»Es will mir, basierend auf dem, was wir bislang von Ihnen gesehen haben, erscheinen, dass die Landung des Schiffs eine ziemlich einfache Angelegenheit sein sollte.«

»Nicht einfach, aber möglich. Trotzdem werde ich nicht landen.«

Bonham trat einen Schritt näher an seine Vid-Kamera. Sein Gesicht erfüllte den Bildschirm. Sie konnte jede Pore auf seinem gefurchten Gesicht erkennen. »Muss ich Sie daran erinnern, Dr. Holloway, dass Ihre Mission darin bestand, dieses Fahrzeug nach Hause zu bringen, falls das irgend möglich erschien?«

»Ich muss nicht daran erinnert werden, General Bonham. Meine Mission bestand darin, den Kontakt herzustellen, Botschafterin zu sein, eine Stimme des Willkommens von unserer Welt zu sein. Ich sollte meine Fähigkeit beim Übersetzen dazu nutzen, dieses Fahrzeug zur Erde zurückzubringen – aber nur, falls niemand an Bord war.«

»Ihre Berichte besagen, dass das Schiff mehr oder weniger leer ist. Da befindet sich also niemand an Bord.«

»Nun, es waren zumindest keine Menschen an Bord. Obwohl ich glaube, dass wir erwartet haben, Menschen an Bord zu finden, nicht wahr, Sir?«

»Diese Wendung der Ereignisse haben wir nicht erwarten können. Ich hätte erwartet, Commander Walsh vor mir stehen zu sehen, der mir sagt, wann und wo er diesen Vogel herunterzubringen gedenkt.«

Jane blinzelte langsam. »Walsh kommandiert die *Providence*, ich kommandiere die *Speroancora*. Darin liegt der Unterschied.«

Diese Bemerkung verblüffte Bonham anscheinend. Er wandte sich um und besprach sich leise mit dem stellvertretenden Direktor Marshall und einigen ihrer Assistenten.

Jane presste heftig die Zähne zusammen, holte dann tief Luft und sagte: »General Bonham, haben Sie die Vid-Konferenz mit den nationalen Oberhäuptern der Staaten vorbereitet, wie ich es gefordert habe?«

Bonham fuhr herum und wirkte zum ersten Mal verärgert. »Gegenwärtig fühle ich mich nicht sonderlich zu einer Zusammenarbeit geneigt, Dr. Holloway.« Geistesabwesend wandte er sich wieder Marshall zu.

»Diese Gespräche sind unbedingt nötig. Das habe ich alles in meinen Berichten erläutert. Dieses Thema geht nicht bloß Amerika an, sondern den gesamten Planeten. Sie verstehen die Bedeutung unserer Situation?«

»Ich verstehe, dass Sie dieser Ansicht sind, Dr. Holloway – aber Sie verstehen wohl nicht. Es spielt keine Rolle, was ich glaube. Ich verfüge nicht über die Autorität, etwas dergleichen zu initiieren. Ihre Berichte – und diese Vorgänge – wurden aufgezeichnet und ins Weiße Haus übertragen. Es liegt am Präsidenten und seinem Stab, wie diese Information verbreitet wird.«

Bonhams Tonfall grenzte an Gönnerhaftigkeit.

»Verstehe«, sagte Jane kühl.

Der Besatzung der *Providence* war nicht wohl angesichts des Stimmungsumschwungs. Sie hätten nicht erwartet, dass die Dinge sich so gegensätzlich entwickeln würden, und warfen einander stirnrunzelnd flüchtige Blicke zu.

Jane sah zu Alan hinüber. Er funkelte den Bildschirm an und hob die Schultern, als sei ihm unbehaglich zumute. Die Hände hatte er im Nacken verschränkt.

In einem oder zwei Tagen würden Bonham und der Präsident ein böses Erwachen erleben, wenn sie ihrer Anfrage nicht entsprechen würden, aber sie wollte keine Forderungen aufstellen oder ein Ultimatum aussprechen. Sie benötigte sie nicht, um den Dialog stattfinden zu lassen.

Es wäre weitaus besser, wenn die Regierung einen solchen Dialog mit den Staatsoberhäuptern anberaumen würde, aber Ei'Brai war absolut imstande, sich in die Kommunikationssatelliten einzuhacken, die den Planeten umkreisten, und eine Nachricht zu senden, die sie bereits in Dutzenden von Sprachen vorbereitet hatte.

Janes Stimme klang stark und selbstsicher. »Ich habe Ihnen gerade gesagt, was ich nicht zu tun gedenke. Möchten Sie gern hören, was ich gewillt bin zu tun?«

Jetzt hatte sie Bonhams Aufmerksamkeit. Er drehte sich mit verkniffenem Gesicht zur Kamera zurück. »Lassen Sie hören!«

»Wie Sie wissen, ist die *Providence* von einem massiven elektromagnetischen Impuls getroffen worden, aber Dr. Gibbs versichert mir, dass der größte Teil der unterwegs gesammelten Informationen nach wie vor zugänglich sein sollte. Die Kapsel ist jedoch nicht mehr in der Lage, aus eigener Kraft zur Erde zurückzukehren.«

Bonham blähte die Nasenflügel und zog scharf die Luft ein. Er wollte offenbar einen militärischen Zornesausbruch von der Leine lassen.

Jane hielt eine Hand hoch. »Ich weiß, was Sie möchten. Tut mir leid, das kann ich Ihnen nicht geben. Aber ich kann Ihnen etwas anderes von großem Wert geben.«

Sie hielt inne. Die Atmosphäre auf der Brücke war bis zum Zerreißen gespannt. Sie war dabei, die Sache noch schlimmer zu machen. »Ich setze die Mannschaft der *Providence* in ein Shuttle der *Speroancora* und programmiere den Autopilot so, dass er an jedem von Ihnen gewünschten Ort landen kann. Sie haben ein intaktes Exemplar, exakt so eines wie jenes aus dem Jahr 1947. Sie werden schließlich sämtliche seiner Geheimnisse entschlüsseln können, General Bonham – darunter eine Datenbank, die ich in ihren Computercore laden werde und die wichtige Informationen zum Überleben der Menschen enthält. Und Sie haben auch die Kapsel, die gewiss wertvoll ist. Ich deponiere sie für Sie im Pazifik, vor der Küste Kaliforniens. Das alles erhalten Sie, sobald es Commander Walsh gut genug geht, dass er reisen kann.«

Sie spürte den Schock ihrer Gefährten. Flüchtige Eindrücke ihrer Gefühle rieselten durch ihr Bewusstsein. Ajaya war hin- und hergerissen. Sie überlegte, darum zu bitten, an Bord bleiben zu können. Compton und Gibbs waren beide erleichtert und bereit zur Heimkehr. Sie wusste, dass Walsh ähnlich denken würde.

Alan war stinksauer. Er wies die Vorstellung brüsk von sich, dieses Shuttle zu betreten und sie zurückzulassen. Was durchaus einen Anflug von Hoffnung in ihrem Herzen aufkeimen ließ.

Bonham lehnte sich an einen Schreibtisch und runzelte die Stirn. »Was auf Erden haben Sie vor, Dr. Holloway?«

Janes Lippen zuckten unwillkürlich. »Ich werde mich auf eine abenteuerliche Fahrt begeben.«

In der Bodenkontrolle wurde es totenstill. Alle auf ihrer Brücke erstarrten.

Bonham wirkte schockiert. »Auf eigene Faust?«, fragte er.

Jane hob das Kinn etwas mehr. »Ja.«

Mit einem Aufschrei des Protests kam die Besatzung der *Providence* auf Jane zu. Auch in der Bodenkontrolle brach das Chaos aus.

Bergen trat um sie herum und schob Compton aus dem Weg. Er packte sie so fest am Arm, dass es wehtat. »Jane? Was soll das, zum Teufel? Unmöglich gehst du allein da raus! Wohin willst du denn überhaupt, verdammt noch eins?«

Jane hob die Stimme über den Lärm und sprach all jene auf der Erde ebenso an wie jene rings um sie her. »Ich bringe Ei'Brai nach Hause, nach Sectilia.«

Trotz des Lärms richtete Bonham seine Aufmerksamkeit auf Jane. »Ist das eine Reise ohne Wiederkehr?«

Sie blinzelte rasch und lächelte vage. »Ich glaube nicht, nein. Aber wer könnte schon jetzt sagen, wohin sie mich führen wird?«

Glossar

Anipraxia – mentale Verbindung zwischen Alien und Mensch mithilfe von Quantenverschränkung

Atielle – einer der Monde von Sectilia; Heimat der Schnecken

Cunabula – uralte Alien-Spezies; zweifüßige, aber nicht von Affen oder affenähnlichen Lebewesen abstammende Wissenschaftler, welche die Grundlagen jeglichen galaktischen Lebens erforscht haben; sehr intelligent, aber humorlos

ELP (Emerging Leaders Programme) – universitäres Testprogramm zum Sprach- und Führungspotenzial von Studenten

EMP (elektromagnetischer Puls) – starke elektromagnetische Strahlung, die elektronische Schaltkreise zerstört

Exiguumet – Alien-Längenmaß (nicht näher definiert)

Gubernaviti – der »regierende Navigator«; Symbiose von Alien-Lebensform und Bordcomputer eines Alien-Raumschiffs

JPL (Jet Propulsion Laboratory) – Forschungsabteilung des California Institute of Technology (CalTech) in Pasadena; entwickelt u. a. Antriebstechnologie und Raumsonden für die NASA

Kubodera – »Die Prinzen der Sterne«: hochintelligente Aliens, die Navigator-Elite (zu der auch Ei'Brai zählt); werden auf einer abgeschiedenen Welt von einer ergebenen Priesterschaft »geerntet«; sind in der Lage, so viele Aufgaben gleichzeitig zu erfüllen, wie es kein Hominide könnte

Mensententia – die gemeinsame Sprache u.a. der Alien-Spezies der Sectilius; ausschließlich mentale Kommunikation (latent sind die Sprachkenntnisse auch bei Jane vorhanden, als Komponente des genetischen Gedächtnisses), die von den Cunabula stammt

Nepatrox – ursprünglich friedliche Spezies auf Atielle, die durch atmosphärische Veränderungen – anders als die Schnecken – zum gefährlichen Raubtier wird; sorgt für großen Ärger auf der *Speroancora*

OTP (Oral Traditions Project) – Projekt »Orale Tradition« für mündliche Überlieferung der Cunabula

Providence – Raumkapsel des sechsköpfigen texanischen Expertenteams, zu dem auch Jane und Alan gehören

Quasador Dux (Qua'Dux) – hochrangige Führungspersönlichkeit bei den Sectilius; Jane Holloway übernimmt diesen Rang, den zuvor die verstorbene Kommandantin der *Speroancora* innehatte

Sanalabreum – Regenerierungskapsel der Aliens, mit fremdartiger Nährlösung gefüllt; Kommunikation nur via Mensententia möglich; große Heilwirkung bei schweren Verletzungen (wirkt auch bei Menschen)

Schnecken – ursprünglich harmlose Schmarotzer auf Atielle; einige Exemplare gelangen an Bord der *Spero-*

ancora und werden durch erschreckende Mutationen zu ebenso lästigen wie auch gefährlichen Gegnern

Schwarm – große, heuschreckenartige Insekten ohne Bewusstsein; gute Flieger mit anthropoider Anatomie und blutrünstigem Fressverhalten; tauchen nur in Massen auf, daher der Name; Feinde jeglichen organischen wie auch anorganischen Lebens

Sectilia – Heimatplanet der Sectilius

Sectilius – Alien-Spezies, die sich auf die Suche nach Terra macht wegen der Bedrohung durch den Schwarm

Sislix – Alien-Spezies, von der Ei'Brai ursprünglich abstammt

Speroancora – havariertes Schiff der Sectilius; hat eine hervorragende medizinische Abteilung

Squillae (Squilla) – anorganische Reparaturroboter; krabbenähnliche Nanomaschinen

Vid – verkürzte Form von Video

John Scalzi

Ausgezeichnet als bester Science-Fiction-Autor des Jahres

In ferner Zukunft wird der interstellare Krieg mit scheinbar bizarren Mitteln geführt: Für die Verteidigung der Kolonien weit draußen im All werden nur alte, betagte Menschen rekrutiert. Menschen wie John Perry, der mit fünfundsiebzig noch einmal einen neuen Anfang machen will – und nicht ahnt, dass das größte Abenteuer seines Lebens auf ihn wartet ...

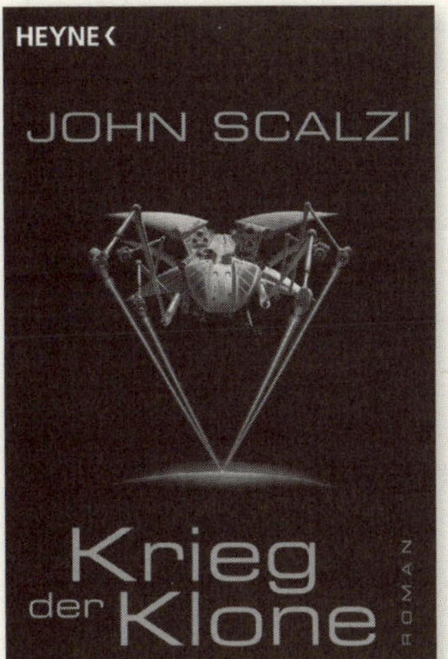

978-3-453-52267-1

Krieg der Klone
978-3-453-52267-1

Geisterbrigaden
978-3-453-52268-8

Die letzte Kolonie
978-3-453-52442-2

Zwischen den Sternen
978-3-453-52561-0

Der wilde Planet
978-3-453-53399-8

Die letzte Einheit
978-3-453-31516-7

Leseproben unter **www.heyne.de**

HEYNE

Die Welt von morgen in Literatur & Film, Comic & Game, Technik & Wissenschaft

diezukunft.de ist ein einzigartiges Portal, das aktuelle Nachrichten, Rezensionen, Essays, Videos und Kolumnen versammelt.

diezukunft.de bietet Hunderte von E-Books zum Download an – die wichtigsten aktuellen Science-Fiction-Romane ebenso wie die großen Klassiker des Genres.

diezukunft.de lädt zum Mitdiskutieren über die Welt von morgen und übermorgen ein.

diezukunft.de